cmz

W0398471

CMZ. Wir machen die guten Bücher. Seit 1979.

Von Paul Schaffrath sind bereits folgende Krimis erschienen:

KHK Krüger
Bonner Fenstersturz
Bonner Testament
Der Nebel von Avignon

KHK Max Harmsen
Die Drei Könige

© Schafgans DGPh 2017

Winrich C.-W. Clasen, Jahrgang 1955, Studium der Romanistik, Evangelischen Theologie und Kunstgeschichte in Bonn; Verleger in Rheinbach. Seit 2011 schreibt er unter dem Pseudonym Paul Schaffrath Kriminalromane. *Der ferne Sommer* ist sein fünfter Roman.

Paul Schaffrath

Der ferne Sommer

Rheinland-Krimi

cmz

Bibliografische Information der Deutschen Nationalbibliothek

Die Deutsche Nationalbibliothek verzeichnet diese Publikation
in der Deutschen Nationalbibliografie; detaillierte bibliografische Daten
sind im Internet über http://dnb.d-nb.de abrufbar.

© 2018 by CMZ-Verlag
An der Glasfachschule 48, 53359 Rheinbach
Tel. 02226-912626, info@cmz.de

Alle Rechte vorbehalten.

Lektorat:
Beate Kohmann, Bonn

Schlußredaktion:
Clemens Wojaczek, Rheinbach

Satz
(Aldine 401 BT 11 auf 14,5 Punkt)
mit Adobe InDesign CS 5.5:
Winrich C.-W. Clasen, Rheinbach

Papier (Lux Creamy 90 g mit 1,8f. Vol.):
Arctic Paper S.A., Poznań / Polen

Umschlagfoto (*landscape-tree-nature-grass-outdoor-horizon*):
www.pxhere.com

Umschlaggestaltung:
Lina C. Schwerin, Hamburg

Gesamtherstellung:
Bookpress.eu, Olsztyn / Polen

ISBN 978-3-87062-299-2

001–500 • 20181017

www.cmz.de

www.paul-schaffrath.de

Summer days, summer nights are gone
Summer days, summer nights are gone
I know a place
where there's still somethin' going on

Bob Dylan

Inhalt

Die Hauptpersonen

Die Ermittler

Krüger, Kriminalhauptkommissar – weiß in jedem Fall Rat

Carmen Rasche, Universitätssekretärin – backt nach neuen Rezepten

Markus Schneider, Kriminaloberkommissar – kann sich nicht entscheiden

Die Kripo

Walther »mit th« Langenargen, Kriminaloberrat – gibt dem Nachwuchs eine Chance

Dolf Mesmer, Kriminaloberkommissar – versagt auf ganzer Linie

Andreas Farnschläger, Kriminaloberkommissar – hängt sein Mäntelchen nach dem Wind

Harald Kaul, Kriminalkommissar – entnimmt alle Weisheiten dem Computer

Peter Paulsen, Kriminaloberkommissar – macht endlich seinen Mund auf

Dr. Simone Winterthur, Kriminalrätin – kontrolliert die Polizei vor Ort

Kevin Beaumont, Kriminalkommissar – hat alles Zeug zum Polizeipräsidenten

Manfred Schumacher, Kriminalkommissar – ist ein braver Mitläufer

Roman Roselski, Polizeioberkommissar – verfolgt das Sportereignis des Jahres

Dieter Derenthal, Polizeikommissar – sollte etwas für seine Figur tun

Das Publikum

Katharina Markenbeck – betreibt eine Papierhandlung in Poppelsdorf

Jan Brockhoff – beschäftigt sich mit Rockmusik auf schwarzen Scheiben

Susanne Achter, Physikerin – versucht sich an der Teleportation von Kleinstteilen

Konrad Krawczyk, Physiker – verrennt sich auf dem Häusermarkt

Hans-Otto Wienand, Pfarrer – stirbt vor Ferienende

Der Arzt

Prof. Dr. Harald Altendorf, Rechtsmediziner – schätzt die Texte amerikanischer Rapper

Die Bauern

Josef Bachem – ist Großgrundbesitzer aus Leidenschaft

Elke Tersteegen, geborene Bachem – liebt das mondäne Leben

Hubert Schmitz – verteilt gerne Visitenkarten

Helmut Klein – überlebt ein ausgelassenes Fest nicht

Die Junkies

Thomas Reifferscheid, Immobilienmakler – beschäftigt sich mit weißen Linien

Pascal Waffenschmidt, Outlet-Center-Mitarbeiter – jagt sein Geld durch die Nase

Die Studenten

Manfred – versucht sich als Spion

Martin – macht den Hof

Johanna – vernachlässigt ihr Studium

Ursula – fällt keine Entscheidungen

Der leere Gartenstuhl

S*amstag, 28. Mai 2016 – Bonn.* Jan war weg. Eben hatte er noch im Liegestuhl im Garten gesessen, an seinem Lieblingsplatz vor der Buchenhecke, mit dem Rücken zum Gartentor, den Blick auf die von der großen Catalpa beschattete Terrasse gerichtet.

Der Liegestuhl war leer; auf dem Rasen lag die aktuelle Ausgabe der Bonner Tageszeitung. Der Becher Tee, den Jan sonst immer vorsichtig auf dem unebenen Boden abgestellt hatte, war umgestürzt und hatte den *General-Anzeiger* durchnäßt.

Katharina stand auf der Terrasse und versuchte, mit zusammengekniffenen Augen zu erkennen, ob das Gartentor zum Gehweg vor der nächsten Häuserreihe hin abgeschlossen war. Der Schlüssel war jedenfalls nicht zu sehen. Also war das Tor zu. Sie trat wieder ins Wohnzimmer.

Im Haus war nichts zu hören. Kein Wasserrauschen aus dem Bad, keine Musik aus Jans Arbeitszimmer unter dem Dach, kein Rumoren aus dem Keller, in dem sie gerade noch gewesen war. Aber in diesem Haus konnte man durchaus auch aneinander vorbeilaufen, worüber sie sich schon mehrere Male amüsiert hatten.

Katharina ging nach vorne zum Küchenfenster und sah auf die Straße. Schräg gegenüber spielten einige Kinder auf dem Bürgersteig vor der geduckten Holzkirche mit dem roten Ziegeldach. Einmal war sie drin gewesen, aber für sie mußten Gotteshäuser immer hoch sein, am besten romanisch und nach Möglichkeit innen ohne viel Schmuck.

Vor dem Haus lagen die Parkplätze der Reihenhausbewohner. Ihr kleiner roter Mini Cooper stand an seinem angestammten Platz in Verlängerung des Gehwegs zur Haustür. Jans Auto, ein neuer dunkelblauer Audi Kombi, war dagegen weg.

Sie überlegte. Vielleicht hatte sie einen Termin übersehen? Auf dem Eßtisch im Wohnzimmer stand ihr Notebook. Sie hatte sich mit den letzten Umsatzzahlen ihrer kleinen Poppelsdorfer Buchhandlung befaßt – die Geschäfte stagnierten, und sie machte sich Sorgen. Der Kalender, in dem ihre und Jans Termine mit unterschiedlichen Farben eingetragen waren, war für das Wochenende leer. Also keine Verabredung mit einem seiner Musik-*Afficionados*, wie er das nannte.

Katharina seufzte.

Was hatte Jan vorhin noch gesagt, als sie sich wieder einmal über die mangelnden Perspektiven ihres Berufes gestritten hatten? »Du mit deiner Altpapierhandlung.« Das hatte schon weh getan. Sie liebte ihr Geschäft, die vielen interessanten Kunden und ihre Unabhängigkeit. Aber Jan hatte in den letzten Jahren immer wieder Geld zuschießen müssen – was ihm nie schwergefallen war, besaß er doch genug davon. Seine Eltern waren früh gestorben und hatten ihm aus ihrer alteingesessenen Bonner Firma ein Millionenvermögen hinterlassen, das ihm ein sorgenfreies Leben ermöglichte. Das Geld hatte er geschickt angelegt und sich dann wieder seinem Hobby zugewandt, der Pflege einer für ihren Geschmack viel zu großen Schallplattensammlung mit seltenen Aufnahmen bekannter und unbekannter Rockmusiker. Im Keller und in seinem Zimmer stapelten sich über zweieinhalbtausend Platten, sorgfältig katalogisiert und sortiert. Ständig war er auf der Suche nach fehlenden Exemplaren für seine Sammlung, studierte Fachzeitschriften und besuchte Schallplattenbörsen im In- und Ausland. Manchmal fuhr sie mit, ging dann aber doch wieder alleine ins Museum, während Jan irgendeine obskure Halle im Industriegebiet der Stadt nach Raritäten durchstöberte.

Vielleicht war er eingeschlafen? Jan konnte zu den unmöglichsten Tageszeiten ein Nickerchen machen. Dabei war er doch erst fünfunddreißig und arbeitete nicht wirklich, im Gegensatz zu ihr.

Katharina stand vom Eßtisch auf und ging einen Stock höher, ins Schlafzimmer. Im Flur betrachtete sie sich im Spiegel: fuchsrote Haare, blasser Teint, ansehnliche Figur; man sah durchaus, wo vorne war, jedenfalls – da war sie sicher – dachten das sicher die männlichen Besucher ihrer Buchhandlung, die immer etwas länger als eigentlich nötig bei ihr an der Kasse zubrachten. Außerdem ein winziger Bauchansatz – hier ein Stückchen Kuchen zuviel, dort ein Glas Mineralwasser zu wenig. Ihre morgendlichen Fahrradfahrten von der Fahrenheitstraße nach Poppelsdorf mußte sie dringend wieder aufnehmen – die knapp fünf Kilometer bis zur Buchhandlung waren doch mit links zu schaffen.

Jan war auch nicht im Schlafzimmer. Die Tagesdecke aus der Provence lag ordentlich auf dem großen Bett; das Rollo war leicht herabgelassen; Jans Hausschuhe sahen unter seinem Nachttisch hervor. An der Wand neben dem Bett auf ihrer Seite hing ein großes Foto, auf Leinwand gezogen, das sie und Jan zeigte. Jans dunkle Locken waren zu einem Pferdeschwanz zusammengebunden; er hatte ein T-Shirt mit dem Logo einer seiner Rockgruppen an und grinste in die Kamera. Seinen rechten Arm hatte er besitzergreifend um ihre rechte Schulter gelegt, so daß sie leicht schief stehen mußte. Glücklich sahen sie beide aus. Das war allerdings inzwischen vier Jahre her.

Sie hatte ihn wirklich geliebt; vielleicht tat sie es auch immer noch, nur nicht mit der gleichen Intensität wie zu Anfang. Jan war so ganz anders als sie. Er hatte Humor, verrückte Ideen und sah gut aus. Sein Geld hatte sie nie interessiert. Jan hatte relativ spät von seinem Vermögen erzählt – erst als er sicher war, daß sie ihn nicht deswegen haben wollte. Sie waren nach drei Monaten zusammengezogen. Er hatte seine Wohnung in Bonn-Castell aufgegeben – die Rheinschiffe mit ihren Dieselmotoren waren ihm immer zu laut gewesen – und war zu ihr in ein ruhiges Reihenhaus auf dem Brüser Berg gezogen. Der Bonner Höhenortsteil war ab Mitte der siebziger Jahre aus dem Boden gestampft worden, und man merkte ihm an, daß er auf dem Reißbrett entstanden war. Aus den kahlen waren inzwischen allerdings grüne Wohnstraßen geworden, und Katharina hatte Glück gehabt, daß sie ein relativ preiswertes und zudem noch renoviertes Haus gefunden hatte. Ein vertikaler blauer Farbstreifen an der Fassade stützte gewissermaßen den Giebel und verlieh dem Haus eine fröhliche Note, außerdem bot ihr ein kleiner Garten sogar ausreichend Raum, ihrer gärtnerischen Neigung nachzugehen.

Bis Jan in ihr Leben trat. Danach gab es irgendwie weniger Zeit für alles.

Ganz allmählich war dann der graue Ehealltag eingekehrt, auch wenn sie nicht verheiratet waren: Aufstehen mit Wecker, Einkäufe im Supermarkt, Urlaub in den Ferien, wenn es am teuersten war und nur wenige Bücherkäufer in Bonn geblieben waren, denn nur dann konnte sie ihre Buchhandlung einer Mitarbeiterin übergeben, Familienfeiern … Katharina fragte sich, ob das immer so war oder ob es jemanden gab, mit dem zusammen das innere Feuer nie nachlassen würde.

Sie setzte sich auf die Bettkante.

Etwas knisterte.

Als sie die Bettdecke zurückschlug, entdeckte sie auf ihrem Kopfkissen einen zusammengefalteten Zettel, wohl mit Absicht dort versteckt, damit sie ihn erst abends finden konnte.

»Irgendwann reicht es. Ich wohne nicht hier, um mir meine Art zu leben vorhalten zu lassen. Ich brauche Abstand und eine Pause von Dir. Ich melde mich. J.«

Katharina mußte das Blatt zweimal lesen, um seinen Inhalt zu verstehen. Dann fing sie an zu weinen.

Unten klingelte es an der Haustür.

Katharina wischte sich die Tränen von den Wangen, strich ihren Rock glatt und ging hinunter. Sie öffnete. Draußen standen zwei Polizisten in Uniform.

Französisches Flair

D*onnerstag, 19. Juli 1979 – Rheinbach-Neukirchen.* Josef Bachem stand, auf die große Gabel gestützt, neben dem Misthaufen und sah den Neuankömmling mißtrauisch an. »Was willst du hier?« Bachem duzte jeden; manchmal verwendete er die veraltete Form »Ihr«, die auf dem Land aber immer noch zum Alltagssprachgebrauch gehörte, jedenfalls bei den Einheimischen.

Der junge Mann zögerte. Ihm war wohl bewußt, daß er hier eigentlich fehl am Platz war. Er sah an sich hinunter: Baumwollhemd mit grau-weißem Muster, die Ärmel hochgekrempelt, blaue Jeans, Jesus-Latschen, barfuß. Dazu kamen wahrscheinlich seine langen, bis auf die Schulter reichenden dunkelbraunen Locken, die sein Gegenüber abschätzig betrachtete. Immerhin war er sorgfältig rasiert; das hatte er heute morgen noch geschafft, bis er Hals über Kopf das Haus verlassen hatte. Neben sich hatte er seinen alten Rucksack abgestellt. Er war den Weg von der Hauptstraße des kleinen Dorfes zu Fuß hochgekommen und hatte sich noch über einen Straßennamen gewundert. *Meerkatz.* Wo der wohl herkam?

Das kleine Anwesen des Bauern lag an einem Hang und bestand aus Wohnhaus, Schuppen und einer kleinen Scheune, alles aus Fachwerk. Bei gutem Wetter gab es bestimmt einen großartigen Fernblick, vielleicht sogar bis zum Kölner Dom. Der Weg zur Haustür an der Längsseite war nur geschottert. Wie man im Winter wohl hierhin gelangte? Na ja, die Bauern fuhren alle Traktor, und damit kam man überall hin, dachte der junge Mann. Er räusperte sich.

»Ähm, haben Sie Arbeit für mich?«

Der Bauer musterte ihn. »Du siehst aber nicht so aus, als hättest du jemals gearbeitet, mit den Händen, meine ich.«

»Doch, doch«, sagte der junge Mann. »Auf dem Bauernhof meiner Großeltern.« Er verschwieg allerdings, daß das schon Jahre her war.

»Arbeit jetzt, im Sommer? Die Ernte ist erst Ende August, Anfang September, hängt davon ab, wie das Wetter wird und wie heiß es ist. Und überhaupt, hast du denn keinen Beruf?«

»Semesterferien.« Er überlegte und hielt es für angebracht, eine Art Vertrauen herzustellen, damit dem Bauern eine Absage schwerer fiele, indem er erklärte: »In den Semesterferien gibt es in der Universität keinen Unterricht; man muß dann Referate schreiben und kann in der übrigen Zeit Geld verdienen.«

Das war die falsche Bemerkung. Sofort sagte der Bauer: »Geld habe ich keines, jedenfalls nicht für andere Leute.«

Der junge Mann führte seine Taktik fort: »Ich heiße übrigens Martin, aber alle nennen mich Matte, wegen der Haare.« Sein Grinsen wurde etwas schief.

Bachems Gesicht blieb ausdruckslos. »Josef Bachem«, sagte er und kratzte sich am Kopf. »Andererseits, wenn dir ein Bett und Essen reichen würden ...«

»Klasse!« sagte Martin. »Wann soll ich anfangen?«

Der Bauer sah auf seine Armbanduhr. »Schon halb sechs. Morgen, würde ich sagen. Ich zeige dir dein Zimmer.« Er lehnte die Mistgabel an die Wand der Scheune und drehte sich um, ohne abzuwarten, ob Martin ihm auch folgte.

Im rechten Winkel zum Schuppen stand der alte Bauernhof, ein hübscher Fachwerkbau, der dringend renoviert werden mußte. Mehrere der schwarz gestrichenen Balken wiesen Risse auf, der Putz blätterte an vielen Stellen zwischen den Balken von den meist rechteckigen, weiß gekalkten Flächen ab, und zwei Fensterscheiben waren zersprungen. Eine Scheibe war notdürftig mit braunem Packpapier wieder zugeklebt worden.

Der Bauer stieß die Holztür zum Haus auf und verschwand nach drinnen. Martin beeilte sich, ihm zu folgen.

Drinnen war Bachem schon die halbe Holztreppe nach oben gestiegen. Eine Tür knarrte, dann rief er: »Wo bleibst du denn?«

Martin trat ins Zimmer, wobei *Kammer* der bessere Ausdruck war: ein kastenförmiges Bett, ein klappriger Tisch mit klapprigem Stuhl, eine alte Kommode, auf der tatsächlich altes Waschgeschirr stand, ein fleckiger Spiegel, wohl Mahagoni, ein Kruzifix mit vertrocknetem Zweig dahinter an der Wand, Dielen. Das Fenster mußte dringend geputzt werden, so undurchsichtig waren die Scheiben. »Hübsch«, sagte er.

Bachem sah erfreut auf. »Du bist der erste, der das sagt. Warte, ich hol' dir Bettwäsche.«

Martin stellte seinen Rucksack ab. Neben der Flurtür stand noch ein alter Schrank, der beim Öffnen fürchterlich knarrte. Er war leer bis auf ein paar Bügel. Einer trug die hier in der Eifel völlig deplatziert wirkende Aufschrift »Ritz, Paris«.

Der Bauer kam zurück und warf die Wäsche aufs Bett. »Ums Abendessen mußt du dich selbst kümmern. Mit Besuch habe ich nicht gerechnet. Von wo kommst du überhaupt?«

»Aus Süddeutschland«, sagte Martin und verschwieg bewußt seinen Heimatort. »Ich studiere in Freiburg.«

Bachem musterte ihn. »Bist du dafür nicht schon ein bißchen zu alt?«

Martin wurde blaß. Mist, der Bauer beobachtete besser, als er gedacht hatte. »Nein, Abitur mit neunzehn, dann Bundeswehr, ich hatte mich für zwei Jahre verpflichtet, wegen der Abfindung, dann einen Sommerjob bis zum Wintersemester. Momentan arbeite ich an meiner Doktorarbeit.« Und an meinem Wortschatz, dachte er.

»Geht mich auch nichts an«, sagte Bachem, »warum du jetzt hier und nicht bei deiner Liebsten bist.«

Martin sah ihn verblüfft an. »Woher ...?«

»Der Ringfinger mit dem fehlenden Ring.« Bachem deutete auf Martins rechte Hand. »Die Haut ist heller da.«

Ziemlich merkwürdig, dachte Martin. Sherlock Holmes auf dem Dorf? Um abzulenken, fragte er: »Gibt es hier denn ein Restaurant?«

Bachem lachte. »Das nächste ordentliche gibt es in Bad Münstereifel, aber die ›Vier Winde‹ müßten offen haben. Du fährst«, er unterbrach sich, »du hast doch ein Auto?«

Martin nickte. »Einen alten R4. Steht unten an der Hauptstraße.«

»Paß auf. Du fährst Richtung Scheuren, also durch unser Dorf. Nach ungefähr anderthalb Kilometern kommt eine Kreuzung. Links siehst du dann das kleine Gasthaus. Dort gibt es den besten Kartoffelsalat hier in der Gegend. Aber sag besser nicht, daß du von mir kommst.«

»Danke«, sagte Martin und wunderte sich. Wo er hier wohl gelandet war?

Eine halbe Stunde später saß der junge Mann hinter dem kleinen Lokal in einem kleinen Garten, vor sich ein kleines Bier und eine große Portion Kartoffelsalat mit zwei exquisiten Bockwürsten.

Die »Gaststätte zu den vier Winden« lag verkehrsgünstig am Schnittpunkt der Landstraße zwischen Rheinbach und der Eifel und der Verbindung zwischen Euskirchen und der Ahr. Martin hatte an der holzverkleideten Theke sein Essen bestellt und war über die beiden Stufen nach draußen gegangen.

Trotz des guten Wetters war absolut nichts los. Nur zwei Motorradfahrer aus Köln, wie den Nummernschildern der schweren Maschinen zu entnehmen war, hatten einen weiteren Tisch besetzt. Die hübsche Wirtstochter – denn das war sie wohl – hatte ziemlich lange an seinem Tisch zugebracht, bis Besteck, Serviette und Bierglas um den überladenen Teller herum zu ihrer Zufriedenheit arrangiert waren. Jetzt kam sie schon wieder.

»Alles recht?«

Martin zerkaute ein »Lecker!« mit vollem Mund. Der Bauer hatte nicht zuviel versprochen.

»Zahlen«, rief einer der Motorradfahrer.

Die junge Frau nickte Martin zu und ging nach drinnen. Gleich darauf kam sie mit einem Block zurück, addierte die Getränke und zwei Portionen Kartoffelsalat mit Würstchen – vielleicht konnte der Koch nur dieses eine Gericht, dachte Martin – und sagte: »Fünfzehn Mark achtzig.«

Der ältere der Motorradfahrer bezahlte, dann standen beide auf und gingen zu ihren Maschinen. Mit einem Höllenlärm verließen sie das Grundstück und verschwanden Richtung Schuld.

»Die waren ja noch harmlos«, sagte die junge Frau.

Martin warf ihr einen fragenden Blick zu.

»Nur *zwei* Bier, keine blöden Bemerkungen, etwas Trinkgeld«, sagte sie und lächelte. »Kann ich dir noch etwas bringen?«

Die Bevölkerung auf dem Land konnte auch sehr nett sein, dachte Martin. Aber dann fiel ihm wieder die letzte Szene zu Hause ein, und er seufzte unwillkürlich. Um das zu überspielen, sagte er schnell: »Gerne. Noch ein Kölsch, aber dieses Mal ein großes, bitte.«

Die junge Frau ging wieder ins Haus und kam so schnell wieder, als ob das gewünschte Getränk schon hinter der Tür bereitgestanden hatte. Sie hielt das Glas schräg und ließ das Bier aus der Flasche langsam hineinlaufen.

»Nicht gezapft?« fragte Martin.

»Ein Faß ist gerade leer, und ein neues machen wir erst am Wochenende auf. Unter der Woche ist bei uns nicht so viel los.« Sie betrachtete den jungen Mann prüfend. »Du bist aber nicht von hier?«

»Nein, aus Freiburg. Ich wollte ein paar Tage in der Eifel bleiben, ausspannen und dann wieder nach Haus.« Dieses Mal ging ihm die Lüge leichter von den Lippen.

Die Wirtstochter setzte sich ungefragt. »Es ist selten, daß wir hier Gäste von so weit weg haben.« Sie deutete auf den Renault. »Da steht aber BN drauf. Das heißt doch Bonn? Oder hat Backnang bei Stuttgart das gleiche Kennzeichen?« Sie lächelte und sah dabei sehr hübsch aus.

Martin mußte lachen. »Ist ein Leihwagen. Bis Bonn bin ich Zug gefahren und habe dann das Auto eines Freundes aus Freiburg bekommen, der nach Bonn gezogen ist.« Puh, das war knapp. »Und was treibst du so?«

Sie legte den Kopf schief: »Was glaubst du denn?«

»Studentin in Bonn. Oder Buchhändlerin in Rheinbach. Wie heißt du eigentlich?«

»Johanna. Und du?«

»Martin«, sagte Martin, »aber alle nennen mich Matte.« Er band seine langen Haare zu einem Pferdeschwanz zusammen.

Johanna lachte. »Das liegt ja nun gar nicht auf der Hand. Studentin stimmt übrigens. Englisch und Geschichte. In den Ferien arbeite ich meistens hier bei meinen Eltern. Was machst du denn überhaupt und was die nächsten Tage?«

Gar nicht direkt, dachte Martin. »Ebenfalls studieren. Und jetzt arbeiten. Auf dem Bauernhof.«

Johanna machte große Augen. »Hier in der Eifel?«

Martin nickte. »In Neukirchen.«

Johanna schüttelte sich. »In dem Dorf, wo alle paar Jahre jemand verschwindet?«

»Im Ernst? Wer denn?«

»Zuletzt ein junger Mann. Vor zwei Jahren. Hat bei einem Bauern gearbeitet und war von einem Tag auf den anderen weg. Wieder nach Aachen zurück, sagte der Bauer.«

»Welcher Bauer denn?«

»Josef Bachem.«

Das Institut der verschwundenen Dinge

F*reitag, 27. Mai 2016 – Bonn.* »Higgs«, sagte Krawczyk.

»Gesundheit«, sagte Professor Armin Bretten, der schon die Doktorarbeit seines Mitarbeiters betreut hatte.

»Danke, aber ich meinte eigentlich Higgs-Boson, wobei Higgs das doch eigentlich allein entdeckt hat, aber eigentlich ...« Krawczyk verlor seinen Stil und den Faden, woraufhin er schwieg.

»Ist auch egal«, sagte Bretten, »steht sowieso alles bei Wikipedia. Wobei – die Higgs-Boson-Sache sollte Ihnen alleine deswegen gegenwärtig sein, weil sie auch die großen Feuilletons erreicht hat, Gottesteilchen und so. Ihr zweites Fach ist doch Theologie, oder?«

»Das hilft uns aber immer noch nicht weiter«, warf Susanne Achter ein. Die hübsche Studentin war eine hervorragende Physikerin und bei den Mitarbeitern wie Studenten am Bonner Institut für Angewandte Physik ausgesprochen beliebt. Sie kam zu allen Institutsfesten und war – ganz im Sinne der Emanzipation, fand Krawczyk – keine Kostverächterin. Allerdings hatte sie es in den ersten acht Semestern auf acht Kommilitonen gebracht, mit denen sie enger befreundet gewesen war. Als jemand das herausgefunden und sie als »Deutschland-Achter« bezeichnet hatte, war das Resultat eine blutige Nase gewesen. Krawczyk war nämlich der Meinung gewesen, es müsse Grenzen geben. »Alles platonisch«, hatte Susanne gesagt, »das meiste jedenfalls.«

»... im Raum zu teleportieren«, sagte die Physikerin gerade.

Krawczyk versuchte, ihrem Gedankengang zu folgen. Bestimmt hatte sie von Zeilingers Experimenten gesprochen. Der Wiener Wissenschaftler hatte es mit anderen zusammen vor kurzem tatsächlich geschafft, Quanten über eine Entfernung von 143 Kilometern von La Palma auf Mallorca nach Teneriffa zu versetzen. Wenn man das hochrechnete, war es in fünfzig Jahren bestimmt möglich, auch Gegenstände, zumindest kleinere, zu versetzen – falls man nicht vorher schon über eine entscheidende Entdeckung stolperte.

»Jetzt müssen wir seine Ergebnisse nur noch auf feste Materie anwenden und, schwups, können wir die Teleportation industriefähig machen.« Sie strahlte.

»Schwups«, sagte Professor Bretten und warf ihr einen strafenden Blick zu. »Können Sie sagen, wie lange Sie dafür in etwa brauchen?«

»Und was wird dann aus der Deutschen Post? Bei der Teleportation, meine ich«, fragte Krawcyk.

Alles lachte. Die Stimmung im natürlich auf Englisch stattfindenden Kurs »Advanced Topics in High Energy Particle Physics« war unter den elf Studierenden und dem Professor immer sehr locker.

»Jetzt mal im Ernst«, sagte Bretten. »Gibt es tatsächlich Fortschritte bei Ihren Experimenten, Fräulein Achter?« Bretten sagte tatsächlich »Fräulein«, allerdings sah ihm das jeder nach. Bretten war dreiundsechzig, klein, dick, hatte volle weiße, stets zu lange Haare und einen weißen Vollbart. Außerdem stammte er aus Wien und lag der Damenwelt zu Füßen – oder diese ihm, das wußte man nie so genau.

»Das weiß ich nicht so genau«, sagte Achter, was bemerkenswert unpräzise für sie war.

Bretten musterte sie. »Verschweigen Sie mir etwas?«

»Ganz und gar nicht, Herr Professor. Es ist nur so, daß ich nicht genau sagen kann, ob wir Fortschritte machen.«

Ein durchbohrender Blick von Brett folgte diesem Satz. »Wer ist *wir*?«

Die Studentin wurde rot. »Ich dachte, das wüßten Sie. Konrad und ich arbeiten doch zusammen.«

»Unterstützt Herr Krawczyk Sie auch dabei?« Bretten konnte auch, wie es in Bonn hieß, *fies* sein.

»Professor Bretten«, Achter holte tief Luft, »Sie selbst haben die Genehmigung unterzeichnet, zusätzliche Drittmittel für die Einrichtung einer zweiten Doktorandenstelle und für das Equipment bei diesem Experiment zu beantragen.«

Bretten brummte etwas in seinen Bart, das beim besten Willen nicht zu entschlüsseln war.

Krawczyk sagte: »Wenn ich dazu etwas sagen darf ...«

Bretten warf ihm einen aufmunternden Blick zu.

»Wir haben bis aufs tz ...«

»Das wie immer fehlt«, sagte einer der anderen Studenten. Susanne Achter mußte lachen.

»... die Versuchsanlage aus Mallorca nachgebaut.«

»*Aus* oder *auf* Mallorca? Bei den großzügigen Drittmitteln, meine ich.« Das war erneut der vorlaute Student.

»Kann ich jetzt vielleicht mal den Bericht von Herrn Krawczyk zu Ende hören?« sagte Bretten.

»Ein Probebetrieb verlief problemlos. Wir wollen nun versuchen, ein Nanoteilchen ein Stückchen zu bewegen. Das Problem dabei ist, diese Bewegung nachvollziehbar im Bild festzuhalten. Sie wissen selbst, Professor Bretten, daß dazu eine hochempfindliche und hochauflösende Spezialkamera nötig ist, die wir bislang noch nicht haben, die aber beantragt ist, damit ...«

»Danke«, sagte Bretten. »Sonst noch etwas?« Er sah auf die Uhr. »Ich muß gleich weg, zum Hauptbahnhof. Wien ruft. Dann sehen wir uns nächsten Freitag wieder.« Er stand auf.

Krawczyk sah zu Susanne hinüber. »Hast du noch Zeit? Von mir aus können wir mit dem Experiment fortfahren.«

Susanne nickte, nahm ihre Tasche und stand auf.

Im vierten Stock des Hochhauses an der Wegelerstraße, das im Bonner Gründerzeitviertel seltsam fehl am Platz wirkte, lagen die Laborräume des Instituts für Angewandte Physik. Wenigstens sorgten die hohen Bäume an der Straße und im großen Hof der Universitätsanlage für ein bißchen Grün. Das wuchtige Gebäude erinnerte eher an ein Krankenhaus denn an einen modernen Lehr- und Lernkomplex. Auf der Rückseite befand sich, etwas versteckt, der Eingang zur Physik, da der Haupteingang von der Straße her dem Hochschulrechenzentrum vorbehalten war.

Die jungen Leute hatten ihre Laborkittel angezogen und waren mit der Justierung der Apparaturen beschäftigt. Ihre beiden MacBooks waren eingeschaltet und die Jalousien zum Flur heruntergezogen. Ein bißchen roch es, fand Krawczyk, wie in seinem Jugendzimmer, wenn seine elektrische Eisenbahn aufgebaut war – irgendwie nach Strom.

Susanne riß ihn aus seinen Gedanken. »Kannst du mir mal helfen?« Sie deutete auf ein kleines Kästchen mit zwei mechanischen Schiebereglern.

»Du willst doch nicht im Ernst statt der Quantenmechanik simple Mechanik einsetzen?« fragte Krawczyk.

»Doch, will ich. Nur aus Verrücktem entsteht Geniales – oder so ähnlich. Albert Einstein.«

Ihr Kommilitone lachte. »In seiner blauen Phase, meinst du, am Tresen?«

Susanne grinste.

Wenn man den beiden jungen Leuten nur zuhörte, würde man nie vermuten, daß sie mit der komplizierten Materie ihres Fachs mit Leichtigkeit umgingen, so alltäglich waren ihre Sprüche und gegenseitigen Frotzeleien. Kam es aber darauf an, waren sie hochkonzentriert. Meistens jedenfalls.

»Hier, halt mal«, sagte die junge Frau fröhlich.

»Glaubst du wirklich, daß wir beiden Physikusse, die wir nicht einmal aus dem akademischen Mittelbau stammen, höchstens aus dem Unterbau, etwas Einmaliges schaffen können?«

»Wenn nicht wir, wer dann?« Susanne fügte die Steckverbindungen zweier Kabel aneinander. »Aber stell dir das doch mal vor: Wenn es tatsächlich funktioniert, wenn wir irgendwann Materie bewegen können, welche fantastischen Möglichkeiten sich dann auftun, in allen Lebensbereichen.«

Krawczyk sah sinnierend aus dem Fenster. Unten standen vier farblich verschiedene Mülltonnen. Auf der schwarzen saß, kaum zu sehen, eine schwarze Katze, weil es dort wahrscheinlich am wärmsten war.

»Hörst du überhaupt zu?« fragte Susanne. Sie schaltete die Anlage ein. Ein intensives Summen erfüllte den Raum.

»Doch, doch. Wenn das mit dem Nanoteilchen klappt, dann müssen wir es mit Größerem probieren, dann irgendwann mit Lebewesen.«

»Genau, ein Goldfisch aus dem einen Goldfischglas ins nächste zu verpflanzen …«

»Nein, im Ernst. Wo hörst du auf, ethisch, meine ich? Bei Menschen? Wenn du sie teleportieren kannst, dann kannst du sie auch verschwinden lassen.« Er überlegte.

Susanne trat vor ihn. »Laß mal die Grübeleien. Wir beginnen mit etwas Handfestem, Herr *Doktor.*« Sie legte die Arme um ihn und begann, ihn zu küssen.

Krawczyk schloß seine Augen und erwiderte den Kuß. Mit dem Rücken stand er zur Versuchsanordnung. Ohne es zu merken, bewegte Susanne ihn näher an den Tisch heran. Sein Rücken berührte den kleinen Kasten mit den Schiebereglern. Johanna hatte inzwischen ihre Zunge zur Unterstützung genommen, was Krawczyk seinerseits dazu veranlaßte, Johanna noch näher zu sich zu ziehen. Fast lag er auf den Reglern, die dadurch allmählich bis zum Anschlag geschoben wurden.

Plötzlich gab es einen Knall, und Anlage wie Licht gingen aus.

»Mist«, sagte Susanne, löste sich von ihrem Freund und ging zum Schaltkasten. »Die Sicherungen sind draußen. Bei allen.« Sie lächelte.

Krawczyk sah wieder hinaus. Die Katze war weg.

R2D2

S*amstag, 28. Mai 2016 – Bonn.* »Ja, bitte?« Katharina war irritiert. Den letzten Polizeiwagen in ihrer Straße hatte sie gesehen, als Frau Weber von gegenüber nach einer Diebstahlsanzeige, zu der die alte Dame persönlich auf der Wache vorgesprochen hatte, wieder nach Hause gebracht worden war.

»Dürfen wir 'reinkommen?« fragte der ältere der beiden Beamten.

Katharina zögerte. Wenn sie nein sagte, war das bestimmt verdächtig. »Falls es nicht lange dauert; ich bin nachher noch verabredet.« Sie führte die beiden Polizisten in die Küche. »Im Fernsehen finden die Verhöre doch immer in der Küche statt, oder?«

»Das hängt davon ab, was es zu essen gibt.« Der jüngere Polizist versuchte, die Atmosphäre etwas aufzulockern. »Obwohl, ein Kaffee tut es auch.«

»Reicht auch ein Espresso?« fragte Katharina. Dann ist das Gespräch schneller wieder vorbei, dachte sie.

Die Beamten nickten und setzten sich ungefragt an den Küchentisch.

Katharina betätigte die Knöpfe der etwas teureren Maschine, die Jan unbedingt hatte kaufen wollen und die sie inzwischen auch zu schätzen gelernt hatte. Sie stellte zwei Tassen mit dem duftenden äthiopischen Bonga Forest Wildkaffee aus Hamburg vor die beiden Herren und nahm mit einer eigenen Tasse gegenüber Platz. »Was gibt es denn so Wichtiges am Samstagnachmittag, wenn eigentlich gleich die Bundesliga anfängt?«

Der junge Beamte hatte anscheinend den Eröffnungszug. »Das riecht ja großartig!« Er nahm einen kleinen Schluck, nachdem er drei Löffel Zucker hineingetan und ordentlich umgerührt hatte. »Ich bin einer von den Süßen«, fügte er überflüssigerweise hinzu. »Können Sie uns sagen, wie Ihr Verhältnis zu Ihren Nachbarn ist? Ach, vorher noch das Übliche – mein Name ist Roselski, Roman

Roselski, und das ist mein Kollege Dieter Derenthal.« Daß sie im Polizeipräsidium R2D2 genannt wurden, verschwieg er.

»Warum fragen Sie?« wollte Katharina wissen. »Eigentlich sind die Nachbarn okay. Für die alte Frau Weber gegenüber kaufe ich manchmal ein; für Familie Hoffer nebenan nehme ich Pakete an; mit Familie Schmidt ein Haus weiter grillen wir einmal im Jahr.«

»Was ist mit Herrn Bachem auf der anderen Seite Ihres Hauses?« fragte Derenthal.

Katharina wurde blaß und hoffte, daß man das bei ihrer Gesichtsfarbe nicht unbedingt sehen konnte. »Wir reden nicht miteinander.«

»Nicht oder nicht mehr?« fragte Roselski.

»Nicht mehr«, war Katharina gezwungen zu antworten. Sie preßte die Lippen zusammen.

»Also keine gute Beziehung?« fragte Derenthal. Die beiden Beamten mußten wohl abwechselnd reden.

»Wenn ich ehrlich bin, gar keine.« Sie schwieg.

»Hat das Gründe?« fragte Roselski. »Oder haben Sie sich, nun, auseinandergelebt? Zu lange in einer Reihenhausreihe ...«

»Roselski!« sagte Derenthal. »Wir sind aus ernstem Anlaß hier.« Er sah Katharina fast väterlich freundlich an. »Antworten Sie bitte meinem Kollegen.«

»Wir sind vor fast vier Jahren hierhin gezogen, das heißt, Jan ist zu mir gezogen. Vorher habe ich hier alleine gewohnt.«

»Wer ist Jan?« fragte Roselski.

»Mein Freund«, sagte Katharina.

»Ist er auch hier?«

»Nein; er mußte noch einmal in die Stadt.« Ob man ihr ansah, daß sie log? Sie hatte keine Ahnung, wohin Jan gefahren war – wahrscheinlich zu einem seiner Rockkumpel, entweder Achim in Düsseldorf, Frank in Essen oder ... Sie wurde unterbrochen.

»Das Verhältnis zu Herrn Bachem«, erinnerte Derenthal.

»Dem paßten wir nicht. Ich nicht, weil ich einen Freund hatte – Herr Bachem lebt allein; Jan und ich nicht, weil wir auch mal mit Freunden im Garten sitzen und reden, im Sommer auch mal länger und auch mal lauter; Jan nicht, weil er seine Rockmusik manchmal voll aufdreht; weil …«

»Das ist doch alles Kleinkram«, sagte Roselski.

»Warum wollen Sie das überhaupt wissen?« fragte Katharina irritiert. »Soviel ich mitbekommen habe, ist Herr Bachem sowieso verreist.«

»Der wird auch nicht wiederkommen«, sagte Derenthal.

»Weil er nämlich tot ist«, ergänzte Roselski.

Katharina wurde noch blasser.

»Ist Ihnen nicht gut, Frau«, Derenthal mußte auf seinen Zettel sehen, »Markenbeck?«

»Doch, danke, es geht schon. Vielleicht erzählen Sie einfach mal der Reihe nach. Wenn Sie immer so unstrukturiert arbeiten …«

Roselski sah sie vorwurfsvoll an. »Wir haben schon unsere Gründe.« Man mußte ja nicht immer mit der Tür ins Haus fallen und lieber sein Gegenüber, gerade bei diesen Anwohnerbefragungen, auch mal aus der Reserve locken. »Also, Josef Bachem …«

»Ich wußte nicht einmal seinen Vornamen«, sagte Katharina. »Klingt nach Vorkriegszeit.«

»Nicht ganz«, sagte Derenthal und sah wieder auf seinen Zettel. »Josef Bachem ist Jahrgang 1944 und hat fast sein ganzes Leben in der Eifel verbracht, genauer gesagt, in Neukirchen.«

Auf Katharinas fragenden Blick hin fügte er hinzu: »Großraum Rheinbach / Bad Münstereifel. Er hatte dort von seinen Eltern einen Bauernhof geerbt, den er bis zur Rente selbst bewirtschaftet hat. An seinem 65. Geburtstag ist er nach Bonn gezogen. Warum ausgerechnet Bonn, wissen wir nicht. Verwandte hatte er wohl keine mehr.«

»Dann muß er kurz vor mir nebenan eingezogen sein«, sagte Katharina, die mitgerechnet hatte. »Aber warum sind Sie hier, wenn er doch tot ist?«

»Weil er ermordet worden ist«, sagte Roselski.

Katharina wurde noch blasser.

Gleich hat sie die Farbe, für deren künstliche Herstellung Villeroy & Boch viel Geld ausgeben, dachte Derenthal.

»Ich meine, wieso? Wer hat denn ...« Sie verstummte wieder und sah ratlos aus.

»Wenn wir das wüßten, säßen wir nicht hier«, sagte Roselski.

»Nebenan?« fragte Katharina. »Ich meine, zu Tode gekommen oder wie man das nennt?«

»Nein, das hätten Sie sicher mitbekommen – Absperrung, Spurensicherung, Mordkommission – das volle Programm«, sagte Derenthal.

»Also woanders.« Katharina biß sich auf die Zunge. Das war ja nun eine dümmliche Feststellung.

»Ist auch kein Geheimnis, steht morgen sowieso in der Zeitung«, sagte Derenthal. Den strafenden Blick seines Kollegen bemerkte er nicht. »Man hat ihn heute vormittag erschlagen am Waldrand bei Merzbach gefunden, ein Dorf weiter. Aber vielleicht mögen Sie uns sagen, was genau das Verhältnis zwischen Ihnen und Herrn Bachem so«, der ältere Beamte suchte nach dem richtigen Wort, »so *getrübt* hat.«

»Das kann ich Ihnen genau sagen«, antwortete Katharina. »Bei seinen dummen Bemerkungen blieb es ja nicht. Irgendwann hat er angefangen, seinen Gartenmüll über den Zaun auf unser Grundstück zu werfen. Als wir vor zwei Jahren aus den Ferien zurückkamen, war ein frisch gepflanztes Bäumchen eingegangen. Völlig untypisch für die robuste Pflanze. Im Gartencenter hieß es, da habe wohl jemand kräftig nachgeholfen. Irgendwann war die Luft dann raus.« Katharina machte eine Pause und nippte an ihrem doppelten Espresso.

»Aus Ihnen beiden?« fragte Derenthal.

»Wie? Nein, aus den Reifen meines Autos.«

»Und Sie sind sicher, daß es Bachem war?«

»Wollen Sie die Aufnahmen sehen?«

»Sofort?«

»Kein Problem.« Katharina stand auf.

Roselski war dem Hin und Her des Gesprächs gespannt gefolgt. Jetzt sagte er: »Es reicht, wenn Sie uns eine Kopie hereinreichen.« *Hereinreichen* fand er immer gut; das klang nach vorgesetzter Behörde und nach Eingabe eines Untertanen.

Derenthal sagte: »Das hat wirklich Zeit. Erzählen Sie erst einmal zu Ende.«

Katharina setzte sich wieder. »Die nächste Stufe war dann das Eintreffen von Ware, die ich nicht bestellt hatte, von Amazon, Zalando und wie sie alle heißen.« Sie verschwieg allerdings, daß die Bestellungen von ihrer Freundin Anne getätigt worden waren, deren Mann davon nichts wissen sollte.

»Peanuts«, murmelte Roselski.

»Dann war Rattengift im Garten verstreut, wobei unsere Katze dran glauben mußte. Schließlich wollte er mich im Vordergarten zur Rede stellen, weil wir angeblich manchmal nachts bei offenem Fenster …« Katharina schwieg und wurde rot. Sie gab sich einen Ruck. »Er faßte mich am Arm, wie man das so macht, wenn man seinen Worten Nachdruck verleihen will. Ich habe ihn dann geschubst, wobei er in die Rosen fiel. Fand er nicht besonders lustig.«

»Das ist aber alles nichts Weltbewegendes«, sagte Derenthal. »Nur der Form halber: Wo waren Sie gestern nachmittag und abend, zwischen neunzehn und vierundzwanzig Uhr?«

Katharina tat, als müsse sie überlegen. »Gestern? Wieso?«

»Weil der Gerichtsmediziner sich noch nicht auf den genauen Zeitpunkt von Bachems Tod festlegen wollte, wahrscheinlich irgendwann vor Mitternacht.«

»Ich war im Kino«, sagte Katharina schnell.

»Wo denn?« fragte Roselski.

»Im Rex in Endenich.«

»Und was lief?«

»*Ein Mann namens Ove*«, sagte Katharina, die ohnehin vorhatte, den Film zu sehen. Die Buchvorlage hatte sich in ihrem Laden ganz gut verkauft. Mehrere Kunden hatten ihr geraten, das Buch zu lesen, wozu sie mangels Zeit noch nicht gekommen war. Wenn jetzt also Fragen zum Inhalt kamen – die konnte sie aufgrund der Besprechungen in den Tageszeitungen gut beantworten.

»Vielen Dank«, sagten Roselski und Derenthal einstimmig und standen auf. Sie verabschiedeten sich. Katharina schloß die Tür hinter ihnen und lehnte sich erleichtert gegen die Wand.

Draußen sagte der junge Beamte: »Hast du gemerkt, wie nervös sie war?«

»Und die Geschichte mit dem Film stimmt nicht«, sagte sein älterer Kollege. »Ich war am Freitag selbst in dem Kino. Erstens habe ich Frau Markenbeck nicht gesehen – muß ich ja auch nicht, die Vorstellung war ganz gut besucht –, aber das Wichtigere: Zweitens fing der Film schon um fünfzehn Uhr an. Und drittens: Um neunzehn Uhr, was der Rechtsmediziner als frühesten Todeszeitpunkt bezeichnet hat, war er längst zu Ende.«

Das Feuerwehrfest

D*onnerstag, 19. Juli 1979 – Rheinbach-Neukirchen.* »Willst du dir nicht auch was zu trinken holen? Alleine unter Alkohol zu stehen …«

Johanna lachte. »Okay, bin gleich wieder da.« Sie stand auf und ging ins Haus.

Gleich stimmte nicht ganz. Wie vorhin schon, kam sie auch jetzt fast sofort wieder aus der Gaststube zurück – mit einem leeren Bierglas und der dazugehörigen Flasche.

»Entschuldige, wolltest du auch noch etwas?«

Martin lachte. »Später. Jetzt erzähl mal.«

»Also, sind alles nur Gerüchte. Was man sich auf dem Dorf eben so erzählt.«

»Dorf, meinst du? Wo denn?« Martin sah sich um. Doch. Schräg gegenüber schienen hinter hohen Bäumen noch einige Häuser zu stehen. Jenseits der Kreuzung waren im Tal die Dächer einiger weiterer Behausungen zu sehen. Das war aber auch schon wieder alles.

Johanna lachte wieder, was Martin schon jetzt nicht oft genug hören konnte. »Du hast irgendwie recht. Wenn man unter Dorf eine Ansammlung von Häusern mit einem kleinen Dorfplatz, manchmal noch einem kleinen Teich, einer Hauptstraße und einer Kirche versteht, mußt du wohl wieder nach Rheinbach zurückfahren, obwohl das schon kein Dorf mehr ist, höchstens von der Mentalität her. Und von der Politik her. Änderungen mag man dort nicht. Seit dem Mittelalter gewinnt bei allen Wahlen immer die CDU.«

Martin grinste. »Nicht ablenken. Die Gerüchte.«

»Im Frühjahr, letztes Jahr, meine ich, ich habe das nur in der Zeitung gelesen, hat ein Aachener Ehepaar seinen in Bonn studierenden Sohn als vermißt gemeldet. Wie sich herausstellte, hatte der hoffnungsvolle Sprößling sein Studium geschmissen, weil er lieber

Bauer werden wollte – *Landwirt* ist wohl der richtige Ausdruck. Hinter dem Rücken seiner Eltern hat er sich dann eine Arbeit gesucht. Von der Pike auf, sozusagen.«

»Erst Knecht, dann Bauer. Und zwischendurch die Erbin des Hofs heiraten?«

»Genau«, sagte Johanna. »Nur hatte er sich leider den falschen Hof ausgesucht. Bachem soll mit seiner Schwester zusammenwohnen …«

»Die habe ich noch gar nicht gesehen«, sagte Martin.

»Kannst du auch nicht. Die ist nur ganz selten da, lebt aber eigentlich in einer großzügigen Villa in Köln. Was sie genau macht, weiß ich nicht.«

»Aha.«

Martins Gesprächsbeiträge waren schon besser gewesen, fand Johanna. Sie fuhr fort. »Also keine Hoferbin. Aber Bachem, der seine Angestellten ausnutzen soll, wie man so hört, verschafft den Leuten andererseits eine solide Ausbildung, sagt mein Vater. Wenn er nicht wieder herumschreit und seinen Kummer am Quartalsende bei uns ersäuft. Jähzornig sei er, wird gemunkelt. Aus einer Mücke einen Elefanten machen, das könne er gut.«

»Hält sich eure Wirtschaft seinetwegen?« Martin konnte auch den Kopf schieflegen und lächeln. Dann sah er noch besser aus, fand Johanna.

»Dazu sage ich jetzt mal nichts. Jedenfalls war dieser Student aus Aachen bei ihm und arbeitete. Seinen Eltern machte er weis, daß er noch studiere. Physik, glaube ich. Irgendwann war Bachem wieder bei uns, ziemlich sauer. Mein Vater erzählte danach nur, daß der Student wohl übersehen habe, daß eine Kuh zu kalben begonnen hatte. Bachem war nicht da; er war nach Rheinbach gefahren, um beim Getreidehändler Küpper am Silo neben dem Bahnhof Futter zu holen. Als er zurückkam, war die Kuh tot. Also hat er den Studenten ’rausgeworfen.«

»Und dann?« Martin fühlte sich bemüßigt, auch verbal sein großes Interesse an der Geschichte zu demonstrieren.

»Irgendwann merkten die Eltern, daß ihr Junge abhanden gekommen war. Er wohnte in einer WG, aber seine Mitbewohner hatten ihn schon länger nicht mehr gesehen – logisch, er war ja nach Neukirchen gezogen. Die Polizei fand ihn auch nicht wieder. Er sei schließlich über achtzehn, könne sich aufhalten, wo er wolle, und so weiter. Also hat man die Angelegenheit zu den Akten gelegt, wie es so schön heißt.« Johanna trank einen großen Schluck Bier.

Martin schwieg und überlegte. Dann sagte er. »Vorhin hast du gesagt, in dem Dorf, wo alle paar Jahre … Sind denn mehrere Jungs weg?«

Johanna konnte nur nicken, weil sie den Mund noch voll Bier hatte. Sie setzte das Glas wieder auf den Tisch. »Jungs, Jugendliche, junge Männer – wann hört die Jugend auf, und wann fängt das Erwachsensein an?« Sie lächelte ihn an. »Also, soviel ich weiß, vor ungefähr zehn Jahren schon einmal.«

»Also insgesamt zwei?« fragte Martin. »Das reicht ja auch.«

»Der zweite beziehungsweise der erste – chronologisch, meine ich –, der erste junge Mann ist nach einem Feuerwehrfest in Neukirchen verschwunden.«

»Wie lange ist das denn her?«

»Habe ich doch gerade gesagt. Wahrscheinlich hast du nur mich angesehen, wie die anderen Gäste auch, und dann gar nichts mehr mitbekommen, oder?« Johanna zeigte wieder ihr schönes Lächeln.

Martin versuchte, nicht rot zu werden. »So ähnlich. Du bist auch kaum zu übersehen.«

Johanna lachte. »Danke. War das jetzt ein Kompliment? Ist auch egal. Warte mal, das war so um 1968/69. Mein Vater sammelt doch alte Zeitungsausschnitte …«

»Wie alt müssen die denn sein, damit er sie sammeln kann?« Martin grinste.

»Du weißt doch, was ich meine. Also, Zeitungsausschnitte von allen hier wichtigen Ereignissen: von dem Fund des alliierten Bombers nach Kriegsende im Wald bei Effelsberg, dem Besuch eines ausländischen Politikers in einem Dorf bei uns oder von dem Mord an einer Schülerin des Rheinbacher Mädchengymnasiums. Ist noch gar nicht lange her, war irgendwann in diesem Frühjahr. Jedenfalls – vielleicht hat mein Vater irgendwas über das Verschwinden des Jungen in Neukirchen aufgehoben.«

Johanna stand auf und ging ins Haus. Dieses Mal dauerte es etwas länger, bis sie wiederkam, im Schlepptau einen älteren Mann mit einer dieser Tresenschürzen, wohl ihr Vater. Er legte einen Aktenordner auf den Tisch und musterte Martin.

»Sie sind also der neue Handlanger bei Bachem? Dann viel Glück. Lernen werden Sie bestimmt etwas, aber Sie müssen ein dickes Fell haben. Mit dem Bauern ist nicht gut Kirschen essen.«

Martin grinste. »Mag ich sowieso nicht. Darf ich?« Er zeigte auf den Aktenordner.

Der Mann nickte, warf seiner Tochter einen undefinierbaren Blick zu – Warnung? Sorge? Ermutigung? – und ging wieder nach drinnen. Johanna setzte sich. Martin hatte den Ordner aufgeschlagen.

»Gib mal her.« Johanna wollte die Papiersammlung zu sich hinüberziehen, überlegte es sich aber anders. »Wir können auch zusammen hineingucken. Laß mich mal blättern.« Schnell hatte sie das Jahr 1969 gefunden. Akkurat beschriftete Trennblätter aus Karton hatten ihr die Arbeit erleichtert. »Gleich hab' ich's. Hier ist es schon.« Sie zeigte auf eine kleine Meldung aus dem Bonner *General-Anzeiger* vom 25. August 1969:

35 Jahre Freiwillige Feuerwehr Neukirchen
Mann verschwunden

Seit Jahrzehnten sichert die Freiwillige Feuerwehr Neukirchen das Leben ihrer Mitbürger. Bereits am 22.8.1934 wurde von 27 jungen Männern der erste Löschzug im Rheinbacher Höhenortsteil Neukirchen ins Leben gerufen. Während des Zweiten Weltkriegs wurde die verdienstvolle Arbeit von den Frauen in Neukirchen fortgeführt, während die Männer an der Front kämpften. Standort der Feuerwehr Neukirchen war über lange Jahre die Volksschule am Ortseingang. Erst vor fünf Jahren konnte das Feuerwehrgerätehaus in Irlenbusch in Betrieb genommen werden. Am Wochenende beging der gesamte Ort unter der Teilnahme des ehemaligen Neukirchener Bürgermeisters, Franz Kurscheidt, des neuen Bürgermeisters der Stadt Rheinbach, Heinz Büttgenbach, und etlicher Vertreter des Stadtrats das fünfunddreißigjährige Jubiläum bei einem großen Fest, das mit einem sehenswerten Feuerwerk endete. Überschattet wurde das ansonsten fröhliche Ereignis allerdings vom Verschwinden des 18jährigen Helmut K. aus Neukirchen. Er wurde zuletzt gegen zehn Uhr abends bei einer lautstarken Auseinandersetzung vor dem Festzelt gesehen, zu der schließlich sogar die Polizei gerufen werden mußte. Als die Beamten allerdings eintrafen, war von den Streithähnen nichts mehr zu sehen. Beschrieben wird Helmut K. wie folgt …

Johanna sah Martin an. »Was ich vorhin sagte: wieder jemand in dem Dorf, der abhanden gekommen ist.«

»Kann doch ein Zufall sein, oder?«

»Latürnich.« Johanna hatte anscheinend auch *Asterix* gelesen.

Martin besaß alle Bände, auch den in diesem Jahr erschienenen Band 24 *Asterix bei den Belgiern*. Er verlor sich in Gedanken an seine Lieblingsszenen (»Mir auch zwei Wildschweine!«), bis ihn Johanna anstupste.

»Was meinst du dazu?«

»Wozu?«

»Ich meine, was du dazu meinst, daß du dich mal unauffällig in Neukirchen umhörst?«

Martin mußte an Bachem und dessen Beobachtungsgabe denken. Nun auch noch Johanna. War er hier von Amateurdetektiven umgeben?

»Ja, wäre doch toll, wenn wir nach der ganzen Zeit herausfinden würden …«

Martin hörte nicht weiter zu. Johanna hatte gerade »Wir« gesagt. Ein schöner Traum! Er mußte wieder an Ursula denken und an das ungeborene Kind.

Blinde Wut

S*amstag, 23. August 1969 – Rheinbach-Neukirchen.* Bachem trat ins Festzelt und sah sich um. Eigentlich mochte er Veranstaltungen in Zelten oder überfüllten Sälen nicht besonders. Auch hier begann fast sofort sein Kopf aufgrund der verbrauchten Luft zu schmerzen; eine unangenehme Mischung aus Zigarettenqualm, Schweiß, süßen Parfüms, verschwitzter Kleidung und dem heißen Wasser, in dem die Bockwürste am Eßstand kochten, erfüllte den Raum. Der Stimmung tat das jedoch keinen Abbruch, im Gegenteil: Gelächter wehte von den Biertischen herüber, und auf der Tanzfläche hatte sich die Dorfjugend versammelt, um sich bei wilden Verrenkungen zu verausgaben. Ein Klammerblues alle halbe Stunde ließ die Temperatur im Zelt weiter steigen.

Auf der Bühne hatte die Feuerwehrkapelle der Rheinbacher Kollegen nach einer Runde Marschmusik einer Horde langhaariger Jugendlicher und ihren elektrischen Instrumenten Platz gemacht. *The Troop* war auf der Bass Drum der Band zu lesen. Die Musiker lieferten sich bei jedem Stück einen Wettstreit, wer seiner Gitarre die verzerrteren Klänge entlocken konnte. Gerade heizte die Band mit dem Chuck-Berry-Song *Johnny B. Goode* dem Publikum ein.

Bachem warf der Band einen verächtlichen Blick zu. Wie die schon aussahen. Verschwitzte T-Shirts, Koteletten bis zum Kinn, Haare im Afrolook oder bis auf die Schultern – nichts für ihn. Er interessierte sich nicht für die Musik der Halbstarken, obwohl er mit seinen vierundzwanzig Jahren der gleichen Generation angehörte. Außerdem war sie ihm zu laut. Er überlegte, wie er aus dem Abend noch etwas machen konnte, und ließ seinen Blick durchs Zelt schweifen. Dann entdeckte er Maria, die er schon seit einigen Monaten im Auge hatte. Das wäre doch mal eine feine Freundin, dachte er – jetzt oder nie. Das Mädchen stammte aus Neukirchen und war eine regelmäßige Besucherin der samstäglichen Diskothek in der »OT«, wie die Jugendeinrichtung »Offene Tür« im

Fachwerkhaus gegenüber der Rheinbacher Kirche nur abgekürzt genannt wurde. Dort war die Luft allerdings noch schlechter, so daß Bachem es bei einem einzigen Besuch belassen hatte. Süßliche Rauchschwaden hatten ihn damals nur darin bestärkt, die OT in Zukunft zu meiden; von Drogen hielt er nichts, und anders als sein Vater rauchte er auch nicht.

Die Band hatte inzwischen mit einer langsamen Nummer begonnen, und Maria hing am Hals eines jungen Mannes, der ebenfalls aus Neukirchen kam und den er trotz seiner langen Haare, die das Gesicht verdeckten, als Helmut Klein identifizierte. Bachem hatte von Helmuts Onkel mal einen großen Mähdrescher geliehen, war aber im Streit geschieden, als der Onkel angebliche Lackkratzer bei der Rückgabe monierte. Helmut sah gut aus, besaß dunkle, leicht gelockte Haare und fein geschnittene Züge, die ihn bei den Mädchen zu einem begehrten Junggesellen gemacht hatten. Allerdings war er zu schüchtern, um auf Avancen des weiblichen Geschlechts einzugehen. Wie es aussah, hatte Maria die Initiative ergriffen und Helmut erobert.

Bachem fluchte unterdrückt. Was konnte der Bauernsohn dem Mädchen denn schon bieten? Helmuts Familie besaß nur einen kleinen Hof, und die Mutter mußte dazuverdienen, um ihre Familie über Wasser zu halten. Er dagegen hatte von seinen Eltern, die früh verstorben waren, viel Land geerbt, das er teilweise verpachtet hatte, teilweise aber auch brachliegen ließ. Vielleicht war es möglich, die Grundstücke in Bauland umzuwandeln, wenn er irgendwann einmal im Rheinbacher Stadtrat saß.

Bachem gab sich einen Ruck. Tagträume waren ganz nett, aber um sie umzusetzen, benötigte er einen langen Atem. Nahziele waren wichtiger. Maria zum Beispiel. Entschlossen marschierte er auf die Tanzfläche.

Mann, war das eine Abfuhr gewesen. Bachem stand vor dem Zelt und kochte innerlich noch immer vor Zorn. Betont freundlich hatte er gesagt: »Abklatschen!« und auf die übliche Reaktion gewartet – ein verlegenes Lächeln des Jungen und ein schüchternes des Mädchens –, um dann die verbliebenen zwei Drittel des Songs tanzen zu können. Stattdessen hatte Helmut nur gesagt: »Finger weg!« Bachem hatte sich abgewandt, um auf eine weitere Gelegenheit zu warten, an Maria heranzukommen. Als Helmut aber noch ein »Spiel woanders!« hinzugefügte hatte, waren bei ihm die Sicherungen durchgebrannt. Er hatte Helmut geschubst, der daraufhin zu Boden gegangen war, was ihm eine schallende Ohrfeige von Maria eingetragen hatte. Kleinlaut war Bachem nach draußen geschlichen.

Er überlegte, was seine Chancen bei Maria erhöhen würde. Vernünftiges Verhalten bestimmt, ein Lächeln möglicherweise, wenn sie vorbeikam, vielleicht eine Einladung zum Essen, wenn Helmut nicht in der Nähe war? Er konnte ihr bestimmt ein teureres Essen ermöglichen als ihr Freund, der Bauernjunge – möglicherweise etwas Exotisches. In Bonn würde er sicher fündig, bei den vielen Diplomaten und ihren unterschiedlichen Küchen ... Die Crêperie am Bonner Marktplatz fiel ihm ein. Genau, ein Pfannkuchen mit einer Füllung aus Schinken, Käse und Ananas, zu einem leckeren Quadrat zusammengefaltet, das wär's.

Gedankenverloren betrachtete er seine Fingernägel und ärgerte sich, daß er sie heute morgen nicht gesäubert hatte. Na ja, demnächst würde es dunkel werden, und dann würde man kleinere Schmutzränder nicht mehr sehen können.

Jemand rempelte ihn an.

Bachem sah auf und blickte direkt in Helmuts Gesicht, dem die verschwitzten Haare an der Stirn klebten. Maria hatte sich eingehakt und sagte automatisch: »Entschuldigung. War keine Absicht.«

»Nee, war es nicht«, sagte Helmut. »Absicht geht anders.«

Wie so oft, war das der eine Satz zuviel.

Bachems gute Vorsätze hatten sich in Nichts aufgelöst. Er holte aus und verpaßte Helmut einen Kinnhaken, der aber, weil Helmut sich rechtzeitig zur Seite drückte, abgeschwächt Marias Schulter traf.

Das Mädchen schrie auf und stolperte.

Hinter den beiden kam der Chef der Neukirchener Feuerwehr aus dem Zelt. Gerade noch rechtzeitig fing er Maria auf und führte sie zu einem herrenlosen Stuhl am Tisch vor dem Festzelt, der vor einigen Stunden die Kasse beherbergt hatte. »Ruh dich was aus, Mädchen«, sagte er in breitestem Rheinisch. »Ich kümmere mich um die Jungs.«

Die *Jungs* standen einander gegenüber und funkelten sich wütend an.

Gut, daß keiner bewaffnet war, dachte der Feuerwehrchef. Was man so über Amerika las – dort lief ja jeder mit einem Schießeisen herum.

Bachems Gesicht war nicht wiederzuerkennen. Wutverzerrt stürzte er sich auf seinen Kontrahenten und versuchte, ihn an der Kehle zu packen. Zu seiner Überraschung beherrschte Helmut jedoch irgendeine dieser fernöstlichen Kampftechniken, duckte sich erneut weg, stellte dabei Bachem ein Bein und versetzte ihm gleichzeitig einen Schlag mit der linken Handkante.

Stöhnend ging der Angreifer zu Boden.

Der Feuerwehrchef nickte befriedigt. Es war immer gut, wenn man sich selbst zu helfen wußte.

Helmut tat so, als säubere er sich die Hände, und drehte sich dann zu Maria um, die das Geschehen angstvoll verfolgte.

Das war ein Fehler, dachte Bachem, seinen Rücken dem Gegner zuzukehren. Er rappelte sich auf und versuchte, Helmut von hinten zu attackieren. Zu fernöstlichen Kampftechniken gehörte anscheinend aber auch ein sechster Sinn, wie er rasch feststellen mußte.

In einer fließenden Bewegung wirbelte Helmut um seine Achse, so daß er wie durch Zauberhand plötzlich hinter Bachem stand, dem er dann mit aller Macht in die rechte Kniekehle trat.

Ein zweites Mal ging der Störenfried zu Boden.

»Komm, wir gehen«, sagte Helmut zu Maria. »Ich habe die Nase voll.«

»Ich auch«, sagte Maria. »Du kannst mich nach Hause bringen; ich gehe, glaube ich, direkt zu Bett.«

Bachem stand mühsam auf und klopfte den Staub aus seiner Kleidung. Er warf Helmut einen wütenden Blick zu, wollte sich umdrehen, überlegte es sich dann aber anders. »Du verdammtes Miststück«, brüllte er. »Dich mach ich fertig!« Mit einem Anlauf stürzte er sich wieder auf Helmut, der dieses Mal tatsächlich das Gleichgewicht verlor und niederstürzte. Bachem sprang auf ihn und begann, mit beiden Fäusten auf ihn einzuschlagen.

»Das reicht!« rief der Feuerwehrchef. Mit festem Griff packte er Bachem an einem Ohr und zerrte ihn von Helmut weg.

Bachem heulte auf und ließ von seinem Kontrahenten ab.

Der Feuerwehrchef drehte einen Arm des Angreifers auf den Rücken, was dieser mit einem weiteren Geheul quittierte.

»Soll ich die Polizei rufen, Chef?« fragte einer der anderen Feuerwehrleute, die, vom Lärm angelockt, den Kampf interessiert verfolgt hatten.

Sein Vorgesetzter nickte. »Könnt ihr dann mal diesen *Herrn* hier festhalten, bis die Kollegen von der Polizei eingetroffen sind?« Die Verachtung in seiner Stimme war mehr als deutlich zu hören.

Den kleinen Moment, als er zwei jungen Männern aus Neukirchen, mit denen er früher Fußball gespielt hatte, übergeben werden sollte, nutzte Bachem aus. Er riß sich los und rannte weg.

»Na ja«, sagte der Feuerwehrchef, nahm seine Schirmmütze ab und kratzte sich die wenigen Haare. »Ist ja nicht viel passiert. Hinter ihm herlaufen müßt ihr nicht. Ich gehe jetzt wieder nach drinnen. Bier für euch alle!«

Unter Gejohle folgten ihm die Zuschauer ins Zelt.

Maria hängte sich bei Helmut ein. »Mir reicht's für heute. Nach Hause!«

Außer Atem blieb Bachem vor der alten Schule am Ortseingang von Neukirchen stehen. Er drückte sich noch tiefer in den Schatten und wartete bewegungslos, bis das junge Paar ihn passiert hatte, ohne ihn zu sehen. Er folgte ihnen in sicherem Abstand. Hinter der kleinen Kirche bogen Helmut und Maria nach rechts in die Hüttenstraße ein.

Der junge Mann lieferte seine Freundin bei ihrem Elternhaus ab und setzte seinen Weg in Richtung des kleinen Aussiedlerhofes fort, den seine Eltern und er bewohnten.

Bachem ging leise hinter ihm her, in der Hand sein Springmesser, das er einsetzen konnte, wenn ihm ein Überraschungsmoment gelang. Sonst wäre er dem jungen Mann sicher wieder unterlegen.

Blinde Wut erfüllte ihn. Erst die Demütigung auf der Tanzfläche und Marias Zurückweisung, dann der Kampf vor dem Zelt und seine Niederlage. Aber Helmut würde sich noch wundern, so sehr wundern, wie sich damals in der Volksschule der dicke Rolf aus der Parallelklasse gewundert hatte. Rolf hatte ihn das gesamte vierte Schuljahr gehänselt, bis schließlich der Geduldsfaden des kleinen Bachem gerissen war und er den anderen Schüler in einer großen Pause so verprügelt hatte, daß Rolf mit einem gebrochenen Arm und einem ausgeschlagenen Zahn mehrere Wochen krank zu Hause geblieben war. Bachems Bestrafung war saftig gewesen: eine Woche Stubenarrest zu Hause, ein längeres Gespräch mit dem Rektor, ein Gespräch mit einem Schulpsychologen und Einsamkeit in den letzten Monaten der Grundschulzeit, weil kein Kind mehr mit ihm spielen wollte. Aber er hatte gewonnen: Rolf hatte nie wieder etwas zu ihm gesagt.

Mittlerweile regnete es leicht. Der Wetterwechsel hatte sich schon nachmittags angekündigt, als sich der Himmel bezogen hatte, was der Feierlaune von Feuerwehr und Besuchern aber nicht hinderlich gewesen war. Bachem nickte befriedigt. Der Regen würde eventuelle Spuren verwischen.

Helmut schaute sich um. Folgte ihm jemand? Er schüttelte den Kopf und ging rasch weiter. Auf Höhe des Wäldchens zwischen Neukirchen und Irlenbusch hörte er plötzlich Schritte hinter sich.

Ehe er sich aber umdrehen konnte, spürte er plötzlich einen stechenden Schmerz im Rücken. Es blieb ihm keine Zeit, seine profunden Kenntnisse der asiatischen Kampfkunst anzuwenden. Ein zweiter Stich folgte. Jemand drängte ihn ins Unterholz, wo er zu Boden sank. Erneut stach man auf ihn ein. Mühsam drehte er sich um, während sein Gegner einen Messerstich nach dem anderen folgen ließ. Seine Augen verweigerten ihren Dienst, so daß er das Gesicht des Angreifers nicht mehr erkennen konnte. Schließlich wurde alles schwarz vor seinen Augen.

Bachem kam wieder zu sich und betrachtete die regungslose Gestalt zu seinen Füßen. Neben dem Oberkörper breitete sich langsam ein dunkler Fleck aus, der im Waldboden versickerte.

Was sollte er jetzt bloß machen?

Er sah an sich herunter. Sein Baumwollhemd war blutverschmiert, seine Hose an einer Stelle eingerissen. Er schien ebenfalls zu bluten. Oder war der dunkle Fleck an dem Riß nicht sein Blut?

Bachem fing an zu zittern. Er hatte noch nie im Leben jemanden umgebracht, nicht einmal in Gedanken. Seine plötzliche Wut eben war eine Seite, die er an sich noch nicht kannte. Aber was sollte er jetzt tun? Sich irgendwo verstecken? Wenn er nicht schnell wieder einen klaren Kopf bekam, konnte er den Rest seines Lebens als freier Mann vergessen. Er setzte sich auf einen Baumstumpf und überlegte. Schließlich faßte er einen Plan.

Spät in der Nacht saß Bachem vor seinem Schweinestall und ließ die letzten Stunden noch einmal vor seinem inneren Auge ablaufen. Mit dem alten Benz, der abgemeldet im hinteren Teil des großen Heuschobers vor sich hinrostete, aber noch immer fahrtüchtig war, hatte er die Leiche aus Neukirchen abgeholt. Wie er es aus dem Fernsehen kannte, hatte er den Waldboden und die Straße sorgfältig abgesucht, bis auf ein gebrauchtes Papiertaschentuch, von dem er nicht wußte, wem es überhaupt gehörte, aber nichts gefunden. Alle Spuren waren verwischt.

Den toten Helmut hatte er dann im Kofferraum des Mercedes Kombi nach Hause transportiert und im Dunkel der Nacht auf dem Hof entkleidet.

Wie es schien, hatten sich die Schweine über eine Zusatzportion an Futter gefreut.

Versuchsanordnungen

F*reitag, 27. Mai 2016 – Bonn.* »Ist ja ganz gut, daß wir vorhin Schluß gemacht haben«, sagte Krawczyk. Mit Susanne saß er draußen vor dem alten Hauptgebäude der Universität auf der Hofgartenseite und genoß einen großen Pott Kaffee, der hier im Unicafé hervorragend schmeckte. »Ein wirklich guter Kaffee, wenn auch nicht ganz so gut wie im Café Göttlich. Zu blöd, daß unser Stammcafé nach über einem Vierteljahrhundert 2014 schließen mußte.«

»Stimmt. Und das zugunsten eines weiteren Klamottenladens in der Fürstenstraße! Wie gegenüber in der ehemaligen Buchhandlung Bouvier. So viele Kleider kann ich gar nicht kaufen, wie neue Läden aufmachen.«

»Du hast recht, schon wieder irgend so eine blöde Boutique.« Krawczyk zeigte auf die große Rasenfläche zwischen Universität und Akademischem Kunstmuseum. »Wenigstens können sie hier nichts bauen.« Er rührte gedankenverloren den Kaffee erneut um. »Gute Caféadressen wird es weiterhin geben, auch in Bonn. Es muß ja nicht sofort McDonald's oder Starbuck's sein. Wo war ich stehengeblieben, Fräulein Achter?«

Susanne guckte amüsiert. »Färben jetzt Brettens Attitüden schon auf dich ab?«

Krawczyk gluckste. Nachmittage mit Susanne lenkten ihn immer zuverlässig von der Tatsache ab, daß er mit seiner Habilitation auf der Stelle trat. Irgendwie kam er mit dem von Bretten gutgeheißenen Thema »Stasis und Antistasis. Bewegung von elektromagnetischen Feldern im Nanobereich« nicht weiter.

»Jetzt mal im Ernst, Konrad, hast du eine Ahnung, wie wir weitermachen sollen?«

Krawczyk überlegte. »Vielleicht müssen wir uns mit dem Herrn aus Las Palmas in Verbindung setzen. Vielleicht forscht der auch insgeheim an Teleportationsgeschichten. Vielleicht …«

»Das sind aber schon drei Eventualitäten. Ich würde lieber einen kompetenten Mathematiker daraufhin befragen – Wahrscheinlichkeitsrechnung und so –, ob das, was wir vorhaben, überhaupt möglich ist.«

»Hat Einstein auch nicht gemacht; der hat einfach losgelegt.«

»Und schwups, hatte er die Relativitätstheorie.«

Krawczyk grinste. »So schnell ist das sicher nicht gegangen. Aber laß uns doch mal überlegen. Wo du gerade Einstein sagst. Zeit, Zeitdehnung, langsamer vergehende Zeit – vieles, was er vorausgedacht hat, ist inzwischen schon bewiesen. Was wäre denn, wenn man Dinge nicht nur im Raum, sondern auch in der Zeit bewegen könnte?«

»Wie meinst du das? Ich dachte, es sei inzwischen bewiesen, daß es keine Zeitreisen geben kann?« Susanne legte den Kopf schief.

»Es muß ja gar keine Zeitreise sein; es reicht doch, wenn beispielsweise ein aufgegebenes Päckchen im Moment der Aufgabe den Empfänger erreicht. Oder, warte mal, du bestellst eine Pizza, und sie ist noch heiß, wenn sie bei dir eintrifft.«

»Super«, sagte Susanne, »apropos Pizza …«

»Nicht ablenken. Und was Zeitreisen angeht: es gibt so viele Merkwürdigkeiten in der Geschichte, daß man fast geneigt ist, tatsächlich an Reisen durch die Zeit zu glauben. Leonardo da Vinci zum Beispiel; der wußte so viel über Waffentechnik aus dem 20. Jahrhundert, daß man fast denken könnte …«

»Quatsch«, sagte Susanne.

»Oder Rip Van Winkle …«

»Wer bitte?«

»Ein Bauer namens Rip Van Winkle trifft in der Nähe des Hudson River auf eine Gruppe holländischer Siedler, schläft irgendwann nachts ein und wacht zwanzig Jahre später wieder auf, nicht gealtert. So hat jedenfalls Washington Irving die im achtzehnten Jahrhundert spielende Geschichte etwa fünfzig Jahre später berichtet. Auch eine Zeitreise.«

»Aha.«

Viel schlauer sah Susanne nicht aus, fand Krawczyk. »Oder nimm Gerhard Steinhäuser und seinen Bericht über einen Zeitreisenden, den *Mann, der nach Gestern ging*, ein Buch, das in Form eines Dokumentarberichts den Mithras-Kult, Ausgrabungen und Außerirdische behandelt.«

»Über Science Fiction wollte ich mich jetzt eigentlich nicht unterhalten.«

»Noch ein Beispiel für unerklärliche Phänomene, die die Zeit betreffen?« Der Physiker ließ nicht locker. »Ein Dorflehrer aus dem englischen Cheshire namens Ken Webster erhielt vor einigen Jahren auf seinem neugekauften Computer Botschaften in bestem Mittelenglisch von einem Dekan des Brasenose College in Oxford. Dieser Dekan lebte im sechzehnten Jahrhundert. Der Lehrer und der Dekan korrespondierten dann einige Monate, bis der Dialog plötzlich abbrach. Die Unterhaltungen kannst du nachlesen!«

»Alles Hirngespinste. Glaubst du wirklich, daß man jemand einfach aus einer Zeitepoche in die andere versetzen kann? Oder von einem Ort an den anderen? Ich nicht!« Susanne sah ihn aufgebracht an. »Das führt doch alles zu nichts. Wir hängen fest, wollen uns das nicht eingestehen und haben Angst, Bretten zu informieren.«

»Keine Sorge«, versuchte Krawczyk seiner Freundin Mut zu machen, »wir sollten die letzte Versuchsanordnung erneut aufbauen und mit der Anordnung einen neuen Versuch, äh, versuchen.«

Susanne hob nur eine Augenbraue. »Mühsam ernährt sich das Eichhörnchen.«

Krawczyk sah vor seinem inneren Auge das possierliche Tierchen im physikalischen Labor sitzen, ein langes Kabel zwischen den Pfoten. Ihm fiel die schwarze Katze wieder ein, die in dem Moment, als die Sicherungen durchbrannten, verschwunden war. Ob das etwas miteinander zu tun hatte?

Das Riesenkaninchen

Samstag, 28. Mai 2016 – Bonn. Kriminaloberkommissar Dolf Mesmer saß im Bonner Polizeipräsidium an seinem Schreibtisch und kaute an einem Bleistift. Er dachte an seinen Kollegen und Vorgesetzten Krüger. Wo der wohl steckte? Ziemlich kurzfristig hatte Langenargen den Ersten Kriminalhauptkommissar abgezogen, gleichzeitig mit Kriminaloberkommissar Markus Schneider, mit dem Krüger in der Regel zusammen ermittelte. Es ging das Gerücht, die beiden würden an einem komplizierten Fall arbeiten, in den auch das Bundeskriminalamt involviert war und der der Geheimhaltung unterlag. Krüger war wohl in der Zentrale in Berlin und ließ es sich gutgehen, dachte Mesmer. Mit dem in Hamburg geborenen Kriminalhauptkommissar – was Krüger bei jeder sich bietenden Gelegenheit betonte – hatte er nie viel anfangen können. Außerdem hatte Krüger immer recht, zumindest, was Stil- und Grammatikfragen der deutschen Sprache anging, und das ging Mesmer – und nicht nur ihm – gehörig auf die Nerven. Er versuchte jedenfalls, seine Arbeit für die Abteilung ordentlich zu erledigen und nicht unnötig aufzufallen. Umgekehrt konnte Krüger mit ihm wohl auch nicht viel anfangen; jedenfalls hatte er ihn nie nach Dienstschluß auf ein Glas Wein eingeladen, wie er das mit Schneider dauernd machte.

Wenn auch einige Kollegen durchs Präsidium schlichen, als ob jemand gestorben sei, hatte Krügers Abwesenheit doch ein Gutes: Anscheinend war er jetzt der Beste in der Abteilung, da Langenargen ihm Krügers andere Fälle übergeben hatte. »Mesmer«, hatte Langenargen nämlich gesagt, »ich verlasse mich auf Sie.« Allerdings war dann noch eine der üblichen Spitzen des Chefs gefolgt. »Mesmer«, hatte Langenargen hinzugefügt, »sehen Sie mal zu, daß Sie die Kommasetzung bei Ihren Berichten in den Griff kriegen. Krüger hat ja die Latte ziemlich hoch gelegt.« Mit diesen Worten war er wieder gegangen und hatte einen verärgerten Untergebenen zurückgelassen. Kommasetzung, hatte Mesmer verächtlich gedacht, Kommasetzung war etwas für Akademiker und Journalisten, aber nicht für ihn. Er war mit *echten* Ermittlungen befaßt und stets am Puls der Zeit, wie er fand. Da hatte er keine Zeit für Kleinkram. Immerhin war es ja ganz nett, daß nun auch er einmal Anordnungen erteilen konnte, solange Krüger weg war. Andererseits hatte er ohnehin genug zu tun. Und jetzt war noch die Akte »Bachem« dazugekommen. Er seufzte und fixierte die beiden Beamten, die vor ihm standen. »Das ist alles?«

»Herr Mesmer«, sagte Roselski. »Das ist doch eine ganze Menge.«

Derenthal kam seinem Kollegen zu Hilfe. »Daß wir mit Frau Markenbeck bereits einen Tag nach dem Mord eine Verdächtige haben, ist doch bemerkenswert.«

Mesmer überflog seine Unterlagen. »Mir erscheint das etwas dünn. Zwar hat sie kein Alibi für den Tatzeitpunkt, aber ein richtiges Motiv sehe ich auch nicht. Ihre Buchhandlung steht allerdings am Rande der Insolvenz – danke, Herr Roselski, daß Sie so schnell Zahlen bekommen haben.«

Rolseski strahlte.

»Aber daraus ersehe ich nicht, daß Frau Markenbeck durch den Tod von Josef Bachem irgendwelche Vorteile entstanden sind, bis auf die endgültige Ruhe vor ihrem Nachbarn.« Mesmer grinste schief. »Andere Verdächtige, die Herren?«

Roselskis Lächeln verschwand, und er überlegte, was er sagen konnte.

Derenthal räusperte sich. »Nicht direkt.«

»Wie meinen Sie das?«

»Die beiden Polizisten, die in Neukirchen die Nachbarn befragen sollen, haben sich noch nicht wieder gemeldet.« Derenthal blickte zu Boden.

Mesmer verlor allmählich seine Geduld. Alles mußte man selber machen. »Waren Sie denn schon in dem Dorf? Die Tatortnähe ist vielleicht wichtiger als die Befragung von Zufallsnachbarn, wenn

Bachem erst seit ein paar Jahren in Bonn gewohnt und ansonsten sein ganzes Leben in der Eifel verbracht hat.«

Roselski sah auf die Uhr. Fast sechs. Eigentlich hätte er seit Mittag zu Hause sein sollen, Rasen mähen, Auto waschen, irgend etwas in der Art, statt sich hier Vorwürfe von seinem Vorgesetzten und später von seiner Frau anhören zu müssen. »Farnschläger meinte nur …«

»Seit wann sagt der denn, was zu tun ist?« Mesmer war auf seinen Kollegen nicht gut zu sprechen, was sich daraus erklärte, daß Farnschläger in grauer Vorzeit eine enge Freundin von Mesmer geheiratet hatte. Inzwischen war Farnschläger längst wieder geschieden, wie mancher andere Kollege auch. Und statt daß die Freundin dann zu ihm zurückgekommen war, hatte sie sich erneut für einen anderen entschieden.

»Herr Farnschläger meinte nur«, fing Derenthal noch einmal an, »wir hätten wahrscheinlich rasch den Rücken frei, wenn wir die Befragung der Bonner Nachbarn des Toten hinter uns hätten. Ein Motiv fände sich da ohnehin nicht; meistens sei das Lebensumfeld, also die Zeit, die der Tote am längsten an einem Ort …«

»Ich kenne die entsprechenden Überlegungen«, sagte Mesmer. »Von mir aus können Sie das erledigen. Sind Sie denn bald fertig?«

»Leider nicht. Es ist Samstag, und viele Leute scheinen das Wochenende außerhalb ihrer vier Wände zu verbringen«, sagte Roselski. »Von sechs Nachbarn, jeweils drei rechts und drei links seines Hauses, haben wir nur zwei angetroffen. Auf der anderen Straßenseite gegenüber war es nicht viel besser.«

»Okay. Dann machen Sie jetzt Feierabend und nehmen morgen früh Ihre Befragungen wieder auf.«

Rolselski seufzte.

»Wollten Sie noch etwas sagen, Herr Kollege?« fragte Mesmer. »Nicht? Dann bis morgen abend, achtzehn Uhr im Besprechungsraum.« Er stand auf, um das Ende des Gesprächs zu signalisieren. »Der Sonntag ist ein Arbeitstag, wenn es nötig ist. Ach ja, da wäre noch etwas: Vielleicht können Sie den Freund von Frau Markenbeck auftreiben. Kann ja sein, daß er etwas beobachtet hat, was Herrn Bachem angeht und was für uns von besonderem Interesse ist.«

Es klopfte. Mesmer sah automatisch auf die Uhr, die er über der Bürotür angebracht hatte: halb sieben. Er saß wieder mit dem Rücken zum Fenster, was seinem Gegenüber nur einen leicht verschatteten Blick auf sein Mienenspiel gestattete; manchmal war das durchaus von Vorteil. »Herein«, sagte er, »Tür ist offen.«

Manfred Schumacher trat mit seinem jüngeren Kollegen Kevin Beaumont ins Zimmer.

Mesmer fragte sich jedes Mal, wenn er den jungen Mann sah, wie um alles in der Welt seine Eltern ihm zu seinem schönen Nachnamen diesen, nun, *schichtenspezifischen* Vornamen hatten geben können. »Das ist ja nett, daß Sie vor Feierabend noch vorbeikommen«, sagte er.

Beaumont sah seinen Kollegen an. Er hatte beschlossen, sich von Mesmers Bemerkungen den Abend nicht verderben zu lassen. »Wir sind nur gekommen ...«

»Um zu bleiben«, sagte Mesmer und sah erneut auf die Uhr.

Beaumont grinste. So gut aufgelegt kannte er seinen temporären Chef gar nicht.

Schumacher gab ihm einen kleinen Stoß in die Rippen und verbiß sich ebenfalls ein Grinsen. »Können Sie unseren Überstundenzettel abzeichnen?«

Jetzt mußte auch Beaumont grinsen.

Mesmer lag schon eine bissige Entgegnung auf der Zunge, bis er begriff, was die beiden Polizisten vorhatten. »Gerne«, sagte er, um ihnen den Wind aus den Segeln zu nehmen. »Aber zuerst berichten Sie mal. Bitte.« Er deutete auf die beiden Stühle vor seinem Schreibtisch.

Schumacher seufzte. Das konnte jetzt dauern. Bis Mesmer verstanden hatte, daß sie nichts herausgefunden hatten ...

»Also?« unterbrach Mesmer seinen Gedankengang.

Schumacher räusperte sich. »Wir haben in Neukirchen mit dem Nachbarhof von Bachems, äh, Anwesen begonnen. Gehört einem ...« Er nahm seinen Block aus der Jackentasche und schlug ein paar Seiten um, um Mesmer zu zeigen, daß sie ordentlich ermittelt hatten. In Wirklichkeit standen auf der einzigen Seite, die er heute beschriftet hatte, vier Namen und dahinter jeweils ein Strich. »Hubert Schmitz Komma Landwirt«, las er vor.

»Der einzige Bauer mit Visitenkarten«, sagte Beaumont.

»Bitte?« fragte Mesmer.

»Doch, stimmt«, sagte Schumacher. »Wir haben geklingelt, die Tür ging auf, als ob der Mann dahinter nur auf uns gewartet hatte. Na ja, das Polizeiaufkommen muß er schon bemerkt haben. Wir haben uns ausgewiesen, und daraufhin fragte er, ob er uns seine Karte geben dürfe. Er holte einen Stapel Visitenkarten vom Flurschränkchen neben der Haustür und gab uns eine.«

»Was stand denn drauf?« fragte Mesmer. Er war doch neugierig geworden und sah Schumacher erwartungsvoll an.

»*Hubert Schmitz*. Schiefe Buchstaben«, sagte Schumacher.

»Kursiv«, sagte Beaumont.

»Darunter in Anführungsstrichen ›Landwirt‹.«

»Als ob er das nicht wirklich war, wegen der Anführungsstriche«, sagte Beaumont.

»Wir haben ihn dann gefragt, ob er was mitbekommen hätte. Wann er zuletzt Bachem gesehen und ob er Streit mit ihm gehabt habe. ›Wer hätte den nicht gehabt‹, hat er geantwortet.« Schumacher machte eine Pause.

Mesmer hatte beschlossen, freundlich zu sein. Immerhin war es Samstagabend, und beide Polizisten wollten wie er nach Hause. »Worum ging es denn dabei?«

»Nichts Wichtiges«, sagte Beaumont. »Ausgerissene Kühe, die dann Schmitzens Weizenfeld etwas, ja: zerrupft hatten.«

Den alten Genitiv kennt er, dachte Mesmer und ärgerte sich gleichzeitig, weil Krügers Sprachgenauigkeiten anscheinend auf ihn abgefärbt hatten.

»Außerdem eine über Nacht angeknabberte Rübenmiete«, sagte Schumacher.

»Waren das auch die Kühe?« fragte Mesmer.

Beaumont ignorierte die Frage. »Und dergleichen. Nichts Wichtiges also. Schmitz machte einen völlig harmlosen Eindruck. Als wir gehen wollten, fragte er, ob er uns seine Karte geben dürfe. Wir haben also zwei Visitenkarten bekommen. Jeder eine.«

»Ein anderer Nachbar fragte dann, ob wir bei Harvey, äh, Hubert, gewesen wären und ob er das Riesenkaninchen erwähnt hätte«, sagte Schumacher mit todernster Miene.

Mesmer kannte den alten Schwarzweißfilm und grinste. »Das war alles?«

»Eigentlich ja«, sagte Beaumont. »Die Befragung der anderen Nachbarn war auch nicht ergiebiger. Josef Bachem gehörte zwar irgendwie zum Dorf, aber irgendwie auch nicht. Eine Art Eigenbrötler sei er gewesen. Das Ehepaar, das wir auf der Hauptstraße neben der Kirche befragt haben, sagte nur, eigentlich wären alle ganz froh gewesen, als er nach Bonn gezogen war. Und Schmitz hat noch gesagt, wenn Bachem damals geheiratet hätte, wäre man sicher besser mit ihm klargekommen.«

»Das Wort *damals* wollte er nicht präzisieren«, sagte Schumacher, als er Mesmers fragenden Blick sah.

»Etwas wenig für einen halben Tag Arbeit, oder?« sagte Mesmer.

»Wir fahren da nochmal hin«, sagte Beaumont schnell. »Aber nicht vor Montag.«

»Dann sind alle wieder da«, sagte Schumacher. »Nach dem Wochenende. Wir auch.«

»Was ist mit morgen?« fragte Mesmer.

»Morgen ist niemand da. Im Nachbardorf findet das jährliche Junggesellenfest …«

»Junge gesellen sich gerne festlich zueinander«, sagte Mesmer versonnen.

Schumacher und Beaumont sahen sich an.

»Okay«, Mesmer hatte den Blick anscheinend gehört, »ich war auch mal jung. Meinetwegen. Dann seid ihr aber auch am Montagmorgen um acht Uhr in Neukirchen.«

Wieso duzt er uns jetzt, dachte Beaumont, sagte aber nichts.

Schumacher hatte noch einmal seine Stichworte überflogen. »Da ist doch noch etwas. Eine Frau«, er machte eine Pause und versuchte, den im Stehen geschriebenen Namen zu entziffern, »eine Frau Panofsky ...«

»Nicht verwandt«, sagte Beaumont schnell, »mit Erwin, meine ich.«

Mesmer konnte nicht ganz folgen. »Wer jetzt?«

»Das hat mit unserem aktuellen Fall nicht zu tun«, sagte Schumacher. »Frau Panofsky hat uns jedenfalls gefragt, ob wir etwas über den seinerzeit verschwundenen Jungen aus Aachen wüßten.«

Schuppen und Angeln

S*amstag, 28. Mai 2016 – Bonn.* Katharina sah auf die Uhr. Schon sieben. Wann war sie nochmal mit Susanne verabredet? Sie ging zum Küchenkalender, auf dem sie die *social events* notierte. »19:30 Susanne & Konrad« stand da. Mist, mit beiden. Konrad war ja ganz nett; dennoch war es manchmal besser, von Frau zu Frau … Egal. Sie schüttelte den Kopf. Aber Samstagabend in der Bonner Altstadt – an einen Parkplatz war da nicht zu denken. Für den Bus war es schon zu spät. Auf das Fahrrad hatte sie keine Lust. Ein Taxi? Wenn sie an ihren Kontostand dachte …

Zehn Minuten später saß sie doch in ihrem kleinen Auto. Sie hatte sich umgezogen: Endlich war es abends wieder warm genug für ihr blaues Lieblingskleid mit den kleinen weißen Tupfen. Sie nahm sicherheitshalber noch ihre Jeansjacke mit und schlüpfte in die bequemen Ballerinas.

Nach genau fünfzehn Minuten bog sie in die Maxstraße ein und fuhr kurz darauf in die Tiefgarage des Stadthauses. Die dunkle Zufahrt in der Weiherstraße zwischen den beiden unsäglichen Gebäudeteilen dieser städtebaulichen Schandtat mochte sie zwar nicht; dort das Auto abzustellen war aber immer noch besser als ein Parkplatz halb auf dem Bürgersteig mit anschließenden Kinderwagenkratzern auf dem Lack. Das kurze Stück bis zum Borsalino legte sie in schnellem Tempo zurück. Seit langen Jahren war sie zu jedem Termin, auch den privaten, immer pünktlich gekommen. Punkt halb acht betrat sie das italienische Szenelokal, das sich schon ewig in der Altstadt hielt. Seit die Japaner zur Kirschblüte nach Bonn in die Breite Straße kamen, war es richtig aufgeblüht, oder wie hieß das bei Restaurants, wenn sie »entdeckt« und im Internet mit Bewertungen verziert worden waren?

Katharina sah sich um. Das Restaurant war momentan nur zur Hälfte mit Gästen besetzt; die anderen Plätze würden sich wohl erst nach dem Ende der frühabendlichen Kinovorstellungen füllen. Sie steuerte einen Tisch an der den Fenstern gegenüberliegenden Wand an und setzte sich so, daß sie die Tür im Blick behalten konnte.

Ein eilfertiger Kellner hatte schon mit der Speisekarte in der Hand gewartet. »Määdschen, wat ze drinke?« fragte er in breitestem Bönnsch.

Das paßte ja nun gar nicht. »*Signorina* heißt das, bitte«, sagte Katharina, »etwas Lokalkolorit wäre ganz nett.«

»Sorry«, sagte der junge Mann, »binnisch noch nit drauf einjestellt. Isch hab' erst vor 'ner Woch' hier anjefange. Signorina, wat ze drinke?«

Katharina gab ihren Erziehungsversuch auf. »Gleich, ich warte noch auf Freunde.«

Der Kellner hatte sich anscheinend Hoffnungen auf ein längeres Gespräch gemacht mit sich daraus ergebenden eventuellen Folgen. Mit einem enttäuschten Gesicht legte er die Speisekarte auf den Tisch und verschwand in die Küche.

Katharina schlug die mit *Menue* beschriftete Mappe auf und begann zu lesen. Die Küche könnte auch mal die ewigen Fusilli, Penne und Rigatoni mit wechselnden Beilagen ändern, dachte sie. Mehr Fisch oder Meerfisch vielleicht, wobei *mehr* auch *teurer* hieß und in Bonn, das leider nicht küstennah auf dem Atlas verzeichnet war, nur halb so gut wie am Meer schmeckte. Wenn sie da an den Urlaub in Portugal dachte und an das kleine, nur von Einheimischen frequentierte Restaurant, in dem sie draußen auf der Terrasse die besten Sardinen ihres Lebens gegessen hatte, direkt vom Fang auf den Grill ... Andererseits aßen die Bonner ohnehin wenig Fisch, wenn man den Speisekarten der Restaurants Glauben schenken durfte.

Jemand stupste sie an.

»Wo bist du denn? Nicht träumen«, sagte Susannes vertraute Stimme. Konrad stand neben ihr und grinste.

Katharina lachte verlegen. »Ich dachte gerade an Schuppen und Angeln.«

»Du möchtest von jemandem in diesem Laden an Land gezogen werden? Da würde ich aber eine bessere Gelegenheit abwarten und einen Ort wählen, an dem nicht nur die üblichen Studenten und Professoren verkehren.« Konrad deutete auf Professor Salevi, den bekannten Teilchenphysiker, dessen Anwesenheit Katharina entgangen war.

Susanne folgte seinem Finger. »Schon wieder eine neue Brille.«

»Ist doch logisch«, sagte Konrad, »je kleiner die Teilchen, desto größer die Dioptrienzahl ...«

Katharina grinste vergnügt. Das versprach doch, ein netter Abend zu werden.

»Ich kenne den Fall nicht«, sagte Beaumont. »Ich geh' gleich nochmal ins Archiv und such' mir die Akte heraus.«

»Das kann ich Ihnen ersparen«, sagte Mesmer. »Mein ehemaliger Chef war damals der ermittelnde Beamte, und da er einen Sohn im gleichen Alter hatte, setzte ihm die Angelegenheit ziemlich zu.«

»Was ist denn eigentlich passiert?« fragte Schumacher. »Die Sätze von Frau Panofsky waren nicht sehr ergiebig.«

Mesmer berichtete von dem 1978 verschwundenen Physikstudenten aus Aachen.

»Und bei den damaligen Untersuchungen ist nichts herausgekommen?« fragte Beaumont.

»Nichts«, sagte Mesmer.

»Und Bachem?«

»Der wußte von gar nichts. Er war nur sauer, daß der junge Mann weg war, weil er einen Erntehelfer weniger hatte.«

»Er hatte also nichts mit dem Verschwinden zu tun?«

»Mein damaliger Chef hat ihm jedenfalls nichts nachweisen können. Kein Motiv – keine Schuld.«

»Auch keine Gelegenheit?« fragte Beaumont.

»Da man das exakte Datum des Verschwindens nicht herausfinden konnte – seine Eltern hatten damals zwei Wochen vorher zuletzt mit ihm telefoniert ...«

»Komische Eltern«, murmelte Schumacher. »Die meisten Alten sorgen sich doch heute täglich um den Nachwuchs …«

»Auch aus der Luft«, sagte Beaumont.

Mesmer sah ihn verständnislos an.

»Helikoptereltern«, sagte der junge Beamte.

Mesmer schnaubte. »Ich kenne da aber ganz andere Eltern.« Er dachte an seine eigenen, die vor langen Jahren ihre Hippiezeit wiederentdeckt hatten und nach Griechenland ausgewandert waren. Ihn und seinen Bruder, die sie damals beide Anfang zwanzig gewesen waren, hatten sie dabei vergessen. Mist, irgendwie berührte ihn das immer noch; dabei waren seine Eltern seit über zehn Jahren tot. Er gab sich einen Ruck. »Komisch fand mein Chef das Ganze schon, aber bei uns gilt immer noch die Unschuldsvermutung.«

»*In dubio torrero*«, murmelte Beaumont.

»Wie bitte?« fragte Schumacher, der sein Abitur auf dem zweiten Bildungsweg gemacht hatte.

»Egal«, sagte Beaumont. »Wir wollen da am Montag nochmal nachhaken.«

»Gut«, sagte Mesmer. »Wie ist es denn mit den üblichen Sachen? Bewegungsprofil des Ermordeten in der Woche vor seiner Tat, familiäres Umfeld, Kontenbewegungen, Wetter?«

»Wir sind dran«, sagte Schumacher.

Beaumont verbiß sich ein Grinsen. Textbaustein, dachte er.

»Was ist daran so lustig?« fragte Mesmer.

»Daß Sie nach dem Wetter fragen«, sagte Beaumont. »Ein Blick aus dem Fenster …«

»Junger Mann«, sagte Mesmer, »passen Sie mal auf oder haben Sie alles wieder vergessen? Reifenspuren zum Beispiel, am Tatort, wann sind die besser zu sehen? Wenn der Boden knochentrocken oder wenn—«

»Mit dem Auto kann man da nicht hingelangen«, unterbrach ihn Beaumont. »Der Fundort der Leiche befindet sich in einem ziemlich undurchdringlichen Tannenwäldchen. Als ob der Mörder mit seinem Pkw dort vorfährt, um dann …«

Jetzt grinste Schumacher. »Genau. Nach getanem Werk klettert er wieder in seinen Range Rover und …« Er verstummte.

»Woher wissen Sie, daß es ein Range Rover war?« fragte Mesmer.

»Weil ich mindestens drei in Neukirchen und Umgebung gesehen habe. Einen antiken aus den achtziger Jahren, einen normalen und einen nagelneuen.«

Beaumont sah seinen Kollegen an. »Seit wann interessierst du dich für Autos?«

»Schon immer. Spielzeugautos habe ich als Kind mal gesammelt.«

»Ist gut jetzt«, sagte Mesmer. »Also keine Reifenspuren?«

»Weiß ich nicht«, sagte Beaumont. »Wir sind noch nicht am Tatort gewesen. Wir sollten doch im Dorf ermitteln.«

»Wiedersehen«, sagte Mesmer und stand auf. »Bis morgen. Achtzehn Uhr. Besprechungsraum.«

Susanne legte die Gabel beiseite. »Und sonst?«

Katharina schaute auf ihren Teller. »Nichts Besonderes.«

»Wo ist eigentlich Jan? Sollte er heute abend nicht mitkommen?« fragte Krawczyk.

Katharina kamen die Tränen. »Er ist nicht da«, sagte sie tonlos.

Krawczyk, der neben ihr saß, legte seinen Arm um ihre Schulter. »Was ist passiert? Habt ihr euch gestritten? Hast du dich endlich getrennt von diesem …«

»Krawczyk!«

Wenn Susanne seinen Nachnamen verwendete, gehorchte er besser sofort; das hatte Krawczyk etwas mühsam lernen müssen.

»Magst du erzählen?« fragte Susanne.

Katharina wischte sich eine Träne aus dem linken Auge und holte tief Luft. Dann berichtete sie von dem Zettel und auch vom Besuch der beiden Polizisten.

Dasselbe Gericht

S*amstag, 28. Mai 2016 – Bonn.* Beaumont öffnete die Tür zum Extro in der Bonner Südstadt. Es war kurz vor acht; er versuchte immer, pünktlich zu einer Verabredung zu kommen. Die Tische des kleinen Restaurants waren schon zur Hälfte besetzt; vielleicht aber saßen die Leute auch schon seit dem Frühstück da, waren nicht nach Hause gegangen und wohnten hier, weil sie das Essen so gut fanden. Beaumont ging an der Küchentheke vorbei in den größeren zweiten Raum. Wie üblich entdeckte er Krüger am letzten Platz vor der Wand, von dem aus er alles im Blick haben konnte.

Schon aus der Ferne war der Kriminalhauptkommissar als Angehöriger derjenigen Klasse auszumachen, die in einer Demokratie selbige schützte und das Machtmonopol besaß: anthrazitfarbene Lederjacke älteren Datums über der Tischplatte, wahrscheinlich seine übliche blaue Jeans und polierte schwarze Schuhe darunter. Neuerdings besaß er eine Lesebrille, die seine natürliche Autorität noch verstärkte. Gerade studierte er damit sein kleines Notizbuch, neben dem er die Speisekarte aufgeschlagen hatte. Seine Augen sprangen zwischen beidem hin und her.

Beaumont trat an den Tisch. »'n Abend«, sagte er.

»Keine Zeit für ganze Indefinitpronomen?« fragte Krüger.

Der junge Polizist grinste. Er schätzte Krügers peniblen Umgang mit seiner Muttersprache sehr und wünschte sich nur, alle würden so behutsam mit ihr umgehen. Sprache war natürlich etwas Lebendiges, aber sie nicht zu respektieren, fand er schwierig. Jugendsprache war noch etwas anderes; jeder war mal jung gewesen, aber das sollte einen nicht daran hindern, die Fehler der Jugend, auch die grammatikalischen – falls man das sagte –, abzuwerfen und sich irgendwann auch sprachlich erwachsen zu betragen. Er schüttelte den Kopf, als ihm sein Kollege Schumacher einfiel, der in einem Anfall von Jugendwahn nach einer Verkehrskontrolle, bei der sich Beaumont fürchterlich über einen arroganten Autofahrer aufgeregt hatte, zu ihm gesagt hatte: »Ey, Alter, jetzt chill mal.« Dabei war Schumacher mindestens zwanzig Jahre älter als er.

Krüger überging das Kopfschütteln des jungen Kollegen und klappte die Speisekarte zu.

»Was gefunden?« fragte Beaumont.

»Ganze Sätze sind immer eleganter. S–P–O.«

»S – das Subjekt war ja vorhanden«, sagte der junge Beamte. »In deinem Satz eben. P – das Prädikat auch. Aber wo war das Objekt?«

»Wollen wir über Grammatik reden oder über einen aktuellen Fall?«

Beaumont setzte sich und griff nach der Speisekarte. »Wofür hast du dich denn entschieden?«

»Das klingt schon besser, wenn auch das *denn* überflüssig war. Badshahi Chicken Malai Makani.«

»Gesundheit.«

Krüger lachte. »Klingt doch gut, oder? Ich probiere das Gericht mal aus, weil es einen so schönen Namen hat. Irgend etwas mit Huhn und Safran und Kokos, glaube ich.«

»Keine Federn?«

Krüger lachte erneut. Den jungen Kollegen mit seiner raschen Auffassungsgabe und seinem Bildungsbürgerhorizont mochte er sehr; außerdem kannte er ihn schon ewig – schließlich handelte es sich um seinen Patenjungen, der allerdings erst seit einem halben Jahr in Bonn arbeitete, nachdem er seine Ausbildung abgeschlossen hatte. Krüger hatte nur nie verstanden, warum die Eltern ihrem 1988 geborenen Sohn diesen Vornamen, den der *Spiegel* einmal als »kein Name, sondern eine Diagnose« bezeichnet hatte, gegeben hatten. Kevins Mutter hatte die Entscheidung damit begründet, daß einer der eindrücklichsten Ort auf ihrer Hochzeitsreise die Abtei Glendalough in Irland gewesen war, die im siebten Jahrhundert von einem irischen Bischof namens Caoimhín, neudeutsch: Kevin, gegründet worden war. Besagter Caoimhín schien ein sympathischer Zeitgenosse gewesen zu sein. Ihren schönen Nachnamen hatte sie von ihrem Mann, dessen französischer Großvater Jean Beaumont aus einer in Lyon ansässigen Hugenottenfamilie stammte, die irgendwann ins Rheinland gekommen war. Wahrscheinlich zu Beginn des neunzehnten Jahrhunderts, nachdem Napoleon das Gebiet annektiert hatte.

Krüger war noch in Ferienstimmung. Der Burgundurlaub mit Carmen über Pfingsten lag nur wenige Tage zurück, und eigentlich hatte er keine Lust, schon wieder zu arbeiten. Aber nur auf der 450-Euro-Basis bei der Polizei zu jobben und den Rest der Zeit als Privatier zu verbringen, das ging ja leider nicht. Er sah Beaumont an. »Also, was möchtest du wissen?«

Der junge Kommissar beachtete die Frage nicht und schob die Speisekarte beiseite. »Ich esse, glaube ich, dasselbe wie du.«

»Das gleiche«, sagte Krüger. »Sonst reicht es nicht.«

»Dasselbe«, sagte Beaumont. »Die Küche wird nämlich dasselbe Essen in zwei gleichen Töpfen zubereiten. Oder Pfannen. Oder so.«

Krüger schmunzelte. Wenn das so weiterging ... Er mußte aufpassen, was er sagte; sonst zog er noch den Kürzeren.

»Und um die Frage zu beantworten: Neben der üblichen Aktenarbeit hatten wir es heute mit einem verschwundenen Jungen zu tun. 1978 war das, glaube ich.«

»Und das habt ihr erst jetzt gemerkt?«

Jetzt lachte Beaumont. »Warte mal. Das ist ja noch nicht alles. Heute morgen ist auch jemand verschwunden. Und außerdem haben wir einen toten Bauern.«

»Und das bei dem wenigen landwirtschaftlichen Nachwuchs«, sagte Krüger. »Fatal. Erzähl mal.«

Nach dem Essen lehnte Krüger sich zurück. »Interessant«, sagte er. »1978 verschwindet jemand, 2016 ebenfalls. Ein Mann ist tot. Und Verdächtige sind dünn gesät, oder?«

Beaumont nickte, während er versuchte, unter der vor den Mund gehaltenen Papierserviette eine zwischen den Backenzähnen verbliebene Fleischfaser herauszuangeln. Schließlich war er erfolgreich und wich dem mißbilligenden Blick seines Patenonkels aus. »*Sorry*«, sagte er. »Kommt wieder vor.«

»Die Buchhändlerin, also die Nachbarin des Ermordeten, war es nicht, oder?«

Beaumont schüttelte den Kopf. »Glaube ich nicht. Dazu hat sie einfach nicht das Zeug. Der Freund ist übrigens momentan nicht aufzufinden, sagten die Kollegen.«

»Muß er ja auch nicht. Dies ist ein freies Land. Wann waren die Kollegen denn da?«

»Am späten Vormittag.«

»Guck mal, jetzt ist es fast zehn Uhr abends; das heißt, der Knabe ...« Plötzlich kam sich Krüger viel älter vor, und er verbesserte sich. »Der Freund ist noch keine vierundzwanzig Stunden weg. Kein Grund zur Panik, bei der Freundin, meine ich.«

»R2D2 sagten aber schon, die Buchhändlerin habe sich merkwürdig verhalten.«

»Was die schon sagen, wenn der Tag lang ist«, relativierte Krüger den Bericht der beiden Polizisten. »Was meinst du denn? Hat sie etwas mit dem Verschwinden ihres Freundes zu tun?«

»Keine Ahnung. Glaube ich aber nicht. Dazu war sie zu traurig. Vielleicht fahre ich nachher nochmal bei ihr vorbei. Ein kleiner Überraschungsbesuch. Man kann nie wissen, wozu Überraschungen die Leute verleiten.«

Krüger kannte seinen Patenjungen gut genug, um ihm nur lautere Absichten zu unterstellen. »Mach das; Überrumpelungen sind immer gut.« Er zögerte. Irgend etwas war ihm eben durch den Hinterkopf gehuscht, etwas, das mit einem alten Fall aus den Siebzigern zu tun hatte. *Cold Cases*, wie die ungelösten Fälle in England hießen, wie es ihm DCI John Blackmore aus Oxford einmal erklärt hatte, übten auf alle Ermittler eine manchmal ungesunde Faszination aus, weil es sie in ihrer Ehre kränkte, ein Rätsel nicht professionell gelöst zu haben, und sie dann ihre gesamte Freizeit und den halben Ruhestand zur Lösung aufwandten. Jahrzehntelang. Aber was hatte eben seine Erinnerung angestoßen?

»Was machst du denn eigentlich momentan?« unterbrach Beaumont seine Überlegungen.

Krüger verzichtete auf eine alberne Antwort, die mit dem Wort *momentan* zu tun hatte. »Im Augenblick, das heißt, ab Montag wieder, bin ich fürs BKA tätig. Und weiter: Kein Kommentar.«

Beaumont, der die Stillschweigeabkommen zwischen BKA und Kriminalpolizei kannte, nickte. Aber etwas wollte er doch noch wissen. »*Mit* Schneider?«

»Markus?« Krüger zögerte. Differenzen, wie er sie gerade mit seinem Freund und langjährigen Kollegen Markus Schneider hatte, waren nichts für die Öffentlichkeit. Andererseits kannte er Kevin gut genug, um zu wissen, daß nichts vom heutigen Gespräch nach draußen dringen würde. »Der ist wieder in Villeneuve-lès-Avignon. Du weißt doch, dort wohnt diese schöne Französin.«

Nach dem provençalischen Abenteuer im Herbst 2015, in dem Nebel, ertrunkene Weinhändler und ein Bruderzwist eine anfangs nicht zu durchschauende Gemengelage ergeben hatten, war Schneider mit einer bildhübschen Französin im Schlepptau zurückgekommen, hatte seine Dauerfreundin Lene samt Kindern verlassen und war mit Élodie zusammengezogen.

Beaumont hatte Mademoiselle Marin einmal in Beuel gesehen, als Krüger, Carmen und er zu einem Abendessen bei Schneider eingeladen worden waren. »Wieso? Ich dachte, die würden noch hier wohnen?«

»Ach, Markus und die Frauen.« Er seufzte. »On – off. Wie schon bei seiner ersten Freundin vor hundert Jahren, dann bei Lene und jetzt bei Élodie. Mal wohnt er bei ihr oder sie bei ihm; mal wohnt er alleine und sie auch wieder. Ich glaube, er hat einfach Angst, sich endgültig zu binden. Das macht keine Frau auf Dauer mit. Und Markus' Umgang mit dem schönen Geschlecht finde ich nicht gerade zartfühlend.«

»Na ja«, sagte Beaumont, »welche vernünftige Französin aus *God's own country* zieht denn auch nach Beuel?«

Krüger, der die Schääl Sick nicht mochte, nickte. »In Beuel kann man Depressionen kriegen. Das einzig Nette, was sie dort haben, ist die Rheinpromenade. Die liegt wenigstens immer in der Sonne.«

»Wär' mir auf Dauer aber zu warm.«

»Nee«, sagte Krüger, »zu schwül. Warm ist ja in Ordnung; in der Provence ist es auch immer warm, aber dort ist es wenigstens trocken.«

»Das wird mir jetzt zu metereologisch. Wo ist eigentlich Carmen? Ich dachte, du wolltest sie heute abend mitbringen?«

»Wollte ich auch.« Krüger seufzte. »Aber dann rief plötzlich ihre Freundin Daniela aus dem Germanistischen Seminar an und schlug ein Frauenwochenende im Siebengebirge vor. Mußt du dir mal vorstellen. *Chicks in boots*, wirklich!«

Beaumont lachte. »In Stiefeln sehen eigentlich alle Frauen schick aus.«

»Jedenfalls hat Carmen heute morgen ihre Wanderklamotten eingepackt und war *fott*, innerhalb weniger Minuten.«

So sauer kannte Beaumont seinen Patenonkel überhaupt nicht. »Wärest du denn gerne mitgefahren?« fragte er.

»Ging doch nicht«, grummelte Krüger. »Fahren, meine ich. Die Damen wollten doch laufen. Und wenn sie ohnehin wieder nach Hause kommen, kann ich doch direkt hierbleiben und mir den Weg sparen, oder?«

Der junge Mann beschloß, die Folgen ehelicher Dramatik nicht zu vertiefen, und fragte stattdessen: »Nochmal zurück zum BKA: Schneider ist also nicht dabei?«

»Der feiert noch irgendwelche Überstunden ab. Und das BKA wollte nur *einen* Bonner Kollegen haben. Ist mir ganz recht; ich kann auch ganz gut ohne Langenargen und Mesmer auskommen. Wie macht der sich überhaupt?«

»Schwierig«, sagte Beaumont. »Er genießt es einerseits, Chef zu sein und Anordnungen zu geben, wartet aber andererseits wohl sehnsüchtig auf dich, damit er keine Verantwortung mehr tragen muß. Ansonsten hat er ja nicht viel zu tun; Schumacher und ich machen die Arbeit.«

»Und R2D2, oder?«

Beaumont lachte. »Stimmt. Aber bei Roselski und Derenthal mit ihren Ermittlungsergebnissen weiß man nie, ob die sich nicht lieber ausschließlich bei der Verkehrspolizei aufhalten sollten.«

Krüger hörte ihm nicht zu. Mit seinem rechten Zeigefinger rieb er seine Nase und überlegte angestrengt. Plötzlich sagte er: »Ein Motiv für den Mord an dem Bauern habt ihr noch nicht, oder?«

Beaumont verneinte.

»Die alte Sache: Wem nützt wessen Abwesenheit oder Tod etwas?«

»Das habe ich auch schon überlegt. Aber – Fehlanzeige.« Er sah Krüger ratlos an.

»Eigentlich geht es immer um Geld. Versuch doch mal herauszufinden, ob die Buchhändlerin an Geld kommt, falls ihr Freund nicht wieder auftaucht. Oder ob der Bauer Geld hat, das er jemandem hinterlassen konnte.«

»Oder«, sagte Beaumont langsam, »ob die Eltern von ihrem 1978 verschwundenen Sohn etwas geerbt haben.«

Das Personal

M*ontag, 23. Juli 1979 – Rheinbach-Neukirchen.* Martin saß vor der Scheune und polierte mit einem alten Unterhemd hingebungsvoll eine Mistgabel. Der Bauer hatte ihm morgens nur gesagt, er wolle am Abend sauberes Werkzeug sehen. Wie Martin das hinbekomme, sei ihm egal. Er müsse nach Köln, um sich nach einer neuen Landmaschine umzusehen; wann er wiederkomme, wisse er nicht.

Zwei blanke Äxte lagen unter Martins Stuhl. Neben ihm stand ein Werkzeugtisch mit Kreissäge, die der junge Mann zu einem Schleifgerät umfunktioniert hatte. Er wischte zum dritten Mal über eine mehr als blanke Stelle an der Mistgabel, ohne weiter darauf zu achten, und hing seinen Gedanken nach.

Am Freitag hatte ihn eine ältere Frau aus dem Dorf in den Vier Winden bedient. Zaghaft hatte er sich nach der Wirtstochter erkundigt. Johanna sei nicht da, hatte die Kellnerin auf Nachfrage gesagt. Ihr Vater hatte nur knapp gegrüßt. Die Szene wiederholte sich mit den gleichen Beteiligten am Wochenende, so daß Martin den Sonntagnachmittag schließlich voller Frust in seinem Renault mit ziellosem Umherfahren verbracht hatte. Irgendwann war er mitten in der Eifel in einem gottverlassenen Dorf namens Heimbach gelandet, das – gewissermaßen als Gegengewicht – über ein beachtliches Kloster in seiner Nähe verfügte. In der dazugehörigen Gaststätte hatte ihm ein Laienbruder immerhin eine ausgezeichnete Erbsensuppe serviert.

Vielleicht war die Wirtstochter ja heute abend wieder da.

Er seufzte, weil ihm im gleichen Moment Ursula, seine Freundin, mit der er in der Bonner Altstadt zusammenwohnte, wieder einfiel, die er Hals über Kopf hatte sitzen lassen. »Ich muß hier 'raus«, hatte er zu ihr gesagt. »Ein paar Tage in den Vogesen, zusammen mit Lothar, dann bin ich wieder ganz der Alte.« Die scheue, leise Ursula, die alles ergeben hinnahm – eine Eigenschaft, die ihn bis zur Weißglut reizen konnte –, hatte fast wortlos zugestimmt. »Bis nächste Woche dann«, hatte ihr lakonischer Abschiedsgruß gelautet. Was er wohl mal an Ursula gefunden hatte? Abgesehen natürlich von den Bettgeschichten? Wahrscheinlich war er nur stolz gewesen, daß er eine feste Freundin hatte, im Gegensatz zu Lothar, der seit dem Abitur solo war. Aber Lothars freundliches Gesicht war wegen der vielen Pickel eben nicht so richtig zu erkennen, was ein echter Hinderungsgrund für eine Freundschaft mit einem Mädchen war.

Martin bückte sich und nahm das ihm aus der Hand geglittene Unterhemd wieder auf. Mit energischen Bewegungen polierte er weiter.

Was er jetzt wohl mit Ursula anfangen sollte? Seine anfängliche Begeisterung, in Kürze – genauer gesagt, in etwas über sieben Monaten – Vater zu werden, hatte sich völlig abgekühlt. Eine Familie, das war doch noch nichts für ihn. Irgendwann einmal, in zehn Jahren vielleicht, aber jetzt? Seine Unabhängigkeit bedeutete ihm viel und sich dann noch seinen Tagesablauf von Kleinkindern diktieren zu lassen …

Martin legte die Mistgabel aus der Hand und sah sich um. Heiß war es geworden. Er trug den alten Küchenstuhl, auf dem er gesessen hatte, in den größer gewordenen Schatten neben dem Scheunentor. Auf seiner Stirn standen Schweißperlen, die er achtlos mit einem schmutzigen Handrücken abwischte. Dann hob er eine stark verbeulte Harke auf und versuchte, mit einer Kneifzange wieder eine gewisse Parallelität der Zähne herzustellen.

»So fleißig?«

Martin zuckte zusammen. Die helle Mädchenstimme kannte er doch von irgendwo her. Das war doch erst am Donnerstag …

»Hey, ich bin kein Geist; ich bin echt.«

Johanna stand vor ihm, heute mit einer lindgrünen, engen Cordhose und einem Männeroberhemd aus Baumwolle bekleidet, dessen oberste zweite Knöpfe offenstanden. Ihre roten Locken hatte sie in einem Zopf gebändigt, der sie älter aussehen ließ.

Martin ließ das Werkzeug fallen und stand zögerlich auf; zu überrascht war er, daß die Initiative von einer Frau und nicht immer nur von ihm ausging. »Hey«, sagte er ebenfalls, etwas einsilbig.

Johanna trat näher, schlang die Arme um ihn und gab ihm einen Kuß.

Martins Herz klopfte laut. Wahrscheinlich hörte man es noch im nächsten Tal. Langsam löste er sich wieder von ihr. »Hast du nichts in eurer Wirtschaft zu tun?« fragte er, um seine Verlegenheit zu überspielen.

»Montags ist Ruhetag«, sagte Johanna. Sie trat einen Schritt zurück und betrachtete prüfend ihr Gegenüber. »Hast du heute schon etwas vor?«

»Du bist vielleicht gut. *Ich* habe keinen Ruhetag; *ich* muß arbeiten.«

»Aber das machst du doch freiwillig, oder?«

»Schon, aber Herr Bachem ...«

»Als Herrn würde ich den nicht bezeichnen.« Johanna verzog das Gesicht. »Nicht nach dem, was hier alles passiert ist.«

»Passiert sein soll«, sagte Martin. »Hast du selbst gesagt.« Er sah ihr tief in die grünen Augen. »Wo warst du überhaupt?«

Johanna beschloß, der inquisitorischen Frage mit Ironie zu begegnen. »So lange sind wir noch nicht verheiratet, daß du dir ein Recht erworben hättest, derlei Dinge zu erfahren. Ich war weg.«

Martin biß sich auf die Zunge und ärgerte sich über sich selbst. Erst dann sah er den Schalk in ihrem Gesicht. Verlegen lächelte er. »Entschuldige, war nicht so gemeint.«

»Ich hab' nur meine Patentante auf der anderen Rheinseite besucht. Sie rief Donnerstagabend an und fragte, ob ich Lust hätte, über das Wochenende zu kommen. Semesterferien und so. Und dich konnte ich schlecht erreichen. Bachem ist der letzte, der etwas wissen muß. Und da es leider keine tragbaren Telefone gibt ...«

»Ist schon okay. Wo waren wir stehengeblieben?« Allzu deutlich wollte er nicht sagen, daß er auf einen weiteren und vielleicht längeren Kuß spekulierte.

Johanna verstand ihn mit Absicht falsch. Nur nichts überstürzen. »Bei dem verschwundenen Physikstudenten.«

Eine Stunde später war das restliche Werkzeug gereinigt worden, allerdings nur noch halbherzig, und stand wieder an seinem Platz in der Scheune. Martin hatte sich umgezogen und betrachtete etwas unschlüssig seine neue Freundin, die es sich im Schatten vor der Scheune bequem gemacht hatte und mit nonchalanten Bewegungen die Fliegen des etwas entfernt liegenden Misthaufens wegfächelte.

»Und nun?« fragte sie.

Martin sah auf seine Armbanduhr. »Fast zwölf. Vielleicht gibt es bei euch ja eine kleine Stärkung. Etwas Kaltes aus der Küche. Mit leerem Magen denkt es sich nicht so gut.«

Johanna lachte. »Wo bewahrst du denn dein Gehirn auf? Komm.« Sie steuerte auf ihr Fahrrad zu, das sie an die Wand neben dem Hintereingang des Fachwerkhauses gelehnt hatte.

»Ich habe eine bessere Idee«, sagte Martin. »Wir verfrachten den Drahtesel in mein Auto; dann können wir uns während der Fahrt weiter unterhalten.«

»Dann mußt du aber sehr schnell reden, wenn du in den zwei Minuten, die wir mit dem Auto bis nach Hause brauchen, etwas Inhaltsreiches unterbringen willst.«

Auf ihr Lächeln wollte er in seinem Leben nie wieder verzichten, nahm sich Martin fest vor.

Es gab noch Kartoffelsalat vom Vortag, und zwei Würstchen waren schnell warm gemacht. Martin aß mit Heißhunger. Körperliche Arbeit machte anscheinend hungriger als geistige. Dann lehnte er sich in seinem Stuhl zurück und fragte: »Wo fangen wir an?«

»Wir machen das systematisch«, sagte Johanna, stand auf, ging zum Tresen und kam mit einem Blatt Papier und einem Bleistift zurück. »Vorher bekommst du aber noch das hier, falls du deiner Familie mal schreiben willst.«

Sie legte eine Schwarzweißpostkarte vor ihn hin. »Hat die Vorbesitzerin mal drucken lassen.«

Martin studierte die vier Fotos der »Restauration zu den vier Winden«. »Das sieht ja fast immer noch so aus.« Besonders hatte es ihm eine Innenaufnahme angetan, die den langen Tresen zeigte, neben dem eine Musikbox stand. »Was die Leute damit wohl gehört haben? Wann war das eigentlich?« Er drehte die Karte um und las vor: »Fremdenzimmer – Kalte Speisen – Gepfl. Getränke – Postverkehr zwischen Euskirchen u. Rheinbach.«

»Mitte der Sechziger, glaube ich«, sagte Johanna.

»Was wohl *Gepfl. Getränke* sind? Flüssigkeiten, die man lange genug gehegt hat, bis sie einen ausreichend hohen Alkoholgehalt entwickelt haben, damit sich das Trinken lohnt?«

»Du bist albern«, sagte Johanna. »Wir machen jetzt mal etwas Sinnvolles.« Sie nahm das Papier und schrieb in einer leicht nach links geneigten Mädchenschrift *Manfred.* »So hieß der verschwundene Student, glaube ich, sagte Vater.«

»Hieß oder heißt?« fragte Martin.

»Das kommt darauf an. Hieß, wenn er inzwischen die Radieschen von unten betrachtet. Heißt, wenn man mit ihm reden könnte, falls man ihn wiederfindet.«

Martin zuckte zusammen. Unter *verschwunden* hatte er bisher nur *nicht anwesend* verstanden, aber keineswegs *tot*, im Sinne von *endgültig weg.*

Rasch hatte Johanna Stichworte notiert. Den Geburtsort Aachen, den Wohnort – zuerst Bonn, dann Neukirchen –, das ungefähre Alter, sein Studienfach Physik … »Kann man das eigentlich allein studieren, so ohne zweites Fach?« fragte sie und kaute auf dem Bleistiftende, das schon ziemlich angenagt aussah.

»Keine Ahnung. Aber das läßt sich ja herausbekommen.«

Transportmittel folgte als nächster Begriff. »Wir müssen wissen, wie der Student nach Neukirchen gelangt ist. Hat der Bauer vielleicht sein Auto beseitigt?«

»Du hältst ihn anscheinend fähig, alles zu tun, um—«

»Genau. Halte ich. Du kennst ihn ja noch nicht so lange. Und meine Gefühle haben mich selten getäuscht.« Sie streichelte, wie um ihren Worten Nachdruck zu verleihen, seinen Unterarm.

Martin bewegte sich nicht und hoffte, der kleine Moment würde ewig dauern.

Im gleichen Augenblick nahm Johanna ihre Hand wieder weg und rieb sich die Nase. »Sieht nach Arbeit aus.«

»Es sind Ferien«, sagte Martin, der keine Lust hatte, den Tag mit der vergeblichen Suche nach jemandem zu verbringen, den er noch nicht einmal kannte.

»Stimmt«, sagte Johanna. »Wir könnten zum Beispiel nach Bonn ins Pendel fahren und dort etwas essen. Was die Studenten so essen.«

Martin lief das Wasser im Mund zusammen.

»Oder wir könnten natürlich auch einen Ausflug machen und das schöne Wetter genießen.«

»Na ja.« Andererseits fühlte Martin sich bei seinem Ehrgeiz gepackt. »Wie sollen wir denn suchen, wenn der Bauer wieder da ist? Nutzen wir lieber seine Abwesenheit.«

»Da hast du auch wieder recht.« Die junge Frau stand auf. »*Andiamo!*«

Vorsichtig drückte Martin die Türklinke herunter. Tatsächlich. Die »gute Stube« im Wohnhaus des Bauern war unverschlossen. Leise traten die jungen Leute hinein und sahen sich um. Es roch muffig; wahrscheinlich wurde der Raum nur sonntags und bei Besuch genutzt. Die grau gewordenen Gardinen verdienten schon längst wieder eine ausgiebige Wäsche, und Staub war ewig nicht mehr gewischt worden. Die Lehnen vom Sofa und den beiden Sesseln hatten vor lange Jahren tatsächlich inzwischen längst vergilbte Schondeckchen erhalten. Ein abgewetzter Teppich lag vor einem Kaminplatz. Es sah fast aus wie bei seiner Großtante, dachte Martin. Vor dem Fenster stand ein alter Schreibtisch mit Türen, der dringend eine Politur brauchte. Hier war er fehl am Platz; viel besser hätte er in eines der Bonner Südstadthäuser aus dem neunzehnten Jahrhundert gepaßt. Wo der Bauer den wohl herhatte?

Martin trat näher und öffnete die linke Tür. Auf einer Reihe Aktenordner klebten handschriftliche Zettel, deren Buchstaben eher die eines Kindes zu sein schienen: *Steuern* las er, *Versicherungen* und *Personal*.

Johanna sah ihm über die Schulter. »Hol den mit *Personal* mal 'raus; vielleicht finden wir dort etwas zu dem verschwundenen jungen Mann.«

Martin tat, wie ihm geheißen, und schlug den Ordner auf. Auch innen herrschte Ordnung; die Trennblätter waren mit verschiedenen Namen beschriftet. »Wie hieß der nochmal?«

»Manfred.«

Martin blätterte die Seiten um, bis ihm ein blasses Jungsgesicht entgegensah. »Manfred Rath«, sagte er. Das Paßbild klebte auf einem Formular, das die üblichen persönlichen Angaben enthielt.

»Er sieht nicht so aus«, sagte Johanna, »als ob er einfach von sich aus verschwinden würde. Eher so«, sie überlegte und fuhr dann fort, »als ob er auf Anweisungen warten würde. So leicht fragend, weißt du?«

Martin blätterte um und stutzte. Säuberlich aufgeklebt, lag vor ihm der kleine Zeitungsartikel über den verschwundenen Studenten aus Aachen. »Schon merkwürdig«, sagte er. »Wieso hebt Bachem das auf und wirft nicht alles weg, sobald eine Arbeitskraft den Hof wieder verlassen hat?«

»Keine Ahnung. Vielleicht ist er nur ordentlich und hat sozusagen mit dem Bericht den Abschnitt *Manfred Rath* abgeschlossen. Blätter mal weiter.«

Beim nächsten Namen war tatsächlich auf dem selbstgemachten, handschriftlichen Personalbogen Eintritts- und Austrittsdatum, das Arbeitsverhältnis auf dem Hof Bachem betreffend, vermerkt.

Martin klappte den Ordner wieder zu und stellte ihn zurück. »Das wäre dann also geklärt. Und nun?«

»Nun verschwinden wir hier wieder und überlegen draußen, wie es weitergeht.«

Gehorsam folgte der junge Mann der Wirtstochter und zog die Tür zur guten Stube leise hinter sich zu.

Vor dem Wohnhaus sahen die beiden einander unschlüssig an. »Wo ist eigentlich dein Zimmer?« fragte Johanna schließlich.

Martin deutete auf ein kleines Dachfenster. »Da oben.« Er war sich nicht sicher, was seine neue Freundin mit der Frage bezweckte.

»Zeig mal«, sagte sie, ergriff seine Hand und zog ihn energisch zur Eingangstür zurück.

Wenig später standen sie in seiner kleinen Kammer, die er einigermaßen präsentabel fand. Immerhin hatte er sein Bett gemacht und es sogar mit der alten Tagesdecke zugedeckt.

»Das sieht so aus, als ob es knarren würde«, sagte Johanna und betrachtete das alte Möbelstück prüfend.

»Von selbst?« konnte er sich nicht verkneifen zu fragen.

Seine Freundin wurde rot und sagte nichts mehr. Dann bückte sie sich und kniete sich hin.

Martins Blick folgte der Rundung ihres Dekolletés bis zum Ansatz eines weißen BH. Abrupt riß ihn Johannas Stimme aus seinen Gedanken, die Stoff und keinen Stoff betrafen. »Was ist das hier?« Sie zeigte auf einen knapp fingerbreiten Spalt in der Diele, in dem etwas Papierenes mehr zu erahnen als zu sehen war.

Der junge Mann bückte sich. »Kannst du das 'rausziehen? Du hast die schmäleren Finger.«

Mit etwas Mühe holte Johanna schließlich einen zweimal geknickten Briefbogen heraus und faltete ihn so auseinander, daß Martin mitlesen konnte. »Lieber Vater, liebe Mutter, wie geht es Euch?« lautete die erste Zeile.

»Ein bißchen distanziert, findest du nicht. ›Mama und Papa‹ wäre doch eine persönlichere Anrede gewesen, oder?«

»Immerhin hat er sie nicht gesiezt«, sagte Martin. »Dreh doch mal um! Wer hat das denn geschrieben?«

Die junge Frau las laut vor: »Euer Manfred.«

Die grüne Kladde

Montag, 6. März 1978 – Rheinbach-Neukirchen. Manfred war glücklich. Statt in der Aachener Hochschule zu sitzen und trockenen Stoff zu pauken, der ihn zuletzt in der Mittelstufe fasziniert hatte, von dem seine Eltern aber fanden, daß man damit sein Leben ausfüllen konnte, saß er in der Eifel auf einem Traktor und pflügte nach dem milden Winter ein großes Feld um. An seine Eltern verschwendete er keinen Gedanken; sie interessierten sich ohnehin nicht für ihren einzigen Sohn. Er hatte immer das Gefühl, daß er in ihrem Leben störte. Sie schienen sich selber zu genügen, hatten zwar versucht, ihn freundlich zu erziehen, aber er war sich zu Hause stets wie ein Kind auf Besuch vorgekommen. An Wärme hatte es meistens gefehlt.

Das Physikstudium war eine typische Fehlentscheidung seiner Mutter gewesen: Nur weil er in dem Fach mal Eins gestanden hatte, mußte er es studieren. Etwas so Simples wie ein Handwerk für den Sohn hatten die bürgerlichen Eltern sich nie vorstellen können.

Kurz vor Weihnachten hatte er die Nase endgültig voll. Der Form halber saß er noch den Rest des Semesters ab, kaufte dann aber eine Fahrkarte nach Bonn und beriet sich mit dem einzigen Freund, den er im Studium gefunden hatte.

»Du bist in dem gut, was dir Freude macht«, hatte Daniel gesagt. »Und es spielt keine Rolle, ob du damit viel oder wenig Geld verdienst. Die eigene Fröhlichkeit ist das Wichtigste.« Daniel hatte *Zen und die Kunst, ein Motorrad zu warten* so oft gelesen, daß er es fast auswendig konnte. Irgendwie hatte das auf seine Sätze und sein Verhalten abgefärbt, fand Manfred. Nichts konnte Daniel aus der Ruhe bringen. »Nichts ist wirklich wichtig«, war sein Lieblingssatz, über den er stundenlang reden konnte.

Weil er Angst hatte, ausgelacht zu werden, war der Physikstudent a. D. nur zögerlich damit herausgerückt, daß er Bauer werden wollte. Daniel aber hatte ihn in seiner Entscheidung nur bestärkt und ihm empfohlen, erst einmal probeweise sein Leben zu ändern. »In der Eifel findest du bestimmt etwas«, hatte Daniel noch hinzugefügt. »Fahr doch einfach mal die Dörfer ab und frag, wer dich für ein paar Wochen als Aushilfe nimmt. Ich leih' dir mein Auto.«

So war Manfred vor zwei Wochen auf Bachems Hof in der Eifel gelandet.

Der Bauer stand am Rande des Feldes und verfolgte den gleichmäßigen Weg seines Traktors. Die Ackerfurchen lagen exakt parallel zueinander; bei einem studierten Fahrer war das ja auch nicht anders zu erwarten. Mit Manfred war er eigentlich zufrieden; der junge Mann kam pünktlich zur Arbeit, stöhnte auch nicht über die eine oder andere Überstunde und begriff schnell. Selten hatte er etwas öfter als einmal erklären müssen. Aber etwas störte ihn an dem ehemaligen Studenten.

Wenn der junge Mann sich unbeobachtet fühlte, machte er sich Notizen in einer kleinen Kladde mit Ringheftung, die er ständig bei sich trug. Mehrfach hatte ihn der Bauer beim konzentrierten Schreiben gesehen. Hier gab es doch nichts aufzuschreiben, oder? Wie man die verschiedenen, auf einem Bauernhof nötigen Tätigkeiten lernen konnte, darüber bestand kein Zweifel: durch Zugucken und Selbermachen. Zwischen zwei Buchdeckeln hatte das nichts zu suchen; er, Bachem, hatte doch schließlich auch alles, was er wissen mußte, von seinem Vater gelernt. Und der wiederum hatte es von seinem Großvater. Und der wiederum …

Oder wußte der Student, wie es um Bachems innere Unruhe stand, die seit dem Feuerwehrball nie wieder von ihm gewichen war? War ihm etwas entgangen, was den jungen Mann auf seine Spur gebracht hatte? War Manfred nur deswegen hierhin gekommen, damit er als der große Detektiv, der das Verschwinden des Jungen aus dem Nachbarort aufgeklärt hatte, in die Annalen der Neukirchener Bevölkerung eingehen konnte?

Bachem holte ein nicht mehr ganz sauberes Taschentuch aus seiner Hosentasche und wischte sich über die Stirn und den Ansatz einer Glatze, eine Tatsache, die ihn massiv ärgerte, schmälerte sie doch seine Chancen auf eine Hochzeit weiter. Nur ein paar Frauen in der Bonner Immenburgstraße, dem Rotlichtbezirk der provisorischen deutschen Hauptstadt, in den er einmal im Vierteljahr fuhr, war es egal, wie er aussah, solange er gut zahlte.

Hatte er etwas übersehen? War der Student über die Kleidung des Toten gestolpert, die er aus einem unerfindlichen Grund aufgehoben hatte, statt sie wegzuwerfen? Kannte er überhaupt die ganze Geschichte? Wußte er, wie sehr er während des Feuerwehr-Jubiläums gedemütigt worden war? Bachem schwitzte. Wahrscheinlich sah er nur Gespenster.

Manfred wendete den Traktor und begann mit der nächsten Furche. Er versuchte, seinen Lieblingsohrwurm in diesem Frühjahr nachzupfeifen, gab aber beim dritten Versuch von *It's a heartache* von Bonnie Tyler wieder auf. Selber pfeifen mußte er ohnehin nicht; das Stück lief im Pop Shop bei SWF3 rauf und runter. Stattdessen überlegte er, was er mit der merkwürdigen Geschichte anfangen sollte, die ihm Daniel bei einem Telefonat erzählt hatte, als er von seiner neuen Arbeit berichtete. Gehorsam hatte er seine Augen offengehalten. Wenige Tage später kam es zu einem weiteren Gespräch.

»Schon etwas gefunden?« fragte der Bonner Freund.

»Na hör mal«, protestierte Manfred. »Ich bin doch nicht die Polizei.«

»Aber die Geschichte klingt doch vielversprechend, oder? Ehrbarer Sohn eines Neukirchener Bauern, mit dem der streitsüchtige Sohn eines ortsansässigen anderen Bauern vorher aneinandergeraten ist, verschwindet spurlos.«

»Die Polizei hat aber nichts herausgefunden, sagte der Nachbar, ein Herr Schmitz, mit dem ich mich neulich unterhalten habe.

Und sein Sohn wußte auch nichts. Allerdings hat der einen leichten Schatten – er gab mir seine Visitenkarte mit.«

Daniel lachte. »Tatsächlich? Ein Bauernjunge mit Visitenkarten? Da bist du ja in einem komischen Dorf gelandet.«

»Eine andere Sache finde ich allerdings wirklich merkwürdig. In der großen Scheune auf Bachems Hof lag in der hintersten Ecke ein alter Ledergürtel – mit einer merkwürdigen Schnalle, so ein silberner Totenkopf mit gekreuzten Knochen, weißt du. Wie auf den Zippo-Feuerzeugen.«

»Hat Bachem vielleicht von Woodstock mitgebracht.«

Manfred lachte. »Für Rockmusik interessiert der sich überhaupt nicht. Und Englisch kann er auch nicht. Aber am Leder waren mehrere dunkelbraune Flecken.«

»Denkst du, was ich denke?« fragte Daniel.

»Ja. Wahrscheinlich ist es Blut.«

Manfred drehte den Traktor erneut und fuhr das Feld wieder bis zum Waldrand hoch. Gleichzeitig überlegte er, was er mit einer weiteren Entdeckung anfangen sollte, die er vor einigen Tagen gemacht hatte: einem alten Foto aller Mitglieder der Neukirchener Feuerwehr, auf der ein Gesicht, wohl mit einem Messer, völlig unkenntlich gemacht worden war. Das Foto war ein Ausriß aus *kultur & gewerbe*, dem amtlichen Mitteilungsblatt der Stadt Rheinbach, und der Bildunterschrift konnte er entnehmen, daß das zerkratzte Gesicht zu einem Helmut Klein gehörte. Das Blatt hatte halb unter einer alten Armeetruhe gelegen; Manfred hatte es eher unbewußt aufgehoben, als er die Scheune aufräumen sollte, weil es ihm hier fehl am Platz erschienen war. Die halbe Seite hatte er mit dem Handrücken geglättet, dann zusammengefaltet und sie in den hinteren Bereich seiner Kladde geschoben, um sie zu pressen.

Für Kriminalgeschichten hatte er sich nie interessiert; er las lieber Science-Fiction-Romane, aber er glaubte zu wissen, daß die von ihm gefundenen kleinen Hinweise sicher nicht ausreichten, um damit bei der Polizei vorstellig zu werden.

Der Motor des Traktors stotterte, tuckerte dann aber gleichmäßig weiter. Bachem sah kurz auf und beschloß, wieder zum Hof zurückzufahren.

Der Bauer mußte zwei Tage warten, bis Manfred nach Rheinbach aufgebrochen war, um ein paar neue Bücher als Bettlektüre einzukaufen oder – bei Nichtvorhandensein – zu bestellen. Bachem hatte nur den Kopf geschüttelt – Fernsehen reichte doch völlig aus, wenn man abends Abwechslung wollte.

Er betrat die Kammer des Studenten und sah sich um. Das Bett war nicht gemacht, über der Stuhllehne hing gebrauchte Wäsche, und ein altes Paar Schuhe, das Manfred immer anzog, wenn er arbeitete, mußte dringend gereinigt werden.

Bachem rümpfte die Nase – bei ihm sah es immer ordentlich aus, auch, wenn er nicht zu Hause war.

Ihm wurde heiß, als er die Kladde auf dem kleinen Tisch entdeckte, die unter einem Heyne-Taschenbuch eines gewissen Christopher Priest lag. Der Name sagte ihm nichts. Er schob *Sir Williams Maschine* beiseite und öffnete die Aufzeichnungen.

In penibler, stark nach rechts geneigter und sehr klein ausgefallener Jungenschrift, die obendrein schwer zu entziffern war, las Bachem Notizen zu den Geräten auf seinem Hof, zu den Kühen, dem Jahreslauf in der Landwirtschaft und anderem. Der Student hatte sich anscheinend jedes Wort notiert, das er für seine spätere Berufsausübung als brauchbar ansah. Bachem nickte befriedigt – seine Entscheidung, den jungen Mann zu beschäftigen, war also richtig gewesen.

Er wollte die Kladde schon wieder zuklappen, als er im hinteren Teil einen zusammengefalteten Zettel fand, der über den Rand des Büchleins hinaushing. Vorsichtig faltete er ihn auseinander. Als er auf dem Foto Helmuts Gestalt ohne Gesicht inmitten seiner Feuerwehrkameraden sah, zitterten seine Knie so stark, daß er sich aufs Bett setzen mußte. Verdammter Mist! Wo hatte der Student das bloß gefunden? Er war sich sicher gewesen, daß er das Blatt vernichtet hatte. Sein Blick fiel auf eine halbbeschriebene Seite unter dem Zettel. *Helmut Klein* stand in der ersten Zeile, zweimal unterstrichen. Dann in Stichworten die Geschichte, wie Manfred sie von Daniel, der sie wiederum in der Zeitung gelesen hatte, mitgeteilt worden war. Danach folgte, in Anführungsstrichen, »Beweise«, als ob Manfred der Aussagekraft seiner Fundstücke nicht geglaubt hatte. *Gürtel*, *Schwarzweißfoto* und *zerrissene Jeans* stand darunter. Wo, zum Teufel nochmal, hatte der Student letztere denn aufgetrieben? Sofort fing er wieder an zu schwitzen. Sein Herz raste, und er überlegte, wie er mit seiner Entdeckung umgehen sollte.

Als er sich einigermaßen wieder beruhigt hatte, klappte Bachem die Kladde zu, legte das Taschenbuch zurück und faßte einen Entschluß. Manfred mußte weg.

Erst zwei weitere Tage später konnte der Bauer seinen Plan in die Tat umsetzen.

Es war schon dunkel geworden, als Manfred zurückkam. Er stellte das von Bachem entliehene Fahrrad neben den Hauseingang und nahm den alten Rucksack ab, der auf dem wackligen Gepäckträger befestigt war. Nach Rheinbach den Berg hinunterzufahren, machte in der Regel Spaß; fünf Kilometer waren ja auch keine wirkliche Entfernung; aber erst jetzt, in der dritten Woche, konnte er die Strecke auch bergauf zurücklegen, ohne ein einziges Mal abzusteigen. Das entliehene Auto hatte er Daniel längst zurückgegeben.

Manfred schulterte den Rucksack, öffnete die unverschlossene Haustür und ging die kleine Treppe nach oben. Er freute sich, daß er in der Buchhandlung den bestellten Science-Fiction-Roman hatte abholen können, und sah einem ruhigen Leseabend entgegen, bevor er morgen früh wieder um fünf aufstehen mußte. Sechstagewoche hieß eben montags bis samstags, und als Wochenende sah der gemeine Bauer als solcher nur den Sonntag an, wenn alles ruhte, aber auch wirklich alles.

Der ehemalige Student wunderte sich zwar, daß seine Zimmertür angelehnt war, dachte aber nicht weiter darüber nach und schob sie mit der Schulter auf. Als er in den Raum getreten war und das Licht einschalten wollte, sah er aus den Augenwinkeln eine dunkle Gestalt auf sich zukommen, die hinter der Tür gelauert hatte. Noch bevor er etwas sagen konnte, erhielt er einen gut gezielten Messerstich ins Herz. Ein zweiter Stich folgte, und tödlich getroffen sackte er zusammen.

Bachem betrachtete den Studenten regungslos. Dieses Mal hatte er klaren Kopfes zustechen können, nicht so aufgeregt, wie noch vor neun Jahren nach dem Feuerwehrfest. Zur Beseitigung der Leiche würde er den gleichen Weg wählen wie damals. Die neuen, jeweils über drei Zentner schweren Muttersäue würden sich freuen; Schweine waren schon praktische Haustiere.

Schallplatten und Fusseln

Samstag, 28. Mai 2016 – Bonn. »Und jetzt fragt sich die Polizei, ob Jan der Mörder ist und du als seine Gehilfin agierst, oder?« fragte Krawczyk. Er steckte sich den letzten Bissen seiner Pizza in den Mund und kaute systematisch. Tintenfischringe zu essen, dauerte einfach etwas länger. Vor allem, wenn sie aus Gummi waren.

Katharina hob hilflos die Schultern. »Vermutlich. Oder ob ich eine Doppelmörderin bin und sowohl Nachbar als auch Freund beseitigt habe.«

»Aber welchen Gewinn könntest du daraus ziehen?« Susanne grauste es ein wenig. Morde und Mörder kannte sie nur vom Fernsehen am Sonntagabend, da sie manchmal die entsprechende Sendung mitverfolgen mußte, wenn sie sich mit Freunden in einer Kneipe traf. Das Konzept von öffentlich-rechtlichem Mord und Totschlag irritierte sie allerdings ein wenig.

»Keine Ahnung«, sagte Katharina. »Ruhe vor dem bösen Nachbarn und ein reiches Erbe.« Sie erbleichte. Wenn die Kripo jetzt ihre Bankkonten durchleuchtete …

»Wieso reich?« fragte Krawczyk, der von Jans Geld nie etwas erfahren hatte.

»Na ja«, druckste Katharina herum, »Jan würde mir sicher etwas hinterlassen und nicht alles dem Tierheim vererben.«

Susanne lachte. »Jan und Tiere – *never ever.*«

Als Jan bei ihr eingezogen war, hatte Katharina sogar ihre Katze abschaffen müssen, was sich als etwas schwierig erwiesen hatte, weil diese Sorte Tiere wie ein Bumerang funktionierte: einmal irgendwo ausgesetzt, kehrte sie zuverlässig zu ihrem Lieblingsplatz auf dem heimischen Sofa zurück.

»Jan behauptet doch immer, daß alle Tiere fusseln, und das ginge bei seinen teuren Schallplatten auf keinen Fall«, fuhr Susanne fort. »Katzenhaare auf *Goats Head Soup* von den Stones? Nie im Leben!«

Katharina lachte. »Besser Haare *auf* einem Bild der Ziegenkopfsuppe als *darin*.«

Krawczyk hörte nicht zu und hatte den Blick aufgesetzt, mit dem er »hinter die Alpen schauen« konnte, wie Susanne es einmal genannt hatte. Er überlegte. »Aber wer hat denn wirklich etwas davon, daß der alte Herr tot ist?« fragte er dann.

»*Herr*, ich weiß ja nicht«, sagte Katharina. »Vielleicht hatte der ehemalige Landwirt auch etwas zu vererben.«

»Glaube ich nicht.« Das war Susanne. »Wenn sie sein Haus – wie hieß er? Bachem? Wenn die Erben also sein Haus verkaufen, bleibt nicht viel übrig. Wer zieht denn schon freiwillig in ein Reihenhaus auf dem Brüser Berg?«

Katharina lachte. »Mehr Leute, als du denkst. Zumindest gibt es, jedenfalls bei mir, im Gegensatz zu meiner vorherigen Wohnung ausreichend Platz für Bücher.« Sie beschloß, das Thema zu wechseln. »Was macht ihr eigentlich aktuell?«

»Beruflich, meinst du?« Krawczyk zerkaute gerade eine etwas zu al dente geratene Nudel, die er sich von Susannes Teller geangelt hatte, und sprach etwas undeutlich.

Die Buchhändlerin nickte.

Krawczyk gab den Kauversuch auf, angelte die Nudel mit seiner Gabel vorsichtig aus seinem Mund und legte sie auf den Tellerrand. »Wir bemühen uns, einen Versuch aus Italien, bei dem es, salopp gesagt, um die Übertragung von Quantenteilchen über längere Strecken ging, im Institut nachzubauen.«

»Nennt sich Teleportation«, warf Susanne ein.

»Wenn das mit dem Transport per Teleportation klappt …«, sagte Konrad und sah ins Leere.

»… dann ist mindestens die Deutsche Bahn überflüssig«, beendete Susanne seinen Satz. Alle drei lachten.

Katharina wurde wieder ernst. »Wartet mal«, sagte sie und sah verständnislos aus. »Meinst du diese Lichtteilchen, von denen man überall liest? Aber das ist doch Unsinn. Man schaltest das Licht ein, und sofort ist es an. Da müßt ihr doch nichts übertragen, oder?«

Der Naturwissenschaftler hatte schon vor langen Jahren aufgehört, Geisteswissenschaftlern die Eigentümlichkeiten der höheren Physik zu erklären, weil er regelmäßig auf Unverständnis gestoßen war. Also sagte er nur kurz: »Dafür müßtest du einen Doktortitel haben, um das zu verstehen.«

Susanne gab ihm einen Stups. »Du könntest wenigstens versuchen, es zu erklären.« Sie warf Katharina einen Blick zu, der eindeutig *Männer* hieß.

»Nee, hab' ich jetzt keine Lust zu«, sagte Krawczyk. »Viel lieber würde ich wissen, wo Jan steckt. Seit wann genau ist der eigentlich nicht mehr aufzufinden?« Er griff nach seinem Weinglas und führte es an die Lippen.

Katharina überlegte. »Das war ja erst heute vormittag; es kommt mir viel länger vor. Jan saß im Garten und las Zeitung. Wird so gegen elf gewesen sein.«

Krawczyk fing an zu husten. Glücklicherweise sah es so aus, als habe er sich verschluckt; so würden die beiden Frauen nichts merken.

Genau um elf hatten er und Susanne heute einen weiteren Versuch im Labor unternommen. Beim ersten Mal war gestern die schwarze Katze verschwunden. Und nun Jan?

Eine Stunde später hatten die drei auch den Nachtisch aufgegessen. Das Gespräch mäanderte zwischen Universität und Buchhandlung, dem örtlichen Kinoprogramm und Urlaubsplänen hin und her. So richtig fröhlich war der Abend nicht mehr geworden, dachte Katharina und sah auf die Uhr. »Schon halb elf.« Sie gähnte. »Ich glaube, ich fahre lieber nach Hause. Morgen muß ich früh 'raus.«

»Morgen ist Sonntag«, sagte Susanne bestimmt. »Du kannst ausschlafen.«

Katharina schüttelte ihre Locken. »Is' nich'. Ich habe meinen Eltern einen Besuch versprochen, und bis Burgsteinfurt fahre ich gute zwei Stunden.« Sie stand auf. »Tschüß, ihr beiden.« Nach einer kurzen Umarmung verließ sie das Lokal.

Krawczyk und Susanne sahen einander irritiert an.

»Ein bißchen merkwürdig, oder?« fragte die junge Frau. »So ist sie doch sonst nie.«

Er nickte. »Wahrscheinlich belastet sie die Sache mit Jan mehr, als sie zugeben will. Wir sollten uns in der nächsten Woche etwas mehr um sie kümmern.«

Susanne warf ihrem Freund einen liebevollen Blick zu. Konrad besaß ja doch Empathie, wenn er wollte. »Ob die Sache in Bad Münstereifel mit Jans Verschwinden zu tun hat?« fragte sie.

Katharina stellte ihr Auto auf seinen gewohnten Parkplatz und lief die paar Meter bis zur Haustür. Sie gähnte. Müde war sie schon, aber schlafen konnte sie jetzt bestimmt noch nicht. Bisher war ihr Leben in geordneten Bahnen verlaufen; das eine oder andere Hoch wie das eine oder andere Tief hatte es zwar gegeben, aber seit Jans Verschwinden fühlte es sich so an, als habe ihr jemand den Boden unter den Füßen weggezogen. Sie hatte sich damals so sehr gefreut, daß sie in dem ruhigen Plattensammler einen Gegenpart gefunden hatte, der mit beiden Beinen auf der Erde stand. Daß Jan zeitweise schwebte, war ihr erst viel später klar geworden. Und daß er erst sich selbst sah und sie viel später, hatte sie vor gerade einmal zwölf Stunden erfahren. Eigentlich hätte sie es wissen müssen: Die wenigen Male, bei denen sie sich etwas gründlicher gestritten hatten, hatte Jan irgendwann »dichtgemacht«, seine Lippen zusammengepreßt und war grußlos zu einem Spaziergang aufgebrochen. Aber bisher war er immer nach einer Runde um den Block wieder nach Hause gekommen.

Jetzt allerdings war sie wieder alleine, hoffentlich nur zeitweise, und kam damit überhaupt nicht klar.

Mit einem tiefen Seufzer schloß sie auf, legte die Handtasche auf den kleinen Tisch im Flur, hängte ihre Jacke an die Garderobe und ging ins Wohnzimmer. Etwas zittrig goß sie sich aus der Flasche mit Jans Lieblingswhisky einen ordentlichen Schluck ein und trank. Fast sofort fing sie an zu husten. Lasanta von Glenmorangie war ausgesprochen lecker und kratzte überhaupt nicht im Hals, aber dennoch ... Was war nur mit ihr los?

Und wo steckte Jan?

Ob die Sache in Bad Münstereifel damit zusammenhing? Vor einigen Monaten war sie mit Jan zum Einkaufen – Jan haßte das Wort *shoppen*, das sei etwas für vierzehnjährige Mädchen, hatte er gesagt – ins beschauliche Eifelstädtchen gefahren. So beschaulich war es allerdings nicht mehr, seit sich in den alten Straßen entlang der Erft ein Outlet-Center breitgemacht hatte. Die Einwohner waren glücklich, weil nun kein Geschäft mehr verwaist war, die Stadtväter ebenso, weil das Steueraufkommen erfreulich gestiegen war; nur die Kunsthistoriker und Touristen mit Verstand rauften sich die Haare, weil fast alle alten Fachwerkhäuser für die neuen Klamottengeschäfte entkernt worden waren und innen nun alle wie C & A aussahen, wie Jan es ausgedrückt hatte. Jedenfalls hatte er es gewagt, nach Meinung eines Range-Rover-Besitzers zu dicht neben seinem kostbaren Fahrzeug zu parken und dann noch mit der Fahrertür die Beifahrertür des Rovers zu touchieren, ohne daß auch nur der Hauch eines Kratzers zu sehen war. Rumpelstilzchens Wutausbrüche waren sanfte Sätze gegen die Schimpftirade von Bachem, als der sich der Roverfahrer herausgestellt hatte. Bis dato hatten Jan und Katharina ihn nie aus der Nähe gesehen.

Die Szene hatte sich wiederholt, als sie mit Jan wenig später im Brauhaus das Essen bestellen wollte, bevor Bachem, der schon länger auf die Kellnerin wartete, zwei Tische weiter zum Zuge gekommen war. Ein furchtbarer Mann. Sein letzter Satz zu Jan im Lokal hatte gelautet: »Disch krisch isch noch.«

Verrückterweise hatte sie zu lachen begonnen, weil ihr – bei den Zischlauten durchaus verständlich – Asterix einfiel, der bei einem Besuch bei den Nordfranzosen lernen mußte, daß dort fast *jedesch sch* wie *sch ausgeschprochen* wurde. Das hatte den Ärger des Bauern natürlich nur noch angestachelt, so daß ihr einziges Heil darin lag, ihn komplett zu ignorieren. Zu Hause begannen dann einige Tage später die gestern den Polizisten beschriebenen Zwischenfälle.

Ob Jan etwas zugestoßen war? Oder ob er dem Bauern etwas hatte zustoßen lassen? Aber ihr Freund war ein friedfertiger Mensch, dessen Vermögen zu Auseinandersetzungen in der Regel darin gipfelte, daß er den jeweiligen Raum verließ, in sein Zimmer ging, die Tür zuknallte und etwas lautere Musik auflegte. Oder einen kleinen Spaziergang unternahm. Zehn Minuten später hatte er sich in der Regel wieder beruhigt. Und weitere zehn Minuten später tat ihm der jeweilige Streit leid, für den er sich jedes Mal entschuldigte, unabhängig davon, wer Schuld hatte.

Katharina trank einen weiteren Schluck. Dieses Mal unterblieb der Husten. Man konnte sich durchaus an das Zeug gewöhnen.

Sie sah auf die Uhr. Halb zwölf. Sie gähnte wieder. Die morgige Fahrt zu ihren Eltern war eine glatte Lüge gewesen; im Borsalino war ihr plötzlich alles zuviel gewesen, und sie hatte einfach nur nach Hause gewollt, ohne Gesellschaft.

Als ob höhere Mächte dem widersprechen wollten, ertönte plötzlich die Haustürklingel. Das Läuten von Big Ben und Beethovens *Fünfte* hatte sie damals dem Elektriker noch ausreden können, aber als sie sich bei einem freundlichen Gespräch als Kinoliebhaberin zu erkennen gegeben hatte, konnte sie seinem Vorschlag, die Fünftonfolge g' – a' – f' – f – c aus *Unheimliche Begegnung der dritten Art* zu verwenden, nichts mehr entgegensetzen.

Die fünf Töne erklangen erneut.

Katharina seufzte und ging zur Tür. Wahrscheinlich war es wieder die alte Frau Weber, die Licht bei ihr hatte brennen sehen und eigentlich nur jemanden brauchte, mit dem sie wieder reden konnte.

Ungeachtet der Uhrzeit und ohne eine Vorsichtsmaßnahme wie der Verwendung der Türkette öffnete Katharina. Alkohol machte sie stets mutig. Draußen stand ein junger Mann in Zivil.

»Beaumont«, sagte Beaumont. »Kripo Bonn.« Er hielt seinen Ausweis hoch.

»Etwas tiefer«, sagte Katharina, »damit ich ihn lesen kann.« Sie studierte das junge Gesicht auf dem amtlichen Dokument und nickte. »Sie waren doch heute morgen schon einmal hier, oder?« Das Gesicht kam ihr vage bekannt vor, die Kleidung nicht. »Haben Sie den Täter? Deswegen sind Sie doch hier, oder?«

»Nein, nein, ja«, sagte Beaumont.

Katharina grinste. Plötzlich war sie wieder hellwach. Abwechslung war immer gut, dachte sie und beschloß, den jungen Polizisten hereinzubitten. »Einen Espresso?«

»Nicht unbedingt. Außerdem bin ich nicht im Dienst.« Den leichten Alkoholgeruch in Katharinas Atem hatte er wahrgenommen und spekulierte auf einen kleinen Absacker vor der Nacht.

Sie bemerkte seinen Blick auf ihren Mund und trat zur Seite. »Kommen Sie rein. Auch einen kleinen Mundvoll?«

Wunderbar, dachte Beaumont, noch jemand, der *Pu der Bär* liebte. »Immer doch«, sagte er. »*Nach* Dienstschluß jedenfalls. Nächstes Mal, ehe ich das vergesse, lassen Sie aber besser die Sicherheitskette vor, wenn Sie nachts öffnen.« Ein freundliches Grinsen folgte.

Katharina ging ins Wohnzimmer und bot dem Polizisten einen Platz am Couchtisch an. Plötzlich war sie unsicher. Galt sie als Verdächtige? War deswegen der junge Beamte gekommen, um sie bei etwas Verbotenem zu überraschen und sie in die Enge zu treiben, damit sie eine Aussage machte? Egal. »Vorwärts«, hatte Jan immer gesagt, »dann liegt die Gefahr rasch hinter dir.«

Beaumont sah sich um. Kein typisches Reihenhaus-Wohnzimmer, keine schwere Ledergarnitur in Dunkelbraun, die den Raum kleiner machen würde, keine Chrom- und Glasmöbel. Stattdessen gab es einzeln stehende Sessel unterschiedlicher Größe, einen niedrigen Tisch mit Zeitschriften und Zeitungen, zwei große grüne Zimmerpflanzen, ein paar strategisch verteilte kleinere Lampen mit beigen Schirmen und ein altes, zersessenes Sofa. Und natürlich ein großes Bücherbord, was für eine Buchhändlerin ja kein Wunder war. Eine Musikanlage oder ein Fernseher fehlten. Fast hätte man denken können, daß die junge Frau alleine wohnte, dachte er; Spuren eines Mannes, vielleicht Zigarren und ein schwerer

Aschenbecher – falls man nach Klischees suchte –, vielleicht auch nur ein Herrenpullover über einer Sessellehne, konnte er jedenfalls nicht entdecken.

Katharina hatte inzwischen ein zweites Whiskyglas geholt, in das sie großzügig eingoß.

Beaumont nickte erfreut, als er die Whiskyflasche mit dem violetten Etikett sah. »43 Prozent, das schaffen wir gut«, sagte er. »Sind nur 21,5 Prozent für jeden, geringfügig mehr als bei Wein.«

»Viel weniger«, entgegnete Katharina. Ihre Mundwinkel zuckten. »Wir trinken ja nicht die ganze Flasche aus. Wenn wir – bei drei Zentilitern pro Glas – aus einer Flasche mit 75 Zentilitern etwa 25 Gläser erzielen, dann ergibt das pro Glas nur etwa 1,72 Prozent Alkohol.« Kopfrechnen beherrschte sie bestens, ungeachtet einer ihr zugeführten Alkoholmenge.

Beaumont lachte. »Dann kann ich ja auch zwei Gläser trinken. Damit bleibe ich immer noch unter der vom Gesetzgeber gesetzten Grenze fürs Autofahren.«

»Weswegen sind Sie eigentlich gekommen, jetzt um diese Uhrzeit?« Die alte Standuhr in der Ecke zeigte fast viertel vor zwölf.

»Vielleicht kann ich Ihnen helfen«, sagte Beaumont und sah sein Gegenüber freundlich an. »Heute morgen war ja mein Kollege Roman Roselski hier; wir werden ab und zu verwechselt – ähnliche Größe, ähnlicher Haarschnitt und so. Von ihm weiß ich, was Sie gefragt worden sind. Ich weiß aber auch, daß eine Ihrer Antworten nicht stimmen kann. Wo waren Sie denn wirklich gestern abend? Im Kino jedenfalls nicht.«

Der Rasenmähermann

Sonntag, 29. Mai 2016 – Bonn / Rheinbach-Neukirchen. Krüger stieß die Tür zu seinem Büro auf und ließ sich schwer atmend in seinen Schreibtischsessel fallen. Es war wohl doch keine so gute Idee gewesen, von seiner Wohnung in der Adolfstraße mit dem Fahrrad zum Polizeipräsidium zu radeln. Mittlerweile mußte er seinem Alter Tribut zollen, ob er wollte oder nicht: Früher war man mit fünfzig ein junger Greis und wurde von der Damenwelt als einer der Honoratioren des Ortes verehrt; heute war man mit fünfzig ein alter Jugendlicher und wurde von der Damenwelt übersehen. Außerdem neigte Carmen, seine Freundin, ab und zu dazu, ihn schon zum alten Eisen zu zählen – was er als Unverschämtheit empfand. Ein Blick auf die aktuellen Sterbetafeln der Versicherungen (auf denen man ihm ein zu erreichendes Alter von 87 Jahren attestierte; davon hatte er also noch nicht einmal sechzig Prozent hinter sich), hätte sie eines Besseren belehrt.

Der Erste Kriminalhauptkommissar seufzte und fuhr seinen Rechner hoch. Er loggte sich ins Intranet ein und rief die Akte Bachem auf. In seinem kleinen Moleskine-Büchlein machte er sich Notizen, während er die Protokolle der bisherigen Vernehmungen und ein kleineres Strafregister Bachems durchlas. Der Bauer war zweimal ins Visier der Ermittlungen geraten, 1969 im Falle des verschwundenen Helmut Klein aus Neukirchen und 1978, als der Aachener Physikstudent Manfred Rath sich buchstäblich in Luft aufgelöst hatte. Die Spurensicherung hatte zwar seine Nachtwäsche in einer Kammer des Bauernhofes gefunden, aber alle persönlichen Gegenstände waren weg. Manfreds Eltern hatten geschworen, daß ihr Sohn nie ohne Buch unterwegs war; möglicherweise hatte sich das mit dem Abbruch des Studiums aber auch geändert.

In Bachems Akte fanden sich außerdem zwei Anzeigen wegen Geschwindigkeitsübertretungen und eine weitere wegen einer Trunkenheitsfahrt, was Krüger für die Bauern der Eifel als normal erachtete. Als er vor sechs Jahren im Fall des ermordeten Lehrers am Rheinbacher St. Joseph-Gymnasium ermittelte, hatte er die Geschichte eines Handwerksmeisters gehört, der regelmäßig nach der Maikirmes mit seinem Mercedes in den Straßengraben vor Merzbach gerutscht war. Der zuständige Autohändler habe sich über genauso regelmäßige Neuwagenverkäufe gefreut, deren Kosten der Unternehmer bestimmt in den Kalkulationen seiner Firma verstecken konnte, hatte es geheißen.

Aber Krüger kam vom Thema ab. Er kratzte sich am Hinterkopf und überlegte kurz, ob das Haar dort schon so dünn war, daß man von einer Lichtung sprechen konnte. Aber jedes Mal, wenn er Carmen danach fragte, hatte sie ihn – bisher! – beruhigt.

Es klopfte.

»Herein«, sagte Krüger automatisch.

Walther »mit th« Langenargen steckte seinen Kopf zur Tür herein. »Pst«, sagte er, »ich bin's nicht. Falls jemand fragt. Was machen Sie überhaupt hier? Sollten Sie nicht in Wiesbaden sein?«

»Eine kurze Pause«, sagte Krüger zu seinem Chef. »Ein Ferientag, ein Überstundentag – was immer Sie wollen.«

»Gibt es etwas Neues?«

»Kein Kommentar.«

»Na, hören Sie«, protestierte Langenargen, »schließlich habe *ich* Sie zum BKA abgegeben; immerhin sind Sie mein fähigster Beamter. Da wird man doch noch fragen dürfen.«

»Wir ermitteln in alle Richtungen«, sagte Krüger mit ernster Miene.

Sein Chef, der um die Verschwiegenheit in BKA-Angelegenheiten wußte, lachte. »Gut, lassen wir das. Was machen Sie *wirklich* hier?«

»Meinem Patensohn etwas unter die Arme greifen.«

»Ich komme nicht ganz mit. Privates am Sonntag im Dienst?«

Krüger schüttelte den Kopf. »Beaumont ist der Sohn alter Freunde. Gestern hat er mir von den aktuellen Ermittlungen im Mordfall Bachem berichtet, die Kollege Mesmer leitet.«

»Ach ja, Mesmer.« Langenargen seufzte. »Der paßt besser ins zweite Glied. Wenn man ihm sagt, was er zu tun hat, funktioniert er bestens: Ansonsten reagiert er nur. Nur nicht irgendwo eingreifen, das ist seine Maxime. Jemand anderer muß immer für ihn entscheiden.«

»Da ist Beaumont ja genau richtig. Der weiß schon, wann man handeln muß und wann nicht.«

»Stimmt.« Langenargen sah versonnen zum Fenster hinaus. »Genau wie Sie vor längeren Jahren. Und genau wie ich vor ganz langer Zeit.«

»Na, hören Sie!« Krüger warf seinem Chef einen freundlichen Blick zu. »So alt sind Sie nun wirklich nicht, daß Sie damit kokettieren müssen. *Anyway* – was kann ich denn für Sie tun?«

»Ein Auge auf Beaumont haben, aber das tun Sie schon, und Mesmer aus der Ferne beobachten. Ich bin dann mal weg.«

Die Tür schloß sich energisch, und Krüger fragte sich, wie um alles in der Welt der Titel des Bestsellers zum Weg ins innere Nirwana einen Eingang in den allgemeinen Sprachgebrauch gefunden hatte. Vor allen Dingen war die Aussage falsch, denn in dem Moment, in dem der Sprecher sie machte, war er ja noch da. »Auf Wiedersehen« wäre völlig ausreichend gewesen.

Es klopfte.

Hatte Langenargen etwas vergessen?

»Herein«, rief Krüger, vielleicht eine Spur zu mürrisch.

Kevin Beaumont setzte sich ungefragt in einen der beiden Besucherstühle. »Habe ich es mir doch gedacht, daß du hier bist, wenn du zu Hause nicht ans Telefon gehst.«

»Ich bin doch nie in der Adolfstraße; mein Mobiltelefon reicht völlig aus, wenn man mich sprechen möchte.«

»Das war ausgeschaltet.«

»Stimmt; ich wollte in Ruhe arbeiten. Vielleicht finde ich ja etwas, was ihr bislang übersehen habt.«

Gar nicht eingebildet, dachte Beaumont. Aber eigentlich hatte sein Patenonkel recht, was seine unschätzbare Erfahrung anging.

Krüger zeigte auf den Bildschirm. »Findest du nicht, daß eure Ermittlungsergebnisse bisher etwas mager ausgefallen sind? Du weißt doch, daß die ersten achtundvierzig—«

»Stunden kritisch sind«, beendete der junge Mann den Lehrsatz. »Außer in der Eifel. Sonntags läuft da gar nichts. Kirche, Küche, Kinder – falls man welche hat –; das sind die wichtigen Dinge am *Sonndach*.«

»Das Rheinisch klingt bei dir wie bei mir angelernt. Weißt du was? Bei dem Wetter drinnen zu sitzen, führt auch zu nichts; was hältst du davon, wenn wir beide einen kleinen Ausflug machen nach – wie hieß nochmal der Ort?«

»Neukirchen«, sagte Beaumont, der Gedanken lesen konnte. »Höhenortsteil von Rheinbach. Liegt auf halbem Wege in die ewigen Jagdgründe, wenn ich Mesmers Aussagen Glauben schenken darf.«

Krüger kam nicht ganz mit. »Gibt es so viele Tote dort?«

»Hirsche. Totes Rotwild. Mesmer ist doch Jäger, und im Münstereifeler Wald, der nicht weit hinter dem Dorf anfängt, seien besonders viele Exemplare anzutreffen, sagt er. Neben anderem Getier.«

»Schweine.« Der Kriminalhauptkommissar wußte nicht, wie wichtig diese Feststellung noch werden sollte.

Wenn man das Voreifelstädtchen Rheinbach an der Kreuzung von Graben- und Hauptstraße nach Süden verließ, den mittelalterlichen Turm der Stadtmauer nicht beachtete und auch an der ehemaligen Ölmühle vorbeifuhr, erreichte man nach kurzer Zeit den Wald. Bei der Weggabelung vor dem »Waldhotel« folgte man geradeaus der kurvenreichen Strecke zwischen den alten Bäumen, bis man vor Merzbach aus dem Wald herausfuhr und wieder auf Ackerland traf. Hinter dem Dorf führte die Straße die Anhöhe zum Ortseingang von Irlenbusch und Neukirchen hoch – nur Einheimische wußten, wo das eine Dorf mit seinen fünf Häusern aufhörte und das nächste mit seinen alten Fachwerkhäusern anfing.

Krüger kam sich wie auf einer Ferientour in das Allgäu vor, was für ihn als Hamburger extremes Ausland darstellte; schon 2010 hatte er in Rheinbach beim Fall des ermordeten Lehrers die Einheimischen nicht verstanden – wieviel schlimmer mochte das dann erst hier in der Eifel sein? Am Horizont fehlten nur die Alpen und auf den Wiesen um den Ort die dauerbimmelnden Kühe mit ihren um den Hals gehängten Glocken, dann wäre das Bild eines idyllischen Ferienortes in Bayern perfekt. Etwas ernüchtert wurde er, als er in Merzbach den Lastwagen eines Beueler Abrißunternehmens entdeckte.

Eine Dreiviertelstunde nach der Abfahrt aus Bonn parkte der Kommissar seinen anthrazitfarbenen Qashqai vor dem kleinen Neukirchener Feuerwehrhaus neben dem alten Backsteingebäude, der ehemaligen Grundschule von Neukirchen. Er legte wie immer das Schild »POLIZEI im Einsatz« hinter die Windschutzscheibe und stieg aus. Mit Beaumont zusammen wollte er sich zu Fuß einen Eindruck des Örtchens verschaffen, in dem der ermordete Bauer den größten Teil seines Leben zugebracht hatte.

An der kniehohen Buchsbaumhecke eines verklinkerten Einfamilienhauses auf der linken Seite blieb Krüger stehen und sah einem älteren Mann zu, der ein kleines Stückchen Rasen mit einem altmodischen Spindelrasenmäher malträtierte. Beaumont verfolgte die kleine Szene.

Der Mann bemerkte sehr wohl seine Zuschauer, ließ sich jedoch nicht beirren und beendete erst seine Arbeit, bevor er näherkam. »Was gibt's da zu sehen?« fragte er.

»Ehrliches Handwerk«, sagte Krüger. Er deutete auf den Rasenmäher. »So einen hat mein Großvater auch gehabt. Meine Nachbarn in Bonn dagegen bestehen auf strom- oder benzingetriebenen Maschinen.«

Der Mann war nicht auf den Kopf gefallen. »Aber deswegen sind Sie doch nicht in die Eifel gefahren, um anderen Leuten bei der Arbeit zuzusehen, oder?«

Krüger schmunzelte. »Nicht wirklich. Wir suchen den Hof von Josef Bachem.«

»Da werden Sie kein Glück haben. Bei Bachem, meine ich. Beim Hof ja.« Er schwieg wieder.

Der Kommissar tat ahnungslos. »Das klingt ja geheimnisvoll. Können Sie das vielleicht erläutern?«

»Bachem gibt es nicht mehr. Den hat jemand erschlagen.«

Beaumont unterstützte seinen Patenonkel und hielt sich erschrocken die Hand vor den Mund. »In echt jetzt?« fragte er etwas undeutlich.

»Hier auf dem Dorf?« sekundierte Krüger.

»Gerade hier«, sagte der Mann. »Was meinen Sie, wieviele Tote es hier Jahr für Jahr gibt? Wenn ich nur daran denke, zu wievielen Morden es in den letzten fünfundzwanzig Jahren im Umkreis allein von Berndorf, diesem winzigen Ort bei Hillesheim, gekommen ist. Sind bloß etwa vierzig Kilometer von hier. Fast möchte man meinen, daß die Eifler zum blutrünstigsten der deutschen Stämme gehören.«

Krüger lachte. »Und ich dachte immer, das seien die Ultras in Dresden.«

Beaumont begann die Unterhaltung Spaß zu machen. Er hatte sofort begriffen, worauf Krüger hinauswollte: Vertrauen aufbauen, um dann an die benötigten Informationen zu gelangen. »Weiß man denn, wer es war?« fragte er. »Bei Bauer Bachem, meine ich.«

»Ich glaube nicht«, sagte der Mann. »Heute ist keine Polizei im Ort. Das heißt also, daß sie entweder den Täter schon haben oder beschlossen haben, am Montag weiterzusuchen.« Er sah Krüger prüfend an. »Was wollten Sie denn von Bachem?«

Der Kommissar beschloß, auf den Busch zu klopfen. »Ein Bekannter sagte, Bachem besäße einen der selteneren Range Rover aus den siebziger Jahren. Vielleicht hätte er den ja verkaufen wollen.«

»Glaube ich nicht«, sagte der Mann. »Der hat nie etwas verkauft. Dabei besitzt er lauter so altes Zeug. Alles von seinen Eltern geerbt, alles tadellos in Schuß, alles bestens funktionierend.«

»Er besaß also auch mehrere Autos?«

»Nein, ich glaube nicht.« Er schob seine Kappe in den Nacken und wischte sich über die Stirn. »Doch, warten Sie mal.« Der Mann überlegte und betrachtete sinnierend seine schwarzen Fingernägel. »Er hat mal einen alten Mercedes Kombi gefahren. Das muß in den siebziger, achtziger Jahren gewesen sein. Den hat er bestimmt noch irgendwo stehen. Damals hat er wahrscheinlich gedacht, er könne ihn auch für seine Kinder verwenden. Aber die Heirat hat sich ja zerschlagen.«

Krüger, der fand, daß es selten überflüssige Informationen gab, hakte nach. »Welche Heirat?«

»Na, die mit Maria, der Tochter vom Elektriker.«

»Wann war das denn?« fragte Beaumont.

Der Mann überlegte. »Das muß so '69, '70 gewesen sein. Maria hatte damals zwei Verehrer, Helmut Klein, der dann spurlos verschwand, und eben Bachem. Wobei sie Helmut eindeutig vorzug. Aber Bachem konnte auch zugänglich sein, wenn er wollte. Oder jähzornig. Als Kind hat er mal vor lauter Wut eine Glastür eingetreten, als man ihn nicht hineinlassen wollte.« Er schwieg und schien auf eine Aufforderung zu warten, seine Geschichte fortzusetzen.

»Hätte die Tochter nicht die Nummer zwei nehmen können, nachdem die Nummer eins weg war?« Beaumont war praktisch veranlagt.

Der Mann lachte. »Wenn das Leben immer so einfach wäre. Auf dem Feuerwehrjubiläum hat es damals Krach zwischen den beiden jungen Männern gegeben; danach war Bachem sehr verändert. Maria ging dann nach Süddeutschland zu ihrer Tante und hat da unten später auch geheiratet.« Er kratzte sich wieder am Kopf.

Da unten klang immer nach der Südhalbkugel der Erde, dachte Beaumont, nicht nach einem Ort, der wenige hundert Kilometer entfernt war.

Am Haus ging ein Fenster auf, und eine ältere Frauenstimme rief: »Willi, hör auf zu quatschen und komm rein!«

»Die Frau«, sagte der Mann entschuldigend. »Immer ist etwas zu tun. Noch einen schönen Tag!« Er drehte sich um und schob den Rasenmäher zur Garage neben dem Haus zurück.

Krüger und Beaumont gingen weiter. Ersterer überlegte laut: »Schon interessant, in welcher Reihenfolge die Leute ihr Leben organisieren. Erst das Auto, dann die Frau …« Er überlegte. »Wenn es diesen Mercedes gibt und wenn er nicht auf Bachems Hof steht und wenn er ihn also versteckt hat …« Er verstummte.

»Ich rufe morgen das Straßenverkehrsamt an und überprüfe das«, sagte Beaumont.

Die Bonner Kommissare setzen ihren Weg durch das Straßendorf fort. Mehrere hübsch restaurierte Fachwerkhäuser säumten ihren Weg. *Anno 1820* las Beaumont auf einem Giebel. Aber es waren alles kleine Häuser, die – wenn überhaupt – nur noch einen ebenso kleinen Schuppen im Hof hatten. Das Vieh und die Ställe befanden sich wahrscheinlich etwas außerhalb auf den Wiesen ums Dorf. Eine weiß verputzte Kirche, ein alter Baum mit großer Krone und das Pfarrhaus, ebenfalls aus Fachwerk, warteten auf den nächsten Hobbyfotografen; der blaue Himmel tat ein Übriges, um die Postkartenidylle zu verstärken.

In einer Nebenstraße bogen die beiden Ermittler schließlich auf Bachems Hof ein und sahen sich um. Ein Absperrband flatterte lose im Wind, eine Mülltonne neben der Eingangstür zum Wohnhaus war umgefallen, nachdem sie wohl von der Spurensicherung nicht ordentlich zurückgestellt worden war, und die kleine Tür im großen Scheunentor stand offen.

»Das wird sicher Langenargen interessieren«, sagte Krüger, »wie es hier aussieht. Weißt du eigentlich, ob Bachem irgendwelche Unterlagen interessanterer Natur besaß?«

»Woran denkst du denn genau?«

»Sparkonten, Rechnungen, Verträge, irgend etwas, woraus man ein Motiv ableiten könnte.«

»Hat die Spurensicherung mitgenommen. Liegt wahrscheinlich in Bonn. Muß ich mich morgen drum kümmern.«

»Gesprochenes Schriftdeutsch wird überschätzt«, murmelte Krüger, ging aber nicht weiter auf die Antwort seines jungen Kollegen ein.

»Da ich morgen schon wieder hierhin fahren muß«, sagte Beaumont, »können wir doch jetzt wieder nach Hause fahren, oder? Oder wir gehen irgendwo etwas essen. Was meinst du?«

Krüger antwortete nicht, sondern ging auf die Scheune zu. »Vielleicht hat er den Mercedes ja unter dem Heu versteckt. Falls in diesem Schober selbiges liegt«, rief er über die Schulter.

Beaumont mußte wohl oder übel folgen.

In der Scheune herrschte Dämmerlicht, so daß Krüger einen Moment stehenblieb, bis sich seine Augen an die Lichtverhältnisse gewöhnt hatten.

Die Scheune war fast leer. Nur ein alter Traktor stand an einer Seite; an der Holzwand waren alte, blitzblank polierte Gerätschaften aufgehängt. Auch das Fahrzeug glänzte.

Der Kommissar wunderte sich. Ein Bauer, der sein Werkzeug so penibel pflegte? Was sagte das über seinen Charakter aus? Planung, Methode, Genauigkeit wahrscheinlich. Wenn er wirklich den Studenten hatte verschwinden lassen, dann würden sie Mühe haben, ihm das nachzuweisen – Bachem würde nämlich dafür gesorgt haben, daß *alle* Spuren vernichtet worden waren.

Krüger ließ seinen Blick schweifen. In einen Teil der Scheune war eine Art Zwischengeschoß eingezogen worden, auf das eine Holzleiter führte. Vorsichtig rüttelte er an ihr, aber nichts bewegte sich; die Sprossen waren fest verzapft. Er mußte nur aufpassen, daß er sich nicht an dem verrosteten Draht verletzte, mit dem die Tritte zusätzlich fixiert waren. Langsam kletterte er hinauf.

Beaumont überlegte, ab wann sein Patenonkel so alt war, daß er nur noch angeseilt solche Unternehmungen durchführen dürfte, verwarf seine Überlegung aber rasch als Altersdiskriminierung und kletterte hinterher.

Oben stand der Kommissar bereits an der Scheunenwand und rief: »Kevin, guck mal, was ich hier entdeckt habe!«

Die Delle

M*ontag, 23. Juli 1979 – Rheinbach-Neukirchen / Bad Münstereifel.* »Wahnsinn. Sherlock Holmes wäre blaß geworden.« Martin erhob sich etwas mühsam; seine Knie knackten. Vielleicht wäre doch ab und zu etwas Sport angesagt, dachte er.

Johanna lachte, stand ebenfalls auf und faltete den Brief wieder zusammen. »Was machen wir jetzt damit?«

»Später«, sagte Martin und umarmte seine Freundin. Er gab ihr einen längeren Kuß und zog sie zu seinem Bett.

»Nein, jetzt nicht. Und hier schon gar nicht.« Sie schüttelte sich. »Wer weiß, ob der Physikstudent nicht in diesem Zimmer zu Tode gekommen ist.«

»Hier?« Martin sah sie entgeistert an. »Meinst du wirklich?«

»Eigentlich nicht. Denn sonst hätte man doch sicher etwas in der Zeitung gelesen, wenn die Leiche gefunden worden wäre. Falls es eine gibt und der junge Mann nicht nach Indien ausgewandert ist. Im *General-Anzeiger* stand doch ›in Luft aufgelöst‹ oder so ähnlich.«

»Da bin ich aber erleichtert. Eigentlich ist es nämlich bei dem Bauern ganz nett. Aber irgend etwas muß er mit dem Verschwinden des Studenten doch zu tun haben. Warum sonst liegt hier der Brief? Ich kann ihn ja mal fragen.«

»Bist du wirklich so naiv oder tust du nur so?« Johanna sah ihn empört an. »*Wenn* er was damit zu tun hat, mußt du ihn doch nicht mit der Nase darauf stoßen, daß du das weißt, oder?«

»Stimmt.« Martin sah sie ratlos an. »Aber was machen wir dann mit dem Brief?«

»Ich habe das vorhin zuerst gefragt.« Johanna kicherte. »Aber wenn wir das beide nicht wissen, sollten wir den Brief vielleicht mitnehmen und vorerst aufheben; vielleicht hat die Polizei später Verwendung dafür.«

»Hat der Bauer eigentlich gesagt, wann er wiederkommt?«

Martin schüttelte den Kopf. »Er hat nur gesagt, wenn ich mit dem Reinigen der Werkzeuge fertig sei, könne ich den Rest des Tages freinehmen.«

Johanna strahlte. »Wunderbar. Was hältst du von einem kleinen Ausflug?«

Martin parkte den Renault in der Nähe des Bahnhofs von Bad Münstereifel. Hand in Hand schlenderte er mit Johanna durch die Gassen der pittoresken Fachwerkstadt. Entlang der Erft betrachteten sie die alten, zum Teil windschiefen Häuser, von denen verschiedene ziemlich baufällig aussahen und dringend einen Anstrich nötig hatten. Er wunderte sich, wie man mit solch krummen Balken hatte bauen können. Seit die Stadt vor fünf Jahren ein Kurort geworden war, hatten die Stadtväter etwas Geld in eine Renovierung der Hauptschneise entlang des Flüßchens gesteckt und natürlich das rote Rathaus mit seinem gotischen Giebel einmal mehr gestrichen. Aber insgesamt fand Martin den Ort ziemlich verschlafen, was für jemanden, der in Wiesbaden groß geworden war, durchaus verständlich erschien. Die beiden wichen drei mit Kameras behängten Tagestouristen aus und nahmen an einem der Tische Platz, die vor dem Café am Salzmarkt standen.

Wenig später hatte jeder eine Cola vor sich stehen.

»Hier möchte ich nicht alt werden«, sagte Martin. »Wahrscheinlich haben die nicht einmal ein Kino hier, in das man von seinem Lehnstuhl aus gehen könnte.«

Johanna lachte. »Dafür gibt's das in Rheinbach«, sagte sie. »Liegt mitten in der Stadt. Im Hochsommer habe ich dort mal *Doktor Schiwago* gesehen, diesen überlangen Film mit einer Pause zwischendrin. Das war schon ziemlich merkwürdig, als wir, aus der Winterszene kommend, plötzlich draußen vor dem Kino standen und Eis schleckten, bevor es drinnen wieder weiterging.«

Das Gespräch plätscherte munter weiter, bis Martin sich plötzlich duckte und tat, als sammle er etwas vom Boden auf. »Kopf runter«, zischte er.

Verdutzt reagierte Johanna sofort, bückte sich ebenfalls und flüsterte: »Was hast du denn auf einmal?«

»Wenn mich nicht alles täuscht«, flüsterte Martin zurück, »geht drüben am Gymnasium gerade Bachem vorbei. Dabei sollte der eigentlich in Köln sein, hat er jedenfalls heute morgen gesagt.«

»Ihn sollten wir im Auge behalten«, sagte seine Freundin und linste über den Tisch. »Er ist weg.«

Martin warf schnell ein Fünf-Mark-Stück neben die halb ausgetrunkenen Colagläser. »Aber vorsichtig; er darf uns nicht sehen.«

Mit großzügigem Abstand folgten sie dem Bauern, der am Eckhaus mit der Buchhandlung Schulte nach links in die Marktstraße einbog und dem gotischen Rathaus gegenüber vor einem Hauseingang stehenblieb. Er öffnete die abgewetzte schwarze Aktentasche, die er unter dem Arm getragen hatte, und entnahm ihr ein dickeres Schriftstück mit einem hellbraunen Einband. Dann schien er zu klingeln und war wenig später im Gebäude verschwunden.

Vorsichtig schlichen Freund und Freundin die Straße hinunter, immer in der Angst, aus einem der oberen Fenster des Hauses von Bachem – falls er nach oben gegangen war – gesehen zu werden. Martin betrat ebenfalls den Hauseingang und studierte die Klingelschilder. Ihnen nach zu urteilen, lebten sechs Parteien im Haus, zwei davon im Erdgeschoß. *Dr. Wilhelm* und *Schulten* war als oberstes zu lesen, darunter stand *Elizabeth + Andrew Farnham*, außerdem *Kolvenbach* und als unterstes folgte neben dem mit Schreibmaschine geschriebenen *Walterscheid* ein handgeschriebener Zettel mit dem lakonischen Vermerk *Schellen*.

»*Müller, 3x klingeln* hätte ich ja noch verstanden«, sagte Johanna, »aber nur *schellen*? Ein bißchen dünn, oder?«

»Alter holländischer Familienname«, sagte Martin, der einen Klassenkameraden gehabt hatte, dessen holländische Cousine—

»Hier«, sagte Johanna und unterbrach seine Gedanken, »die haben eine eigene Klingel: *Reifferscheid Immobilien*.« Sie deutete auf ein kleines Firmenschild, in das ein Klingelknopf eingelassen war.

»Aber was macht der Bauer bei denen?«

»Wir sollten unsere Ressourcen schonen und abwechselnd denken, nicht beide gleichzeitig dasselbe. Du findest also auch, daß Dr. Wilhelm als Bachems Bekannter ausfällt – welcher Bauer kennt schon Akademiker? –, das Ehepaar oder die Familie Farnham mangels englischer Sprachkenntnisse von Bachem nicht in Frage kommt und Schellen als Kontaktmann unwahrscheinlich ist?«

Martin lachte.

»Die anderen Namen lassen wir jetzt mal weg«, sagte Johanna. »Außerdem hatte er Unterlagen in der Hand, die eher nach einem Firmenbesuch aussahen. Sag ich jetzt mal. Jedenfalls aus der Entfernung.«

Hinter der Haustür waren Schritte zu hören.

Die beiden jungen Leute nahmen Reißaus und rannten los. Außer Atem blieben sie schließlich vor der romanischen Basilika stehen, die am Ende der Marktstraße an einem kleinen Platz lag.

»Und jetzt?« japste Johanna.

»Jetzt gehen wir vorsichtig ein Stück zurück und sehen um die Ecke.« Martin marschierte los, ohne auf Johanna zu warten, und sah in die Straße zurück, aus der sie gerade weggerannt waren. »Da ist er«, flüsterte er.

»Du kannst normal reden«, sagte Johanna, die neben Martin getreten war. »Bachem ist weit genug entfernt.«

Der Landwirt studierte gerade das oberste Blatt von mehreren eines kleinen Stapels, nickte zufrieden und ging in Richtung der alten Kirche, die auf der anderen Erftseite direkt neben dem Gymnasium lag.

Die jungen Leute folgten ihm langsam. Wie so viele andere Gebäude des Städtchens, dachte Martin, müßte auch diese Kirche dringend renoviert werden; die Fassade war schmutzig-grau, ein Fenster wies eine zersprungene Scheibe auf, und die schwere Holztür schien nicht richtig zu schließen, da ein deutlicher Spalt zwischen beiden Türblättern klaffte.

Delle hieß die schmale Straße, die am anderen Ende der Steinbrücke über die Erft begann und bergauf bis zur alten Burg über der Stadt führte. Bachem warf wieder einen Blick auf das Blatt und marschierte zügig weiter, vorbei an dem dringend renovierungsbedüftigen Haus auf der linken Seite und den schweren Stützmauern der alten Kirche auf der rechten. In einer Neunzig-Grad-Kurve der Straße blieb er stehen und studierte ein frisch verputztes Fachwerkhaus. Er sah fast glücklich aus. Schließlich holte er einen Schlüssel aus seiner Tasche, schloß das Hoftor daneben auf und verschwand.

Die beiden jungen Leute machten kehrt und bummelten zum Auto zurück. »Jetzt wissen wir wenigstens«, sagte Martin, »was Bachem hier gewollt hat.«

»Oder glauben es zu wissen.« Johanna hängte sich bei ihrem Freund ein. Sanft drückte sie sich an ihn.

»Weißt du was?« fragte Martin, der aufpassen mußte, daß er vor lauter Glück nicht pausenlos grinste. »Wir gehen jetzt zum Bauamt und fragen nach dem Eigentümer des Hauses, vor dem Bachem gestanden hat.«

Johanna lachte. »Das Bauamt ist zum Bauen da. Den Besitzer wirst du nur über einen Grundbucheintrag herausfinden, und das geht nur über das Amtsgericht. Hat mir jedenfalls mal mein Vater erklärt.«

»Dann eben nicht«, sagte ihr Freund, der beschlossen hatte, Gerichten und anderen öffentlichen Stellen aus dem Weg zu gehen, nachdem er Ursula verlassen hatte. Denn das hatte den Vorteil, daß er sich mit eventuellen Forderungen nach Alimenten nicht beschäftigen mußte, weil er nicht dauernd an Justiziables erinnert wurde.

»Aber mein Vater kennt, glaube ich, jemanden am Gericht. Ich frage ihn mal. Warum willst du das überhaupt wissen?«

»Überleg doch mal. Wozu benötigt Bachem ein Grundstück mitten in Bad Münstereifel? Der hat einen ihm eigentlich zu großen Hof, und da—«

Johanna schnitt ihm das Wort ab. »Möglicherweise hat er das Grundstück auch verkauft. Vielleicht braucht er Geld. Wovon lebt er denn eigentlich?«

»Keine Ahnung.« Martin sah ratlos aus. Darauf hatte er bisher überhaupt nicht geachtet. Mit seinen fünf Kühen konnte Bachem keinen Blumentopf gewinnen, höchstens einen Kranz auf der nächsten Landwirtschaftsschau für die Kuh mit den schönsten Wimpern. Und mit der eigenen Landwirtschaft kam er auch nicht weit; die drei Felder, die er am Waldrand besaß, reichten bestimmt nicht zum Leben. Ja, wovon lebte er eigentlich?

»Wahrscheinlich«, sagte Johanna langsam, »müssen wir seinem Schreibtisch einen weiteren Besuch abstatten. Die Ordner, weißt du?«

Josef Bachem stand wieder vor seinem soeben erworbenen Grundstück samt Haus in Münstereifel und war sehr zufrieden. Setzte man den Preis »in Verbindung zum Wert der Lage des Objekts« – wie es der Makler ausgedrückt hatte –, hatte er ein echtes Schnäppchen gemacht. Nur der Straßenname störte ihn; aber wahrscheinlich war die Bezeichnung *Delle* alt, und Alter konnte man ja immer gelten lassen. Es verlieh dem Objekt eine gewisse Patina. Wenn man das Ganze in ein paar Jahren oder Jahrzehnten weiterverkaufte, hatte es genau das richtige Flair, um bedeutend mehr Geld hereinzuholen, als es gekostet hatte. Wenn er eines gelernt hatte von seinen Eltern, dann war es der Satz, daß Vermögen nur durch stete Vergrößerung Vermögen blieb. Ansonsten war es irgendwann weg.

Es war ein schnelles und gutes Geschäft gewesen, daß er mit dem Senior der Immobilienfirma abgeschlossen hatte. Mit dem Junior dagegen kam er nicht besonders klar; der Sohn besaß wie alle heutzutage viel zu lange Haare, trug einen dieser komischen beigen Cordanzüge mit einem weißen Rollkragenpullover und war immer viel zu gut gelaunt, wie Bachem fand, so *aufgesetzt*, als ob die Fröhlichkeit irgendwie unterstützt wurde. Wahrscheinlich Drogen, dachte der Bauer, der noch nie geraucht hatte. Stimmt, als er ins Maklerbüro getreten war, hatte er noch mitbekommen, wie der Junior rasch eine diese dicken Zigaretten, die so merkwürdig rochen und die er aus der Bonner Immenburgstraße kannte, aber noch nie probiert hatte, ins Jackett zurückgesteckt hatte.

Bachem warf einen weiteren Blick auf seine Neuwerbung. Vielleicht konnte er im Ruhestand nach Münstereifel ziehen; alle Geschäfte und Ärzte waren vor Ort, und viel brauchte er nicht zum Glücklichsein.

Wenn da nicht diese nagende Angst wäre.

Angst, daß irgendwann die Beseitigung der beiden jungen Männer auffiel. Angst, daß Marias Eltern irgendwann zum Problem werden würden, wenn er nicht endlich aufhörte, ihrer Tochter nachzustellen. Dabei war das alles schon zehn Jahre her, und er hatte nichts getan, außer Maria einmal zum Essen und einmal zum Kirmesbesuch einzuladen; allerdings war es bei den Versuchen geblieben. Beim zweiten Mal hatte er sich wieder eine blutige Nase geholt, dieses Mal von ihrem Vater, der ihm gedroht hatte: »Bürschchen, sei gewarnt; wir behalten dich und deinesgleichen im Auge!« Tatsächlich fuhr der Vater mindestens einmal im Vierteljahr demonstrativ langsam an seinem Hof vorbei.

Dazu kam die Angst, daß das Finanzamt irgendwann seine Mauscheleien bei den Grundstückskäufen entdecken würde. Dabei konnte man mit Reifferscheid so schöne Geschäfte machen; stets tranken sie einen ordentlichen Schnaps zusammen, wenn sie beim jeweiligen Unternehmen das geflossene Geld gezählt hatten. Kaufen und rasch wieder verkaufen; das funktionierte bestens. Er zahlte, und der Makler brachte die Käufer. Eine Hand wusch eben die andere.

Und obendrein war noch dieser aufmerksame Student aufgetaucht. Bachem hatte ihn irgendwie nett gefunden und durchaus einen Handlanger für die Alltagsarbeit im Sommer gebraucht. Manchmal stellte er jemanden für ein halbes Jahr ein, manchmal auch nur für ein paar Wochen. Schließlich hatte er dann etwas mehr Zeit, zu den Frauen nach Bonn zu fahren.

Aber Martin, wie hieß der eigentlich mit Nachnamen?, Martin guckte ihm etwas zu genau auf die Finger, und jetzt war auch noch die Wirtstochter aus Kurtenberg im Spiel – zwei neugierige Figuren, die er nicht gebrauchen konnte.

Wenn er sich nicht sehr täuschte, hatte er die beiden vorhin gesehen, als er auf dem Weg zum Immobilienmakler am Salzmarkt vorbeigekommen war.

Was die hier wohl machten? Schließlich sollte der Student seine Werkzeuge auf Vordermann bringen. Er achtete zwar selber darauf, daß alles gepflegt war, aber manchmal kam er mit der Arbeit nicht hinterher. Am liebsten hatte er es, wenn alles in Reih und Glied an seinem Platz stand, sortiert, poliert, geordnet, beschriftet, perfekt hergerichtet für den sofortigen Gebrauch.

Vielleicht hatte er sich aber auch geirrt, und es war ein anderes Liebespaar gewesen, denn daß die beiden verliebt waren, das hatte er sehr deutlich sehen können. Wenn er doch auch so jemanden hätte! Jemanden, der einen erwartete, wenn man nach Hause kam, jemanden, der einem die Wäsche wusch und die Hemden bügelte, wie das die meisten Frauen im Dorf taten, jemanden, mit dem man alt werden konnte.

Andererseits würde ihn wohl wirklich niemand mehr nehmen. Und ob er nach den Vorfällen – wie er sie nannte – mit den beiden, nun ja, *entsorgten* jungen Leuten sein Leben lang würde schweigen können, das wußte er auch nicht.

Wenn schon zwei junge Männer in seinem Umfeld verschwunden waren, dann würde es bestimmt auffallen, wenn ein dritter verschwand.

Verdammt.

Je länger er über die Sache nachdachte, desto mehr steigerte er sich in die Vorstellung hinein, daß Martin nicht zufällig nach Neukirchen gekommen war. Wahrscheinlich war er auf ihn, wie hatte das nochmal neulich im Fernsehen bei *Der Alte* geheißen? Genau, auf ihn »angesetzt« worden. Die ZDF-Serie sah er gerne, wobei er sich nicht vorstellen konnte, daß die Fälle im wirklichen Leben spielten. Wo war er stehengeblieben? *Angesetzt.* Wahrscheinlich von den Eltern des stillen, fröhlichen Physikstudenten aus Aachen. Fast bedauerte er es, daß dieser Manfred nicht mehr da war. Der wäre bestimmt ein guter Landwirt geworden.

Außerdem war die Wirtstochter natürlich ein Problem. Ein sehr hübsches Mädchen mit ihren Locken und Rundungen an den richtigen Stellen. Sie behandelte ihn herablassend, wenn er mal in den Vier Winden war; jedenfalls bildete er sich das ein. Und sie beobachtete ihn. Zu genau, wie er fand.

Bachem überlegte.

Vielleicht mußte den beiden etwas von außen passieren, damit er wieder seine Ruhe hatte. Genau, ein Unfall, den man mit ihm nicht in Verbindung bringen konnte.

Das Traumhaus

Sonntag, 29. Mai 2016 – Bonn / Bad Münstereifel. Der Traum hatte irgendwie von einem Verkehrsunfall gehandelt, in den Krawczyk und sie verwickelt waren. Außerdem waren ein kaputtes Auto und ein Polizist mit Engelsflügeln vorgekommen. Was das wohl zu bedeuten hatte?

Susanne setzte sich auf und rieb die Augen. Sie hatte schlecht geschlafen. Ihr ging Katharinas Verhalten nicht aus dem Kopf. Sonst war sie doch nicht so verschlossen! Und daß Jan zwar abhanden gekommen war, aber Katharina nicht Himmel und Hölle in Bewegung setzte, um ihn wiederzufinden, irritierte sie ziemlich. Sie hatte immer gedacht, daß sich da zwei gefunden hatten und nie wieder von einander lassen würden. Aber etwas beschäftigte ihre Freundin, das hatte sie ihr deutlich angesehen.

Genauso merkwürdig war Krawczyks Verabschiedung nach dem Restaurantbesuch gestern abend gewesen. »Ich muß noch etwas arbeiten«, hatte er zu ihr gesagt. »Was hältst du von einem verspäteten Sektfrühstück oder einem kleinen Zweierbrunch morgen früh? Ich ruf' dich an.« Und dann war er nach einem flüchtigen Kuß vor dem Borsalino alleine weggegangen. Ziemlich *strange*.

Müde stand sie vor dem Spiegel im Bad und studierte ihr Gesicht. Dreißig war zwar ein schönes Alter für eine Frau, wenn sogar Guy de Maupassant es einer Erzählung für würdig erachtet hatte. Oder war es Balzac gewesen? Jan hätte das bestimmt gewußt; er wußte alles über europäische Kultur zwischen 1810 und 2010, solange es sich um Literatur, Filme, Gemälde und Rockmusik handelte. Aber sah sie heute nicht aus wie *mindestens* dreißig, eher fünfunddreißig?

Susanne versuchte, ihrem wahren Alter mit etwas Rouge und Wimperntusche näherzukommen, gab aber rasch wieder auf. Sie würde ins Labor gehen; heute, am Sonntag, wäre sie allein. Und außerdem war es dort dämmerig; da war es egal, wie sie aussah.

Konrad Krawczyk saß vor einem Weizenbier in einem der Straßencafés in Bad Münstereifel und überlegte. Wie kam er jetzt aus der Sache wieder heraus? Dabei hatte vor einigen Tagen alles so vielversprechend geklungen.

»Ferienhaus in allererster Wohnlage zu verkaufen« war die Überschrift in der Anzeige des *Kölner Stadt-Anzeigers* gewesen, den Krawczyk versehentlich statt des Bonner *General-Anzeigers* gekauft und durchgelesen hatte. Das Sehnsuchtsobjekt lag mitten in Bad Münstereifel, glücklicherweise in einer Seitenstraße, so daß es von den Passanten eher nur zufällig entdeckt werden konnte.

Krawczyk mochte Münstereifel. Daß es inzwischen zur Einkaufsstadt geworden war, störte ihn nicht besonders. Noch immer gab es Kneipen, in denen nur wenige Touristen verkehrten, und man konnte in der Umgebung wunderbar wandern, was er mit Susanne als sehr schönen Zeitvertreib stets genoß. Und das Städtchen war von Bonn aus gut zu erreichen.

Ein Ferienhaus mitten in der Stadt bedeutete auch, daß man morgens frische Brötchen zu Fuß holen konnte, ohne das Auto zu bewegen. Das Haus besaß sogar einen Kamin; man war also auch für die Wintermonate – die leider aufgrund des Klimawandels immer weniger wurden – bestens gerüstet. Und der Preis war vernünftig gewesen, etwas höher, als er eigentlich gehen wollte, aber andererseits nutzte das kleine, von seiner Großmutter geerbte Vermögen auf der Bank auch nichts. Der Zaster hatte in den zehn Jahren, seit er ihn besaß, sowieso schon Rost angesetzt. War ja bei den Kupfermünzen auch kein Wunder …

Ein Vorgespräch per Telefon war erfolgreich gewesen. Der Verkäufer hatte Krawczyk einen Immobilienmakler in Bad Münstereifel genannt, der wiederum dem Physiker den Hausschlüssel überlassen hatte, damit Krawczyk in aller Ruhe das Objekt der Begierde studieren konnte. Nur seine rote Nase und das ständige Schnaufen hatten den Physiker gestört; es hatte fast so geklungen, als pfiffe die Luft *durch* die Nasenscheidewand. Ansonsten war alles bestens gewesen.

Auch die Lage – die jemand anderem vielleicht als zu zentrumsnah erschienen wäre – hatte ihm zugesagt: Das Brauhaus war nur einen Steinwurf entfernt wie auch ein italienisches und ein griechisches Restaurant. Neben dem alten Fachwerkhaus, um ein solches handelte es sich nämlich, lag eine Tordurchfahrt, so daß er auf dem eigenen Grundstück seinen Wagen würde abstellen können!

Ein Traum.

Nur die Scheune war verschlossen gewesen, da der Makler den dazugehörigen Schlüssel vom Besitzer noch nicht erhalten hatte, aber Krawczyk war sich sicher, daß er das kleine Anwesen haben wollte.

Bisher hatte alles hinter Susannes Rücken stattgefunden, was der Physiker nicht weiter schlimm fand. So hätte er direkt das passende Hochzeitsgeschenk, falls er seiner Angebeteten demnächst einen Antrag machte – was er fest vorhatte.

Sogar die Begegnung mit dem Verkäufer war problemlos verlaufen, alles easy, wie Susanne gesagt hätte. Man war sich handelseinig geworden, so daß das Objekt nach kleineren Renovierungen im Sommer bezugsfertig sein würde. Krawczyk hatte mit seiner Bank gesprochen und einen Teil seines Geldes für den Kauf bereitstellen lassen.

Dann kam ein Anruf des Verkäufers.

»Josef Bachem hier«, hatte er gesagt.

Susanne schloß die Tür zum Labor auf, schaltete das Licht ein und packte ihr Notebook aus. Sie rief die Datei mit den Protokollen der gemeinsamen Versuche mit Konrad auf und las die letzten drei Vermerke aufmerksam durch.

Manchmal zweifelte sie, ob die Arbeit mit Erfolg abgeschlossen werden konnte. Aber vor den Erfolg hatten die Götter den Schweiß gesetzt, und das bedeutete Hartnäckigkeit. Und die besaß sie! Alle großen Wissenschaftler hatten klein angefangen, und bei manchen hatte erst Jahrzehnte später das Nobelpreiskommittee die mühsamen Anfänge gewürdigt.

»Katze weg.«

Susanne schüttelte den Kopf. Krawczyk hatte tatsächlich die von der Mülltonne verschwundene Katze im Protokoll vermerkt. Manchmal übertrieb er etwas. Andererseits ...

Wenn er nun doch recht hatte und das Tier aufgrund ihrer Experimente entfernt worden war?

Plötzlich fiel ihr Katharinas Freund Jan wieder ein.

Hastig begann sie, die Aufzeichnungen durchzublättern. Wann hatte er sich nochmal in Luft aufgelöst? Was hatte Katharina gesagt? Irgendwann am Samstagvormittag war das wohl gewesen.

Susanne wurde blaß. »Elf Uhr fünfunddreißig« hatte Krawczyk in seiner für einen Mann erstaunlich sauberen, leicht steilen Handschrift zum Beginn eines weiteren Versuches am Samstag, vorgestern, vermerkt. Katharina hatte im Restaurant berichtet, daß Jan seit dem Vormittag weg war.

Was die junge Physikerin irritierte, war die Entfernung zwischen dem Labor im Institut für Angewandte Physik in der Poppelsdorfer Wegelerstraße und Katharinas Haus auf dem Brüser Berg – immerhin etwas mehr als vier Kilometer Luftlinie. Ihre von Hand zusammengebaute Versuchsanlage, die für Nanoteilchen bestimmt war, war ganz sicher nicht in der Lage, größere Objekte zu versetzen. Falls sie es überhaupt konnte.

Oder doch?

»Es tut mir leid«, hatte der Bauer gesagt. »Aber ich habe das Ferienhaus an einen anderen Interessenten veräußert.«

Er hatte tatsächlich *veräußert* gesagt, was Krawczyk als zutiefst altmodisch wahrgenommen hatte. »Wiesu denn bluß?« hatte er in der zwischen ihm und Susanne vertrauten Weise gefragt, was Bachem nicht weiter beachtet hatte. *Ronja Räubertochter* gehörte nicht zu seinem Lesestoff.

»Ich will mal ehrlich zu Ihnen sein, junger Mann!« Bachem hatte in gewisser Weise schon aufrichtig geklungen. »Aber Ihr Mitbewerber ist etwas besser ausgestattet als Sie, finanziell, meine ich.«

Krawczyk hatte nachgefragt und nachgefragt, bis er schließlich erfahren hatte, daß das Outlet-Center einen Mitarbeiter vorgeschickt hatte, um ihn zu überbieten. Das Management der Bekleidungsgeschäfte besaß ein sehr einnehmendes Wesen, dachte er. Als ob es nicht genug war, daß sie sich auf der Haupteinkaufsstraße breit gemacht hatten – jetzt mußten auch noch potentielle Geschäfte aus den Nebenstraßen dazukommen.

»Ich war bisher der Meinung, mündliche Verträge seien gültig«, hatte der junge Physiker noch hinzugefügt.

»Das war einmal, junger Mann.« Bachem hatte nicht mit sich handeln lassen. Gutes Geld war schließlich gutes Geld. »Vielleicht auf dem Viehmarkt, wenn es hinterher sofort Bargeld gibt.«

Das Temperament war dann leider mit Krawczyk durchgegangen. Noch am Telefon war er laut geworden und hatte schließlich Bachem gedroht, daß er seine Entscheidung noch bereuen würde. Zornig und schlecht gelaunt war Krawczyk zu dem Immobilienhändler gefahren und hatte seinem Ärger Luft gemacht.

»Da kann ich leider nichts für Sie tun, junger Mann«, hatte der Inhaber der kleinen Agentur gegenüber dem roten Rathaus in Bad Münstereifel gesagt, den er in seiner Verzweiflung aufgesucht hatte. »Und wer zukünftig der Mieter des Hauses sein wird – um Ihre Frage zu beantworten –, das geht Sie gar nichts an!«

Wutschnaubend war Krawczyk türenknallend auf die Straße gestürzt. Und jetzt war Bachem tot, und er, Krawczyk, hatte ein Motiv, zumindest aus Sicht der Polizei.

Susanne hatte ihre Berechnungen ein fünftes Mal überprüft. Kein Zweifel, alle Gleichungen waren korrekt. Aber ein Restzweifel blieb, ob nicht vielleicht doch durch eine bisher unentdeckte physikalische Eigenschaft des Universums eine Teleportation auch umfangreicherer Masse als die eines Nanoteilchens möglich war.

Sie seufzte.

»Ach, hier steckst du.« Krawczyks vertraute Stimme riß sie aus ihren Gedanken.

Susanne stand auf, trat aber nicht näher.

»Is' was?« Der Physiker sah seine Freundin irritiert an; sonst war sie nicht so abweisend.

»Denk doch mal nach. Nach dem Abendessen gestern mit Katharina verschwindest du fast grußlos, und heute früh war von einem Sektfrühstück, geschweige denn von weiteren Dingen, keine Rede mehr. Und angerufen hast du auch nicht. Und da soll ich nett zu dir sein?«

Krawczyk verschränkte die Arme und sah seine Freundin herausfordernd an. »Und?«

»Was ist denn mit dir los? So kenne ich dich gar nicht.«

Plötzlich rollte dem Physiker eine Träne die Wange hinunter. Verlegen angelte er ein Taschentuch aus seiner Hose und wischte sie ab.

Susanne besaß ein großes Herz. Übergangslos nahm sie ihn in die Arme und sagte: »Wir sind ungestört; heute taucht hier keiner mehr auf. Dann erzähl doch mal in Ruhe.«

Krawczyk ließ sich kraftlos in einen der Labordrehstühle fallen, holte tief Luft, und dann sprudelte die ganze Geschichte aus ihm heraus. Von dem geplanten Geschenk – von seinem Vorhaben, Susanne einen Heiratsantrag zu machen, sagte er lieber nichts –, von dem vereinbarten Kauf, von dem Zerplatzen seines Ferienhaustraums. Und von der Tatsache, daß der Verkäufer ermordet worden war.

Susanne wurde blaß, als sie Bachems Namen hörte. Sie begriff sofort, was das für ihren Freund bedeutete. »Und was machen wir jetzt?«

»Du könntest mir doch ein Alibi geben«, sagte er langsam.

Susannes Gesichtsfarbe wurde fast weiß, als sie über die Folgerungen aus diesem Satz nachdachte. »Brauchst du denn eines?« fragte sie tonlos.

Ich kannte ein Mädchen

M*ontag, 30. Mai 2016 – Bonn.* Der Ort war derselbe wie immer, ein nüchterner, großer Besprechungsraum im Polizeipräsidium in Bonn-Ramersdorf, dessen Fenster zur Straße hinausgingen. Blumen und Gardinen fehlten völlig; dafür gab es Lamellenjalousien, die bei Bedarf heruntergelassen werden konnten. Den Fenstern gegenüber hingen ein paar veraltete Fahndungsplakate; auf einer verschiebbaren Pinnwand waren die Fotos und Zeichnungen des aktuellen Falls befestigt. Eine große Thermoskanne mit Kaffee stand auf dem Tisch; jeder der Teilnehmer der bevorstehenden Besprechung hatte einen der unterschiedlich großen Porzellanbecher vor sich stehen, die sich im Laufe eines Arbeitslebens in der Küche der Etage angesammelt hatten. Nur Krügers Pott mit dem Hamburger Wappen durfte niemand außer ihm benutzen.

Walter Langenargen, der Leiter des Kriminalkommissariats 11, ließ den Blick über seine Kollegen schweifen. Zwar sollte Mesmer die heutige Lagebesprechung leiten, aber er wollte ihn gerne dabei beobachten. Vielleicht war er ja doch noch für Leitungsaufgaben zu gebrauchen.

Zwei Kollegen tuschelten. »Siehst du, war doch wieder nichts mit der Sonntagsbesprechung um achtzehn Uhr«, sagte der eine. »Bei Mesmer kannst du dich darauf verlassen, daß du dich nicht darauf verlassen kannst, was er ankündigt. Ist immer so.«

Langenargen warf ihnen einen strafenden Blick zu, woraufhin die beiden etwas betreten schwiegen.

Peter Paulsen, der schweigsame Norddeutsche, las die *Husumer Nachrichten.* Allerdings ging er dabei mit der Zeit, denn die Nachrichten aus seiner Heimatstadt verfolgte der Kripobeamte inzwischen mit einer App auf seinem Tablet.

Harald Kaul, der Computerzauberer der Abteilung, saß so dicht vor seinem Notebook, daß sein Kopf hinter dem aufgeklappten Bildschirm verschwunden war. Wahrscheinlich beschäftigte er sich mit den Ergebnissen der sonntäglichen Bundesligaspiele und versuchte, sich dabei nicht erwischen zu lassen.

Farnschläger, der mit dem Etikett *Mädchen für alles* mehr als unzufrieden sein würde, hatte seinen üblichen mokanten Gesichtsausdruck aufgesetzt, die Arme verschränkt und schien wie immer einen der zum aktuellen Fall hinzugezogenen Kollegen aus einem der anderen Dezernate mittels seiner spitzen Bemerkungen auflaufen zu lassen. Er war ein sehr guter Mitarbeiter, dachte Langenargen; über seine mangelnde soziale Kompetenz mußte man dann eben hinwegsehen.

Dolf Mesmer, der eine Stufe zu hoch in der Hierarchie gelangt war, wühlte hektisch in einem Stapel Papier, der vor ihm auf dem Tisch lag. Wahrscheinlich hatte er die von ihm selbständig zu leistende Arbeit innerlich und äußerlich so weit weggeschoben, wie er konnte, bis sie dann plötzlich aus einer unerwarteten Richtung wieder vor seiner Nase auftauchte.

Langenargen stellte sich vor, wie die Arbeit um Mesmer herumschwebte und mit einem kleinen Knall wieder ins Blickfeld kam, woraufhin der Kommissar zusammenzucken würde; er mußte grinsen, was ihm einen irritierten Blick und einen Satz des Kollegen eintrug.

»Gibt's irgendwas zu lachen?«

Langenargen schüttelte den Kopf und betrachtete unauffällig die neben Mesmer sitzende Frau im grauen Kostüm. Dr. Simone »die Perlenkette« Winterthur war nach dem Fall der ermordeten Studentin, den Krüger 2010 zusammen mit seinem englischen Kollegen, DCI John Blackmore aus Oxford, gelöst hatte, tatsächlich ins Ministerium nach Düsseldorf gewechselt. Perlenketten halfen bei Karrieren, hatte Krüger damals ziemlich böse gesagt. Jetzt saß sie wieder im Bonner Polizeipräsidium und sollte ihren ehemaligen Kollegen auf die Finger gucken, zumindest eine Zeitlang. Na ja, dachte Langenargen, der nie Lust gehabt hatte, einen Bürokratenjob in einem Ministerium zu übernehmen, ab und zu etwas Praxis schadete bestimmt nicht.

Kevin Beaumont gefiel ihm sehr; der junge Mann saß kerzengerade auf dem unbequemen Bürostuhl. Vor ihm lag ein Computerausdruck mit einer Liste, daneben ein kleiner Schreibblock. Ein systematischer Arbeiter. Und wenn man bedachte, daß er erst halb so alt wie sein Patenonkel war, konnte man sicher von einer großen Karriere ausgehen.

Und dann gab es noch R2D2. Langenargen seufzte innerlich. Die beiden waren sehr nette Kollegen, Roselski wie auch Derenthal; ihr Innovationsvermögen, was Eigeninitiative und unkonventionelle Lösungsansätze anging, war jedoch nur schwach ausgeprägt. Roselski hatte ein dick belegtes Käsebrot ausgepackt, das seinem Body Mass Index sicher abträglich war, und Derenthal war so unauffällig in eine Akte vertieft – jedenfalls schien er das zu denken –, daß er nicht bemerkte, wie das Western-Heftchen, seine eigentliche Lektüre, langsam aus der amtlichen Umhüllung rutschte.

»Zieh oder stirb!« sagte Langenargen, was ihm einen verständnislosen Blick von Frau Dr. Winterthur eintrug.

Derenthal zuckte zusammen, lief rot an und schloß die Akte hastig.

Mesmer schaute auf die Uhr und räusperte sich. »Dann fangen wir mal an. Es ist Montag, der 30. Mai 2016, acht Uhr dreißig. Erste Besprechung der Mordkommission *Jojoba*.«

Jemand lachte.

»Wer ist denn auf den dämlichen Namen gekommen? Ein Hautöl als Namensgeber?« Farnschläger schüttelte den Kopf. »Als nächstes kommt dann der Buchstabe K, oder? Kirschcreme.«

Selbst Frau Dr. Winterthur mußte lachen.

»Wieso«, verteidigte sich Mesmer, als nach weiteren Kommentaren wieder Ruhe eingekehrt war, »der Tote heißt Josef Joachim Bachem; da lag das doch nahe, die Anfangsbuchstaben zu nehmen, meine ich.«

»Später werdet ihr mit *dem* Namen die Akten dazu nie wiederfinden«, sagte Kaul, der Techniker und Archivar, der stets alles wiederfand, entweder in der Registratur der jeweiligen Behörde oder in seinem Rechner. »Da erinnert sich dann keiner mehr dran. Ein Öl, ts, ts.« Er schüttelte den Kopf. »Ich habe euch gewarnt.«

»In Flensburg hätten wir die Akte mit einer Nummer versehen«, sagte Paulsen, »und diese dann in einer alphabetischen Liste der Mordopfer zwecks späteren Nachschlagens vermerkt.« Das war ein bemerkenswert langer Einwurf für den stillen Beamten.

»Kann ich jetzt vielleicht mal weiterreden?« fragte Mesmer, dem seine Autorität gegenüber den Kollegen schon vor Jahren abhanden gekommen war. Sie respektierten ihn als Fachmann; das war aber auch schon alles.

Keiner sagte etwas.

Schließlich erbarmte sich Langenargen. »Bitte, fahren Sie fort.«

»Fort«, kam ein leises Echo von Farnschläger.

Langenargen warf ihm einen strafenden Blick zu.

»Was haben wir bisher?« fragte Mesmer.

Langenargen seufzte. Eine absolut überflüssige rhetorische Frage, wie er fand.

»Einen toten Bauern«, antwortete Beaumont, dem alles wie immer zu lange dauerte. Er überflog den Ausdruck. »Keinen Verdächtigen. Keine Verwandten, bis auf die Schwester in Köln. Krügers Entdeckung in Neukirchen. Und—«

Stimmengewirr.

»Was hat Krüger denn schon wieder bei uns zu tun?« Farnschläger konnte ganz gut auf seinen Kollegen verzichten.

»Ich dachte, wir hätten erstmal Ruhe vor dem Pedanten.« Derenthal war die genaue Arbeit von Krüger zu mühsam; lieber arbeitete er mit Roselski zusammen, der längst aufgegeben hatte, seinen phlegmatischen Kollegen zu korrigieren.

»Ist der immer noch hier tätig?« Frau Dr. Winterthur war damals mit Krüger aneinandergeraten.

Beaumont räusperte sich, als wieder Ruhe eingekehrt war. »Vielleicht laßt ihr mich mal erzählen.«

Krüger kniete vor der Holzwand der Scheune in Neukirchen und deutete auf einige Kratzer. »Siehst du?«

Beaumont trat neben ihn und bückte sich. Er besaß zwar ausgezeichnete Augen, konnte aber nichts entdecken. Heuschober waren ja auch nie taghell ausgeleuchtet; es sei denn, die Spurensicherung war gerade zugange. »Was meinst du denn?«

Krüger deutete auf eine Verzierung, die etwa einen halben Meter über dem Boden angebracht war. »Wofür hältst du das?«

Der junge Beamte bemühte sich, aus dem Liniengewirr etwas zu lesen. »Ein Muster. Wahrscheinlich hat sich der Bauer gelangweilt und mit seinem Taschenmesser die Wände beritzt.«

Der Bonner Kriminalhauptkommissar schüttelte den Kopf. »Du kannst es wirklich nicht erkennen, oder?«

Beaumont schüttelte den Kopf. »Muster zu entschlüsseln, ist mir schon beim Einstellungstest schwergefallen. Ich bemühe mich aber täglich, das mit entsprechendem Einsatz mehr als wettzumachen.«

Krüger versuchte, ihm auf die Schulter zu klopfen, scheiterte aber am Höhenunterschied zwischen seinem Patenjungen, der sich nur etwas heruntergebeugt hatte, und ihm selbst, der er kniete. »Paß auf, ich zeig's dir.« Er holte eine kleine Plastiktüte aus seiner Lederjacke und entnahm ihr ein Stück Kreide, mit dem er vorsichtig das Muster einrieb.

Wenig später hoben sich deutlich vier Buchstaben von der Umgebung ab.

»J–O–M–A«, buchstabierte Beaumont.

»Ein Zeichen hast du übersehen. Guck mal genauer hin, in der Mitte steht …?«

»Ein Herz? Meinst du das hier?« Beaumont zeigte auf eine Krakelei zwischen den Buchstaben. »Das sieht eher wie eine mißglückte Rübe aus.«

Krüger gluckste. »Nicht ganz. Das ist ein Kaufmanns-Und, etwas zu klein geraten. Und obendrein schief. Ich tippe mal auf *Josef* & beziehungsweise *und*—«

»*Maria*«, sagte Beaumont schnell. »Weißt du, die Geschichte, die wir vom Rasenmähermann gehört haben, Onkel A—«

»Scht«, unterbrach ihn Krüger etwas rüde. »Keine überflüssigen Vornamen. Aber warum sollte er das hier einritzen?«

»Nach dem wenigen, was wir bisher von Bachem wissen, kann es sich bei ihm durchaus um einen Stalker handeln.«

»*Obsessives Verfolgen* gab es 1970 noch gar nicht oder wann dieser Helmut Klein verschwunden sein soll«, sagte Mesmer. »Paragraph 238 Strafgesetzbuch; seit 2007 gültig, wenn ich mich nicht irre.«

»Das *hi, hi, hi* fehlt«, sagte Farnschläger, der ganze Teile von Karl May auswendig kannte. »Sam Hawkens.« Innerlich machte er wieder einen Strich für den nächsten bösen Blick von Langenargen, weil er nichts Substantielles zur Besprechung beitrug.

»Das war 1969«, sagte Beaumont, der ihn ignorierte. »Ich habe die Geschichte des verschwundenen Jungen nach dem Feuerwehrfest im Archiv überprüft. Und POK Winterstein durchforstet zur Zeit die damaligen Presseberichte.«

»Da tust du mir ja leid«, sagte Derenthal, »wenn du mit dem *Schwarzen Brett* anschließend einen trinken mußt.« Er spielte damit auf die Marotte von Polizeioberkommissarin Angelika Winterstein an, Informationen nur gegen ein versprochenes Glas Bier herauszusuchen und sie dann, auch wenn sie der Geheimhaltung unterlagen, weiterzuverbreiten. Man mußte aufpassen, was man ihr sagte, da man das der Einfachheit halber auch direkt bei Facebook posten konnte. Wenigstens schonte man auf diese Weise die Stimmbänder.

»Und was bringt uns das jetzt?« fragte Farnschläger. »Zu wissen, daß Bachem mal hinter einer Göre aus dem Dorf her war?«

Frau Dr. Winterthur murmelte etwas von Misogynie und machte sich wieder Notizen.

Mesmer blickte etwas verständnislos auf seinen Papierstapel.

»Es gehört doch zu anständiger Polizeiarbeit, daß man sich von den Beteiligten ein Bild macht, oder?« Beaumont war sauer, weil sein Kollege, der eine durchaus rasche Auffassungsgabe besaß, einfach nicht denken wollte. »Vielleicht ergibt sich aus Ereignissen der Vergangenheit ein späteres Mordmotiv.«

Langenargen nickte beifällig. Der Junge gefiel ihm immer mehr.

»Überleg doch mal«, fügte Beaumont hinzu, »möglicherweise hat Maria Wie-immer-sie-heißt damals durch Bachems Nachstellereien ein Trauma erlitten, was Jahrzehnte später nach ihrer Rückkehr in die alte Heimat dazu führt, daß—«

»Du guckst zuviele Krimis«, sagte Kaul freundlich. »Näherliegende Motive sind doch oft die wahren.«

»Lassen wir das mal für den Moment«, sagte Mesmer laut. Schließlich leitete er die Ermittlungen. »Gibt es sonst etwas Verwertbares?«

Das war so allgemein gefragt, dachte Langenargen, daß jede Antwort nicht wirklich zielführend sein konnte. Zu seiner Überraschung hatte Kaul aber etwas herausgefunden.

»Gibt es. Ich habe mich mal um den finanziellen Hintergrund des Mordopfers gekümmert.«

Beaumont zückte seinen Kugelschreiber und ließ ihn erwartungsvoll über dem Schreibblock kreisen.

»Der Bauer ist richtig reich gewesen. Er besaß nicht nur Grundstücke, sondern ganze Ländereien, wie es früher geheißen hätte: Ackerflächen in Neukirchen, Baugrundstücke in Merzbach, zwei Häuser in Bad Münstereifel, Wald—«

»Wahrscheinlich eine Schonung«, sagte Farnschläger. »Da muß man nicht so viel arbeiten.«

Niemand lachte.

»Und ein größeres Grundstück in Bonn«, fuhr Kaul unbeirrt fort.

»Wie haben Sie das denn am Wochenende herausgefunden?« Langenargen war doch neugierig.

»Das war einfach«, sagte der Computerspezialist, »mit einem Telefonat, das ich mit einer Freundin ›auf dem Amt‹, wie man sagt, geführt habe. Sie arbeitet immer samstags, um am Montag mit einem leeren Schreibtisch die neue Woche beginnen zu können.«

Farnschläger sang leise: »Ich kannte ein Mädchen in Lichterfelde, die lebte ständig von meinem Gelde. Ich kannte ein Mädchen in Derenbach, die legte ich dauernd …«

Langenargen unterbrach seinen Kollegen: »Mund zu! Das reicht jetzt wirklich, Farnschläger. Nach der Besprechung kommen Sie mit in mein Büro. Sie haben den Bogen nicht nur überspannt, sondern sogar durchgebrochen!«

Frau Dr. Winterthur füllte weiter den Notizzettel in ihrer peniblen Schrift mit kleinen Ballons statt der i-Punkte. Die nächste Beförderung für Farnschläger war wohl erst einmal auf Eis gelegt.

Kindergarten, dachte Beaumont.

Kindergarten, dachte Langenargen. Aber möglicherweise war das die einzige Möglichkeit, mit dem Stress und dem Frust bei einer festgefahrenen Todesermittlung umzugehen. Ventile waren immer gut.

Alle schwiegen betreten.

Kaul sah von seinem Bildschirm auf und räusperte sich. »Ich hab's nachgeschlagen. Die Textzeile heißt korrekt ›Ich liebte‹ – nicht: ›ich kannte‹ – ›ein Mädchen in Lichterfelde, die lebte zu lange‹ – nicht: ›ständig‹ – ›von meinem Gelde; ich liebte‹—«

»Raus!« sagte Langenargen. »Alle!«

Papas Liebling

Montag, 30. Mai 2016 – Bonn. Katharina sah auf die Uhr. Mist, schon wieder zu spät. Eigentlich hatte sie sich vorgenommen, mit dem Fahrrad zu ihrer Buchhandlung nach Poppelsdorf zu fahren, aber dafür war jetzt keine Zeit mehr. Und mit ihrem Auto würde sie nur mit Ach und Krach in der Clemens-August-Straße einen Parkplatz bekommen, wenn überhaupt. Die Benutzung öffentlicher Verkehrsmittel fiel aus, weil man – wie in fast jeder deutschen Stadt – erst zum Bahnhof fahren mußte und von dort in der gewünschten Richtung wieder aus der Stadt hinaus. Das dauerte einfach zu lange. Also doch vier Räder.

Die junge Buchhändlerin prüfte ihr Äußeres vor dem kleinen Wandspiegel im Gäste-WC, setzte sich in ihr Auto und fuhr dann mit Höchstgeschwindigkeit den steilen Weg durch das Katzenlochbachtal nach Ippendorf hoch. Die Strecke verschaffte ihr die Möglichkeit, von Süden kommend, schon weit vor ihrer Buchhandlung nach einem Abstellplatz für ihr Fahrzeug zu suchen. Befriedigt stellte sie auch dieses Mal wieder ihren kleinen roten Mini Cooper in einer der um diese Zeit noch freien Parktaschen am Anfang des Nachtigallenweges ab und lief die letzten Meter zu Fuß zu *Kathy's Bookshop*. Zugegeben, der Name der Buchhandlung war schon sehr hochtrabend, aber andererseits schadete es nicht, sich in der zunehmenden Globalisierung als etwas polyglott zu bekennen.

Katharina schloß auf, schaltete das Licht ein, fuhr den Computer hoch, an den die Kasse angeschlossen war, und warf die Kaffeemaschine an, eine etwas überkandidelte und zu groß ausgefallene Jura. Ein Geschenk von Jan.

Wo er wohl steckte? Sie wischte sich eine Träne aus dem Auge und ging ins kleine Büro hinter der Theke. Auf dem Schreibtisch lag noch die aktuelle BWA des Steuerberaters, die sie nur kurz überflogen und dann voller Angst, es könne die letzte vor der Pleite sein, in den Umschlag zurückgesteckt hatte.

Nur nicht sentimental werden! Gefühle im Geschäftsleben hatten selten etwas Sinnvolles hervorgebracht.

Daß Jan sich nicht meldete, war völlig untypisch für ihn. Ob ihm etwas zugestoßen war? Und einen Zettel zu schreiben, der seine Abwesenheit verkündete, paßte nun gar nicht zu ihm. Bisher hatte er mit ihr immer jede kleine Reise besprochen.

Was er wohl gerade machte?

Sie grübelte. Dem klassischen Klischee, beim Zigarettenholen zu verschwinden, was man vielen Männern nachsagte, konnte Jan nicht entsprechen. Jan war Nichtraucher.

Vielleicht mußte sie systematisch an Jans Verschwinden herangehen. Aus ihren Krimilektüren kannte sie die berühmten sieben Ws – was, wann, womit, wie, wer, wo und warum. *Wohin*, das war auch noch eine interessante Frage.

Wohin hatte sich Jan verdrückt?

Wer war eine dumme Frage, ebenso *wann*, schließlich hatte sie daneben gestanden. Na ja, jedenfalls fast. Sie war nur kurz ins Haus gegangen, um etwas zu trinken zu holen. Mit dem Kaffeebecher in der Hand war sie auf die Terrasse getreten, als der Liegestuhl schon leer war.

Moment, vielleicht war *wer* zu fragen doch nicht so blöd, wie es eben noch ausgesehen hatte. Vielleicht hatte ja jemand ein Interesse daran, daß Jan von der Bildfläche verschwand. Vielleicht würde jemand davon profitieren, daß Jan weg war. Aber wer?

Was wußte sie eigentlich wirklich von ihrem Freund? Natürlich hatten sie einander ihre bisherigen Liebschaften und Affären erzählt, besser gesagt, nur gestreift, weil sie längst unwichtig geworden waren, als sie sich kennengelernt hatten. Jan hatte keine Geschwister; seine Eltern waren bei einem Autounfall zu Tode gekommen.

Einen Augenblick. Sie warf da wohl etwas durcheinander. Wenn sie sich richtig erinnerte – schließlich hatte Jan es nur einmal erzählt –, dann hatten seine Mutter und der Stiefvater den Verkehrsunfall nicht überlebt.

Von seinem Vater hatte Jan nichts gesagt. Ob er ihn gar nicht gekannt hatte?

Katharina fing an zu rechnen. Jan war jetzt siebenunddreißig Jahre alt. Wenn sein Vater zum Zeitpunkt der Geburt seines Sohnes Anfang bis Mitte dreißig war, dann war er jetzt Ende sechzig.

Plötzlich lief es ihr siedendheiß über den Rücken. War Bachem nicht Ende sechzig? War Jan deswegen so merkwürdig gewesen, wenn der Landwirt in der Nähe war? War Bachem der abwesende Vater? Wußte Jan von ihm?

Aber wie sollte das gegangen sein? Erst den Landwirt umbringen und dann selber verschwinden? Was hatte der junge Polizist nochmal gesagt? Freitagabend oder Freitagnacht mußte Bachem zu Tode gekommen sein.

Katharina zog ihren Kalender heran, der Lesungstermine, Geburtstage, Adressen, Kundenwünsche und andere Notizen enthielt, und blätterte. Für Freitag, den 27. Mai 2016, hatte sie in ihrer sauberen Handschrift vermerkt: »Jan in Köln zu Queen.« Stimmt; er war erst lange nach Mitternacht nach Hause gekommen und hatte am Samstagmorgen begeistert vom Konzert erzählt; besonders der neue Sänger, Adam Lambert, hatte es ihm angetan. Freddie Mercurys Schuhe hätten ganz gut gepaßt. Aber wenn das alles nicht stimmte und Jan gelogen hatte? Wenn er statt nach Köln in die Eifel gefahren war? Aber warum sollte er seinen Vater umbringen? Oder, wenn er das nicht war, einen ehemaligen Bauern?

Katharina schüttelte den Kopf, daß ihre Locken flogen, und stand auf. Vielleicht sollte sie Romane schreiben; der blühende Unsinn, den sie sich gerade ausgedacht hatte, reichte bestimmt für ein Manuskript. Sie holte sich einen Pott Kaffee und schaute auf die Uhr – zehn nach neun, noch immer kein Kunde. Früher hatten die Studenten schon vor der Tür gestanden, wenn sie mit ihrem Fahrrad angefahren kam. Aber seit jeder ein Notebook oder ein Tablet besaß, kamen immer weniger, um bedrucktes Papier zu kaufen. So falsch lag Jan mit seiner bösen Bemerkung über ihre »Altpapierhandlung« also nicht …

Sie beschloß, später über Jans Verschwinden weiter nachzudenken und statt dessen eine Werbestrategie auszuarbeiten, die von Erfolg gekrönt war. Im letzten Jahr hatte sie eine kleine Agentur rheinaufwärts jenseits der Grenze nach Rheinland-Pfalz beschäftigt, deren Kampagne aber ins Leere gelaufen war. Eine erfolgreiche Social-Media-Werbung für Schuhe ließ sich eben nicht eins zu eins auf den Buchhandel übertragen. Alles mußte man selber machen.

Das drängendere Problem stellten jedoch die Ermittlungen der Polizei dar, die ihren ermordeten Nachbarn betrafen. Der junge Polizist am Samstagabend war zwar nett, aber ganz schön hartnäkkig gewesen. Ihm jedoch zu sagen, wo sie gewesen war, hatte sie nicht übers Herz gebracht. Wahrscheinlich fand er das aber auch ohne sie heraus. Immerhin hatte sie sich so einen kleinen Zeitvorsprung verschafft. Nachdem der junge Mann, wie hieß er noch? Baumann oder so ähnlich. Nachdem Baumann also wieder abgezogen war, hatte sie sich noch ordentlich von Jans Whisky nachgegossen, was zu einem mittelschweren Kater am Sonntag geführt hatte. Katzen waren schon lästige Haustiere.

Langenargen kochte immer noch. Vor ihm saß ein kleinlauter Mesmer, dem ordentlich die Leviten gelesen worden waren. Innere Führung, Autorität, Stringenz – das waren die Stichworte, die Krügers Stellvertreter sich hatte anhören müssen.

»Man kommt sich bei einer von Ihnen geleiteten Besprechung vor wie im Tollhaus«, sagte der Chef der Abteilung.

Mesmer versuchte, seinen Kopf noch weiter zwischen den Schultern verschwinden zu lassen.

»Sie hätten viel eher eingreifen müssen, ehe Farnschläger seine frauenfeindlichen Bemerkungen—«

»Den nimmt doch keiner mehr ernst«, unterbrach ihn der Gemaßregelte, »nicht einmal die Frauen.«

»Das ist aber kein Grund, so zu reden. Denken von mir aus, dann muß ich mir das ja nicht anhören; aber das auszusprechen, das ist wirklich so etwas von gestern, daß …« Langenargen verlor den Faden und verstummte. Er schaufelte einen kleineren Papierstapel auf seinem Schreibtisch zurecht und sagte dann: »Sie können gehen. Morgen erwarte ich Ergebnisse. Und jetzt schicken Sie Farnschläger herein.«

Beaumont lungerte im Gang vor Langenargens Büro herum und studierte einen Aushang der Polizei zur Öffentlichkeitsarbeit, in dem von einem »vertiefenden Verständnis zwischen Gesellschaft und Polizei« die Rede war. Eigentlich bedeutete der Satz, daß die Polizei der Gesellschaft nicht angehörte, denn sonst benötigte man doch kein tieferes Verstehen beider Gruppen. Er wurde in seinen Überlegungen unterbrochen, als Farnschläger mit hochrotem Kopf aus Langenargens Büro kam.

»Ah, Papas Liebling«, sagte der Kollege süffisant. »Du wirst schon erwartet.« Seine Stimme war mehr ein Zischen denn artikulierte Sprache.

Von Beaumont prallten derlei Anfeindungen ab; ihm tat Farnschläger eher leid. Bestimmt bedrückte den Kollegen irgend etwas, das er dann mit blöden Sprüchen zu kompensieren versuchte. Beaumont klopfte und trat auf Langenargens verärgert klingende Aufforderung ein.

»Was gibt es denn noch?« sagte der Chef, ohne von seiner Akte aufzuschauen.

»Ich bin's bloß. Darf ich etwas fragen?«

Langenargens schlechte Laune verschwand schlagartig, als er Krügers Patensohn erblickte. »Jederzeit«, sagte er freundlich. »Setzen Sie sich doch.«

Beaumont nahm Platz. »Vielleicht ist es sinnvoller, ich frage Sie zuerst und mache – vorausgesetzt, Sie stimmen zu – anschließend Mesmer einen Vorschlag, den er nicht ablehnen kann.«

Langenargen grinste. »Nur zu.«

»Und Mesmer kann ich meine Überlegungen ja so vortragen, daß er zum Schluß denkt, sie kämen von ihm selber.«

Der Junge war böse, was die Einschätzung der Fähigkeiten seiner Kollegen anging, und gleichzeitig geschickt genug, das im Sinne der Ermittlungen und nicht etwa für sich selbst auszunutzen.

»Dann legen Sie mal los.«

Zehn Minuten später nickte Langenargen anerkennend, stand auf und klopfte Beaumont auf die Schulter. »Prima. So wird es gemacht.«

Beaumont stieß die Tür zum Bistro Miebach auf und steuerte wie üblich am Ende des langen Raumes den letzten Tisch hinten neben dem Fenster zum Innenhof an.

Krüger hatte sich die *Frankfurter Allgemeine Zeitung* von den Garderobenhaken, an denen die Tageszeitungen hingen, mitgenommen und war ins Feuilleton vertieft.

Der junge Polizist nahm Platz und wartete, bis sein Patenonkel mit der Lektüre des Artikels fertig war.

»Was Neues?« Krüger war wie immer neugierig.

»Und mir hast du mal nachdrücklich gesagt, ich solle in ganzen Sätzen reden.« Beaumont versuchte, ernst auszusehen, konnte aber seine deutlicher werdenden Lachfältchen nicht verbergen. »Gibt es.« Er machte eine Pause, weil er wußte, daß Krüger eine Schwäche für kleinere rhetorische Raffinessen hatte.

Aber dieses Mal hatte der Erste Kriminalhauptkommissar keine Lust. Teilweise war er immer noch schlecht gelaunt. Carmen war zwar wieder da – sie war gestern abend ziemlich spät von ihrer Wanderung nach Hause gekommen –, hatte aber mit Blick auf Krügers Bauchansatz sofort zu einer Breitseite ausgeholt: »Ermittelst du eigentlich auch mal draußen? Schaden kann das bestimmt nicht.« Woraufhin Krüger beleidigt zu Bett gegangen war. Zum anderen verspürte er nicht das geringste Interesse, Mesmer zur Seite zu stehen und ihm Tips zur Lösung des aktuelles Falls zu geben. Der sollte mal sehen, wie er alleine klarkam. Und zum dritten beschäftigte ihn die Sache in Wiesbaden doch mehr, als er sich eingestehen wollte.

Beaumont, der seinen Patenonkel ganz gut kannte, fuhr also ohne Aufforderung fort. Er faßte die Besprechung der Mordkommission Jojoba zusammen – Krüger lachte –, die nichts gebracht hatte, außer Mesmers Unfähigkeit aufzuzeigen. »Und Farnschläger kannst du auch vergessen. Der ist momentan nicht zu gebrauchen.«

Die jahrzehntealten Textzeilen von Insterburg & Co. folgten.

Krüger kicherte. »Die darf ich bei Carmen aber auch nicht laut sagen.«

Beaumont sah ihn konsterniert an. »Carmen hätte ich aber für etwas tougher gehalten. Ein guter Witz ist doch ein guter Witz, egal, auf wessen Kosten er geht.«

»Ach, weißt du, früher verkauften die Männer ihre Frauen zwecks einer guten Pointe, hat Groucho Marx mal gesagt, aber heute muß *ich* dann damit rechnen, verkauft zu werden.«

Beaumont lachte. »An wen denn? Wer soll dich denn noch nehmen?«

Krüger funkelte ihn an, halb im Scherz, halb im Ernst.

Beaumont steuerte wieder in sicheres Fahrwasser zurück. »Vielleicht kriegst du ja 'raus, was mit Farnschläger los ist.«

Krüger nickte. »Vielleicht aber auch nicht. Ich versuch's auf jeden Fall.«

»Anschließend habe ich Langenargen einen Vorschlag gemacht, den er gutgeheißen hat. Ich habe einfach gesagt, man müsse die uns fehlenden Informationen im Mordfall Bachem auflisten, sie der Reihe nach beschaffen und damit die entsprechenden Leute beauftragen. In der Regel stolpert man dann irgendwann über den Täter.«

Krüger nickte beifällig. »Als da wären?«

Beaumont zählte an den Fingern ab. »Privates Umfeld. Berufliches Umfeld. Familie. Verwandte. Freunde. Bekannte. Vermögen und Besitz. Lebenslauf. Strafregister. Testament.« Er hielt zehn Finger hoch. »Mehr fällt mir nicht ein.«

»Motiv«, sagte Krüger.

»Das ist doch logisch. Wenn wir alle Informationen zu Bachem haben, kennen wir auch das Motiv des Täters und wissen, wer von seinem Tod profitiert.«

»Wir benötigen also Verdächtige.«

Der junge Mann nickte. »Die werden sich schon aus den eingeholten Informationen ergeben.«

Krüger trank einen Schluck seines von der Tageszeit her verfrühten Pinot grigio, der aber einfach perfekt zum Mittagessen paßte, das der Kellner gerade brachte, einem Kabeljaufilet in Senfsauce mit Frühkartoffeln und Blattsalat; also durfte man schon mittags zu etwas Alkohol greifen, fand er. Fisch mußte schwimmen. Er räusperte sich. »Was ist eigentlich aus deinem Besuch bei der Buchhändlerin geworden?«

»Ein netter Abend, wenn es nicht schon so spät gewesen wäre. Ich habe ihr auf den Kopf zu gesagt, daß sie nicht im Kino gewesen ist; aber sie wollte partout nicht sagen, wo sie stattdessen war.«

»Meinst du, sie hat mit Bachems Tod etwas zu tun?«

»Das glaube ich eigentlich nicht. Eher schon was mit dem Verschwinden ihres Freundes. Die stand ja so was von neben sich.« Beaumont starrte hungrig auf Krügers Teller, was der aufmerksame Kellner, der die beiden im Spiegel über Krüger beobachtete, bemerkte, woraufhin er eilfertig mit der Speisekarte kam. Der junge Polizist aber wollte sofort etwas zu essen haben, ohne vorher lesen zu müssen. »Das gleiche bitte wie der Herr gegenüber. Und ein Radler.«

Der Kellner nickte und verschwand samt Speisekarte wieder in Richtung Küche.

»Alkohol im Dienst?«

»Wieso«, verteidigte sich Beaumont, »du doch auch.«

»Ja, ich bin aber inkognito hier; eigentlich ermittle ich gerade undercover in Süddeutschland.«

»Und ich muß meine grauen Zellen etwas schmieren. Wo war ich stehengeblieben? Ach ja, der verschwundene Freund. Inzwischen ist es über achtundvierzig Stunden her, daß er abhanden gekommen ist. Da können wir ruhig mal nachdenken, wenn auch die Buchhändlerin gestern abend Zuversicht verbreitete und mit seinem baldigen Wiederauftauchen rechnete. Warte mal.« Beaumont holte seinen kleinen Notizblock hervor, blätterte ein paar Seiten um und las dann vor: »›A tragic accident, abduction, suicide, murder, or that he had absented himself to start a new life.‹ So stand es vor ein paar Tagen im *Guardian*, nachdem der entsprechende DCI in einem Vermißtenfall interviewt worden war.«

»Die Gründe für ein plötzliches Verschwinden.« Dieses Mal zählte Krüger an den Fingern ab. »Von einem tragischen Unfall, Jan Brockhoff betreffend, wissen wir nichts, oder?«

»Tun wir nicht.«

»Bei einer Entführung hätte es sicher Kampfspuren gegeben, oder?«

Beaumont nickte, sagte aber: »Vielleicht war es eine *achtsame* Entführung ohne großen Lärm mit wenig Aufwand.«

Krüger gluckste. »Wunderbar. Das wäre ein großartiger Seminartitel: ›Achtsam entführen. Vom rücksichtsvollen Umgang mit den Gefühlen bei Kapitaldelikten und ihren Opfern‹.«

Beaumont lachte, wurde aber übergangslos wieder ernst. »Entführt von jemandem, der ihn kannte?«

»Vielleicht. Okay. Weiter im Text. Ein Selbstmord kommt nach allem, was du mir von der Buchhändlerin erzählt hast, nicht in Frage, oder?«

»Onkel A—«

»Da ich dir gegenüber sitze, bedarf es doch keiner Anrede, oder?«

Krüger konnte schon verdammt sauer aussehen, wenn man versehentlich seinen Vornamen benutzte, dachte Beaumont. »Entschuldigung. Ich wollte nur sagen, du klingst inzwischen wie dieser Rechtsmediziner, Professor Altendorf, der jeden Satz mit einem *oder* abschließt, oder?«

Krüger grinste. »Langjährige, sich überkreuzende Berufswege ziehen Kollateralschäden nach sich. Lassen wir das. Der nächste

Punkt. Einen Mord an Jan können wir erst dann ausschließen, wenn er wieder da ist; solange bleibt das leider eine Möglichkeit, die wir in Betracht ziehen müssen.«

»Mesmer zieht wahrscheinlich gar nichts in Betracht. Der wartet ab, bis sich die Rauchwolken des aktuellen Falls verzogen haben und du ihm wieder sagst, was er tun soll.«

»So antriebsarm ist er nun wirklich nicht.« Krüger fühlte sich bemüßigt, seinen Kollegen zu verteidigen.

»Und was ist mit dem letzten Punkt, mit ›fängt ein neues Leben an‹?«

»Stimmt.« Krüger zerfurchte die Stirn. »Das ist das Wahrscheinlichste, denke ich. Jung, gesund, gutaussehend – da muß man mit Ende Dreißig, Anfang Vierzig ein neues Leben beginnen, um nicht einzurosten. Aber warum so plötzlich?«

Beide schwiegen.

»Vielleicht hat Jan Brockhoff mit Bachems Tod doch etwas zu tun, und wir kennen bloß noch nicht die Verbindung«, sagte Krüger sehr langsam.

Schnaps und Strohhalme

Montag, 23. Juli 1979 – Rheinbach-Neukirchen. Martin steuerte seinen Renault durch die lange Waldstrecke zwischen dem Kurort und dem Höhendorf Scheuren. Am alten Forsthaus bog er links ab und brauste die kurvenreiche Strecke an den »Vier Winden« vorbei nach Neukirchen.

»Mein Vater soll uns wohl nicht sehen, oder?« Johanna lachte. Sie hatten die Fenster heruntergekurbelt, und der Fahrtwind zerzauste ihre roten Locken.

Martin mußte mehrfach vor den Kurven den Schalthebel des R 4 betätigen, der rechts vom Armaturenbrett saß. Scheinbar versehentlich streifte er dabei Johannas Knie, das sie aber nicht wegzog. Sie genoß im Gegenteil die Berührung und malte sich aus, wie es sich wohl anfühlen würde, wenn Martin ihren Rücken streicheln würde.

Der Student nahm die Kurve zu Bachems Hof so schnell, daß er scharf bremsen mußte. Gerade noch rechtzeitig fing er das Auto wieder ab und stellte es neben den Heuschober, wo er parken durfte. Es hatte so lange nicht geregnet, daß es einen Moment dauerte, bis sich die Staubwolke mit ihrer Mischung aus Split, pulverisiertem Lehm und dem porös gewordenen Asphalt verzogen hatte.

»Und jetzt?« Johanna versuchte, sich an ihren Freund zu lehnen, gab aber sofort wieder auf, weil sie den Abstand zwischen Beifahrer- und Fahrersitz zu unbequem fand. »Ich steige jedenfalls aus.«

Martin sah auf die Uhr. »Fast drei. Ich habe keine Ahnung, wann der Bauer hier wieder aufkreuzt. Eigentlich hat er ja gesagt, er käme erst abends spät aus Köln zurück, aber nachdem wir ihn jetzt in Münstereifel gesehen haben … Egal. Wenn wir uns beeilen, können wir noch einen Blick auf Bachems Ordner werfen.«

»Dann aber schnell. Und anschließend wieder nach draußen, das schöne Wetter ausnutzen.«

Die beiden jungen Leute standen vor Bachems Schreibtisch. Johanna hatte den Ordner mit der Aufschrift *Pacht* aufgeschlagen und studierte den Inhalt, der wie der vorige über die Angestellten und Aushilfsarbeiter penibel sortiert und beschriftet war.

Bachem war wohl ein Ordnungsfanatiker, dachte Johanna, die sich neulich schon über die akkurat aufgehängten Werkzeuge in der Scheune gewundert hatte. »Von Pachtschriftstücken kann übrigens keine Rede sein«, sagte sie, »stattdessen ist hier ein Notariatsvertrag nach dem anderen abgeheftet.«

»Wow«, sagte Martin. »Dem gehört ja die halbe Eifel.«

Johanna lachte. »Nicht ganz. Aber mit halb Neukirchen und Umgebung liegst du richtig.«

»Schade, daß keine Landkarte dabei ist; dann wüßten wir, was er alles besitzt und wo.«

»Na ja, die Straßennamen oder Flurbezeichnungen sind schon vermerkt. Guck mal hier.« Sie deutete auf einen Vertrag vom Ende der fünfziger Jahre, geschlossen zwischen dem Verkäufer und einem Albert Bachem. »Das war wohl der Vater. Die Familie besitzt schon länger Geld, heißt es bei uns im Dorf.«

»Sprich, der Junge hat geerbt und geerbt und geerbt und außerdem hinzugekauft.«

»Sieht so aus. Der muß nach meinem Dafürhalten nie wieder arbeiten. Der braucht nur ein Stückchen Land abzustoßen, und schon reicht es wieder für ein paar Jährchen.«

Martin blätterte weiter. »Guck mal, sogar in Bonn gehört ihm was.«

Johanna sah genauer hin. »Brüser Berg. Kenn' ich nicht, klingt aber nach Wald und Wiese.«

»Dann muß er nur warten, bis Bauland draus wird, und kann anschließend seinen Einsatz vervielfachen.«

»Ich glaube, das reicht.« Johanna sah sich unruhig um. »Pack mal wieder weg. Wer weiß, wann Bachem wiederkommt.«

Martin klappte gehorsam den Aktenordner zu und wollte ihn schon in den Schreibtisch zurückzustellen, als ein gefaltetes Blatt

Papier zu Boden fiel; es war wohl zwischen den Verträgen versteckt gewesen.

Johanna bückte sich und hob es auf. Dann erstarrte sie, als sie ein Geräusch hörte.

Draußen fuhr ein Auto auf den Hof.

Martin rannte zum Fenster und lugte durch die Gardine. »Mist, der Bauer ist wieder da!«

Johanna war neben ihn getreten und sah ebenfalls nach draußen. »Der kommt genau auf uns zu. Was machen wir jetzt?«

Bachems Laune verdüsterte sich, als er das Auto des Studenten auf dem Hof entdeckte. Eigentlich hatte er den Kauf des Münstereifeler Grundstücks samt Haus mit einem Glas des Selbstgebrannten begießen wollen, aber wenn Martin ihn tagsüber mit Alkohol entdeckte – was machte das für einen Eindruck? Schließlich war er immer noch der Dienstherr, auch wenn er nicht so aussah mit seiner Alltagskleidung für Feld und Hof.

Hatte er sich doch getäuscht? War Martin gar nicht mit seiner Freundin in Münstereifel gewesen? Er sah sich um.

Die Scheunentür stand offen; draußen war ein alter Gartenstuhl umgekippt. Daneben stand eine Sprudelflasche, die zu dem gestern gekauften Kasten Wasser gehörte. Wie es aussah, hatte der junge Mann die ihm zugewiesene Arbeit erledigt und war ins Dorf gegangen. War ja auch in Ordnung.

Egal. Er konnte ja auch drinnen einen Schluck trinken und sich dann um den defekten Traktor kümmern.

Die Haustür stand offen. Das mußte er Martin noch einmal nachdrücklich sagen: Türen waren zu schließen. Sonst konnte ja jeder ins Haus, der wollte. Von Abschließen wollte er erst einmal nicht reden.

Bachem trat in den kleinen Flur und zog die Haustür wieder zu.

Martin führte Johanna rasch durch die zweite Tür des Wohnzimmers in den hinteren Teil des Hauses. Ein kleiner Extraflur lief an der Küche vorbei zu einer größeren Abstellkammer. Auch diese war penibel aufgeräumt; fast sah es aus, als sei sie überhaupt nicht in Benutzung. Aber dafür war sie zu sauber. Bachem wischte wahrscheinlich regelmäßig Staub. Überall.

Die beiden jungen Leute krochen unter die fast bodentiefe Wachstuchdecke, die auf dem Küchentisch lag, und lauschten.

Die Haustür wurde energisch geschlossen, die Tür zum Wohnzimmer geöffnet. Sie knarrte leise.

Die Schritte kamen näher.

Johanna zitterte. »Was ist, wenn er uns entdeckt?« flüsterte sie leise in Martins Ohr.

Ein Schlüsselbund klapperte.

»Keine Ahnung«, flüsterte Martin zurück. »Weglaufen?«

Jemand schloß den Hängeschrank im Flur auf. Ein Glas klirrte, als etwas eingegossen wurde.

»Jeder nur einen winzigen Schluck«, sagte Johanna ganz leise.

Trotz ihrer Angespanntheit kicherten beide.

Die Flasche wurde energisch zurückgestellt. Dann drehte sich der Schlüssel wieder im Schloß. Der Bauer rülpste.

»Kein Benehmen«, sagte Martin. Seine Stimme war kaum zu verstehen.

»Kann ja mal passieren«, sagte Johanna, die vom Berufs- oder Bildungsstand des Gegenübers nie auf seinen Charakter schloß.

Die Schritte entfernten sich wieder. Wenig später fiel die Haustür ins Schloß.

»Puh«, sagte Johanna und kroch unter dem Tisch hervor. »Das war knapp. Das reicht mir an Aufregung für diesen Monat.«

»Stimmt«, pflichtete Martin ihr bei. »Ich glaube, ich muß jetzt hier 'raus.«

Draußen wurde der Range Rover angelassen. Das Auto wendete, und das Motorengeräusch entfernte sich langsam.

Johanna nickte. »Nichts wie an die frische Luft!«

Die beiden jungen Leute standen vor dem Wohnhaus und überlegten.

Martins Herz klopfte heftig, als er fragte: »Eine kleine verspätete Mittagspause vielleicht?« Vorsichtig zog er seine Freundin zur Scheune.

Den zusammengefalteten Zettel hatten beide vergessen.

»Aua«, sagte Johanna. »Das piekt ganz schön.« Das Heu raschelte, als sie sich bewegte. Sie zog die Wolldecke unter ihre nackte Schulter und sah Martin verliebt an. »Nochmal.«

Der Student wurde rot und fragte: »Sofort?«

»Jetzt hast du mich mißverstanden. Ich meinte deinen Satz gerade. Anderes kann zwar warten, aber vielleicht nicht allzu lange.« Sie hob den Kopf und streckte ihn Martin entgegen. »Kuß.«

Student und Wirtstochter hatten sich aus etwas Heu, zwei sauberen Wolldecken, die aus unerfindlichen Gründen unten in einem Stoffbeutel neben dem Werkzeug gehangen hatten, und aus ihrer zusammengefalteten Kleidung im »Zwischengeschoß« der Scheune, wie Martin es mangels einer besseren Bezeichnung nannte, eine rechteckige Lagerstatt gebaut, die nach einer halben Stunde ziemlich derangiert aussah.

»Du hast recht«, sagte Martin. »Getrocknetes Stroh kann ganz schön stechen. Im Film sieht das immer so behaglich aus, aber in Wirklichkeit ...«

»In Wirklichkeit«, sagte Johanna, »in Wirklichkeit hast du da überhaupt nicht drauf geachtet. Stattdessen warst du mit meiner Haut im Allgemeinen und einigen illegalen Stellen im Besonderen beschäftigt.«

Martin wurde wieder rot und dachte über vertauschte Rollen nach. Normalerweise errötete doch immer das Mädchen, oder? Das war jedenfalls bei Ursula dauernd und ewig der Fall gewesen. Zu Anfang hatte er das ganz nett gefunden, im Sinne einer Unschuld vom Lande, aber später hatte es ihn zu nerven begonnen. Als dann irgendwann sein bester Freund gesagt hatte, Ursula müsse mal an ihrer Schüchternheit zu arbeiten beginnen, war das ein weiterer Tropfen, der das Faß schließlich zum Überlaufen gebracht hatte – woraufhin er sie verlassen hatte, wenn auch etwas überstürzt. Seine Entscheidung stand jedenfalls fest: Kein Weg zurück nach Bonn! Einen Abschiedsbrief wenigstens wollte er ihr aber noch schreiben, das war er ihr schuldig. Und möglicherweise andeuten, daß er seinen Pflichten gegenüber dem Kind durchaus nachzukommen gedachte. Wobei – wie brachte er das Johanna bloß bei?

»Soll ich dir mal beibringen, wie Küssen wirklich geht?« fragte sie gerade. »Du paßt nämlich überhaupt nicht auf.«

Martins Wangenrot vertiefte sich. »Ich überlegte gerade, was ›nicht allzu lange‹ als unpräzise Zeitangabe genau bedeutet.«

»Nicht ablenken. Du wolltest deinen Satz von eben nochmal wiederholen, da ich gerade auch mit anderen Dingen …« Jetzt verstummte Johanna und wurde zur Abwechslung ebenfalls rot.

Martin lachte, beugte sich vor und gab ihr einen etwas längeren Kuß. Er holte tief Luft und sagte: »Wie war nochmal die Frage?«

Johanna versetzte ihm einen freundschaftlichen Stups, und Martin verlor sich in der Betrachtung ihres ansehnlichen, zur Gänze unverhüllten Busens.

Seine Freundin drehte sich zur Seite und sagte über ihre Schulter: »Sie haben letztmalig zehn Sekunden Zeit für Ihre Antwort. Ansonsten brechen wir die Befragung ab und verlassen das Gelände.«

»Ich habe nur gesagt«, sagte er gehorsam, »daß ich mich wundere, warum der Bauer nicht verheiratet ist. Der hat doch eigentlich alles, was man als Frau so braucht, Besitz, Haus, Hof, Vieh und—«

»Und Arbeit«, schnitt Johanna ihm das Wort ab, »Arbeit, so viel sie möchte. Da muß er aber etwas länger suchen, bis er eine entsprechende Arbeitskraft findet, die obendrein bettauglich ist.«

»Boah, und das von dir. Hast du das aus der neuesten *Emma*?«

Tatsächlich hatte Johanna die vor zwei Jahren von Alice Schwarzer gegründete Frauenzeitschrift abonniert. »Habe ich«, sagte sie. »Stimmt doch. Eine bestimmte Sorte Männer, Anwesende ausgenommen, sucht doch danach ihre Frauen aus, oder?«

»Keine Ahnung«, sagte Martin, der noch nie über Frauen unter diesem Aspekt nachgedacht hatte. Ursula hatte mal ein Exemplar besagter Zeitschrift gekauft, und er hatte die Ausgabe quergelesen. Die Artikel waren ihm aber zu einseitig und zu plakativ; er gab der Zeitschrift keine lange Lebensdauer.

Die Wirtstochter setzte noch eins drauf. »Mit dem Geld, das er besitzt, kann er sich ganze Frauenladungen kaufen.«

»Mann, Johanna, was hast du denn für eine Meinung von deinen Geschlechtsgenossinnen?« Martin wunderte sich.

»Keine sehr gute«, antwortete sie und erzählte von ihrer Schulfreundin Ute, die tatsächlich im zweiten Semester einen reichen Unternehmensberater geheiratet hatte, der zwanzig Jahre älter war. Zwei Jahre später war sie wieder geschieden und konnte zusehen, wie sie das inzwischen dreijährige Mädchen aus ihrer Kurzehe alleine großzog.

Martins fröhliche Stimmung war verflogen. Er setzte sich auf und betrachtete seine Freundin. »So gemütlich ist es hier auch nicht. Weißt du was, wir fahren nach Bonn an den Rhein und gehen anschließend in der Altstadt noch einen trinken.«

»Prima Idee.« Johanna erhob sich, pflückte hier und da ein paar Strohhalme ab und zog sich wieder an. Aus ihrer grünen Cordhose fiel dabei ein geknickter Zettel.

Martin stand auf einem Bein und hüpfte, weil sich die Jeans verknotet hatte, so daß er Schwierigkeiten hatte, sie anzuziehen. »Zeig mal«, sagte er. Schließlich gab die Hose nach, so daß er den Reißverschluß hochziehen konnte. Dann bückte er sich, um sein Taschenmesser aufzuheben, das ihm bei der Hampelei aus der Hosentasche gefallen war.

Johanna faltete den Zettel auseinander. »Merkwürdig«, sagte sie. »Eine komische Liste. Hier, guck mal.«

Martin nahm das Papier an sich und sagte: »Eine kleine Aufzählung. Vier Sachen stehen hier: *Helmut Klein*, *Gürtel*, *Schwarzweißfoto* und *zerrissene Jeans*. Eine echte Sauklaue. Warte mal, hier unten kann ich noch etwas entziffern. *Schweinestall?* Mit Fragezeichen.

Also wenn der Schreiber den Schweine- nicht vom Kuhstall unterscheiden kann …«

»Mal langsam.« Johanna knöpfte ihre Bluse zu, wobei sie die beiden obersten Knopflöcher wieder offenließ.

Halb versteckt, sah das Dekolleté jetzt mindestens so schön aus wie vorhin entblößt, dachte Martin.

»Konzentrier dich doch mal, aber nicht auf mich.« Johanna neigte den Kopf und lächelte. »Wir haben, glaube ich, etwas Wichtiges entdeckt. Helmut Klein ist doch der Name des verschwundenen Jungen, weißt du. Am Feuerwehrfest. Was wohl der Bauer damit zu tun hat?«

Verblaßter Glanz

Sonntag, 29. Mai 2016 – Bonn/Rheinbach-Neukirchen. Krawczyk sah aus wie ein Häuflein Elend, dachte Susanne. Er war ohnehin nicht sehr groß, so daß er jetzt noch kleiner wirkte, als er auf dem Drehstuhl in sich zusammengesunken war. »Dann erzähl doch mal«, sagte sie leise. Im Hintergrund surrten leise die eingeschalteten Maschinen, und Susanne legte den aufgeschlagenen Aktenordner auf einen anderen Stuhl, um sich ebenfalls zu setzen.

Krawczyks Welt war in sich zusammengestürzt, als ihm die Konsequenzen seines Handelns bewußt geworden waren. Der Immobilienmakler in Münstereifel beispielsweise hatte seinen Ärger eventuell noch in so guter Erinnerung, daß er ihn präzise der Mordkommission berichten konnte. Vielleicht hatte sogar der Käufer des Hauses an der Delle in Münstereifel von Krawczyk verständlicher Wut erfahren. Und sicher hatte jemand Bachems Anruf mitbekommen, da das Telefonat mitten auf der Straße stattgefunden hatte und er, Krawczyk, Bachems Namen zum Schluß ins Smartphone gebrüllt hatte, verbunden mit der Drohung, die ihm schon wenig später wieder leid tat.

»Na?« fragte Susanne freundlich. »Vor mir brauchst du doch keine Angst zu haben.«

Ihr Gegenüber brachte nur ein gequältes Lächeln zustande.

Bislang hatte er dichthalten können und auch beim gestrigen Abendessen im Borsalino nichts verlauten lassen. Von seiner Fahrt am Freitagabend nach Neukirchen wußte sie ja noch nichts.

Der Physiker saß in seinem alten Skoda und befand sich auf der A565 von Bonn zum Meckenheimer Kreuz. Wie üblich fuhr er zu schnell. Eine Geschwindigkeitsbegrenzung auf 130 Stundenkilometer war etwas für Rentner, fand er. Das Problem lag nur darin, daß die Polizei anderer Meinung war, und ihn regelmäßig zur Zahlung kleinerer Geldbeträge nötigte, die allerdings nie so hoch ausfielen, daß es für Treuepunkte in Flensburg fürs Mitmachen gereicht hätte.

Zwanzig Minuten später kam er in Neukirchen an, wo nach Aussage des Maklers – jedenfalls war ihm das so herausgerutscht –, der unehrliche Verkäufer wohnen sollte. Krawczyks Laune hatte sich weiter verdüstert. In Rheinbach war er nämlich auf eine Radarfalle an der Ausfallstraße nach Süden hereingefallen, die ihn mit ihrem plötzlichen Blitz geblendet hatte. 75 km/h hatte sein Tacho angezeigt. Wo wohl die Grenze zwischen reinen Geldbeträgen und zusätzlichen Strafpunkten verlief?

Er fluchte. Es war Freitagabend, die Straßen waren voll, und sein Traumhaus war weg. Vielleicht nicht ganz, deswegen fuhr er ja auch in dieses Eifeldorf, wo er mit dem Besitzer noch einmal reden wollte. Aber wahrscheinlich hatte das *eh* keinen Zweck mehr.

In Neukirchen brachte er mit kreischenden Bremsen sein Auto am Straßenrand zum Stehen und stieg aus. Hinter einer niedrigen Buchsbaumhecke beschäftigte sich ein Mann mit einem Rosenbeet, aus dem er jeden überflüssigen Grashalm entfernte.

»'tschuldigung«, sagte Krawczyk. »Darf ich Sie mal was fragen?«

Der Mann legte eine kleine Schaufel zur Seite, stand auf und kam an den Zaun. »Ja«, sagte er, schwieg dann aber wieder.

»Gibt es hier im Ort jemanden, der Bachem heißt, Josef Bachem?«

Der Mann nickte, sagte aber nichts.

Ein wortkarger Eingeborener, dachte der junge Physiker. Taktikänderung. »Sie haben aber einen schönen Garten«, sagte er.

»Ich nicht«, war die Antwort. »Meine Frau.«

Krawzyk verbiß sich ein Grinsen. Die Welt konnte man wirklich in Gartenliebhaber und ihre Verächter einteilen. »Objektiv gesehen«, sagte er, »ist der Garten wirklich hübsch – unabhängig vom Besitzer.«

Damit war das Eis gebrochen, und der Mann beantwortete die Frage. »Der wohnt da hinten, links in die Straße 'rein. Das heißt, er wohnt da, wenn er hier ist.«

Ist ja auch logisch, dachte Krawczyk. Wenn der Bauer woanders war, konnte er ja nicht gleichzeitig hier sein. Was die Leute immer dachten. »Wo soll er denn sonst sein?« fragte er aber sicherheitshalber.

»Na, in Bonn«, sagte der Mann, als sei es das Selbstverständlichste auf der Welt, daß man nicht in der Eifel, sondern in der ehemaligen Hauptstadt wohnte. »Jedenfalls ist er dort oft, seit er in Rente gegangen ist.«

»Okay«, sagte Krawczyk. »Danke. Wo liegt denn das Haus?«

»Hof«, sagte der Mann. »Ein Bauernhof. Eine schöne Anlage. Neben der Zufahrt steht ein Pfahl mit der Hausnummer. 78, glaube ich. Oder war es 87? Jedenfalls: Wenn das Auto im Hof steht, ist Bachem da; wenn das Auto nicht—«

»Ich kann es mir denken. Vielen Dank.« Damit ließ Krawczyk den etwas umständlichen Mann stehen und ging zu seinem Fahrzeug zurück. Wenig später stellte er den Skoda vor dem Hof ab und stieg aus.

Das Ensemble von Haupthaus, Scheune und zwei kleinen Nebengebäuden machte einen gepflegten Eindruck, wenn auch die Fassaden einen neuen Anstrich nötig hatten. Wie *sein* Haus in Bad Münstereifel wohl in ein paar Jahren oder Jahrzehnten aussehen würde?

Im Hof stand ein älterer grüner Range Rover, den Krawczyk schon einmal in Bad Münstereifel zu sehen geglaubt hatte. Wo war das mal noch gewesen? Genau, beim Immobilienmakler gegenüber. Über der hinteren Stoßstange hatte ein Sticker vom Nürburgring geklebt. Und da sich der Aufkleber immer noch an derselben Stelle befand, mußte es wohl auch dasselbe Auto sein.

»Wollen Sie was?«

Eine barsche Stimme schreckte Krawczyk aus seinen automobilen Mutmaßungen auf.

Ein älterer Mann in blauer Arbeitshose, Baumwollhemd mit Hosenträgern und grün melierter Sommermütze auf den verschwitzten Haaren, der klassischen Kopfbedeckung aller Bauern, war aus dem Wohnhaus getreten. Er sah aus, wie Krawczyk sich gealterte Landwirte immer vorgestellt hatte: abgearbeitet, ein von der Sonne gegerbtes Gesicht, das verschlossen jedem Neuen und vor allem jedem Fremden gegenüber war, und die steile Falte zwischen den Augenbrauen, die zurückgehaltenen Ärger anzeigte. In der Hand hielt der Bauer einen schweren Hammer. Er musterte den schmächtigen Ankömmling und tat ihn als ungefährlich ab. Etwas freundlicher fügte er hinzu: »Sind Sie sicher, daß Sie hier richtig sind?«

»Das weiß ich noch nicht.« Krawczyk versuchte, seiner Stimme einen warmen Klang zu geben. »Ich bin dann richtig, wenn Sie Josef Bachem sind.«

»Und Sie sind ...?«

»Mein Name ist Krawczyk«, sagte Krawczyk. »Konrad Krawczyk.«

Schlagartig änderte sich das Benehmen des Bauern.

»Ich hatte Ihnen doch schon am Telefon gesagt, daß wir beide nicht zusammenkommen. Sie sind vergeblich hierher gefahren.«

»Reden hilft immer«, sagte der junge Mann. »Das hat schon meine Großmutter gesagt.«

»Hier aber nicht. Der Vertrag mit dem Käufer ist unterschrieben, und so, wie Sie und Ihr Auto aussehen, war das auch die richtige Entscheidung.« Bachem warf einen abschätzigen Blick auf den inzwischen fast blind gewordenen Lack des ehemals blauen Skoda.

Krawczyk war dem Blick gefolgt. Bisher hatte ihn das Aussehen seines Autos nicht gestört; er sah es eher als Nutzfahrzeug denn als Liebhaberobjekt an. Jetzt aber fand er die Bemerkung des Bauern mehr als unverschämt. Eine Beleidigung war eine Beleidigung war eine Beleidigung. Kurz dachte er über Gertrude Stein nach, deren bekanntester Satz von irgendeiner Blume handelte und deren Texte ihn in einem Philosophieseminar beeindruckt hatten, beschloß aber, es Bachem anders als mit einem Zitat heimzuzahlen.

»Wir sollten uns wieder von der Gefühls- auf die Sachebene begeben«, sagte er. »Wir hatten einen Vertrag. Und unter Ehrenmännern gelten auch mündlich geschlo—«

Jetzt hatte er einen Fehler gemacht.

Bachem trat drohend auf ihn zu. »Wollen Sie etwa behaupten, ich sei zu Ihnen nicht ehrlich gewesen?«

»Na ja, es klang für mich schon so, als hätten Sie mir den Verkauf des Hauses zugesagt, und nur unsere Unterschriften würden noch im Kaufvertrag fehlen.«

»Sie verschwenden Ihre Zeit.« Der Bauer war einen weiteren Schritt nähergekommen und hatte damit den Abstand auf knappe dreißig Zentimeter verkürzt, womit er eindeutig in die Privatsphäre des jungen Mannes eingedrungen war. Es begann, ungemütlich zu werden.

Krawczyk unternahm einen letzten Versuch. »Sind die Verträge denn tatsächlich unterschrieben oder haben Sie das nur gesagt, um mich abzuwimmeln? Passen würde das ja zu Ihnen.« Verdammt, das konnte man wirklich nicht mehr als diplomatisch bezeichnen.

»Du verdammter Bengel!« Der Bauer war in seinen Heimatdialekt verfallen, bei dem die Beleidigten stets geduzt wurden. Eine Verkürzung der sprachlichen Distanz verschaffte der jeweiligen Beschimpfung stets Nachdruck.

»Werden Sie jetzt mal nicht unverschämt«, sagte der Physiker, machte aber keine Anstalten, das Feld zu räumen.

»Runter vom Hof!« Jetzt verlor Bachem die Geduld, als er sah, daß der verhinderte Käufer nicht so leicht aufgeben wollte. Er versetzte Krawczyk einen Stoß, so daß dieser strauchelte und zu Boden stürzte. Im Fallen versuchte sich der junge Mann festzuhalten, geriet an Bachems Hosenträger und riß ihn mit sich.

Der Landwirt rappelte sich mühsam auf. Er war nicht mehr der Jüngste, was seine Wut weiter anstachelte, Wut auf den verhinderten Käufer, Wut auf sich, weil er vor dreißig Jahren die Angelegenheit in der halben Zeit erledigt hätte, und Wut auf die Welt im Allgemeinen, die es zugelassen hatte, daß er sich jetzt streiten mußte, statt mit einer Frau den Fastruhestand zu genießen. Er versetzte Krawczyk einen Tritt.

Der Physiker stöhnte auf, stand aber etwas wackelig wieder auf, klopfte den Staub aus seiner Kleidung und bedachte den Landwirt übergangslos mit einem Faustschlag. Rasch entfernte er sich einige Schritte.

Bachem schrie auf und hielt sich die rechte Schulter. Drohend hob er den Hammer und kam wieder auf seinen Kontrahenten zu.

Krawczyk hob abwehrend die Hände; er wußte, wann er verloren hatte. »Okay«, sagte er, »mir reicht's.« Er drehte sich um und ging auf sein Auto zu. Über die Schulter gewandt, rief er Bachem zu, der abwartend stehengeblieben war: »Passen Sie bloß auf, daß Sie mir nicht allein im Dunkeln begegnen. Dann werden wir ja sehen, wer zuletzt lacht.« Er stieg ein, ließ den Motor an und kurbelte die Fensterscheibe hinunter. »Sie sind ein verdammtes A—«

»Krawczyk!« sagte Susanne und sah ihn strafend an. »Du hast tatsächlich ›verdammtes A—‹«

»Stimmte doch«, verteidigte sich ihr Freund. »Der Mensch war wirklich unmöglich.«

»Du warst aber auch nicht besser. Warum verlierst du so leicht die Beherrschung?«

Krawczyk konnte den Kopf tatsächlich noch tiefer hängen, so daß er wie ein trauriger Hund aussah, was Susanne ein leises Lächeln entlockte, das er jedoch nicht mitbekam.

»Und warum brauchst du ein Alibi? Ihr habt euch gestritten, und du bist doch wieder nach Hause gefahren.«

»Nicht ganz«, sagte Krawczyk.

Tief durchatmend lenkte der Physiker sein Auto das kurze Stück bis zur Hauptstraße zurück, hielt aber schon auf Höhe der alten Schule wieder an. Er zitterte so sehr, daß er vor der Weiterfahrt verschnaufen wollte, um nicht noch einen Unfall zu bauen, weil er sich nicht mehr konzentrieren konnte. Dieser verdammte Bauer!

Susanne und ihm den Kauf dermaßen zu vermasseln! Was den wohl geritten hatte? Der hatte sich ja überhaupt nicht im Griff gehabt. Daß er, Krawczyk, dann seinerseits handgreiflich geworden war, war doch mehr als verständlich, oder?

Tief drinnen wußte er aber, daß schon die Fahrt hierhin überflüssig gewesen war. Dickschädelige Landwirte waren durch nichts in der Welt von einem einmal gefaßten Entschluß wieder abzubringen.

Dickschädelige Physiker wahrscheinlich aber auch nicht, dachte er selbstkritisch.

Und trotzdem. Vielleicht konnte er dem Landwirt noch eine kleine Lehre erteilen.

Krawczyk stellte den Motor aus, schloß den Skoda ab und ging zu Bachems Hof zurück.

»Du bist doch komplett verrückt!« sagte Susanne mit Nachdruck. »Was hast du dir denn dabei gedacht? Gar nichts wahrscheinlich, oder?«

Krawczyks Hals war noch kürzer geworden. Betreten sah er zu Boden. »Nee, ich glaube nicht.« Er schwieg und betrachtete seine Fingernägel.

»Erzähl mal weiter. Den Rest möchte ich jetzt auch noch hören.«

Der junge Mann stand unschlüssig in der Einfahrt zum Bauernhof. Was machte er eigentlich hier? Sollte er Bachem erneut zur Rede stellen und ihn auf die Folgen eines Vertragsbruchs hinweisen? Oder sollte er ihm eine ordentliche Abreibung verpassen, die ihn lehren würde, wie man mit Leuten *nicht* umging? Er lugte vorsichtig um die Ecke. Der Hof war verlassen, der Range Rover stand am gleichen Platz wie vorhin, und die Haustür schien nur angelehnt zu sein, weil sie sich durch einen Luftzug von irgendwoher leicht in den Angeln bewegte.

Plötzlich wurde die Tür aufgerissen, und Bachem stürzte in den Hof. Nach wie vor hielt er sich die rechte Schulter, mit der rechten

Hand nun aber auch den Magen. Es schien ihm nicht gut zu gehen. Er schwankte und beugte sich vornüber. Dann erbrach er sich. Blutiger Schleim ergoß sich auf den Boden.

Krawczyk mußte wegsehen, damit ihm nicht ebenfalls schlecht wurde.

Der Bauer taumelte zu seinem Auto, riß die Tür auf und fiel schwer atmend in den Fahrersitz. Dann ließ er den Motor an und verließ mit hoher Geschwindigkeit seinen Hof.

»Hast du eine Erklärung dafür, was mit dem Bauern los war?«

»Keine Ahnung«, sagte Krawczyk. »Soviel ich weiß, habe ich ihn nur an der Schulter getroffen, nicht im Magen.«

»Schon merkwürdig. Bist du ihm dann hinterhergefahren?«

Der Physiker sprang im letzten Moment zur Seite, als der Range Rover auf ihn zugeschossen kam. Aber wie es aussah, hatte Bachem ihn überhaupt nicht wahrgenommen. Krawczyk schüttelte den Kopf und blinzelte. Das war doch alles nur ein böser Traum gewesen. Er, der friedfertige Freund, der versierte Physiker, na ja, mehr oder minder, der harmlose Zeitgenosse, er konnte doch niemandem etwas Böses tun. Ziemlich nachdenklich ging er zum Auto zurück. Die dunklen Seiten seiner Person hatten ihm noch nie so deutlich vor Augen gestanden.

Im Haus gegenüber hatte der Mann mit den Visitenkarten durch einen Spalt in der Gardine das Geschehen beobachtet, sich ab und zu Notizen gemacht und schließlich den Vorhang wieder ganz zugezogen. Von ihm als Zeugen der Auseinandersetzung brauchte niemand etwas zu erfahren.

Chinesische Medizin

M*ontag, 30. Mai 2016 – Bonn / Neukirchen.* Krüger lief unruhig im gemeinsamen Wohnzimmer am Venusbergweg in Poppelsdorf auf und ab. So eine gute Idee war es doch nicht gewesen, mittags Grauburgunder zu trinken. Selbst der rabenschwarze Kaffee, den er sich gerade gebrüht hatte, verhieß keine Linderung seiner Kopfschmerzen. Die frische Luft eben auf dem Weg vom Marktplatz nach Hause hatte ebenfalls nichts genützt. Und Carmen verhielt sich irgendwie merkwürdig, seit sie von der Wanderung zurückgekommen war.

Er seufzte tief.

Seine Freundin rumorte in der Küche. Wahrscheinlich buk sie irgendeinen ayurvedischen Kuchen, dessen Rezept sie von ihrer neuen Freundin erhalten hatte. Mit rücksichtsvoll geerntetem Mehl und ähnlichen Zutaten.

Ein zweiter Seufzer.

Ob man sich in Beziehungen damit abfinden mußte, daß die Pfade irgendwann wieder auseinanderdrifteten und man denjenigen Interessen erneut nachging, die man vernachlässigt hatte, als man einander kennengelernt hatte?

Aber Carmen und Ayurveda? Irgendwie paßte das nicht zusammen. Die hübsche Universitätssekretärin hatte schon eine höchst dezidierte Meinung zu sämtlichen Sekten und Weltanschauungen. Vernünftig mit der Welt umzugehen war schon okay, hatte sie mal gesagt, aber sie brauchte das weder über Gurus organisiert noch vom Staat institutionalisiert. Ein vernünftiges, selbst verursachtes Chaos reichte ihr immer.

Warum also rührte sie gerade jetzt Kuchen nach einer alten indischen Heilslehre zusammen?

In der Küche zersprang klirrend ein Glas auf dem Fußboden. Ein wenig damenhafter Fluch folgte. »Bombengranatenelementplitzplotzdonnerwettersappramentnochmal!«

Wie es aussah, hatte Carmen in ihrer Jugend entschieden zu lange die *Ausgburger Puppenkiste* geguckt. Krüger konnte sich nie die Reihenfolge der vielen Silben von Bill Bos Fluch merken. Er wußte aber, wann er Carmen besser aus dem Weg ging. Er sah auf die Uhr. Fast vier. Vielleicht half ein Spaziergang am Poppelsdorfer Weiher. Er griff nach seiner Lederjacke und verließ leise die Wohnung, nachdem er Carmen noch einen Zettel mit der lakonischen Aufschrift »Mußte nochmal weg« hingelegt hatte. Wenn sie etwas von ihm wollte, würde sie sich schon melden.

Auch am späten Montagvormittag war in Neukirchen nichts los. Die meisten Einwohner waren schon zur Arbeit nach Bonn gefahren, wo sie bei der Telekom den zahllosen Kundenanliegen lauschten, das Personal des »Maritim« bereicherten oder eines der wenigen, noch vom Inhaber geführten Geschäfte aufgeschlossen hatten, um auf die immer weniger werdenden Kunden zu warten.

Nach der Besprechung war Derenthal mit Roselski wieder in die Eifel gefahren und stand nun neben der Pfarrkirche in Neukirchen. Sein Notizzettel, den er in der Hand hielt, brachte ihn auch nicht weiter. Völlig tote Hose hier, dachte er; daß Mesmer sie wieder hierhin geschickt hatte, war schon von vornherein völlig aussichtslos gewesen. Wo waren nur die ganzen Leute? Bisher hatten sie niemanden gesehen. Er kratzte sich am Hinterkopf und überlegte. Es wäre zum Beispiel interessant zu wissen, ob am Samstagmorgen, dem Tag der Auffindung der Leiche, jemand jemanden beobachtet hatte. Früher hätte der Polizist beispielsweise nur zu Haribo nach Friesdorf fahren müssen, um die Passagiere des Werksbusses, der morgens um fünf die Eifeldörfer abklapperte und die Fließbandarbeiter einsammelte, zu befragen. Falls sie nicht die Fahrt dösend verbracht hatten, wäre ihnen bestimmt etwas aufgefallen. Aber heute? Heute hatte jeder Achtzehnjährige schon sein eigenes Auto und konzentrierte sich statt auf die Gegend lieber auf die Musik aus den Boxen, die in der Regel teurer als die ganze Karre gewesen waren. Und Haribo war in die Grafschaft gezogen und hatte statt unten im Tal oben auf dem Berg ein High-Tech-Gebäude errichtet, das die ganze Gegend verschandelte und wahrscheinlich ob seiner Dimensionen noch aus dem Weltraum zu sehen war. Derenthal gab sich einen Ruck und versuchte, sich wieder auf seinen Auftrag zu konzentrieren.

Roselski war ebenfalls nicht sonderlich motiviert. Statt in Neukirchen etwas zu ermitteln, was sich nicht ermitteln ließ, weil niemand anzutreffen war, hätte er viel lieber den Verkehr am neuen Trajektkreisel beim Bonner Kunstmuseum geregelt, der seit seiner Eröffnung Schwerpunkt zahlreicher Verkehrsunfälle geworden war. Die Deutschen beherrschten einfach keinen Kreisverkehr. Sein großes Vorbild, was das Regeln von fließendem Verkehr anging, war Heinz Erhardt in der weißen Uniform, der mitten auf der Kreuzung etwas erhöht auf einer kleinen Plattform stand, von der er bei Streitigkeiten hoheitsvoll und jovial lächelnd herabsteigen mußte. Mit seinem Satz »Hupen verboten!« wäre er heutzutage jedoch nicht weit gekommen.

»Suchen Sie etwas?«

Derenthal schreckte aus seinen Gedanken auf. Eine kleine, schwarzgekleidete Frau mit Gehstock war aus der Kirche gekommen und sah ihn erwartungsvoll an. Endlich war hier mal etwas los.

Der junge Kollege betrachtete sie interessiert. Die Frau hätte eher nach Italien gepaßt, auch in eine andere Zeit; irgendwie mußte er an *Der Pate II* denken. Es fehlte nur das schwarze Witwenkopftuch, mit dem die Frauen der Mafia ihre meist langen, zu früh grau gewordenen Haare verbargen.

»Signora?« fragte Derenthal freundlich.

»Gnädige Frau«, übersetzte Roselski.

»Laß mal«, sagte die alte Frau. »Ich kann Italienisch. Mein Name ist übrigens Panofsky, Gerda Panofsky. Nicht verwandt.«

»Mit wem jetzt?« fragte Derenthal, der bei sämtlichen Ermittlungen immer Probleme hatte, die ununterbrochen neuen Namen zu behalten.

»Mit Erwin«, sagte Frau Panofsky.

»Ich dachte, der hieße Josef«, sagte Roselski.

»Wer jetzt?« fragte Frau Panofsky.

»Bachem«, sagte Derenthal.

»Hier in der Eifel heißt doch jeder Dritte Josef Bachem«, sagte die alte Frau mit einem bemüht süffisanten Lächeln.

»Na ja«, warf Roselski hilfreich ein, »polnische Namen wie Panofs—«

»Oberschlesische«, unterbrach ihn Frau Panofsky.

»... sind hier ja auch nicht so häufig«, sagte Roselski. Er ließ sich ungern unterbrechen und führte seine Sätze immer zu Ende. Was machte die Frau um diese Zeit eigentlich hier? Gab es hier tatsächlich noch Frühmessen, die von einem echten Ortspfarrer gehalten wurden, der noch nicht aus der ehemaligen Sowjetunion, aus Vorderasien oder aus Schwarzafrika stammte, und dessen kurze Predigt man auch verstand?

Die beiden Polizisten und die alte Frau sahen einander etwas hilflos an; keiner sagte etwas.

Schließlich erbarmte sich Frau Panofsky. »Ich fange noch einmal von vorne an. Was suchen Sie denn hier in unserem Dorf?«

»Den Mörder«, sagte Roselski unverblümt.

»R2, mach mal nicht die Pferde scheu«, wies ihn sein älterer Kollege zurecht. »Du mußt das etwas taktvoller angehen, vielleicht so.« Er sah Frau Panofsky tief in die Augen. »Können Sie uns vielleicht sagen, wer Bauer Bachem nach dem Leben getrachtet hat?«

»Kann ich«, sagte Frau Panofsky.

Krüger zog seine Lederjacke aus und legte sie neben sich auf die Bank im Botanischen Garten. Wie üblich war ein Gärtner damit beschäftigt, ein völlig einwandfreies Beet noch einwandfreier zu gestalten, indem er die durch das Unwetter am Wochenanfang verursachten leichten Nivellierungen mit einem umgedrehten Spaten wieder glättete. Mit einer Wasserwaage würde sein Ergebnis wahrscheinlich noch exakter werden, dachte der Kommissar.

Eine Mutter schob einen Kinderwagen mit angehängtem Trittbrett über die Wege; der darauf abgestellte Dreijährige quengelte, allerdings höchst subtil. Der Kleine beherrschte nämlich den elaborierten Code, als er fragte: »Du hattest mir doch ein Eis versprochen, nicht wahr?« Den Transfer – zügig das gewünschte Naschwerk zu besorgen – mußte die Mutter schon selber leisten. Im Hamburger Stadtteil St. Georg hätte die entsprechende Bemerkung seitens des Kindes sicher nur gelautet: »Will! Eis! Sofort!«

Bei dem Gedanken an seine Heimatstadt, auch wenn es gerade der falsche Stadtteil aus der Sicht eines in Othmarschen Geborenen war, wurde Krüger etwas wehmütig ums Herz, und er fragte sich wieder, ob er noch bis zu seiner Pensionierung warten müsse, um an die Elbe zurückkehren zu können.

Um sich abzulenken, griff er nach seinem kleinen Moleskine-Notizbuch und überflog, nachdem er sie gefunden hatte, seine Stichworte zum aktuellen Fall, den er dieses Mal ja nur im Hintergrund verfolgte. Hinter *Josef Bachem* hatte er ein Kreuz gesetzt, darunter standen zwei Namen, *Helmut Klein* und *Manfred Rath*, jeweils mit einem Kreuz und zusätzlich der entsprechenden Jahreszahl versehen. Dann kam eine Leerzeile, gefolgt von einem weiteren Namen, *Jan Brockhoff*. Dahinter waren in Krügers kleiner, schwer für jemand anderen als ihn zu entziffernder gleichmäßiger Handschrift nur drei Worte vermerkt: *vermißt oder tot.*

Es war schon ein merkwürdiger Fall, mit dem sein Patenjunge da befaßt war. Und kein Zuckerschlecken für Mesmer, der ihm ein wenig leid tat. Ein Toter, drei verschwundene junge Leute und kein Motiv, weit und breit.

Was hatte Sherlock Holmes noch einmal gesagt? »Es ist eine alte Maxime von mir, daß das, was übrig bleibt, wenn man das Unmögliche ausgeschieden hat, die Wahrheit sein muß, so unwahrscheinlich es auch scheinen mag.«

Welche Wahrheit gab es denn in Neukirchen? Ein Dorf, zwei abhanden gekommene Jungs, ein Ermordeter. Und welche in Bonn? Eine Stadt, ein junger Mann entschwunden, ohne daß sich seine Freundin sonderlich aufzuregen schien. Hingen die drei Fälle zusammen? Krüger sah sich noch einmal die Jahreszahlen an, 1969, 1978 und 2016. Aber welche Rolle spielte dann Bonn, wohin der Landwirt gezogen war? Gab es eine Verbindung zwischen Jan Brockhoff, seinem Nachbarn, und den jungen Leuten aus dem zwanzigsten Jahrhundert? Beaumont hatte ihm von Kleins Verschwinden berichtet, worauf wiederum das Schwarze Brett bei ihren Nachforschungen im Zeitungsarchiv gestoßen war.

Der Kommissar beschloß, Beaumont mit der Beschaffung von Hintergrundinformationen zu Jan Brockhoff und dessen Freundin, der Buchhändlerin Katharina Markenbeck, zu beauftragen. Ein bißchen war ihm der junge Beamte sicher aufgrund der familiären Beziehung zwischen Patenonkel und Patenjunge verpflichtet; außerdem war er dem Jüngeren gegenüber weisungsbefugt, wenn auch dieses Mal nicht offiziell.

Und noch etwas gab es: In seinem Hinterkopf spukte eine Geschichte herum, die möglicherweise mit einem der Beteiligten des Falles zu tun hatte, von der er aber zur Zeit nicht einmal einen Zipfel erhaschen konnte.

»Es gab zahlreiche Gründe«, begann Frau Panofsky mit ihrer Aufzählung, »den Ermordeten zu hassen. Erstens sind da die Eltern von Helmut Klein, der 1969 spurlos in Neukirchen verschwunden ist. Zweitens gibt es die Eltern von Manfred Rath, der sich 1978 ebenfalls hier in Luft aufgelöst hat. Und beide Male war Bachem involviert. Darüber hinaus hat mindestens jeder zweite Bewohner von Neukirchen Grund zum Haß, da es sich Bachem über die Jahre und Jahrzehnte mehr oder minder mit allen verdorben hat. Viertens ist da noch mein Mann, dem Bachem das Lieblingsgrundstück vor der Nase weggeschnappt hat.« Ihr freundliches Gesicht hatte einer verschlossenen Miene Platz gemacht.

Derenthal und Roselski sahen einander an; beide hatten den gleichen Gedanken: Super, Fall gelöst, und das von der Verkehrspolizei! Mesmer wird staunen.

»Wo finden wir denn Ihren Mann?« fragte Roselski höflich.

»Wir würden ihn nämlich gerne befragen«, fügte Derenthal hinzu.

»Dazu müssen Sie nur die Straße nach Merzbach zurückfahren. Auf halber Strecke liegt rechts der Friedhof. Dort ist er nämlich vor drei Jahren bestattet worden.«

Krügers Mobiltelefon klingelte. Miss Marples Melodie schallte durch den Botanischen Garten. Ein junger Mann, der trotz Sonnenlichts in den spiegelnden Bildschirm seines Notebooks vertieft war, hob mißbilligend den Kopf, wahrscheinlich ein Student beziehungsweise ein *Studierender*, wie es heute viel umständlicher hieß. Zwei Mütter mit Kleinkindern, die auf dem Rasen spielten, sahen zu ihm hinüber und tuschelten; wahrscheinlich fanden sie in der Frühsommeridylle die Lautstärke unpassend. Aber bei der fröhlichen Melodie lachte leider niemand mehr, wie es noch vor einigen Jahren der Fall gewesen war, als der alte Schwarzweißfilm noch bekannter gewesen war. Hastig nahm der Kommissar das Gespräch entgegen, sagte nur zweimal »Ja« und steckte das Gerät wieder ein. Jetzt wurde man auch noch nach Hause zitiert! Er stand auf und ging um das Schloß herum zur Poppelsdorfer Allee zurück.

Vor dem Haus traf er auf Carmens – und inzwischen ja auch seine – Vermieterin, die wie immer ein Gespräch über das Wetter, die lauten Studenten und die Welt im Besonderen anfangen wollte. Aber es gelang Krüger, sie mit dem Verweis auf aktuelle Ermittlungen nach zwei belanglosen Sätzen abzuschütteln.

Im Erdgeschoß schloß er die Wohnungstür auf und trat in den Flur. Kurz dachte er über die Unterschiede nach zwischen Hamburger Wohnungen im Parterre (der Hauseingang befand sich dann fünf Stufen über dem Bürgersteig, schwebte also zwischen einem echten Erdgeschoß und dem ersten Stock, damit die Dienstbotenwohnung im Keller noch etwas Licht bekam) und Bonner Wohnungen im Erdgeschoß, legte die Gedanken aber zwecks weiterer Reflektion zur Seite.

»Krüger, bist du das?« Carmens fröhliche Stimme drang aus der Küche. »Ich hatte keine Lust mehr, alleine herumzubacken.« Es duftete verheißungsvoll.

Ayurvedischen Kuchen hatte er sich irgendwie anders vorgestellt, mehr mit Räucherstäbchen oder so. Statt dessen roch es nach Vanille und geschabten Zitronenscheiben und Kardamom und …

»Krüger, möchtest du mal probieren?«

Anscheinend war Versöhnung angesagt und das ayurvedische Gewitter war vorbeigezogen, dachte Krüger.

»*Just a minute*«, rief er und ging ins Bad, um sich, wie immer, wenn er von draußen kam, die Hände zu waschen. Zwei Minuten später betrachtete Krüger interessiert das Ergebnis von Carmens Backkunst: ein ganzes Kuchenblech mit einem Gemenge aus frischen Erdbeeren und Rhabarber.

»Und etwas Pomelosaft«, sagte Carmen. »Kannst du bei Wikipedia nachschlagen. *Alles* erkläre ich dir nicht.«

»Und wieso ist das jetzt ayurvedische Küche? Hast du jedenfalls vorhin gesagt.«

»Kann ich dir genau erklären. ›Abgestimmt auf den jeweiligen Konstitutionstypen sorgen die passenden Lebensmittel für einen gesunden Körper und einen ausgeglichenen Geist.‹ So hat es neulich meine Bekannte formuliert.«

»Prima«, sagte Krüger mit ernstem Gesicht. »Mein ohnehin ausgeglichener Geist wird also durch Erdbeeren und Rhabarber noch, äh, ausgeglichener?« Ob seiner Wortarmut war er etwas verlegen – sonst fiel ihm Eloquenz doch so leicht, aber im Augenblick?

»So ähnlich«, sagte Carmen. »Ist etwas für uns beide. Alleine. Ich erkläre es dir. Erdbeeren kennst du. Pomelos mußt du nachschlagen. Und Rhabarber hat zwei Seiten. Oberirdisch gehört er zum Gemüse, aber unterirdisch zählt er zu den, na ja, medizinischen Heilpflanzen, die zur Kräftigung von Organen dienen.« Sie wurde rot. »Zumindest vor fünftausend Jahren in China.«

Krüger hatte die Änderung ihrer Gesichtsfarbe durchaus bemerkt und faßte das als Versöhnungsangebot nach dem Wanderwochenende auf. »Es wirkt also auch nach so langer Zeit immer noch? Sofort?«

Carmens Rot wurde eine Spur dunkler.

»Ich meine«, verbesserte er sich, »setzt die Wirkung sofort nach dem Verzehr ein?«

Die Bemerkung vertiefte ihre Gesichtsfarbe weiter. Carmen straffte ihre Schultern, was die Wirkung ihrer Figur, insbesondere der oberen Hälfte, auf Krüger eher noch verstärkte. »Ehe wir zur Tat schreiten«, sagte sie, »also einen Teil des Kuchens verzehren, nachdem er abgekühlt ist, mußt du mir noch verraten, wie der neueste Stand im Falle des ermordeten Pfarrers ist.«

Krüger glaubte, sich verhört zu haben. Ermordet worden war doch ein Bauer, oder etwa nicht?

Ein Knochen und sehr viel Blut

M*ontag, 30. Mai 2016 – Rheinbach-Merzbach/Neukirchen.* Beaumont stand im Wald. Nicht im übertragenen Sinne, sondern im wörtlichen. Er war zum Fundort der Leiche gefahren, hatte aber in genügendem Abstand geparkt. Im Fernsehen fuhren die Einsatzwagen der Polizei ja immer direkt bis unmittelbar vor den Tatort, aber im wirklichen Leben war das verboten.

Die Tannenschonung, die auch zu Bachems Grundbesitz gehörte, lag außerhalb von Neukirchen, genauer gesagt, in Merzbach, oberhalb des *Merzbacher Berges*, wie er seit Urzeiten hieß. Schon die Ahnen der Ahnen hatten die steile Kuhwiese im inzwischen leider selten gewordenen Winter zum Schlitten- und Skifahren benutzt, wobei mancher Holzschlitten mittlerweile einem Mülltonnendeckel aus Plastik gewichen war. Letzterer machte nämlich mehr Spaß, weil sich das Gefährt beim Runterrutschen auch noch drehte. Von der individuellen Geschicklichkeit hing es aber ab, ob man am Ende der steilen Wiese im eiskalten, manchmal überfrorenen Bach landete oder nicht.

Die Tannenschonung jedenfalls war etwas oberhalb der Schutzhütte zu finden, die ein paar Wiesen weiter stand und Wanderern, der Dorfbevölkerung und einigen in Haschschwaden getauchten Jugendlichen für ihre Grillparties diente.

Ein rot-weißes Absperrband der Polizei flatterte lose im Wind; ein vergessener Papieroverall der Spurensicherung lag zusammengeknüllt daneben.

Beaumont fand, daß die Kollegen durchaus etwas sorgfältiger hätten aufräumen können. Der deutsche Wald war schließlich keine Abfallgrube, wie es sein Großvater, den Akzent des »Führers« mit dem gerollten R nachahmend, mal formuliert hatte.

Der junge Beamte hatte sich im Präsidium die Tatortfotos angesehen. Bachems Leiche hatte, unnatürlich verkrümmt, auf dem Waldboden gelegen. Sein Gesicht war schmerzverzerrt, was bei einem eingeschlagenem Schädel auch nicht verwunderlich erschien. Die Mordwaffe allerdings hatte niemand entdecken können. Mal abwarten, was der Rechtsmediziner zu ihr herausfinden würde.

Plötzlich stutzte Beaumont und überlegte. Der Auffindungsort der Leiche war doch drüben hinter drei exakt gleich großen, relativ dicht gewachsenen und etwa fünf Meter hohen Tannen gewesen, oder? Jedenfalls hatte das auf den Fotos so ausgesehen. Das hieß, daß der Tote vom Wanderpfad, auf dem der junge Kripobeamte gerade stand, nicht sofort zu sehen gewesen war. Wer also hatte die Leiche entdeckt und die Polizei verständigt?

Beaumont griff zum Handy. Mist, ein einziger, einsamer, verloren aussehender Balken wies auf den katastrophalen Mobilfunkempfang im Wald hin. Das mußte also warten. Das bedeutete aber auch, daß derjenige, der den Leichenfund gemeldet hatte, erst wieder im Dorf besseren Empfang gehabt hätte oder mit dem Auto hätte wegfahren müssen, um andernorts mehr als einen Balken auf seinem Gerät zu sehen – genügend Zeit also für den Täter, sich in Sicherheit zu bringen.

Etwas glitzerte auf dem Waldboden.

Beaumont sah zum Himmel hoch. Nur jetzt, am frühen Nachmittag, traf das Sonnenlicht im richtigen Winkel auf die Erde, um den Gegenstand beleuchten zu können. Die Kollegen, die das Teil nicht entdeckt hatten, weil sie es nicht hatten sehen können, waren also schuldlos.

Er zog ein Paar Einmalhandschuhe über und bückte sich, um das Ding aufzusammeln. Vorher hatte er natürlich ein Foto gemacht, schließlich war er jemand, der mitdachte.

Beaumont betrachtete das Objekt auf seiner Handfläche. Es schien aus Messing zu sein und ähnelte einem etwa acht Zentimeter langen Knochen, dessen eines Ende verdickt war. Ein Schmuckstück? Ein Werkzeug? Ein Kultgegenstand? Er beschloß, in der Asservatenkammer des Präsidiums nachzufragen. Vorsichtig ließ er den kleinen Knochen in eine Plastiktüte gleiten, die er vorher mit Datum, Uhrzeit und Auffindungsort beschriftet hatte.

Er ging wieder zum Fundort der Leiche zurück und hockte sich hin. Eingetrocknetes Blut klebte an kleinen Ästen, Tannennadeln und dem Waldboden, dort, wo Bachems Kopf gelegen hatte. Wie es aussah, war das auch der Tatort. Aber was hatte den Landwirt dazu getrieben, an einem Freitagabend in den Merzbacher Wald zu fahren?

Roselski ließ die Gabel sinken. »Mann, bin ich satt. Das war die beste Currywurst meines Lebens!«

»Das kannst du wohl sagen«, pflichtete ihm Derenthal bei. »Daß es noch möglich ist, hier in der Eifel eine neue Gourmetküche zu entdecken, hätte ich vorher nicht gedacht.«

Die beiden saßen in der Gaststube der »Vier Winde« in Kurtenberg, hatten jeder das zweite leere Glas Bier vor sich stehen, wovon Mesmer nie etwas erfahren durfte, und machten eine ausgiebige Mittagspause, nachdem die Befragung der alten Frau Panofsky ergebnislos verlaufen war. Mehr als Mutmaßungen hatte sie ja leider nicht zu bieten gehabt.

»Meinst du«, fragte Derenthal, »wir müssen auf dem Friedhof nachsehen, ob der Mann von Frau Panofsky tatsächlich dort liegt?« Leise pfiff er *Tombstone Shadow* von Creedence Clearwater Revival.

»Ist das wieder eines deiner Lieder aus den siebziger Jahren?« fragte Roselski.

»1969«, sagte Derenthal, der sich sonst keine Zahlen merken konnte. Aber was amerikanische Rockmusik anging, machte ihm keiner etwas vor.

Roselski sah auf die Uhr. »Schon halb vier. Laß uns noch einmal nach Neukirchen zurückfahren; vielleicht finden wir ja doch noch etwas, damit der Interimschef nicht zu enttäuscht ist. Aber den Friedhof schenken wir uns. Tot ist tot.«

Derenthal folgte seinem Kollegen zum Auto, nachdem sie gezahlt hatten, und sinnierte über die Bedeutung des Wortes *interim*, Außerdem fragte er sich, wann und vor allem warum R2 überflüssige Fremdwörter lernte, die man sowieso nie brauchte.

Wenig später fuhren die beiden Polizisten auf den Hof des ermordeten Landwirts. Roselski stellte den Motor ab, stieg aus und sah sich um.

Das Nachbarhaus schien wie üblich verlassen zu sein. Oder hatte sich im ersten Stock gerade die Gardine bewegt?

»Komm mal mit«, sagte der jüngere Polizist. »Ich würde gerne etwas überprüfen.«

Derenthal, der froh war, wenn jemand anderer das Denken übernahm, folgte ihm gehorsam.

Beaumont betrachtete den Tatort nachdenklich. Bachems Range Rover war bereits abgeholt worden, so daß außer den Spuren der breiten Reifen im Waldboden nichts mehr zu sehen war. Das Muster aus Ovalen und tiefen Rillen war eingetrocknet und hatte daher wahrscheinlich problemlos ausgegipst werden können. Irgendwie hatte Bachem mit seinem Jeep einen Baum touchiert, worauf eine Schleifspur am Stamm hinwies. Soweit er sich von der Fotos her erinnerte, hatten die Kollegen auch einen abgebrochenen Außenspiegel gefunden. Die Höhe, in der die Baumrinde fehlte, paßte dazu; außerdem waren grüne Lackflecken auf dem nun glatten Holz zurückgeblieben, was wiederum mit der Farbe von Bachems Auto übereinstimmte.

Der junge Beamte wollte schon weitergehen, als er aus dem Augenwinkel etwas sah. Er beugte sich hinunter. Täuschte er sich oder lief da tatsächlich eine zweite Reifenspur zum Teil unter, zum Teil neben der breiten des Range Rovers? Er bückte sich, um genauer hinzusehen. Wahrscheinlich hatte er sich nur geirrt. Aus der Nähe betrachtet, waren nur in gleichmäßigem Abstand geknickte Hölzer und Grashalme zu erkennen – womöglich ein rasendes Wildschwein. Vielleicht.

Beaumont machte kehrt, nur um hinter dem nächsten Baum auf die gleiche Spur zu treffen. Dieses Mal war sie etwas deutlicher. Zweifellos waren das hier Reifeneindrücke eines Kleinwagens, die etwa anderthalb Meter auseinanderlagen.

Das Muster war nicht sehr deutlich zu erkennen. Kein Wunder, daß die Kollegen es übersehen hatten – er erinnerte sich jedenfalls nicht an Fotos davon –; das Auto war eng an einige Tannen gedrückt gefahren, hatte dabei jedoch keine Zweige abgebrochen. Diese waren im Gegenteil wieder in ihre ursprüngliche Position zurückgeschnellt, wodurch die Reifenspur in ihrem Schatten lag.

Beaumont machte aus verschiedenen Winkeln mit und ohne Blitz Fotos, um vielleicht aufgrund der Spuren den Reifentyp und, daraus folgend, möglicherweise sogar die Automarke herauszufinden. Eigentlich müßte das gehen: Eine Reifenspur wies alle paar Meter eine charakteristische Scharte auf, die rechtwinklig zu einer der Rillen verlief.

Vielleicht bedeutete es aber auch gar nichts, und nur ein Liebespärchen war zum Stelldichein und anderen schönen Dingen gefahren.

Er holte tief Luft. Mal wieder eine Freundin zu haben, wäre schon schön. Aber bisher hatte ihn seine neue Arbeitsstelle so beansprucht, daß er gar keine Zeit hatte, außerhalb der Dienstzeiten jemanden kennenzulernen.

Beaumont steckte das Handy wieder ein und ging zum Auto zurück.

Roselski ließ den Finger auf dem Klingelknopf liegen. Es schellte ununterbrochen.

»Hab' ich doch gleich gesagt«, sagte Derenthal. »Keiner da.« Mit einem Blick auf seine Armbanduhr fuhr er fort: »Wenn wir jetzt ins Präsidium zurückfahren, sind wir pünktlich zum Dienstschluß wieder da.«

Der jüngere Polizist betrachtete den älteren nachdenklich. »Dich treibt wohl keinerlei Ehrgeiz, oder?«

Derenthal schüttelte den Kopf. »Brauche ich auch nicht. Mit oder ohne – am Monatsende ist doch sowieso das gleiche Geld auf dem Konto. Da muß ich mich nicht extra anstrengen, um mehr zu kriegen. Wenn es tatsächlich mehr gibt, dann nur in Form von

Überstunden. Und die dürfen dann wegen fehlendem Personal nicht abgefeiert werden.«

Roselski nahm den Finger von der Klingel. »Keiner da; du hast recht.« Unvermittelt sprang er einen Meter zurück und sah nach oben.

Im ersten Stock wurde hastig die Gardine vorgezogen.

»Sag' ich doch«, sagte Roselski, »jemand da.« Er ging zur Haustür zurück und hockte sich vor den Briefkastenschlitz. »Aufmachen! Polizei! Oder sollen wir mit der Ramme wiederkommen?«

»Ich nicht«, sagte Derenthal. »Die ist mir beim ersten Einsatz mit einem Praktikanten mal auf meinen Fuß gefallen, was mehrere Wochen Totalausfall zur Folge hatte.«

Roselski beschloß, dazu keinen Kommentar abzugeben, da er seinen Kollegen ohnehin für einen dauernden Totalausfall hielt.

Drinnen kam jemand eine Holztreppe herunter. Das Knarren der Stufen war bis draußen zu hören.

Dann ging die Haustür auf.

Beaumont stellte sein Fahrzeug vor Bachems Hof neben das seiner Kollegen. Er ahnte, wer in dem weißblauen Auto gesessen hatte, und beschloß, einen weiten Umweg um R2D2 zu machen. Aus denen wurde nichts mehr. Na ja, der Staat mußte auch die Minderbemittelten alimentieren; daß das allerdings auf dem Umweg über Behörden geschah, ärgerte ihn.

Er ging zur Eingangstür des Wohnhauses und schloß auf. Noch einmal wollte er sich einen Eindruck vom Wesen des Ermordeten machen; in der Regel lernte mal viel über jemanden in seinem ganz eigenen Umfeld, nämlich dem häuslichen. Blicke in Küche, Bad, Wohnzimmer und Abstellkammer bestätigten seinen Eindruck: Bachem war ein methodischer Mensch gewesen, der Dinge plante, durchführte und abschloß. *Abschloß* war ganz wörtlich zu nehmen: Schränke, Schubladen und Türen, die sich abschließen ließen, waren auch verschlossen. Geschirr war sauber, Wäsche gefaltet, die wenigen Bücher nach dem Alphabet sortiert.

Wenn – und nur *wenn* – der Landwirt etwas mit dem Verschwinden des Physikstudenten vor dreißig Jahren zu tun gehabt haben sollte, dann war er damals sicher genauso methodisch vorgegangen. Etwaige Beweise für sein Handeln hätte er bestimmt vernichtet.

Der junge Kommissar kletterte die schmale Stiege nach oben und öffnete nacheinander die wenigen Türen. Eine winzige Dusche mit Toilette, eine Besenkammer und eine kleine Stube mit Bett, Tisch, Stuhl und Kleiderschrank. Hier hatte wohl immer einer der Knechte gehaust und sicher auch der abhanden gekommene junge Mann aus Aachen.

Ob seine Eltern mal hier gewesen waren? Auf dem Dorf hätte man vor dreißig Jahren doch bestimmt ein Auto mit Aachener Kennzeichen registriert. Wie immer mußte man das Publikum befragen, und wie immer half es, wenn man die Fragen vorher wußte. Vielleicht sollte er einfach mal eine Liste möglicher Fragen erstellen und diese R2D2 in die Hand drücken. Möglicherweise erbrachte das endlich Ergebnisse, statt daß man die beiden Streifenpolizisten weiter herumdilettieren ließ. Alles mußte man selber machen. Immer.

Beaumont setzte sich auf das akkurat gemachte Bett und überlegte. Wenn – und nur *wenn* – der Bauer für das Verschwinden des Studenten verantwortlich war: Wie wollte man ihm das nachweisen? Welche Beweise waren nach der langen Zeit überhaupt noch vorhanden, und welche davon würde die Staatsanwaltschaft gelten lassen?

Aber vor allen Dingen: Wer brachte nach so langer Zeit den Landwirt einfach um? Konnten Ärger, Wut, Verzweiflung über dreißig Jahre anhalten und sich dann plötzlich in einem Gewaltausbruch entladen?

Beaumont schüttelte den Kopf, was gegenüber im Spiegel zu sehen war. Er lachte leise; immerhin war er mit Leib und Seele bei der Arbeit, wenn seine Gedanken schon körperliche Reaktionen nach sich zogen.

Er glaubte nicht an ein Motiv aus der Vergangenheit. Wahrscheinlich waren die Eltern des Aachener Studenten längst tot. Aber wer von heute hatte Bachem nach dem Leben getrachtet und war letztlich erfolgreich gewesen?

Ein etwas kurz geratener Mann in seinen besten Jahren betrachtete die beiden Polizisten. Er mußte zu ihnen aufschauen. »Von oben haben Sie kleiner ausgesehen«, sagte er.

Derenthal und Roselski sahen einander betreten an. Stimmt, sie kannten den Mann, zumindest aus Schumachers und Beaumonts Beschreibung.

Der freundliche, kleine, dicke Mann, der ihnen gegenüberstand, lächelte sie an. »Hubert Schmitz«, sagte er. »Ist leider so. Ich hätte schon gerne einen besonderen Vornamen gehabt. Eduard vielleicht oder Alexander.«

Roselski hatte nicht zugehört. Aber ihm war etwas eingefallen. »Komma Landwirt«, sagte er. »Wissen wir. Was haben Sie hinter der Gardine gemacht?«

»Nach draußen geguckt.«

»Warum haben Sie dann den Vorhang zugelassen?« fragte Derenthal.

»Ich war noch nicht rasiert. Da geniere ich mich immer ein bißchen, so von den Leuten gesehen zu werden.« Er machte eine Pause und griff in die Tasche seines dunkelblauen Cordjacketts. »Hier ist meine Visitenkarte.«

»Haben wir. Kennen wir schon. Zweimal reicht.« Das war Roselski.

»Da steht so wenig drauf, daß wir das behalten konnten.« Das war Derenthal.

»Wie kann ich Ihnen denn helfen?« fragte Schmitz ausgesprochen höflich.

»Sie könnten uns zum Beispiel mitteilen«, sagte Roselski, »ob Ihnen seit letztem Samstag etwas Neues zu Ihrem Nachbarn eingefallen ist.«

»Herrn«, fing Derenthal an, mußte aber auf seinen Notizblock zurückgreifen, auf dem er nach einigem Blättern die gesuchte Angabe fand, »Herrn Josef Bachem.«

»Das ist es mir in der Tat«, sagte Schmitz. »Eingefallen, meine ich.«

Auf das falsche Pferd gesetzt

M*ontag, 30. Mai 2016 – Bonn/Neukirchen.* Das Vernehmungszimmer im Polizeipräsidium Bonn sah in der Realität entschieden hübscher aus als die entsprechenden Räume in den einschlägigen TV-Serien. Das Mobiliar war neu; auf dem Tisch stand eine Thermoskanne mit Kaffeebechern, Zuckerteller und Sahnekännchen. Die Fensterbank hatte jemand um zwei wohlgepflegte Grünpflanzen bereichert, und es gab sogar ein Großfoto von der Silhouette der Stadt Bonn, vom Beueler Rheinufer aus gesehen. Hätte noch ein Stundenplan an der Wand gehangen, wäre der Raum glatt als Lehrerzimmer durchgegangen, dachte Katharina. Okay, als eines der wenigen anheimelnden Lehrerzimmer.

Der Raum war so viel freundlicher als die entsprechenden Verhörkabuffs im Fernsehen, die grundsätzlich in grün- oder graugestrichenen Kellern zu liegen schienen und an einer Längsseite grundsätzlich eine verdunkelte Scheibe besaßen, auf deren Rückseite grundsätzlich der Kommissar – oder der jeweilige Detektiv – dem Verhör seines Assistenten folgte. Schema F, dem alle Drehbuchschreiber und Regisseure gehorchten. Jedenfalls hatte Katharina diesen Eindruck aus zahlreichen deutschen Krimiserien gewonnen.

Die Buchhändlerin hatte sich feingemacht, was entschieden länger als beabsichtigt gedauert hatte. Dementsprechend sah das Schlafzimmer auch aus, als sie leicht verspätet nach Beuel aufgebrochen war. Zu keck wollte sie nicht erscheinen; also waren zwei der kurzen Röcke, die ihre langen Beine in vorteilhaftem Licht erschienen ließen, aufs Bett geflogen. Lang schied ebenfalls aus – zu festlich und zu altmodisch. Eine Jeans war ihr für den Anlaß zu burschikos gewesen, eine Caprihose ungeeignet. Bei der Gelegenheit hatte sie beschlossen, das Kleidungsstück endgültig auszusortieren. Selbst auf der italienischen Ferieninsel trug man diese Hosen schon lange nicht mehr. Sie hatte sich schließlich für einen dunkelbraunen Rock entschieden, der etwas über ihre Knie reichte, und eine dazu passende helle Bluse angezogen. Ihren Ausschnitt hatte sie mit einem im vergangenen Jahr von Jan in Florenz geschenkten Halstuch verdeckt, das in den Farben der Medici, gold, rot und blau, gehalten war. Und flache Schuhe natürlich; bestimmt waren einige der Kripoleute kleiner als sie, was sie nicht mehr als nötig betonen wollte.

Mesmer räusperte sich. »Montag, 30. Mai 2016, fünfzehn Uhr. Vernehmung von Katharina«, er mußte in seine Unterlagen schauen, um den Nachnamen zu finden, »Markenbeck im Mordfall Bachem.« Er hatte sich für eine Befragung mit den Kollegen zusammen entschieden, um die Buchhändlerin zu verunsichern. Bisher sah sie allerdings sehr selbstbewußt aus.

»Josef Bachem«, sagte Farnschläger beflissen, bemüht, seinen schlechten Eindruck vom letzten Mal beim Chef vergessen zu machen.

»Josef Bachem«, wiederholte Mesmer. »Danke, Herr Kollege.« Jetzt war er aus dem Konzept geraten und fürchtete ähnliche Szenen wie vor seiner Maßregelung durch Langenargen. Zu seiner Überraschung aber schwiegen die Anwesenden und sahen ihn erwartungsvoll an. Er räusperte sich erneut. Warum nur war er immer so unsicher, wenn er vor mehr als zwei Leuten sprechen mußte? »Ähm, wo ist eigentlich Beaumont?«

»In der Eifel, Herr Mesmer.«

Farnschläger war anscheinend wild entschlossen, den heutigen Streberorden zu bekommen, dachte Katharina. Amüsiert verfolgte sie das Geplänkel, auch wenn es letztlich um sie ging.

»Und Roselski und Derenthal?« setzte Mesmer nach. So gewann er zumindest ein wenig Zeit, bis er mit der eigentlichen Befragung beginnen mußte.

»R2D2?« Farnschläger konnte nicht umhin, den beiden Polizisten eins auszuwischen, indem er ihren Spitznamen in eine offizielle Akte brachte.

Die anderen schmunzelten.

Nur Mesmer kam wieder nicht mit und mußte sich flüsternd von Kaul die Bezeichnung R2D2 als aus der Popkultur, hier: Film, entlehnt erklären lassen.

»R2D2 halten sich ebenfalls in der Eifel auf und ermitteln«, sagte Farnschläger. »Was das Zeug hält.« Letzteres war allerdings so leise, daß Mesmer es nicht mitbekam.

»Mit drei Kripobeamten ist dort doch schon die halbe Bevölkerung abgedeckt, oder?« fragte Kaul, der auch einmal einen Witz machen wollte.

Farnschläger lachte pflichtschuldig.

»Danke«, sagte Kaul.

»Darf ich jetzt bitte anfangen?« fragte Mesmer, dessen Kopf schon wieder eine ungesunde Röte anzunehmen begann. »Frau Markenbeck, Sie sitzen heute hier, weil wir uns mit Ihnen über den Mord an dem Landwirt Josef Bachem unterhalten wollen.«

»Dazu habe ich Ihren Kollegen doch schon alles gesagt«, sagte Katharina.

»Was genau?« fragte Mesmer. Es war immer gut, ungenau zu fragen; wenn dann nämlich der Befragte reden mußte, um gewissermaßen zuerst die Frage zu erklären, statt um eine genauer gestellte zu bitten, passierte es nicht selten, daß er sich vergaloppierte und mehr verriet, als er wollte.

Katharina aber war eine gewiefte Krimileserin. »Fragen Sie immer so unpräzise?« konterte sie.

Das war danebengegangen. Mesmer versuchte, sich nichts anmerken zu lassen. Präzise Fragen erforderten präzises Wissen, und das hatte er nicht, zumal seine Leute aus Neukirchen noch nicht wieder zurückgekehrt waren. Er versuchte sein Bestes. »Wo waren Sie am Freitag, den 27. Mai 2016?«

»In meiner Buchhandlung«, sagte Katharina. »Zumindest von neun Uhr morgens bis um halb sieben abends.« Sie biß sich auf die Lippen. Nie mehr sagen, als die Frage implizierte!

Mesmer studierte die vor ihm liegende Akte und überging Katharinas Antwort. »Genauer gesagt, zwischen einundzwanzig Uhr abends und vier Uhr morgens?« Auf diese Zeit hatte Professor Altendorf, der Rechtsmediziner, nach längerem Nachhaken seitens Farnschläger inzwischen die Todeszeit eingegrenzt.

»Auch das habe ich schon gesagt«, sagte Katharina. »Ich war im Kino in Endenich. Im Rex. *Ein Mann namens Ove*. Eine schwedische Literaturverfilmung.«

Mesmer betrachtete wieder seine Unterlagen. »Meine Kollegen haben etwas anderes gesagt.«

Katharina wurde blaß.

»Was genau ist Ihnen denn eingefallen, Herr Schmitz?« fragte Roselski.

Das Gespräch zwischen den beiden Polizisten und dem einzigen Eifler Landwirt mit Visitenkarten hatte sich in Schmitzens Wohnzimmer verlagert. Wohnzimmer, nun ja, dachte Derenthal. Seines sah entschieden wohnlicher aus. Zumindest hatte seine Frau bis jetzt erfolgreich verhindert, daß mehr als fünf einsame DVDs den heimischen Couchtisch verstopften.

Das Wohnzimmer von Hubert Schmitz, Landwirt, dagegen sah aus, als sei es seit Jahrzehnten die örtliche Videothek: Jedes freie Stück Wandfläche war mit Regalen versehen worden, die Hunderte von DVDs und Blu-rays enthielten. Ein Regal barg sogar noch eine Reihe von Videokassetten. Jedes Regal war sorgfältig beschriftet worden; *Krieg*, *Komödien*, *Action*, *Drama*, *Abenteuer* konnte Derenthal lesen. *Screwball* hieß eine weitere Rubrik, die ihm nichts sagte. Auf dem niedrigen Sofatisch lagen eine Biographie von James Stewart, dem großen amerikanischen Schauspieler der fünfziger Jahre, die DVD *Mein Freund Harvey* und eine Packung Salzstangen.

»Wahnsinn«, sagte Roselski. »Haben Sie die alle gesehen?«

Schmitz nickte bescheiden. »Die meisten in den langen dunklen Winternächten, wenn die Ernte eingebracht war, die Tiere versorgt waren und ein Sturm das Haus umtoste.«

Roselski war sich nicht sicher, ob das Ironie war, hakte aber nicht nach.

»Also nochmal«, sagte Derenthal. »Was wollten Sie uns denn erzählen?« Er war unsicher; eigentlich war er der Meinung gewesen, daß ein Polizist auf einer etwas höheren Stufe stand als ein Bauer, aber weil er jetzt wußte, daß der Landwirt Tausende von Filmen gesehen hatte, konnte er, Derenthal, dessen Interessen sich in der Wartung des zu Weihnachten erhaltenen Gasgrills und einem gelegentlichen Skatabend mit Kollegen erschöpften, nicht mehr mithalten. Aber immerhin hatte er ein Amt inne, das den Rest der Bevölkerung zwang, ihm zuzuhören und seinen Anweisungen Folge zu leisten. In der Regel jedenfalls. Manchmal. Selten. Fast immer nie.

»Ich könnte Ihnen beispielsweise etwas über die Besitzverhältnisse von Bachem berichten.«

»Danke«, winkte Derenthal ab, »das hat bereits ein Kollege vollumfänglich erledigt.« *Vollumfänglich* klang immer gut, dachte er, so amtlich. Außerdem hatte er keine Lust, die Aussagen von Schmitz mitzuschreiben.

»Dann eben nicht«, sagte Schmitz und schwieg etwas beleidigt.

»Was uns natürlich brennend interessiert«, fuhr Roselski rasch fort, »ist sein persönliches Umfeld. Hatte er Freunde, Familie, Verwandte, die hier regelmäßig aufgetaucht sind?«

Schmitz antwortete, ohne zu zögern. »Nein. Es gab niemanden, den ich hier mal gesehen habe. Bis auf seine Knechte, die er bis zu seiner, nun ja, Pensionierung beschäftigt hat, bis er also nach Bonn gezogen ist. Moment, warten Sie. *Niemand* stimmt nicht ganz. Ganz früher wohnte seine Schwester noch hier, bevor sie dann nach Köln geheiratet hat. Irgendeinen Industriellen mit viel Geld. Wahrscheinlich wollte sie nur weg von hier. Ist inzwischen pleite, der Mann, meine ich. Oder ist er schon verstorben?« Er kratzte sich den Kopf.

»Wohnt denn jetzt jemand anderer auf seinem Hof?«

Schmitz schüttelte den Kopf. »Bachem wollte ihn zwar verkaufen, war aber mit den bisherigen, über seinen Makler eingegangenen Geboten unzufrieden, soviel ich weiß. Jedenfalls hat er mir das mal gesagt, als er eine seiner wenigen Phasen hatte, in denen er etwas gesprächiger war.«

»Wie hieß denn der Makler?« fragte Derenthal.

»Der gehört zu einem Ein-Mann-Betrieb in Bad Münstereifel namens *Reifferscheid Immobilien*, irgendwo im Zentrum. Sie werden das schon finden; so groß ist Münstereifel ja nicht. Inzwischen führt, soviel ich weiß, der Sohn den Laden.«

»Der Hof sieht ja sehr gepflegt aus«, sagte Roselski. »Da wird sich doch bestimmt ein Käufer für interessieren, oder?«

Schmitz nickte. »Glaube ich auch. Bachem ist ja regelmäßig hier gewesen, um nach dem Rechten zu sehen und überall zu putzen.«

»Nochmal zurück zu möglichen Besuchern hier«, sagte Derenthal, der allen Gesprächen übers Saubermachen aus dem Weg ging. »Haben Sie denn nebenan nie jemanden bemerkt, der dort nicht hingehörte?«

»Doch, habe ich«, sagte der untersetzte Mann und lächelte freundlich.

»Am Freitagabend«, sagte Mesmer triumphierend, »lief *Ein Mann namens Ove* gar nicht im Rex. Die Nachfrage im Programmkino nach dem Film aus Schweden war wohl zu gering; da haben sie kurzfristig *Toni Erdmann* ins Programm genommen.«

Katharina hatte ihr Pokergesicht aufgesetzt. »Und? Dann habe ich mich eben im Film geirrt. Ich habe so viel in letzter Zeit gesehen, da kann man schon mal das eine mit dem anderen verwechseln.«

»Ein Kollege hat Sie aber nicht im Kino gesehen«, setzte Mesmer nach. »Der war nämlich da.«

»Ach, und der hat dann erstens jeden Besucher registriert und sich zweitens auch noch gemerkt?«

Der Interimschef wurde nachdenklich. Hatten seine Kollegen aufs falsche Pf…, die falsche Frau gewettet?

»Ein Motiv haben Sie jedenfalls, diese dauernden Streitigkeiten mit Ihrem Nachbarn Bachem nämlich.«

Katharina lachte. »Mehr haben Sie nicht zu bieten? Was soll das denn für ein Beweggrund für einen Mord darstellen? Weniger zerstochene Reifen vielleicht? Keine dummen Bemerkungen mehr am Gartenzaun? Nur noch senkrecht wachsende Rosen, die niemand mehr abknickt?«

»Es sind schon Leute für weniger umgebracht worden«, sagte Mesmer unsicher.

Jetzt griff Kaul ein. Er hatte sein Notebook aufgeklappt und überflog noch einmal die von ihm erstellte Übersicht mit den Punkten, die für und gegen eine Täterschaft der Buchhändlerin sprachen. Die Punkte dagegen überwogen bei weitem; aber das mußte er ja nicht sofort preisgeben. »Wir haben uns Ihre Kontenbewegungen angesehen«, begann er langsam.

Katharina setzte sich auf und verschränkte die Arme. »Dürfen Sie das überhaupt?«

»Nun«, begann Mesmer. »Sie stehen im Verdacht—«

»Jetzt passen Sie mal auf«, schnitt Katharina ihm das Wort ab. Vorwärtsverteidigung war immer noch die beste Strategie. »Wie *Sie* wissen, bin ich freiwillig hier. Ihrer Vorladung hätte ich nicht zu folgen brauchen, schon gar nicht ohne vorherige Akteneinsicht und schon überhaupt nicht ohne meinen Anwalt. Daß ich also gekommen bin, müßte Sie davon überzeugen, daß ich nichts zu verbergen habe.«

»Ich würde Ihnen *leicht* widersprechen«, sagte Kaul. »Jedenfalls, was das Verbergen angeht.«

Katharina wappnete sich innerlich. Gleich mußte sie sagen, was sie umgetrieben hatte.

»Wir haben uns, wie gesagt, Ihre beiden Konten angesehen«, sagte Kaul, »das Privatkonto und das Geschäftskonto, weil wir auf der Suche nach einem Mörder sind und jede Information, die wir schnell erhalten, uns ihm ein Stückchen näher bringt.«

Die Buchhändlerin nickte. »Okay.«

»Beide Konten«, fuhr Kaul fort, »sind heftig überzogen. Darüber hinaus sind die letzten Raten für den Kredit, Ihre Buchhandlung betreffend, nicht bedient worden. Ein Sparbuch mit zwanzigtausend Euro ist geplündert, und das Drei-Jahres-Leasing Ihres Autos läuft im September aus. Und danach? Woher soll dann ein neues Auto kommen?« Er schwieg und lehnte sich in seinem Stuhl zurück.

»Was also haben Sie am Freitagabend gemacht?« sagte Mesmer, der sich das Heft nicht ganz aus der Hand nehmen lassen und auch etwas zur Befragung beitragen wollte, etwas lauter als nötig.

»Ich war bei meinem Steuerberater«, flüsterte Katharina.

»Ich will Sie nicht länger mit der Spannung foltern«, sagte Schmitz und sah die beiden Polizisten freundlich an.

Derenthal überlegte. Hieß das nicht irgendwie anders? Er kam aber zu keinem Schluß, denn der Landwirt setzte seinen kleinen Bericht schon fort.

»Am Freitagabend, es mag so gegen neunzehn Uhr gewesen sein, wurde ich Zeuge einer leichten Auseinandersetzung auf dem Nachbarhof, Eigentum des Josef Bachem.«

Roselski lauschte irritiert. Das klang wie ein Vernehmungsprotokoll, das Krüger nicht besser hätte formulieren können.

»In der Einfahrt zum Hof parkte ein älterer Skoda – Moment, Farbe und Modell habe ich mir notiert ...« Er wollte aufstehen.

»Erzählen Sie doch erst einmal zu Ende«, sagte Derenthal freundlich. Er hatte in langen Jahren gelernt, einen Bericht von Zeugenseite vollständig entgegenzunehmen und erst anschließend nach etwaigen Lücken zu fragen. »Die Einzelheiten später.«

»In Ordnung«, sagte Schmitz. »Möchten Sie eigentlich etwas trinken?«

Derenthal schüttelte den Kopf.

»Vielleicht später«, sagte Roselski, der Durst hatte, was ihm einen strafenden Blick von seinem Kollegen eintrug, der nach Hause wollte.

»Dann stieg ein junger Mann aus dem Auto.« Mit präzisen Worten beschrieb Schmitz den Physiker, der Derenthal und Roselski bisher noch nicht begegnet war. Anschließend folgte die farbige Schilderung der Auseinandersetzung zwischen Bachem und Krawczyk, die mit den Worten endete: »Und dann hat er wie ein Reiher gekotzt.«

»Herr Schmitz, bitte«, sagte Roselski pikiert, der im Kollegenkreis gerne selbst zu drastischen Worten griff.

»Daran läßt sich nichts beschönigen. Es war so, wie ich gesagt habe.«

»Und dann?« fragte Derenthal, der immer gerne wußte, wie Geschichten ausgingen.

»Dann ist Bachem überstürzt weggefahren und wenig später der junge Mann.«

»Hinter ihm her?« fragte Roselski.

»Keine Ahnung. Der Abfahrtsweg beider Fahrer ist ja nur bis zur Straße vorne deckungsgleich.« Er machte eine Pause und sah sinnierend aus dem Fenster.

Die beiden Polizisten warteten.

Schließlich sagte Schmitz: »Was Bachem wohl hatte? Der besaß doch eine Pferdsnatur. In den Jahrzehnten, in denen meine Familie neben seinem Hof gelebt hat, habe ich ihn nur ein einziges Mal krank gesehen.«

»Das Kennzeichen bitte«, sagte Derenthal, um den Faden nicht zu verlieren.

Schmitz stand auf, ging zur Fensterbank und kam mit einem Notizblock zurück. »Bitte.«

Roselski fotografierte mit seinem Handy das Blatt, auf der Modell, Farbe und Nummernschild von Krawczyks altem Skoda vermerkt waren. Dann stand er ebenfalls auf. »Vielen Dank für Ihre Hilfe.«

»Gern geschehen«, sagte Schmitz. »Jederzeit wieder.« Er griff in seine Hemdtasche und reichte den Beamten eine Visitenkarte. »Für alle Fälle.«

Täuschte er sich, dachte Derenthal, oder hatte der Landwirt gezwinkert?

Als die Beamten sich an der Haustür verabschieden wollten, sagte Schmitz: »Ach übrigens, es gab noch einen zweiten Besucher auf dem Hof am Freitagabend.«

Am Filmset

F*reitag, 24. August 1979 – Rheinbach-Neukirchen.* Der Juli war vorbei, und auch der August war schon weit fortgeschritten. Die Kornernte lag fast allerorts schon hinter den Beteiligten, und man stellte sich allmählich auf den Frühherbst ein. Die Urlauber waren nach den frühen Sommerferien längst zurückgekehrt; die langen Sommernächte waren ohnehin schon so schnell wieder vorbei, wie sie gekommen waren. Nur für Martin und Johanna schienen die Ferien endlos anzudauern. Sie waren verliebter denn je, und Martin überlegte allen Ernstes, einen Kredit aufzunehmen, um irgendwo – also in der Nähe, hieß das – ein Stückchen Land, am besten mit Hof, zu erwerben und den Rest seines Lebens mit Johanna und einer Schar Kinder zu verbringen. Das einzige Problem stellte allerdings Johannas Studium dar. Konnte er allen Ernstes von der emanzipierten jungen Frau verlangen, daß sie auf eine akademische oder mindestens eine schulische Laufbahn verzichtete und Bäuerin wurde? Und dann waren da auch noch seine Studienbemühungen. Er sah sie unsicher an.

»Nun mach mal nicht so ein trübsinniges Gesicht«, sagte Johanna fröhlich zu ihm. »Die Sonne scheint, aber bei dir ist es eine schwere Regenfront.«

»Na ja«, Martin wurde ernst, »es kann ja nicht ewig mit uns so, wie soll ich sagen, so wunderbar weitergehen. Irgendwann fängt das Semester wieder an, und irgendwann muß ich überlegen, was ich mit dem Rest meines Lebens noch anstellen möchte.«

Johanna lachte. »Das klingt so, als habest du nur noch ein Paar Monate vor dir, aus denen du das Beste machen müßtest.« Die junge Frau konnte nicht ahnen, wie nahe sie der Wahrheit damit kam.

Martin setzte sich auf.

Die beiden jungen Leute nutzten den Freitag für weitere horizontale Dinge, wobei es schwieriger wurde, einen sinnvollen Ort für ein Stelldichein zu finden, da der Bauer momentan fast immer auf seinem Hof zugange war, Johannas Vater neuerdings etwas dagegen hatte, daß seine Tochter »ständig mit diesem langhaarigen Hippie aus Süddeutschland« zusammenhing und die Witterung Frischluftaktivitäten nur noch sporadisch zuließ. Momentan lagen die beiden in einem großen Doppelbett, das einer Freundin von Johanna gehörte und in einer Studentenbude in Beuel stand. Die Freundin war für vier Wochen nach Griechenland gefahren und wollte erst Ende September zurückkehren.

»Ich wünschte, dieser Sommer wäre immer so nah und würde nie vergehen«, sagte Martin versonnen. Er drückte Johanna so fest, daß es ihr wehtat, und gleichzeitig war es ein unbeschreiblich schönes Gefühl, so nah bei ihm und in seinem Leben zu sein.

»Irgendwann ist auch dieser Sommer so fern, wie alles andere auch, was man eigentlich bewahren möchte, was aber – manchmal versehentlich – in die Vergangenheit rutscht, unwiderruflich und unwiederbringlich.« Martin sah über Johannas Kopf in die Ferne. »Dabei ist die Erinnerung an vergangene Sommer immer gleich schön: Es ist sonnig, es ist August, und die Kornfelder sind schon abgeerntet.« Er schwieg wieder.

Jetzt war es an ihr, ihn ganz festzuhalten. Vielleicht konnte so ihr Leben zusammen funktionieren: Wenn der eine nicht mehr weiterwußte und sich verlor, hielt ihn der andere.

Nach einem wundervollen, leisen Moment des Schweigens fragte Martin: »Was machen wir jetzt eigentlich mit der Liste?«

»Welche Liste?« Johanna wußte nicht sofort, was Martin meinte. Außerdem mochte sie es nicht, so unvermittelt auf den Boden der Wirklichkeit zurückgestellt zu werden.

»Na, die aus dem Aktenordner. Die, wo *Helmut Klein* draufstand.«

»Ach so, die. Keine Ahnung. Für die Polizei reicht sie wohl nicht; das haben wir ja neulich schon gesagt. Wo hast du sie eigentlich hingetan?«

»Sag' ich nicht«, sagte Martin. »Es ist vielleicht besser, wenn du nicht alles weißt.« Und schon gar nichts mußte sie von den kleinen

Knochen wissen, die er für Menschenknochen hielt und die er im ehemaligen Schweinestall gefunden hatte.

Johanna nahm seine Worte gleichmütig zur Kenntnis; sie gab viel auf Gefühle und vertraute Martin völlig; es würde schon richtig sein, was er tat.

»Manchmal denke ich allerdings, daß wir diese ganze Detektivspielerei vergessen sollten. Wenn an der Geschichte wirklich etwas dran ist, hätte die Polizei Bachem doch damals festgenommen.«

»Es gibt doch diese alten Fälle«, wandte Johanna ein. »Bei denen findet sich Jahrzehnte später ein bisher fehlendes Puzzleteil, das die ganze Geschichte in völlig neuem Licht erscheinen läßt und den Beschuldigten endlich überführt.«

»Okay, dann warten wir das mal ab.« Martin schubste Johanna um und versank in einem endlosen Kuß mit ihr.

Als der hellblaue Renault auf dem Hof des Landwirts in Neukirchen ausrollte, stand schon ein weiteres Auto dort, das überhaupt nicht in diese Umgebung paßte: ein knallrotes Cabriolet. An den Alfa Romeo Spider lehnte lässig eine junge Frau in Jeans und Bluse, die auch von einem Filmset hätte stammen können – mit großer Sonnenbrille und Kopftuch hätte sie dort problemlos Arbeit gefunden. Das einzige, was merkwürdig aussah, waren die dunkelblauen Hosenträger, die sie zusätzlich zu einem Gürtel trug.

»'n Tag«, sagte Martin vorsichtig, als er ausgestiegen war. Ihm waren Frauen, die nicht aus seiner Welt zu stammen schienen, immer suspekt. Aber diese war hübsch, sehr hübsch sogar. Wie alt sie wohl sein mochte? Das Alter von Frauen zu schätzen, fiel ihm schwer. Anfang dreißig stimmte aber vielleicht.

Johanna hatte sich neben ihn gestellt und sagte lieber gar nichts.

»Kann ich Ihnen helfen?« fragte die Frau mit der Sonnenbrille.

»Ich glaube«, sagte Martin, »es ist eher umgekehrt; ich wohne nämlich hier. Suchen Sie jemanden? Vielleicht Herrn Bachem? Er wollte etwas in Bonn erledigen; das hat er jedenfalls heute morgen gesagt.«

»Ich wohne ebenfalls hier«, sagte die Sonnenbrille. »Jedenfalls manchmal. Wenn ich mich vorstellen darf: Elke Tersteegen, geborene Bachem. Und mein Bruder ist wahrscheinlich wieder zu seinen Huren gefahren.« Sie nahm ihr Kopftuch ab und schüttelte ihre dunkelbraunen Haare.

Johanna zuckte ob der derben Ausdrucksweise zusammen. »Man kann das auch differenzierter ausdrücken«, sagte sie leise.

»Das geht bei meinem Bruder nicht«, sagte Frau Tersteegen. »Der reagiert nur auf direkte Ansprache. Beispielsweise auf: ›Gib mir meinen Teil des Erbes. Sofort.‹«

»Ich dachte«, wandte Martin ein, »daß das alles hier Ihrem Bruder gehört?«

»Das dachte ich auch; er hatte mir ja auch die mir zustehende Hälfte des Vermögens unserer Eltern ausbezahlt. In bar. Dann habe ich allerdings aus zuverlässiger Quelle erfahren—«

»Die Sie natürlich nie nennen werden«, unterbrach sie Johanna.

»Genau. Im übrigen ginge Sie das auch gar nichts an. Ich habe also lernen müssen, daß unsere Eltern uns nicht nur den Hof, sondern auch zahlreiche Grundstücke von Bonn bis in die Eifel hinterlassen haben. Ich habe also viel weniger als die Hälfte des Erbes erhalten. Bis dahin hatte ich meinem Bruder blind vertraut; schließlich ist er der Ältere, und kleine Schwestern blicken ja immer zu älteren Brüdern auf. Schließlich habe ich aber einen Anwalt mit der Klärung der Vermögensverhältnisse beauftragt.«

»Und dann sind Sie blaß geworden, als Sie die Gesamtsumme erfahren haben, oder?« fragte Martin.

»Genau. Woher wissen Sie …?«

»Ach, ich habe mir das nur so zusammengereimt, nach dem, was Sie gerade berichtet haben.« Siedendheiß war Martin eingefallen, daß er den Ordner mit den Notariatsverträgen gar nicht kennen konnte.

Frau Tersteegen betrachtete Martin aufmerksam. »Sie sind ein heller Junge«, sagte sie anerkennend, woraufhin der Angesprochene sich angesichts dieser schönen Frau noch jünger vorkam. Außerdem war er schon ewig nicht mehr *Junge* genannt worden. Sich in die Enge treiben lassen, wollte Martin jedoch auch nicht.

»Was suchen Sie denn wirklich hier, wenn ich auch einmal eine Frage stellen darf?«

»Wenn man einen betrügerischen Bruder hat, ist es ganz gut, wenn man sich die Informationen, die er einem nicht gibt, selbst beschafft. Man hat mir also zugetragen, daß er ein neues Objekt erworben hat, in *Bad* Münstereifel, wie der Ort ja inzwischen heißt.«

»Aber Ihr Bruder kann doch mit seinem Geld machen, was er will, nicht wahr?« fragte Johanna.

»Eigentlich ja. Aber nicht, wenn davon meine Interessen berührt werden. Mein Mann und ich hatten das Haus in der neuen Kurstadt schon als Ferienhaus ausersehen; es liegt einfach wunderbar zentral. Das Exposé des Immobilienmaklers dazu hat uns auch erreicht, nicht jedoch ein paar Tage später die Verkaufszusage an meinen Bruder.«

»Und jetzt wollen Sie das Ganze rückgängig machen?« fragte Martin.

»Nicht direkt. Aber ich könnte ihn überbieten. Immerhin gehören meinem Mann einige der großen Baumärkte in Köln und Umgebung. Und an Geld ist mein Bruder immer interessiert.«

»Moralisch finde ich das etwas zweifelhaft«, sagte Johanna. »Nur um jemanden zu ärgern …«

»Mädchen, das Leben wird dir noch viele Illusionen rauben«, sagte Frau Tersteegen. »Was machen Sie eigentlich hier? Darüber haben wir noch gar nicht gesprochen.«

»Arbeiten«, sagte Martin schnell, ehe weitere Fragen kamen. »Bei Ihrem Bruder.«

»Ihn besuchen«, fügte Johanna ebenso schnell hinzu. »Martin, meine ich.« Sie errötete, was sie verletzlich aussehen ließ und Martin auf abwegige Gedanken brachte. Von Frau Tersteegens Lachen wurde er jedoch sofort in die Wirklichkeit zurückgerissen.

»Na ja«, sagte sie, »geht mich ja auch nichts an, solange mein Bruder Sie nicht mit meinem Geld bezahlt.« Sie zwinkerte den beiden freundlich zu und sah dann auf ihre teuer aussehende Armbanduhr. »Schon halb sechs. Dann mache ich mich besser wieder auf den Weg. Mein Bruder kommt heute wahrscheinlich erst spät, wenn überhaupt, wieder nach Hause.«

»Wo wohnen Sie denn?« fragte Martin.

»In Marienburg«, antwortete sie. »Ich muß jetzt wirklich zurück, damit ich es vor dem Berufsverkehr noch schaffe.«

Martin sah sie verständnislos an.

»Köln«, präzisierte sie ihre Ortsangabe. »Übrigens, mir fällt noch etwas ein.«

Sie beugte sich ins Auto und griff nach einem Kleidungsstück, das sie mit Schwung Johanna zuwarf. »Hier, das können Sie meinem Bruder gerne zurückgeben. Beim letzten Mal hat er eine Kiste mit alten Sachen von mir in mein Auto gestellt, wie er sagte. Aber das gehört mir nicht, schon gar nicht ungewaschen.« Sie stieg ein und drehte den Schlüssel im Lenkradschloß. Der Motor des Alfa Romeo sprang mit einem sonoren Brummen an, und die Schwester verließ den Hof. Das Letzte, was die beiden jungen Leute sahen, war ihre winkende Hand.

Johanna starrte auf den blauen Stoff, den sie in der Hand hielt. Dann ließ sie ihn mit einem Aufschrei fallen und wandte sich ab.

Martin betrachtete fassungslos eine blutbefleckte Jeans.

Versuch macht klug

Sonntag, 29. Mai 2016 – Bonn. Krawczyk und Susanne sahen einander an. Beide wußten nicht, wie es jetzt weitergehen sollte, mit ihnen, mit dem toten Landwirt und überhaupt.

Die junge Physikerin gab sich einen Ruck. »Hier Trübsal zu blasen, bringt auch nichts, Krawczyk.«

Der Angesprochene zuckte zusammen. Der Nachname! Dann dauerte es wieder einen halben Tag, bis sich seine Freundin beruhigt hatte, und er hatte heute und mindestens morgen auch noch aufzupassen, was er sagte und wie er die Worte betonte. Susannes Goldwaage maß in Nanogramm.

»Welche Optionen hast du denn?«

Krawczyk versuchte, dem Gedankengang seiner Freundin zu folgen. »Na ja, abwarten und Tee trinken.«

Susanne funkelte ihn an.

Noch so ein blöder Satz, und er konnte sich die nächsten Tage wieder in seiner alten Studentenbude aufhalten, aus der er auch nach dem Examen nicht herausgekommen war. Er setzte sich wieder aufrecht hin. »Ich könnte mir einen Anwalt nehmen.« Ein herausfordernder Blick folgte.

»Das ist doch nicht dein Ernst, oder? Damit signalisierst du doch sofort, daß du etwas zu verbergen hast.« Susanne sah ihn kühl an und wartete auf den nächsten Vorschlag.

»Ich könnte selber versuchen, etwas über den Tod des Landwirts herauszufinden und mich dadurch entlasten.«

»Du hast sie doch nicht mehr alle!« Die junge Frau war aufgebracht. Heute paßte aber auch nichts zusammen. Mit ihrer Versuchsanlage kam sie nicht weiter, mit ihrem Freund lief alles schief – er könnte seinen Grips doch wirklich mal anstrengen! –, und wahrscheinlich kreuzte in Kürze auch noch die Kripo auf, um von ihr etwas herauszubekommen. Alibi und so. Sie seufzte. »Du hast noch einen Versuch, sonst werfe ich dich aus dem Labor.«

»Das kannst du gar nicht«, sagte Krawczyk aufsässig. »Das zahlt der Steuerzahler, und das ist für alle da.« Er überlegte fieberhaft. Nur nichts Falsches sagen. Unruhig rutschte er auf seinem Stuhl hin und her, angelte ein Taschentuch heraus, wischte sich über die Stirn und steckte es wieder zurück.

Vermeidungshandlungen, dachte Susanne. Sie verschränkte die Arme und wartete.

Nichts.

Krawczyk betrachtete inzwischen seine Fingernägel und hoffte auf eine Eingebung.

Susanne räusperte sich.

Der Physiker zuckte zusammen. Eigentlich sah er sich als nüchternen Wissenschaftler, der erst dann zu einem Schluß kam, wenn er sämtliche Möglichkeiten, eine Sache zu entscheiden, von allen Seiten beleuchtet hatte. Aber dafür war jetzt nicht die Zeit. Außerdem wollte er seine Freundin nicht verlieren. In der Regel verzog sich das Gewitter, das nach einer Auseinandersetzung in schöner Regelmäßigkeit aufzog, nach kurzer Zeit wieder. Leider sah es heute nicht so aus.

Susanne warf ihm einen finsteren Blick zu. *Letzte Chance*, hieß das.

Krawczyk holte tief Luft und ließ sie dann mit einem Zischlaut wieder entweichen, eine Marotte, die Susanne ihm seit Jahren vergeblich auszutreiben versuchte. Er sah sie bittend an und hoffte, daß ihm der richtige Satz eingefallen war. »Ich könnte selbst zur Polizei gehen und alles wahrheitsgemäß berichten.«

Susanne nickte beifällig. Nur den Dackelblick, den hätte ihr Freund sich wirklich sparen können, dachte sie.

»Aber erst morgen«, fügte er hinzu. »Heute ist Sonntag, kein Tag, an dem die Poliezi arbeitet.«

Versöhnungsküsse hatten was, dachte Krawczyk; nur schade, daß hier kein Bett rumstand, dann hätte man den Kuß etwas, nun, abändern können. Oder verlängern. Oder überhaupt.

Susanne schien seinen Gedanken gefolgt zu sein und gab ihm einen weiteren Kuß.

Sie schien nicht mehr böse zu sein. Eine gute Beziehung mußte auch mit Regenwolken und Unwettern auskommen, dachte Krawczyk.

Manchmal.

Susanne löste sich von ihm und betrachtete prüfend die aufgestellten Geräte, Kabel und Steckverbindungen. Plötzlich war sie sicher, daß es funktionieren würde. Gut, vielleicht nicht zur Gänze, aber doch so, daß sie Professor Bretten beim nächsten Treffen von einem großen Schritt auf dem Weg zum Ziel berichten konnten. Und bestimmt würde er dann das für die Fortsetzung des Experiments benötigte Kleingeld locker machen. Wer wohl der unbekannte Großsponsor war, den Bretten an Land gezogen hatte? Ob es tatsächlich DHL war, wie die Gerüchteküche kolportierte? Wobei die sich bei einem Erfolg der Versuche ja des eigenen Geschäftsmodells berauben würden, wenn jeglicher Transport von A nach B überflüssig würde, weil mit Hilfe der neuen Teleportationstechnologie keine Wege mehr benötigt würden, sondern nur noch große Lager bei der Sende- und bei der Empfangsstation. Sie bremste sich innerlich. Wunschträume waren zwar nötig, damit der Weg zum Ziel nicht zu dornig erschien, aber kleine Schritte waren immer sinnvoller.

Krawczyk versuchte, die Gedankengänge seiner Freundin zu entschlüsseln. Aber wie immer war sie – und das galt für alle anderen Frauen auch – ein Buch mit sieben Siegeln. *Ein* Siegel war normalerweise für ihn schon genug. »Soll ich schon mal den zusätzlichen Stromgenerator bereitmachen?«

Susanne nickte geistesabwesend. »Nur zu.« Sie beschäftigte sich gerade mit den Protokollen der letzten Versuchsanordnung. Hier und da justierte sie ein Gerät nach und steckte das eine oder andere Kabel fest. Schließlich drehte sie sich um, fixierte Krawczyk, der inzwischen seine normale Größe und seine Selbstsicherheit wiedergefunden hatte, und fragte: »Sollen wir?«

Der Angesprochene nickte. »Du oder ich?« Er deutete auf den roten Knopf mit dem handschriftlichen Zettel, der daneben klebte und, mit gelbem Textmarker unterstrichen, die Worte »Zweimal nachdenken vorm Einschalten!« trug.

»Du!« sagte Susanne. »Damit du mal was Vernünftiges machst.« Aber sie lächelte bei diesen Worten.

»Moment, erstmal lasse ich die Rolladen herunter.«

»Den nächsten Kuß gibt es aber erst nach dem Ende des aktuellen Versuchs«, sagte sie scherzhaft.

»Dem Versuch, dich zu küssen, oder dem Versuch, dich wegzuteleportieren?« Krawczyk grinste ebenfalls.

»Ja«, sagte Susanne nur.

Der Physiker ließ die Verdunkelung herab. Nur eine Notlampe brannte, so daß die Geräte gerade noch zu sehen waren, ebenso der rote Knopf, dessen Farbe einem dunklen Grau Platz gemacht hatte. »Soll ich?«

Susanne nickte, was Krawczyk nicht sah, da sie sich hinter ihn gestellt hatte.

»Also?« fragte er nach.

»Man los«, sagte sie tonlos.

Krawczyks Zeigefinger näherte sich dem roten Knopf.

»Halt!«

Krawczyk zuckte zusammen.

»Ich habe mich gerade entschieden«, fuhr seine Freundin fort, trat neben ihn und legte die Arme um ihn, »die Versuchsreihenfolge zu ändern.«

Es war immer gut, dachte der junge Mann, wenn man denjenigen, der die Hosen anhatte, bei wichtigen Entscheidungen gewähren ließ. Weisungsgemäß nahm er den Finger weg.

»Erst den Kuß«, sagte Susanne.

Krawczyk gehorchte.

Es war ein leiser, intensiver Kuß, der nur vom Ticken der etwas penetranten Ikea-Uhr, die an der gegenüber Wand hing, begleitet wurde.

Schließlich sagte Susanne, noch etwas außer Atem: »Mehr demnächst in diesem Theater oder besser zu Hause. An die Arbeit!« Sie trat wieder hinter ihn.

Krawczyk versuchte, sich statt auf ihren warmen Körper, den er in Gedanken immer noch umschlungen hielt, auf die nüchterne Physik zu konzentrieren. Er drückte auf den Startknopf.

Im gleichen Moment gab es einen überlauten Knall, und ein grelles Licht leuchtete mehrere Sekunden lang auf. Fast sah es aus wie ein Kugelblitz, dachte Krawczyk, etwa dreißig Zentimeter lang. Er duckte sich, weil er aus der Theorie wußte, daß diese Art Blitze trotz ihrer geringen Größe durchaus gefährlich war. Gerade noch rechtzeitig brachte er sich unter einem der Tische in Sicherheit, als der Kugelblitz, oder was immer das war, explodierte. Etwas roch verschmort.

Welche Kraft doch vom Elektromagnetismus ausging! Der Wissenschaftler beschloß, sich in Zukunft lieber der theoretischen Physik zu widmen, die ihm ungefährlicher erschien.

Er krabbelte unter dem Tisch hervor und versuchte, etwas zu erkennen, was unmöglich war, da die Notfallbeleuchtung ebenfalls ausgefallen war. Er tapste Richtung Fenster, tastete nach dem Rollladenband und zog die Jalousien wieder hoch.

Die Versuchsanordnung sah übel aus: Mehrere Kabel hatten ihren Gummimantel verloren, und ein Meßgerät war zerbrochen.

»Das wird Bretten ziemlich ärgern«, sagte Krawczyk, »wenn er schon wieder die Anschaffung neuen Materials bewilligen muß.« Er sah sich um. »Susanne?«

Aber seine Freundin war verschwunden.

Puzzleteile

M*ontag, 30. Mai 2016 – Bonn.* »Und mit dem haben Sie ein Verhältnis, von dem niemand etwas wissen soll, oder?« Mesmer sah Katharina prüfend an.

»Mit meinem Steuerberater? Nie im Leben«, sagte die Buchhändlerin und schwieg wieder.

»Nun lassen Sie sich doch nicht jedes Wort aus der Nase ziehen.« Mesmer schielte auf seine Armbanduhr und überlegte, wie lange er noch freundlich zu der Frau sein mußte.

»Müssen Sie weg?« fragte Katharina, die seinen Blick bemerkt hatte.

»Ich stelle hier die Fragen. Also, mögen Sie jetzt vielleicht etwas mehr erzählen, zusammenhängend, in mehreren Sätzen?«

Das klang so, dachte die Buchhändlerin, als sei sie nur zu Bruchstücken wörtlicher Rede fähig; dabei hielt sie sich für eloquent, belesen und intellektuell gut aufgestellt. Vielleicht schaffte sie es ja, den Kripomenschen von ihrer Unschuld zu überzeugen. »Es ist alles harmloser, als Sie, der Sie tagtäglich mit den Aussagen unterschiedlichster Provenienz befaßt sind, die Ihnen bei Ihren Fällen begegnen, möglicherweise annehmen, da Sie zuerst jemanden, der Ihnen aufgeregt gegenüber sitzt, weil er unter Umständen zum ersten Mal in seinem Leben das Polizeipräsidium von innen sieht, als schuldig ansehen, obwohl für jeden in diesem unserem Lande doch zuerst und überhaupt die Unschuldsvermutung gelten muß, wobei Sie mir doch sicher zustimmen, oder?«

Mesmer sah sie verwirt an. Der Satz war einfach zu lang gewesen. Und was hatte die Frau überhaupt gesagt? »Jeder ist unschuldig« oder so, und dabei würde er ihr nie recht geben.

»Das sehe ich nicht so«, sagte er vorsichtig.

Kaul hatte jetzt genug. Es war zwar unterhaltsam, den beiden zuzusehen, wie sie sich gegenseitig abtasteten, aber das führte doch zu nichts. Er räusperte sich.

»Wenn ich etwas fragen darf, Herr Mesmer?«

»Gerne, Herr Kollege.«

Kaul sah ihn überrascht an. Manchmal war Mesmer schon merkwürdig. Daß er freundlich war, kam selten vor, aber vielleicht war er nur froh, daß er jetzt nicht mehr reden mußte. Der Computerspezialist beschloß, das Verhör alleine zu Ende zu bringen.

»Frau Markenbeck, stimmen meine Informationen bezüglich Ihrer Konten?«

»Ja«, sagte Katharina tonlos.

»Gut, beziehungsweise schlecht. Dann sehe ich nämlich nur zwei Möglichkeiten: Entweder nehmen Sie eine Kapitalaufstokkung—«

»Und wo soll die herkommen? Von den Banken ja nicht mehr«, unterbrach sie ihn.

»Sie können ja Ihren verschwundenen Freund fragen. Der hat doch Geld, oder?«

»Fall er wieder auftaucht«, warf Mesmer ein.

»Haben Sie sich auch seine Konten angesehen?« fauchte Katharina.

»Er hat Sie doch bestimmt als Alleinerbin eingesetzt, oder?« fragte Kaul spitz.

»Ehrlich gesagt, das weiß ich gar nicht. Wir haben nie darüber gesprochen. Und Sie müssen von meinem Lebensgefährten«, Katharina benutzte ein Wort, das sie haßte, *Gefährte* war etwas für Hunde, fand sie, »nicht so reden, als ob er schon tot sei.« Eine Träne stahl sich aus ihrem rechten Auge, die sie rasch mit einem Papiertaschentuch auffing.

»Sie können aber nicht abstreiten«, setzte Kaul nach, »daß Sie ein wunderbares Motiv haben, Ihren Freund um die Ecke zu bringen, in solchen Geldnöten, wie Sie nun mal sind.«

»Dummes Zeug.« Katharina war jetzt wütend. »Wenn ich Geld haben will, muß ich ihn nur fragen. Aber genau das wollte ich nicht. Ich bin jemand, der auf eigenen Füßen stehen kann.«

»Anscheinend nicht«, sagte Mesmer leise.

Katharina überging die Bemerkung. »Und genau deswegen war ich beim Steuerberater.« Sie schluckte. »Der hat allerdings dasselbe gesagt wie Sie. Daß ich nämlich um eine ordentliche Finanzspritze nicht herumkäme, wenn ich die Buchhandlung weiterführen wolle, oder daß—«

Jetzt unterbrach Kaul sie und nahm seinen Satz wieder auf. »Sie Ihr Geschäft schließen müssen.«

Die Buchhändlerin nickte. »Und daß ich glücklich sein dürfe, wenn das Finanzamt das Unternehmen nicht als Liebhaberei ansähe und rückwirkend die Absetzbarkeit von Ausgaben anzweifele.«

»Wir werden das überprüfen«, sagte Kaul und schob Katharina einen Notizblock hinüber. »Namen und Adresse Ihres Steuerberaters.«

Gehorsam notierte sie die erbetenen Angaben und stand anschließend auf. »War's das? Ja? Dann gehe ich nämlich wieder, weil ich noch etwas Besseres zu tun habe, als mißtrauische Fragen zu beantworten.« Sie warf den Beamten einen finsteren Blick zu, verließ den Raum und ließ die Tür mit Schwung ins Schloß fallen.

Mesmer und Kaul sahen sich entgeistert an.

»Ich dachte, ich hätte hier das Sagen«, sagte Mesmer schließlich.

Kaul verbiß sich ein Grinsen. Das glaubst auch nur du, dachte er. »Wir wissen ja, wo wir die Dame finden. Und ehrlich gesagt, denke ich nicht, daß sie mit Bachems Tod oder mit dem Verschwinden ihres Freundes etwas zu tun hat. Wobei sich tatsächlich die Frage stellt, wohin es den Herrn gezogen hat.«

»Bei der Frau wäre ich auch laufen gegangen«, sagte Mesmer. »Allein, wie die redet. Die versteht ja keiner. Wäre mir zu kompliziert. Auf Dauer.«

Krawczyk stand in der großen Eingangshalle des Polizeipräsidiums in Bonn-Ramersdorf und kam sich verloren vor. Bürgerarchitektur war das jedenfalls nicht, dazu war alles irgendwie zu groß. Eher sah es nach *Vor dem Gesetz* aus, wobei dafür jedoch die Skulptur mit der blinden Frau samt alter Küchenwaage fehlte.

»Wie kann ich Ihnen behilflich sein?«

Am Empfang saß ein mittelalterlicher Mann und musterte ihn. Besonders eifrig sah er nicht aus.

Der Physiker guckte irritiert. Der Frage nach zu urteilen, war er bei einem Service-Unternehmen gelandet. Er räusperte sich. »Ich suche jemanden, der in der Angelegenheit Bachem ermittelt.«

»Diebstahl? Kfz-Vergehen? Kapitaldelikte?«

»Mord«, sagte Krawczyk entschlossen.

Der Mann musterte ihn genauer. »Sollten Sie dann nicht Handschellen tragen und in uniformierter Begleitung sein?«

Krawczyk sah ihn ungläubig an.

»Kleiner Scherz. Dann müssen Sie zum KK 11. Ich sage eben Bescheid und lasse Sie abholen.«

Eine Viertelstunde später wurde Krawczyk ungeduldig. Er fixierte zum wiederholten Mal die Uhr, die deswegen aber auch nicht schneller ging, warf dem Mann an der Anmeldung einen finsteren Blick zu, worauf dieser nur entschuldigend die Hände hob, und überlegte, nach wieviel Minuten er wieder gehen konnte, um anschließend Susanne mit reinem Gewissen gegenüberzutreten – er war ja schließlich im Polizeipräsidium gewesen.

»Warten Sie auf mich?«

Erschrocken sah Krawczyk auf. Irgendwie schien die Damenwelt seine Gedanken lesen zu können und tauchte stets im unpassendsten Moment auf. Vor ihm stand eine Frau im grauen Kostüm, mit in einem dezenten Rot lackierten Fingernägeln und einer teuer aussehenden Perlenkette um den Hals. Die Kette war ein Stück zu lang, so daß das untere Ende im Ausschnitt der weißen Bluse verschwand.

»Das kommt drauf an«, erwiderte er vorsichtig.

Die Frau mit der Perlenkette ergriff die Initiative. »Dr. Winterthur. Ich arbeite bei den Ermittlungen zum Tode von Bachem mit.«

»Dr. Krawczyk«, sagte Krawczyk.

»Oh, ein Kollege? Entschuldigung, das wußte ich nicht. Dann wäre ich direkt heruntergekommen.«

»Leider nein. Ich bin bloß Physiker.« Ein schiefes Lächeln folgte. »An der hiesigen Universität. Teilchenphysik und dergleichen.«

»Dann verstehen Sie ja etwas von Details. Darauf kommt es bei uns ja ebenfalls an. Puzzleteile sind enorm wichtig, wenn man kein vollständiges Bild einer Sache besitzt, nicht wahr?«

Frau Dr. Winterthur machte munter weiter Konversation, bis sie in einem Büro in einem der oberen Stockwerke ankamen.

Susanne würde sicher Genaueres wissen wollen (»Im wievielten Stock?«), aber Krawczyk hatte seine Umgebung wie immer vergessen und sich statt dessen auf das kleine Gespräch konzentriert, das sich um die Zusammenhänge von Theorie (Physik) und Praxis (Polizei) gedreht hatte.

»So, bitte setzen Sie sich, und dann erzählen Sie mal, warum Sie zu uns kommen«, sagte Frau Dr. Winterthur.

Seine unrühmliche Rolle bei dem ganzen Geschehen verschwieg Krawczyk nicht. Gehorsam berichtete er vom vergeblichen Erwerb des Ferienhauses in Bad Münstereifel, von seinen Drohungen dem Bauern gegenüber und vom Streit in Neukirchen vor dem Haus des Ermordeten.

Und von seiner verschwundenen Freundin.

Frau Dr. Winterthur warf dem schmächtigen Physiker einen schwer zu deutenden Blick zu.

Entweder hält sie mich für einen Mörder, der zwecks Ablenkung zur Polizei kommt, um weiter als unschuldig zu gelten, oder sie tappt völlig im Dunkeln, dachte Krawczyk. Nur auf das Naheliegende, daß er nämlich vielleicht die Wahrheit sagte, kam sie wohl nicht.

»Und wo ist sie jetzt, Ihre Freundin?«

»Wieder da«, sagte der junge Mann.

Es war Sonntagabend, und Krawczyk sah sich gehetzt um. Das konnte doch nicht sein, das durfte einfach nicht sein, daß seine Freundin sich in Luft aufgelöst hatte! Ausgerechnet Susanne, seine Susanne, dieses harmlose Wesen, das keiner Fliege etwas zu leide tun konnte. Und wenn sie jetzt irgendwo im Nirwana steckte? Sonstwo im Weltall? Oder – noch schlimmer – im Limbus, dem katholischen Verweilraum für Seelen, denen der Zugang zum Himmel verwehrt war? Wobei sie sich dort jedenfalls nicht aufhalten konnte. Susanne war evangelisch.

Noch immer roch es verschmort, und irgendwo in der ganzen Versuchsanlage knisterte es.

Plötzlich versagten Krawczyk die Beine, und er ließ sich auf einen der Laborstühle fallen. Fieberhaft überlegte er, was er jetzt tun mußte.

Die Polizei anrufen?

Keine gute Idee; die hatte ihn ohnehin auf dem Kieker nach der Sache, die er sich mit Bachem geleistet hatte.

Professor Bretten kontaktieren?

Ebenso dumm. Der saß wahrscheinlich irgendwo in Wien in einem Kaffeehaus und beschäftigte sich mit seinem nächsten populärwissenschaftlichen Buch. Außerdem hatte Bretten keine Ahnung, welche Art Versuche Susanne und er gerade durchführten. Der war bestimmt keine Hilfe.

Hilfe holen?

Aber von wo? Der Hausmeister, ein freundlicher polnischer Mitbürger, war sonntags bestimmt nicht im Gebäude. Und auch sonst hörte Krawczyk nichts, keine Schritte auf dem Flur von Kommilitonen, kein Lachen von der Straße von Kommilitoninnen, nicht einmal Vogelgezwitscher aus einem der beiden Bäume hinter dem Haus.

Anscheinend hatte der Versuch ja funktioniert, sonst wäre Susanne ja nicht weg. Das Problem bei dieser Art von Labortests lag immer darin, den jeweiligen Test reproduzierbar zu machen. Aber wie sollte das gehen, wenn *nach* dem Versuch die Hälfte der Geräte unbrauchbar geworden war? Und die eine Hälfte der Labormitarbeiter verschwunden war?

Er seufzte und rieb sich die Augen.

Etwas knisterte. Nein, es knisterte nicht; etwas schabte.

Wohl eine der Labormäuse, vor denen sich der eine oder andere gruselte – ja, er hatte schon Studenten auf Stühle klettern sehen, wenn wieder eines dieser flinken Tierchen vorbeifegte.

Jetzt knarrte eine Tür.

Krawczyk gähnte. Die Geräuschkulisse von Horrorfilmen hatte ihn noch nie sonderlich erschüttert. Was sollte jetzt noch groß passieren? Der Größtmögliche Anzunehmende Unfall hatte sich ja schon ereignet – Susanne war weg.

Langsam öffnete sich die kleine Tapetentür in der Wand, hinter der ausgedienter Kram aufbewahrt wurde. Eine Hand griff um das Türblatt.

Krawczyk erstarrte.

Frau Dr. Winterthur hörte angespannt zu. Sie war auf die Kante ihres Stuhls gerutscht, eine Hand an der Perlenkette, wie um sie vor einem Zugriff zu schützen, die andere um ein Wasserglas auf dem Tisch vor ihr. »Nun machen Sie es doch nicht so spannend«, sagte sie. »Das ist ja kaum auszuhalten.«

Krawczyk hatte eine seiner Kunstpausen eingelegt und ebenfalls zu seinem Glas gegriffen. »Moment«, sagte er undeutlich. »Geht gleich weiter. Ich hatte nur einen etwas trockenen Mund.« Er nahm einen tiefen Schluck und setzte das Glas wieder ab.

Die Hand kam Krawczyk vage bekannt vor. Genauer gesagt, ziemlich bekannt. Oder sogar ganz bekannt. Selbst der stets blau lackierte Nagel des Ringfingers war vorhanden.

»Mach das nie wieder!« sagte er und wischte sich mehrere Tropfen Schweiß von der Stirn.

Susanne trat ganz aus der Tür und grinste. »Das war jetzt eine preiswerte Lektion für dich, lieber Konrad.«

Krawczyk seufzte erleichtert. Susanne war wieder bei seinem Vornamen angelangt.

»Ich fand einen kleinen Denkzettel nötig. Den hast du dir auch wirklich verdient, so bescheuert, wie du dich verhalten hast. Warum hast du nichts von deiner an sich schönen Idee mit dem Ferienhaus gesagt? Wir Frauen besitzen ja durchaus eine euch Männern abgehende Intuition, die dich wahrscheinlich vor der ganzen Sache bewahrt hätte.«

Krawczyk sah sie schuldbewußt an. »Du hast ja völlig recht.«

»Und an deinem hitzigen Temperament mußt du noch arbeiten. Wobei mir ein Choleriker immer noch lieber ist als ein Phlegmatiker. Der säße ja zu Hause nur im Sessel und läse Zeitung.«

»Das wird mir jetzt zu ausführlich«, sagte Frau Dr. Winterthur. »Sie fühlen sich also eigentlich unschuldig, oder?«

Der Physiker nickte vorsichtig. Er nahm einen kleinen Schluck aus dem vor ihm stehenden Glas mit Wasser, um seine Kehle anzufeuchten.

Ein Handy klingelte.

Krawczyk holte schuldbewußt sein Telefon aus der Tasche, das aber keine Töne von sich gab.

Frau Dr. Winterthur griff zu ihrem Gerät und las eine SMS. »Aha«, sagte sie dann und fixierte ihr Gegenüber. »Was für ein Auto besitzen Sie?«

»Wieso? Einen alten Skoda. Wofür ist das wichtig?«

»Farbe?«

»Blau. Allerdings etwas verblichen inzwischen. Der Wagen ist schon älter.«

»Da haben Sie aber Glück gehabt. Am Tatort sind grüne Lackspuren gefunden worden.«

»Ist doch logisch«, sagte Krawczyk. »Der Bauer besaß doch einen grünen Land Rover.«

»So«, Frau Dr. Winterthur warf einen Blick auf ihre kleine Uhr, die auf einem goldenen Armreif saß. »Ich denke, Sie können wieder gehen. Aber halten Sie sich noch zu unserer Verfügung.«

Der Paragraph zum letzten Satz fehlte, dachte Krawczyk und wollte schon aufstehen, als ihm noch etwas einfiel. »Da ist doch noch etwas.«

Die Beamtin sah ihn nachdenklich an. So weitschweifig, wie der Physiker erzählte, hatte sie eigentlich keine Lust mehr, ihm weiter zuzuhören. Aber Bürgernähe war auch wichtig, also sagte sie bemüht freundlich: »Nämlich?«

»Als ich vom Hof fuhr, als es dem Bauern schon so schlecht ging, kam mir ein gelber Ferrari entgegen, der tatsächlich einen Firmenschriftzug trug, wodurch natürlich der Eindruck, den er machen sollte, konterkariert wurde. Auf der Fahrertür war in roter Schrift irgend etwas mit *Immobilien* zu lesen. Und ein Name.« Er machte eine Pause und überlegte angestrengt. »Warten Sie mal. Gleich hab' ich's.« Krawczyk studierte abwesend die Nägel seiner linken Hand.

Frau Dr. Winterthur versuchte, ihm beim Nachdenken zu folgen. Als sie schon aufgeben wollte und Anstalten machte, die Befragung zu beenden, hob der Physiker seinen Kopf.

»*Eichenscheid*. Oder wenigstens so ähnlich.«

Völlig aufgelöst

M*ontag, 30. Mai 2016 – Bonn.* »Du meinst, der Bauer«, sagte Krüger, der nicht verstand, warum seine Freundin jetzt von einem zu Tode gekommenen Geistlichen sprach.

»Nein, nein«, widersprach Carmen. »Ein Pfarrer.«

»Jetzt komme ich gar nicht mehr mit. Ein neuer Toter?«

Seine Freundin nickte. »Hab' ich jedenfalls von Markus gehört.«

Der Kriminalhauptkommissar sah sie irritiert an. »Von Markus? Markus Schneider? Ich dachte, der ist in der Provence?«

»Ist er ja auch. Aber es gibt auch dort Telefone. Jedenfalls hat er angerufen, weil er uns zu seinem Geburtstag im Sommer einladen wollte, und bei der Gelegenheit erzählt, Kaul habe ihm erzählt, daß er jetzt auch noch ›einen Pfarrer am Hals hätte‹.«

Krüger grinste. »Ich stelle mir das gerade wörtlich vor. Na ja, immer noch besser als ein Dobermann am Bein.«

Carmen kicherte.

»Hat er Näheres berichtet?«

Sie schüttelte den Kopf. »Falls dich das interessieren würde, könntest du ja den normalen Dienstweg einhalten.«

»Tue ich auch. Ich frage einfach Kevin.«

Beaumont war in seine Wohnung gefahren, um sich umzuziehen und vor allem seine aktuellen Schuhe, die vom Merzbacher Waldboden etwas in Mitleidenschaft gezogen worden waren, gegen saubere umzutauschen. Er wollte schon seine Wohnungstür in der Bonner Südstadt wieder abschließen, als das Telefon klingelte.

»Kevin, bist du allein zu Haus?« Krügers sonore Stimme drang in sein Ohr.

»Har, har«, sagte Beaumont. »Über den Witz lacht doch seit meiner Schulzeit niemand mehr.«

»Na ja, du hättest ja auch zu zweit sein können.«

»Und dann hättest du wieder aufgelegt?«

»Nein. Ist aber auch egal. *Anyway*, weißt du etwas über einen toten Pfarrer?«

»*No, Sir.* Evangelisch oder katholisch?«

»Warum möchtest du das jetzt wissen?«

»Nun«, Beaumont räusperte sich, »wenn der Abgelebte evangelisch war, hat er wahrscheinlich Familie, die dann benachrichtigt werden muß. Wenn er tot ist, meine ich. Ist er dagegen katholisch, muß nur die aufgelöste Haushälterin informiert werden. Und die Kirche spart Geld, weil die Haushälterin ja keine Witwenrente kriegt.«

»Gar nicht zynisch, oder?«

»Es ist, wie es ist«, sagte Beaumont. »Die katholische Kirche wußte schon immer sehr gut ihren Schotter zusammenzuhalten. Aber frag doch einfach Kaul, der ist doch immer bestens informiert.«

»Mach' ich gleich. Und was machst du noch?«

Beaumont berichtete von seinem Besuch im Wald und dem Fund des kleinen Objekts, das er nicht identifizieren konnte.

»Vielleicht kannst du das mal Carmen zeigen. Die weiß eigentlich immer alles.«

»Gute Idee. Ich schicke dir gleich ein Foto auf elektrischem Weg. Und jetzt muß ich ins Präsidium, damit Mesmer nicht alles alleine machen muß.«

Krüger gluckste. »Mesmer allein zu Haus. Das kann nicht gutgehen.«

Kaul war in seinen Bildschirm vertieft, zumindest in den rechten der drei, die vor ihm auf seinem Schreibtisch standen. Auf dem mittleren war Google Maps aufgeschlagen, und Kaul hatte sich die Entfernungen zwischen einigen Orten anzeigen lassen. Im linken Bildschirm war die Eröffnungsseite des Intranets zu sehen, das die Rechner im Polizeipräsidium miteinander verband. In regelmäßigem Abstand klappte ein Fenster auf, wenn eine neue E-Mail einlief.

Der Kommissar seufzte. Ein weiterer Toter, ausgerechnet ein harmloser Geistlicher, und ausgerechnet er hatte in aller Eile für Mesmer eine weitere Mordkommission zusammenstellen müssen; Mesmer alleine war dazu nicht in der Lage. Farnschläger hatte die Kommission mit dem Hinweis, er müsse direkt Krügers Vertreter zuarbeiten und könnte es sich daher nicht leisten, das Präsidium zu verlassen, nicht leiten wollen, so daß wohl oder übel Paulsen in den sauren Apfel hatte beißen müssen. Und dabei war die Personaldecke ohnehin viel zu knapp. Wenigstens hatte Mesmer ihm erlaubt, den Kollegen Schumacher aus der Mordkommission Jojoba abzuziehen und bei sich einzusetzen.

Auf dem rechten Bildschirm war der Lebenslauf des ermordeten Geistlichen zu lesen: Jahrgang 1940, Priesterweihe 1967 nach dem Studium der Katholischen Theologie in Bonn und Würzburg, einige Jahre im Ausland, dann Dienst bis zur Pensionierung an der Pfarrkirche St. Rochus in Duisdorf.

Kaul rechnete. Der gute Mann hatte kurz vor seinem Ableben seinen 76. Geburtstag gefeiert. Wer um Himmelswillen brachte denn einen alten Mann um? Der Himmel war wahrscheinlich auch ohne ihn schon voll genug. Und falls katholische Geistliche dort noch aufgenommen wurden.

Kaul räusperte sich innerlich. Das war jetzt sehr böse gewesen. Die Mehrzahl aller katholischen Priester waren wahrscheinlich ehrenwerte Leute. Wo hatte Pfarrer Hans-Otto Wienand eigentlich gewohnt? Irgend jemand mußte ja dahin und sich umhören. Der Computerspezialist las weiter. Schließlich fand er, was er gesucht hatte.

Hankelstraße. Dort wohnte beziehungsweise hatte der verstorbene Pfarrer seit fünfundzwanzig Jahren gewohnt.

Kaul wandte seinen Blick dem mittleren Bildschirm zu und ließ sich die Straße anzeigen. Wie es aussah, umschloß sie von drei Seiten Reihen- und Mehrfamilienhäuser, zwischen denen ein kleiner, baumbestandener Platz lag, den man über eine Stichstraße erreichte. Alle vier Straßen hießen Hankelstraße.

Kaul schüttelte den Kopf über so viel phantasielose Namensgebung. Aber die Wege der Behörden waren unergründlich …

Die Straße im Norden des gerade betrachteten Gebiets war übrigens die Fahrenheitstraße.

Kaul stutzte. Den Namen hatte er ja vor kurzem im Zusammenhang mit einem anderen Mordfall gelesen. Er rief die Liste der aktuellen Ermittlungen auf den Bildschirm. Richtig, in der Akte Bachem war es festgehalten: Katharina Markenbeck wohnte in der Fahrenheitstraße.

Krüger sah zu Carmen auf, die ihn mit verschränkten Armen betrachtete. »Ich dachte, du hättest ein paar Tage Urlaub, oder?«

»Habe ich ja auch. Aber ich kann doch meinen Patenjungen nicht im Regen stehen lassen, wenn Kollege Mesmer die Ermittlungen leitet.«

»Kevin wird schon nicht so schnell naß. Der kann sich ganz gut alleine helfen lassen.« Sie sah ihn mit leicht schief gelegtem Kopf freundlich an. »Ich glaube eher, daß du deinen kriminalistischen Spürsinn regelmäßig füttern mußt, damit er nicht verkümmert.«

Krüger zuckte zusammen. Manchmal schoß Carmen sprachbildnerisch weit übers angepeilte Ziel hinaus. »Graue Zellen muß man pflegen, oder?« entgegnete er etwas müde.

»Damit die blauen nach deinem täglichen Weingenuß nicht überhand nehmen?«

Krüger winkte ab und ging nicht weiter sie ein. »Ich rufe jetzt Kaul an. Informationen aus erster Hand sind immer die besten.«

Kaul stand auf, um Paulsen ein paar Zimmer weiter über die Adresse des toten Pfarrers zu informieren, als sein Telefon klingelte. »Ach, du bist's«, sagte er zur Begrüßung.

»Was weißt du über einen toten Pfaffen?« fragte Krüger, statt auf Kauls lakonischen Satz einzugehen.

Sein Kollege hatte keine Lust, auf die ungenaue Frage mit einer Scherzantwort zu reagieren. Er listete seinem *richtigen* Chef, wie er befriedigt dachte, alle bisher gefundenen Informationen zu Pfarrer Wienand auf, wobei er sich die Straßennamen bis zum Schluß vorbehielt.

»Wie bitte?« fragte Krüger ungläubig. »Jetzt habt ihr schon zwei Tote in der gleichen Straße?«

»Nicht ganz. Bachem wohnte um die Ecke, neben Frau Markenbeck.«

»Weiß man schon, wie der gute Mann zu Tode gekommen ist?«

»Das Messer steckte nicht mehr«, wagte Kaul einen Witz.

»Also mit einer Stichwaffe. Das paßt aber nicht zum toten Bauern.«

»Nein. Ich sagte nicht, daß der Geistliche erstochen worden ist. Ich habe nur gesagt, daß das Messer nicht mehr steckte.«

»Ach, du wolltest lustig sein. Sorry, habe ich nicht sofort mitbekommen. Also nochmal: Habt ihr schon eine Todesursache?«

»Haben wir noch nicht. Ich ruf' dich an, wenn wir aus der Rechtsmedizin Näheres wissen.«

»Danke.« Krüger wollte schon auflegen, als Kaul noch etwas einfiel.

»Soll ich wieder zur Obduktion gehen oder machst du das dieses Mal?«

Krüger wurde heiß. Leichenöffnungen gehörten nun mal zum Geschäft eines Kommissars dazu; aber er konnte gut darauf verzichten. Außerdem war ihm das Zusammentreffen von 2010 mit Professor Altendorf, dem Rechtsmediziner, beim Fall der zu Tode gekommenen Theologieprofessoren noch bestens in Erinnerung. Eine weitere Begegnung 2015 im Falle des ermordeten Rheinbacher Lehrers war nicht besser verlaufen. Dann entspannte er sich aber wieder. »Nee, mein Lieber, ich ganz bestimmt nicht. Ich bin ja gar nicht da. Ich arbeite momentan in Wiesbaden. Frag mal Mesmer.« Damit legte er auf.

Kaul starrte den Hörer an, bis er ihn in die Halterung zurücksteckte. Nun auch noch eine Obduktion am Hals – Mist. Warum konnte man nicht darauf verzichten? Es reichte doch, wenn der

Rechtsmediziner einem sagte, wie der Tote zu Tode gekommen war. Ohnehin war es besser, wenn die Mörder ihre Opfer in Salzsäure auflösten, dann fiel die Obduktion nämlich flach.

Die Wahl der Waffen

F*reitag, 24. August 1979 – Rheinbach-Neukirchen.* Johanna und Martin standen wie versteinert vor der Jeans; es hatte ihnen die Sprache verschlagen. Schließlich löste sich die Wirtstochter aus ihrer Erstarrung und trat neben Martin. »Was machen wir jetzt?«

»Keine Ahnung«, sagte Martin wahrheitsgemäß.

Johanna legte den Kopf schief und versuchte, seine Gedanken zu erraten, gab aber schnell wieder auf. Zwar kannte sie Martin jetzt schon über einen Monat, aber noch immer fiel es ihr schwer, seine Gefühle seinen Gesichtszügen zu entnehmen. Er war schon ein verschlossener großer Junge. Nur bei einer Sache war sie ganz sicher: Mit ihm wollte sie alt werden.

»Du denkst aber auch, daß das Blutflecken sind, oder?«

Dieses Mal wurde Johanna aus ihren Gedanken gerissen. »Schon«, sagte sie langsam. »Was soll es sonst sein?«

»Lehm, Farbe, was weiß ich.«

»Und die Hose ist zerrissen. Warte mal«, Johanna überlegte. »Was stand noch mal auf dem Zettel, der aus Bachems Aktenordner gefallen war?«

»*Gürtel*, *Schwarzweißfoto* und *zerrissene Jeans*.«

»Mann, hast du ein Gedächtnis.«

»Da ist ja auch momentan nicht so viel drin, ein paar landwirtschaftliche Begriffe, ein paar Abschnitte über das sachgemäße Führen von Bauernhöfen und Hunderte von Synonymen für Herz, Schmerz, Liebe und dergleichen.«

Johanna lachte. »Das hast du nett gesagt.« Übergangslos wurde sie wieder ernst. Sie bückte sich. »Guck mal hier«, sagte sie und deutete auf eine Öffnung in der Jeans oberhalb des linken Knies. »Das würde ich aber nicht *Riß* nennen. Das sieht eher so aus, als habe jemand mit einem spitzen Gegenstand den Stoff dort durchtrennen wollen und sei an seiner Dicke gescheitert. Und hier. Und hier auch.«

Martin war neben ihr in die Knie gegangen und betrachtete die Jeans. »Stimmt. Als ob jemand die Hose hätte zerkleinern wollen.«

»Zerschneiden«, verbesserte ihn seine Freundin. Sie stand wieder auf, legte ihre rechte Hand ans Kinn und sah in den Himmel.

Martin ließ sie in Ruhe und verfolgte lieber von den Füßen bis zu den Haaren ihre schöne Silhouette, die von der Seite wie ein wunderbares, in die Höhe gezogenes S aussah, mit zwei Schwüngen an den richtigen Stellen.

»Ich kann sehen, wohin du siehst«, sagte Johanna plötzlich.

Der junge Mann wurde rot und drehte sich um. »So besser?« fragte er über seine Schulter.

»Laß mal gut sein«, sagte sie freundlich. »Du kannst immer gukken. Aber weißt du, was ich mir gerade überlegt habe?«

Martin schüttelte den Kopf energisch, daß seine Locken flogen.

»Wenn es Bachems eigene Jeans gewesen ist und er sie hätte aussortieren wollen, dann hätte er sie doch einfach in die nächste Mülltonne werfen können, oder?«

»Stimmt.«

»Wenn es die Jeans von jemand anderem gewesen wäre, dann hätte der sich doch genauso verhalten, oder?«

»Stimmt ebenfalls.«

»Warum also hebt der Bauer, wenn seine Schwester recht hat und es nicht ihre ist, diese Jeans auf?«

»Keine Ahnung.«

»Die von der Schwester ist es jedenfalls nicht, wobei sie die Hose auf diesem Wege ja unauffällig hätte loswerden können; die Jeans paßt ihr auf keinen Fall. Obwohl sie bei ihr mit dem Hosenträger schon gehalten hätte, oder?«

Martin lachte. Dann bückte er sich wieder und nahm das Kleidungsstück mit spitzen Fingern auf. Innen am Bund war das übliche Etikett eingenäht. »32/32«, las er vor. »Das entspricht ungefähr der deutschen Größe 46, für etwas kleinere Männer. Ich habe 34/36, womit ich etwas größer sein dürfte als der ehemalige Besitzer. Und Bachem hat Größe 52, das steht jedenfalls in der Arbeitshose, die in der Scheune hängt. Damit scheidet er als Besitzer dieser kaputten Jeans aus.«

Das war eine ziemlich lange Rede für ihren Freund, fand Johanna. Sie sah ihn bewundernd an. »Was wolltest du nochmal werden? Detektiv?«

Martin grinste. »Mal sehen. Erst einmal Hausbesitzer, damit wir ein vernünftiges Dach über den Kopf bekommen.«

Johanna schmiegte sich an ihn. »Und dann? Was ist mit deinem Studium?«

»Mal sehen.« Das Thema war ihm jetzt peinlich, zumal er keine Ahnung hatte, wie es mit Johanna weitergehen sollte. Und irgendwo gab es auch noch seine Eltern, die vielleicht auch ganz gerne wüßten, was er mit seinem Leben vorhatte.

Die Wirtstochter warf ihm einen Seitenblick zu. »Meinetwegen. Dann reden wir später darüber.«

»Zurück zur Jeans«, sagte Martin. »Was machen wir jetzt?«

»Das hast du vorhin auch schon gefragt. Ich weiß es aber nicht.«

»Aber ich weiß, was diese Jeans in letzter Konsequenz bedeutet: So viel Blut, wie da drauf ist, und ich denke schon, daß das etwas ältere Blutflecken sind – das kann keiner, der da drin gesteckt hat, überlebt haben.«

Es war Nacht geworden. Dieses Mal hatte der Student tatsächlich abgeschlossen. Bachem hatte Mühe, mit seinem Schlüssel das Schloß zu treffen; erst beim vierten Anlauf war er erfolgreich. Sein leises Hin- und Herschwanken begünstigte das Ganze nicht gerade; dabei hat er nur fünf Kölsch, fünf Klare und – weil er Durst hatte – noch zwei Kölsch getrunken. Widerspruchslos hatte ihn der Wirt der »Vier Winde« bedient, wenn die beiden sich auch sonst nicht viel zu sagen hatten. Schließlich war der Bauer in seinen Range Rover geklettert und ziemlich sportlich die kurze, kurvenreiche Strecke nach Hause gefahren.

Noch ein letzter Blick auf seine Neuerwerbung, dann würde er befriedigt ins Bett sinken.

Auf unsicheren Füßen ging Bachem den Flur entlang zum Wohnzimmer. Er öffnete die Tür leise und schloß sie wieder hinter sich, um den Studenten oben nicht zu wecken. Außerdem ging seine nächtliche Lektüre den jungen Mann nichts an. Er hatte kein Licht eingeschaltet, so daß er prompt über einen Stuhl vor seinem Schreibtisch stolperte. Ärgerlich stellte er den Stuhl zur Seite und drückte auf den Knopf der kleinen Lampe links neben der Schreibtischunterlage, woraufhin die Oberfläche in einen gespenstisch-gelben Schein getaucht wurde. Wahrscheinlich mußte er in den sauren Apfel beißen und eine dieser teureren Halogenlampen kaufen, die aber wenigstens vernünftiges Licht gaben und das vor allem länger als die alten Glühbirnen, die dauernd kaputtgingen.

Ächzend ließ er sich in den Schreibtischstuhl fallen. Verdammt, er war wirklich außer Atem. Vielleicht sollte er seinen neuen grünen Range Rover den Sommer über einmotten und nur noch Fahrrad fahren.

Wo war nochmal der Aktenordner mit der neuen Urkunde? Links unten.

Bachem bückte sich, öffnete die Schreibtischtür und griff zielstrebig hinein. Gewöhnlich stand der Aktenordner ganz rechts. Aber was war das?

Jemand hatte den Ordner auf den Kopf und in die Mitte gestellt, so daß die auf gleicher Höhe stehende Etikettenreihe der fünf Aktenbehältnisse unterbrochen worden war. So betrunken konnte er ja bei der letzten Durchsicht seiner Schätze nicht gewesen sein. Er war das nicht gewesen. Ganz bestimmt nicht. Sehr merkwürdig.

Bachem holte den Ordner hervor und legte ihn auf den Schreibtisch. Er begann zu blättern.

Die neue Urkunde über den Grundstückskauf jedenfalls war dort, wo sie sein sollte. Er nahm sie aus der Klarsichthülle und las sie befriedigt ein weiteres Mal durch. Er wollte schon alles wieder wegpacken, als ihm noch etwas einfiel.

Irgendwo mußte doch der Zettel sein, den er bei diesem Jungen aus Aachen gefunden hatte. Er hatte ihn hier versteckt, aus dem unbestimmten Gefühl heraus, daß er ihn noch einmal brauchen könnte. Bedächtig blätterte er die Urkunden durch, wurde aber nicht fündig.

Ein zweites Mal.

Auch jetzt fand er nicht, wonach er suchte.

Bachem wurde hektischer und forschte ein drittes Mal nach der Aufstellung des Physikstudenten in den Klarsichthüllen, die die zum Teil mehrseitigen Dokumente des Notars in ihrem unverständlichen Deutsch enthielten, dazu Rechnungen des Immobilienmaklers und Grundrisse sowie Unterlagen in Kopie vom Katasteramt.

Er fluchte.

Verdammt, wo war denn dieser blöde Zettel nur? Wütend trat er gegen den Schreibtisch, den er von seinem Vater übernommen hatte.

Mit hochrotem Kopf schließlich feuerte er den Ordner in eine Zimmerecke und stand so abrupt auf, daß der Schreibtischstuhl umkippte. Als er ihn wieder aufrichten wollte, ergriff er mit der Lehne zusammen ein kleines Stückchen Pappe, das auf dem Teppich gelegen hatte.

Bachem trat noch einmal an den Schreibtisch und hielt den rechteckigen Karton, der nur unwesentlich länger als eine Streichholzschachtel war, ins Licht.

Es war eine abgestempelte Fahrkarte von Bonn nach Rheinbach, datiert auf gestern.

Martin konnte nicht einschlafen. Unruhig wälzte er sich hin und her. Wirre Gedanken schossen durch seinen Kopf. War Bachem ein Mörder? Sollte er lieber schnell von hier verschwinden und woanders arbeiten? Sollte er bei Ursulas Kind irgendwann einen Vaterschaftstest verlangen, damit er möglicherweise um die Zahlung von Alimenten herumkam? Obwohl er nicht glaubte, daß seine Ex-Freundin ihn betrogen hatte.

Und vor allem: Wollte er Johanna heiraten?

Schließlich schaltete er das Licht wieder ein und beschloß, eine halbe Stunde zu lesen; vielleicht konnte er dann einschlafen. Vorher wollte er aber noch etwas trinken.

Martin schlüpfte in seine Pantoffeln. Barfuß herumzulaufen, gefiel ihm nur draußen, wenn es trocken war. Leise ging er die Treppe hinunter, die natürlich an den üblichen Stellen wieder knarrte.

Als er im kleinen Flur das Wohnzimmer passierte, fiel drinnen ein Stuhl um.

Jemand fluchte unterdrückt.

Martin schlich auf Zehenspitzen in die Küche. Er hatte keine Lust, dem Bauern in seinem aktuellen Zustand über den Weg zu laufen, zumal er mit sich uneins war, ob er nach der Geschichte mit der Jeans noch länger in diesem Eifeldorf bleiben sollte. Westfalen besaß ja auch ganz schöne Bauernhöfe; vor allem war er mit Johanna dort ungestört, und ihr Vater, der jetzt doch sehr autoritäre Züge an den Tag legte, war dann weit weg.

Martin goß sich ein Glas Wasser ein und trank in tiefen Zügen.

Im Wohnzimmer wurde etwas mit Wucht auf den Schreibtisch geknallt.

Der Student zuckte zusammen und blickte auf die Küchenuhr, die über der Anrichte hing. Viertel vor eins. Da hatte Johannas Vater sich aber großzügig gezeigt, wenn er seine Kneipe so lange offen gehalten hatte. Andererseits war Bachem bestimmt für einen ordentlichen Umsatz an Getränken gut.

Martin füllte ein zweites Glas mit Wasser und setzte gerade zum Trinken an, als die Wohnzimmertür aufging.

In seinem Leben war der Bauer erst zweimal Zug gefahren – das eine Mal in den Schwarzwald zu einer entfernten Tante, als er noch ein kleiner Junge war, das andere Mal wieder zurück –; alle Strecken über fünfhundert Meter legte er grundsätzlich mit einem Fahrzeug zurück, das er selbst lenken konnte und das Reifen besaß, entweder also mit seinem Traktor oder mit seinem geliebten Range

Rover. Daher mußte die Fahrkarte von jemand anderem stammen. Bestimmt von diesem Studenten, dem er Arbeit gegeben hatte, hilfsbereit, wie er nun mal war. Aber was hatte der junge Mann in seinem Wohnzimmer gesucht?

Bachem fluchte. Das kam davon, wenn man freundlich zu Leuten war, die man nicht kannte. Er rülpste. Außerdem hatte er Kopfschmerzen, und dann konnte er nicht klar denken. Jedenfalls nicht so komplizierte Sachen wie die mit der Fahrkarte und dem Studenten und …

Die Treppe nach oben knarrte.

Spionierte dieser Student jetzt auch noch des Nachts hinter ihm her?

Bachem ging zur Küche, um sich etwas zu trinken zu holen. Dort sah es aus wie immer, nur ein halbvolles Glas Wasser stand auf dem Tisch. Aha, der junge Mann hatte also bloß Durst gehabt.

Der Bauer ging zum Kühlschrank, in dessen Tür immer ein holländischer Genever stand, den er inzwischen auch in Rheinbach bei Kohlhas kaufen konnte. Er goß sich großzügig ein und leerte das Glas mit einem Schluck. Jetzt ging es ihm besser, und die Kopfschmerzen ließen auch nach.

Wo war er stehengeblieben?

Genau. Der Student, die Fahrkarte und der Aktenordner.

Die Fahrkarte gehörte bestimmt Martin, der hatte doch vor ein paar Tagen gesagt, daß er in Bonn etwas zu erledigen hatte. Das genaue Datum war Bachem wieder entfallen.

Da war doch noch etwas. Er überlegte.

Stimmt. Der Zettel dieses Physikstudenten nämlich, dem damals seine Neugier zum Verhängnis geworden war. Niemanden ging an, ob er, Josef Bachem, für das Verschwinden irgendwelcher junger Männer verantwortlich war. Und die Polizei hatte ihm nie etwas nachweisen können.

Er überlegte. Wenn also der aktuelle Student den Zettel besaß, dann konnte er sich mit Hilfe seiner Freundin bestimmt zusammenreimen, was es mit der handschriftlichen Aufstellung auf sich hatte. Die Freundin studierte ja auch, und solche Leute dachten einfach zuviel. Die fanden immer alles heraus.

Ihm würde wohl nichts anderes übrigbleiben, als auch diesen Studenten zu ... Wie hieß das neuerdings, wenn man den Müll wegbrachte? Stimmt. Entsorgen.

Gerade noch rechtzeitig hatte Martin es wieder in sein Zimmer geschafft, allerdings ohne die Pantoffeln, die er in der Hand hielt, um leiser auftreten zu können. Natürlich hatte die Treppe wieder geknarrt, aber das war eigentlich etwas, was er an alten Häusern schätzte – die klangen irgendwie organisch, selbstgemacht, gewachsen und waren nicht so tot, wie das der Fall bei Neubauten war. Dort machte rein gar nichts mehr Geräusche. Linoleum *schmatzte* höchstens, wenn man barfuß darüber lief.

Der junge Mann griff zu seinem Buch und blätterte bis zu der Seite, die er gestern mit einem Eselsohr versehen hatte, um zu behalten, ab wo es heute weiterging. Befriedigt versank er in *Die wunderbaren Jahre*. Reiner Kunzes Buch hatte es nach seinem Erscheinen 1976 zum momentan meistgelesenen Buch an den westdeutschen Universitäten gebracht, und Martin fand sich an diversen Stellen darin wieder.

Bachem stand vor dem Nachttisch neben seinem Bett. Er zog die oberste Schublade auf und studierte das Angebot. Die alte, seit Ewigkeiten nicht mehr gepflegte Weltkriegspistole seines Vaters lag neben dem etwa fünfunddreißig Zentimeter langen Hirschfänger, mit dem sein Großvater den unglücklichen Hirschen, die ihm über den Weg gelaufen waren, den Garaus gemacht hatte. Eine Schachtel mit Patronen für die Pistole verdeckte halb das Springmesser, das er gesucht hatte. Vorsichtig nahm er es heraus und ließ die Klinge ein paar Mal herausschnellen. Eine schöne Waffe, die ihm schon zweimal zuverlässige Dienste geleistet hatte. Sie würde das auch ein drittes Mal tun.

Martin war endlich eingeschlafen. Er lag mit offenem Mund auf dem Rücken und schnarchte. Die Nachttischlampe brannte noch, und die Lektüre lag aufgeschlagen auf seiner Brust, die sich gleichmäßig hob und senkte. Eine Ecke des Buches befand sich unter einer Falte der Bettdecke, so daß die Seiten leise raschelten, wenn der junge Mann wieder ausatmete.

Ohne daß er etwas bemerkte, bewegte sich die Türklinke. Sie neigte sich leise, dann öffnete sich die Tür.

Dieses Mal mußte er es etwas geschickter anstellen als beim letzten Mal, dachte Bachem. Vor allen Dingen durfte ihm nicht wieder ein Fehler wie der mit der Jeans unterlaufen. Oder der mit dem Foto, das dann jemand fand, den das nichts anging.

Dieses Mal konnte er allerdings nicht wieder die Schweine einsetzen, die widerspruchslos alles gefressen hatten, was er ihnen vors Maul gestellt hatte. Er hatte sich schweren Herzens von der kleinen Herde getrennt, nachdem die Hälfte vor einigen Jahren von der Schweinepest betroffen gewesen war. Wahrscheinlich hatte eines dieser verdammten Wildschweine die Herde angesteckt, als er sie auf der Wiese oben am Wald hatte laufen lassen.

Er brauchte also einen Plan, um die Leiche zu beseitigen. Ach ja, und dann war da noch das komische Auto des Studenten, der sich ausgerechnet für eine französische Marke entschieden hatte. Für Bachem kam nur ein Range Rover in Betracht. Und ziemlich viel später vielleicht noch ein Fahrzeug von VW. Alles andere war ausländischer Mist. Der Renault mußte also ebenfalls verschwinden.

Plötzlich hatte er eine Idee.

Der Bauer schlich auf Zehenspitzen an Martins Bett. Fast wäre er gestolpert, da der kleine Läufer vor der Schlafstatt eine Falte warf. Gerade noch rechtzeitig fing Bachem sich wieder und hob das Messer, dessen Schaft er mit der rechten Hand umklammerte.

Eigentlich schade. Der Student war doch ganz nett. Und er lernte schnell; aus ihm hätte ein guter Landwirt werden können.

Landwirt klang besser als *Bauer*. Diese Bezeichnung mochte Bachem nicht, vor allem nicht, weil für ihn Bauern immer als die fast letzten in der Hierarchie der Berufe kamen, kurz vor den Versicherungsmaklern.

Er zögerte. Vielleicht bildete er sich auch alles nur ein, dachte er. Und alles war ganz anders. Und der Student hatte keine Ahnung, mit wem er es zu tun hatte, sondern sah nur einen alltäglichen Mann vor sich.

Martin rührte sich im Schlaf, blieb aber auf dem Rücken liegen.

Lieber Vorsicht walten lassen. Wenn jetzt alles 'rauskam, dann bedeutete das lebenslänglich. Zumindest würde er uralt sein, ehe er aus dem Knast für Schwerverbrecher in Rheinbach wieder herauskäme. Und in Rheinbach einzusitzen, wenn er nur ein paar Kilometer weiter unbehelligt wohnen könnte ...

Bachem hob das Messer und ließ die Klinge herausspringen – ein scharfer, metallischer Laut, der Martin im Schlaf zusammenzucken ließ.

Der Student öffnete schlaftrunken die Augen. Im Halbschatten der Lampe sah er undeutlich jemanden vor sich stehen. Was hatte der denn bloß in der Hand? Aus dem Tiefschlaf gerissen, funktionierte sein Gehirn noch nicht wieder wie gewohnt. Ach, das war bloß Bachem. Aber was machte er um diese Zeit in seinem Zimmer?

Plötzlich war ihm alles klar. Der Bauer mußte irgendwie gemerkt haben, daß Johanna und er sich an seinem Schreibtisch zu schaffen gemacht hatten, und annehmen, daß nun alles herauskommen würde.

Martin hob abwehrend die Hände.

Aber es war zu spät.

Das Messer senkte sich und traf ihn direkt ins Herz.

Chemische Verbindungen

Montag, 30. Mai 2016 – Bonn / Bad Münstereifel. Krüger hatte Carmen untergehakt und zog mit der anderen Hand die Tür des Hauses am Venusbergweg zu, was eine kleine Verrenkung erforderte. »Ich habe Hunger«, sagte er.

»Soll ich einen Blick auf deinen Bauch werfen und dir dann zu einem Salat raten? Oder soll ich freundlich sein?«

»Bist du doch immer. Meistens jedenfalls.«

»Danke. Das gilt für dich auch; du hast ja nicht einmal meine beiden Fragen mit Ja beantwortet, wie sonst.«

»Hast du Lust, zu Matthieu's zu gehen?«

»Befiehl du«, sagte Carmen, »ich folge.«

Krüger unterdrückte ein »Vorwärts, marsch!« und ergriff stattdessen die warme kleine Hand seiner Freundin.

Die beiden bogen in die Schloßstraße ein und wurden fast von Beaumont umgerannt, der ihnen entgegenlief.

»Nicht so hastig, junger Mann«, sagte Krüger jovial. »Wohin des Weges?«

»Zu euch«, sagte der junge Kommissar etwas außer Atem.

»Gibt es was Neues?« fragte Carmen. »Oder habt ihr euch zur Abwechslung mal aufs Schurkenjagen verlegt?«

»Ja«, sagte Beaumont. »Aber das kann ich vielleicht besser bei einem Glas Wein erklären.«

»Bist du schon außer Dienst?« Krüger sah auf die Uhr. »Es ist kurz vor sieben.«

»Überstunden«, erklärte sein Patenjunge. »Ich habe immer welche, die ich abfeiern kann. Wo wolltet ihr eigentlich hin? Oder ist das bloß euer Abendspaziergang?«

»Essen«, sagte Krüger knapp. »Und das nicht zu knapp.«

»Lecker«, sagte Carmen. »Auch wenn es das Budget einer Universitätssekretärin übersteigt. Aber ich bin ja wie immer eingeladen.«

»Ich auch, oder?« fragte Krüger.

Beaumont grinste. »Macht das mit Langenargen aus; ich sage dazu gar nichts.« Er schob die kleinen Knochen der gebratenen Wachtelbrust auf dem Teller zusammen und legte das Besteck daneben. »Wunderbar. Wir sollten auch unsere Mittagspausen hierhin verlegen.«

Sein Patenonkel nickte. Sagen konnte er nichts, da er den Mund zu voll genommen hatte. Der Buchholzspeckmantel des Schweinefilets war aber auch zu wohlgelungen.

Carmen legte ihre Serviette zurück und sagte: »Hört doch mal auf zu essen. Und du, Kevin, erzählst jetzt mal, was es Neues gibt.«

Beaumont lehnte sich zurück, griff zum Weinglas und führte es zum Mund.

»Nicht ablenken«, sagte Krüger. »Einen deiner präzisen Berichte, bitte.«

Gehorsam setzte Beaumont das Glas wieder ab, behielt es aber in der Hand. »Wir haben endlich einen Verdächtigen«, sagte er und nahm dann in Seelenruhe einen größeren Schluck, den er im Mund hin- und herbewegte, bevor er ihn die Kehle hinunterlaufen ließ.

Carmen gluckste. Sie kannte die kleinen Plänkeleien, auch wenn sie sie manchmal ermüdend fand. Aber Jungs waren immer Jungs, egal, ob sie klein oder groß waren.

Beaumont stellte sein Getränk wieder neben den Teller. »Ich habe doch von diesem verplanten Physiker erzählt, Krawczyk, der zur Clique um Katharina Markenbeck gehört. Der war verdächtig, mit dem Mord an Großgrundbesitzer Bachem zu tun zu haben. Er hat das, sagte jedenfalls Frau Dr. Winterthur—«

»Die Perlenkette«, sagte Carmen.

Die Herren nickten.

»Entkräften können«, fuhr Beaumont zielstrebig fort. »Aus einem unbestimmten Gefühl heraus hat Frau Winterthur Krawczyks Trinkglas nicht gespült, sondern an die Spurensicherung gegeben, um seine DNA ermitteln zu lassen. Man könne ja nie wissen, sagte sie.«

»Darf die das denn?« fragte Carmen.

»Ist eigentlich egal«, sagte Beaumont. »Im Falle eines Falles muß man sie ohnehin neu feststellen lassen. Außerdem paßt die Spurbreite seines Autos nicht zu den Räderabdrücken am Tatort. Krawczyks Ausführungen jedenfalls müssen wir zwar noch überprüfen, aber ich glaube nicht, daß ein Fachmann der theoretischen Physik für praktische Tode in Frage kommt. «

»Kann ich mir auch nicht vorstellen«, sagte Krüger. »Aber im Leben gibt es die unwahrscheinlichsten Dinge, wie zum Beispiel …« Er überlegte angestrengt.

»Laß mal«, sagte Carmen. »Hör lieber deinem Patenjungen zu.«

»Dieser Krawczyk also«, nahm der Angesprochene den Faden wieder auf, »hat einen Ferrari gesehen, der auf Bachems Hof in Neukirchen einbog, als er ihn gerade verließ, den Hof, meine ich.«

»Wer jetzt?« fragte Krüger, dem aber wieder niemand zuhörte.

»Bestimmt die italienische Mafia«, sagte Carmen. »Die gibt es ja immer und überall. Aber wenn ich mich recht erinnere, waren es im letzten Herbst in der Provence eben *nicht* unsere italienischen Freunde, die den Mord begangen hatten.«

»Stimmt«, sagte Beaumont. »Die Mafia war es nicht. Also: Der Rennwagen gehört einem Immobilienmakler aus der Eifel, genauer gesagt, aus Bad Münstereifel. Momentan ist Farnschläger auf dem Weg dorthin, falls er nicht sogar schon dort angekommen ist.« Er sah auf seine Armbanduhr. »Schon neun. Dann ist er bestimmt schon dort.«

»Und warum ist der auf einmal verdächtig?« fragte Carmen.

»Ganz einfach«, antwortete Beaumont. »Kaul hat sich doch mit Bachems Besitztümern beschäftigt. Dem gehöre doch die halbe Eifel, sagte er.«

»Immer noch, wo er jetzt doch tot ist?« fragte Carmen.

Der junge Beamte aber überging den Einwurf. »Einen Großteil der Grundstücke und Häuser hat Bachem wohl über eine Immobilienfirma in Bad Münstereifel erworben. Vielleicht waren das unsaubere Geschäfte, vielleicht hat es Streit gegeben, vielleicht ist auch gar nichts dran – wir versuchen das gerade zu überprüfen. Jedenfalls müssen wir dazu den Makler erst einmal auftreiben.«

»Das dürfte bei einem Ferfari schwierig werden«, sagte Carmen trocken, »so schnell, wie der ist.«

Krüger gluckste. Wieder ein Wort für seine kleine Sammlung von Carmens Wortschöpfungen.

Beaumont versuchte, sich nicht zu verschlucken, weil er gerade wieder Wein im Mund hatte.

»Warum habt ihr eigentlich nicht R2D2 abgeordnet? Die sind doch bei der Verkehrspolizei und fahren so gerne Auto«, sagte Carmen. »Oder wie auch immer die Sparte der berittenen Kollegen heißt.«

Krüger lachte. »So einfach ist das auch nicht. Und wie ich Derenthal kenne, kennt der die Vorschriften, die Überstunden betreffen, sehr genau und legt sie sehr eng aus.«

Beaumont nickte. »Zu seinen Gunsten. Derenthal ist bestimmt schon zu Hause.«

Farnschläger wartete vor dem Immobilienbüro in Bad Münstereifel. Zum wiederholten Mal sah er auf die Uhr. Neben dem Firmenschild mit der eingelassenen Klingel hing ein kleiner Zettel mit dem Satz »Komme gleich wieder. Godot«. Farnschläger fragte sich, ob der Name polnisch, tschechisch oder französisch ausgesprochen wurde und ob der Träger des Namens männlich oder weiblich war und welche Funktion er in der Maklerfirma innehatte.

»Warten Sie auf mich?« Eine etwas zu hohe Männerstimme schreckte den Kommissar hoch.

»Herr Godot?« Farnschläger hatte sich für die deutsche Variante entschieden, betonte die erste Silbe und sprach das t mit.

Der Angesprochene lachte. »Ach das? Das ist ein Running Gag zwischen meinem Vater und mir gewesen. Oft, wenn einer von uns mit dem anderen verabredet war, kam etwas dazwischen und der zu Hause Gebliebene mußte länger als geplant warten. Manchmal ist der Erwartete auch überhaupt nicht gekommen. Nee, nee, mein Name ist Reifferscheid, Thomas Reifferscheid. Was kann ich für Sie tun?«

Dem Bonner Beamten sagte der Witz nichts. Er holte seine Messingmarke aus der Tasche und wies sich aus.

Reifferscheid wurde blaß, so blaß, daß Farnschläger es bemerkte.

»Ist Ihnen nicht gut? Keine Sorge, ich bin nicht Ihretwegen hier.« Kleine Lügen brachten manchmal die Wahrheit ans Licht, dachte er.

Der Makler fuhr sich mit dem Handrücken über die Stirn, auf der kleine Schweißperlen glitzerten. Mit einem merkwürdig rasselnden Geräusch zog er die Luft durch die Nase ein. Schließlich gab er sich einen Ruck. »Wollen Sie nicht hereinkommen und mir sagen, warum Sie hier sind?«

Farnschläger nickte. »Doch. Und außerdem hätte ich gerne ein Glas Wasser.«

Reifferscheid nickte, nahm den Post-it-Zettel vom Firmenschild ab und schloß die Haustür auf. »Gleich rechts«, sagte er freundlich und kicherte leise.

Der Kommissar sah ihn irritiert an. Nahm der Mann Rauschmittel ein? Aber warum sonst war der Makler so übertrieben jovial? Er schnüffelte vorsichtig im Hausflur. Nein, nach Haschisch roch es nicht. Er folgte Reifferscheid in ein kleines, etwas unordentliches Büro mit einem übervollen Schreibtisch, auf dem zu allem Überfluß auch noch ein vermutlich leerer Pizzakarton lag. Eigentlich gehörten italienische Teigwaren und ihre Behältnisse doch eher in Programmierstuben.

»Bitte«, sagte Reifferscheid, der aus der kleinen Küche nebenan zurückkam. Er stellte Farnschläger ein volles Glas Wasser hin. »Ist nur Wasser«, sagte er. »Sie können es unbesorgt trinken.« Er kicherte wieder.

Der Kommissar beschloß, mit der Tür ins Haus zu fallen. »Was haben Sie am Freitagabend in Neukirchen gemacht?«

»Mein Auto etwas bewegt«, sagte der Makler wie aus der Pistole geschossen. »War ja auch ein schöner Abend.« Sein Blick glitt unbewußt die Front des Büroregals hinauf, das links von Farnschläger an der Wand stand. Das Möbelstück war etwa zwei Meter hoch, so daß der Kommissar gerade noch auf das oberste Regalbrett sehen konnte.

Der Kripobeamte wandte seinen Blick wieder dem Makler zu. »Ich formuliere das mal etwas genauer: Warum haben Sie sich auf dem Hof von Josef Bachem aufgehalten?«

Reifferscheids Gesichtsfarbe verabschiedete sich gerade wieder und machte einer ungesunden gelblichen Blässe Platz. Wieder suchten seine Augen etwas auf dem Büroregal. »Wieso, ich, äh, ein Kunde ...« stammelte er und verlor dann den Faden.

Dieses Mal trat Farnschläger an das Regal und nahm vom obersten Brett die dort stehende Schachtel Würfelzucker herunter. Dahinter waren jetzt winzige weiße Krümel zu sehen.

Der Makler verfolgte regungslos seine Tätigkeit.

»Sie haben ja eine ganz besonders feine Sorte Zucker gekauft«, sagte Farnschläger und deutete auf das Regal. Dann öffnete er die Schachtel und nahm ein Stück Würfelzucker heraus. »Das scheint mir eine etwas gröbere Sorte zu sein«, sagte er und brach eine Ecke ab. »Stimmt. Die Kristalle sind größer.«

Reifferscheid stand immer noch ohne jede Bewegung da. Kein Mundwinkel zuckte; selbst sein Kichern hatte er eingestellt.

Der Bonner Kommissar befeuchtete einen Zeigefinger mit etwas Speichel und fuhr damit über das Regalbrett. Dann leckte er vorsichtig an seinem Finger, an dem kleine Pulverreste klebten. »Mhm, das scheint aber nicht von Pfeifer & Langen zu stammen. Das stammt eher aus einem Labor, in dem man sich mit Chemie und ihren Auswirkungen, nein, Verbindungen beschäftigt. Nennt sich, glaube ich, Benzoylecgoninmethylester, vulgo: Kokain und ist wahrscheinlich mit Levamisol gestreckt worden, einem Entwurmungsmittel für Hunde. Damit läßt sich das Aufkommen von Dopamin im Gehirn zusätzlich steigern. Für Hunde. Igitt.« Farnschläger schüttelte sich. »Und, hui, sind Sie high.« Er war zufrieden; die letzte Fortbildung zu den Straßendrogen hatte sich wieder gelohnt.

Reifferscheids Wangen trugen inzwischen einen hektischen Rotstich. »Na und?« fragte er.

»Ich frage mich gerade, ob Ihnen Ihr Einkommen aus Ihrem bürgerlichen Beruf nicht reicht und Sie es etwas aufbessern. Und ob Ihnen Bachem dabei geholfen hat.«

»Beweise?« fragte der Makler.

»Hier«, sagte Farnschläger und schob die Lage Würfelzucker in der Schachtel zur Seite. »Mögen Sie eins?« Er hielt Reifferscheid die Schachtel hin, in der neben und unter den Zuckerstückchen eine Tüte mit weißem Pulver lag.

Der Makler schüttelte den Kopf.

»Na, so fröhlich wie Sie waren, haben Sie wahrscheinlich schon Ihren Tagesbedarf gedeckt. Wie weit kommt man mit einer Tüte, und wo befindet sich der Nachschub? Bei Bachem vielleicht? Möglicherweise in seiner Scheune?«

Reifferscheid schüttelte noch immer den Kopf.

»Passen Sie auf, daß Ihnen nicht schwindelig wird. Jedenfalls müssen Sie auf Bachem verzichten. Der ist nämlich ermordet worden. Freitagabend, als Sie angeblich nur Ihr Auto bewegt haben. Aber wir haben einen Zeugen, der Sie auf dem Hof—«

Weiter kam er nicht. Reifferscheid stieß ihn zur Seite, warf geistesgegenwärtig noch einen Stuhl vor Farnschlägers Füße, so daß dieser nicht sofort folgen konnte, und rannte auf die Straße.

Fast sofort heulte draußen der mächtige Motor des gelben Ferraris auf, den der Kommissar gegenüber im Parkverbot vor den gotischen Spitzbögen im Erdgeschoß des Rathauses gesehen hatte.

Als Farnschläger endlich draußen war, sah er nur noch die Rücklichter des Rennwagens, der mit hoher Geschwindigkeit der Wertherstraße stadtauswärts nach Norden folgte. Ein zusammengeknülltes Knöllchen wehte über die Straße.

»Es gibt übrigens noch einen weiteren Zeugen für den Besuch des Immobilienmaklers auf Bachems Hof«, sagte Beaumont und stellte sein Glas wieder ab. Er hatte nicht mitgezählt und überlegte, ob es das dritte oder vierte Glas Wein war. Wahrscheinlich wußte er die korrekte Zahl, sobald er aufstand – von der Größe des Winkels bei seinem Schwanken von rechts nach links ließen sich sicher Rückschlüsse auf die konsumierte Alkoholmenge schließen.

Carmen gähnte. »Bestimmt euer Bauer mit Visitenkarten.«

Beaumont sah sie überrascht an. »Stimmt, aber woher …?«

Carmen gähnte erneut. »Sonst wohnen da doch keine Leute in dem Dorf, oder?«

Krüger lachte.

»Jedenfalls haben R2D2 in ihrem Bericht neben dem Autokennzeichen von Krawczyks Karre auch das von Reifferscheids Rennauto vermerkt; beide hatte der Landwirt Schmitz mit Datum und Uhrzeit notiert.«

»Und was sagt uns das jetzt?« Carmen gähnte ein drittes Mal. Sie war wirklich müde. Anscheinend schlauchten Wanderungen im Siebengebirge auch noch Tage später.

»Daß wir diesen Makler rasch auftreiben müssen, und sei es nur, um ihn aus unseren Ermittlungen auszuschließen«, sagte Krüger. Er ahnte nicht, wie schnell das gehen würde.

Das große Rennen

Montag, *30. Mai 2016 – Bonn.* Gäbe es einen stets um Neutralität bemühten Beobachter von Schurken und Helden zwischen Rhein und Eifel, so hätte dieser gerade beschlossen, sein Augenmerk weg von den Unterhaltungen in Bad Münstereifel und den Geschehnissen in Neukirchen nunmehr auf Bonn und damit auf ein neues Kapitel in dem Drama um verschwundene Männer, einsame Frauen und schnelle Autos zu richten. Er würde sich bestimmt dafür entscheiden, mit der Vogelperspektive zu beginnen, und erst allmählich die Ereignisse am Boden verfolgen.

Näherte man sich dem Bonner Norden von der Autobahnabfahrt Tannenbusch her, so passierte man linker Hand zuerst die Feuerwehr und ihre Kantine auf der Straßenseite gegenüber, eine Zweigstelle der Restaurantkette, die schon im Mittelalter von Angus McDonald im schottischen Hochland gegründet worden war. Er war aus einer der zahllosen Schlachten mit gegnerischen Clans als Sieger hervorgegangen und hatte die Großküche seiner Burg rasch in einen beliebten Gourmettempel umfunkioniert, für dessen Nachschub Dutzende von Rindern ihr Leben lassen mußten. Ihr kleingehacktes Fleisch ließ er mit Zwiebeln, altem Brot und Gewürzen vermischen und dann in kleinen, kreisrunden Pfannen über einem Feuer braten. Zu essen war immer besser als zu kämpfen. Der im Kampf unterlegene Clanchef, Ken McTucky, hatte das Land verlassen müssen und war in die Neuen Länder jenseits des großen Ozeans ausgewandert. Dort hatte er ein Konkurrenzunternehmen aufgebaut, das allerdings ausschließlich gebratene Hähnchen anbot. Den Namen des Landstrichs und seines Unternehmens hatte er kurzentschlossen zu Kentucky vereinfacht.

Fuhr man dann nach Osten weiter, erreichte man rasch den Verteilerkreis, an dessen gegenüberliegender Seite eine große Aral-Tankstelle lag, an der gerade Derenthal und Roselski ihren Dienstwagen mit Diesel versorgten. Der ältere Kollege unterhielt den jüngeren mit einer umständlichen Geschichte zur Herkunft der Fastfood-Imbisse, von der aber nicht zu erkennen war, ob sie schlecht ausgedacht war oder nur schlecht erzählt wurde – letzteres, dachte Roselski, sagte aber lieber nichts. Derenthal galt als empfindlich.

Die beiden Streifenpolizisten hatten in Ruhe in Rheinbach zu Abend gegessen, da beider Frauen an dem Abend verabredet waren und es zu Hause nur kalte Küche gegeben hätte. Sie hatten den Streifenwagen an einer Bushaltestelle gegenüber abgestellt und es sich bei »La Pastaria« gutgehen lassen. Immer wenn es etwas zu essen gab, achtete Derenthal nicht auf Dienstzeiten; dann war es ihm egal, ob es »schon nach fünf« war, wie er es sonst bei jeder passenden und unpassenden Gelegenheit formulierte.

Die Funkanlage im Streifenwagen quäkte. Die beiden Polizisten lauschten der Fahndungsmeldung zu einem gelben Ferrari mit dem amtlichen Kennzeichen EU–IR 1975 und einem auffälligen Firmenschriftzug in Rot an den beiden Türen.

»Die Leute haben keinen Geschmack«, sagte Derenthal. »Ein so schönes Auto und dann gelb und rot gestrichen.«

»Lackiert«, sagte Roselski. »Aber du hast recht. Hm, vielleicht verhält sich die Größe des Intelligenzquotienten der Besitzer solcher Autos umgekehrt proportional zum Hubraum der Motoren.«

»Hä?«

»Hat Krüger mal gesagt. Bezog sich, glaube ich, auf Farnschlägers Fahrzeug.«

Derenthal schüttelte den Kopf. Wie sein Kollege sich das alles merkte, was Krüger so von sich gab. Dabei half ihm das auch nicht, um seine Karriere etwas in Schwung zu bringen. Der Tank war wieder voll, und er zog die Zapfpistole ab. »Ich geh' mal bezahlen.«

Roselski nahm hinter dem Lenkrad Platz und wartete. Allmählich wurde es dunkel; es war auch schon viertel vor zehn, wie ihm ein Blick aufs Armaturenbrett verriet. Aus den Augenwinkeln nahm er im Rückspiegel eine gelbe Reflektion wahr, und nahezu zeitgleich schoß ein flaches Auto zwischen den Zapfsäulen durch und verschwand neben dem Tankstellenshop in einer schmalen Einfahrt. Das zwischen den Rücklichtern angebrachte Logo ahnte er mehr als er es tatsächlich sah – es war ein tänzelnder pechschwarzer Hengst.

Aus städtebaulicher Sicht war der Bonner Verteilerkreis kein Schmuckstück. Er war nur *Ausgangspunkt für* – in alle Himmelsrichtungen gingen Straßen ab. In der Mitte des kreisrunden Rasenstücks wies eine einsame, rostrote Stele ins Weltall; sie sah aus wie der überdimensionierte Zeiger einer Sonnenuhr, der seinen Standort hatte wechseln müssen und nun mitten im Grünen gelandet war, von fünfzehn mittelgroßen Bäumen umgeben. Bei einem Dutzend Bäume mit gleichem Abstand und entsprechendem Sonnenstand hätte man – aus der Vogelperspektive – die Zeit vielleicht noch ablesen können, vorausgesetzt, die Zwölf wäre irgendwie markiert gewesen. Bei der Tankstelle begann der Lievelingsweg, an dessen Anfang Reifferscheids heutiges Sehnsuchtsziel lag, das Bettenstudio »Sleeping Art«.

Der Makler war depressiv. Daß im Surround System des Ferraris ausgerechnet *I'm so lonesome I could cry* von den Cowboy Junkies lief, hob seine Laune nicht gerade. Außerdem war er todmüde und zweifelte an seinem Beruf, seiner Gesundheit und überhaupt an seinem Leben.

Der unabhängige Beobachter wüßte natürlich sofort, daß es sich bei dieser Art Symptome nur um Entzugserscheinungen handeln konnte. Es sei denn, der Protagonist war Politiker. Da war das alles normal.

Reifferscheid jedenfalls überlegte verzweifelt, wie er an das nächste Päckchen Koks kam. Pascal Waffenschmidt, sein Freund vom Outlet-Center in Bad Münstereifel und Mitbenutzer pulverisierter *Linien*, hatte ihm schließlich verraten, wo seine Quelle lag: in Bonn am Verteilerkreis. Dort arbeitete nämlich Antonio Lleras Huertas, Angestellter einer Reinigungsfirma, zu deren Kunden auch das Bettenstudio gehörte. Der Kolumbianer kam mit seinem Lohn nicht aus und hatte sich deswegen einen kleinen Nebenverdienst aufgebaut. Dabei half ihm die langjährige Geschäftsbeziehung der Firma für Betten, Matratzen und mehr mit seinem Heimatland, von wo sie preiswert Textilien und einige Designerartikel bezog. Kleinere luft- und geruchsdicht verpackte »Tütchen« fielen dabei nicht weiter auf. Es war leicht, das gute Image der Firma zu nutzen, um seine eigenen dunklen Geschäfte zu verschleiern.

Reifferscheid fuhr mit Schwung auf das Tankstellengelände und verfehlte trotz überhöhter Geschwindigkeit nicht die Rampe zur Rückseite von »Sleeping Art«, die ihm Pascal beschrieben hatte. Möglicherweise hatte er ja Glück und traf Huertas außerhalb der Geschäftszeiten noch an, vielleicht sogar beim Umfüllen des Pulvers?

Derenthal stieg auf der Beifahrerseite ein und ließ sich ächzend auf den Sitz fallen. In der Hand hielt er eine Tüte Chips und eine Dose Red Bull.

»Du krümelst mir bloß wieder das Auto voll«, maulte Roselski. »Und Red Bull ist nichts für dein schwaches Herz. Tu lieber etwas für deinen Kreislauf. Am besten sofort.« Er ließ den Motor an, gab Gas und stoppte fast sofort wieder hinter der Straßenecke vor dem Haupteingang des Bettengeschäfts. »Steig aus und komm mit, aber leise!« wies er seinen Kollegen an.

Derenthal folgte ihm verständnislos. Was Roselski wohl hatte? Langenargens Maxime, »immer im Dienst zu sein«, wie der Chef es mal als hehres Ziel der Polizei formuliert hatte, fand er viel zu anstrengend. Widerwillig lief er hinter seinem Kollegen her, der aber wieder zur Tankstelle zurückging. Woraufhin Derenthal gar nichts mehr verstand.

Roselski schlich langsam die Rampe zum Parkplatz hinter der Firma hinunter und sah sich um. Von den knapp zwanzig Parkplätzen waren nur drei belegt. Der gelbe Ferrari stand vor dem auf der Rückseite dreistöckigen Gebäude und war ziemlich schief vor einem unscheinbaren grauen Tor geparkt. Daneben führte eine gußeiserne Wendeltreppe zu einer Stahltür, die nur angelehnt war. Auf einem Fenstersims im ersten Stock stand ein großer Eimer mit der Aufschrift *Bitumen. Spachtelmasse.* Wahrscheinlich hatte ihn ein tagsüber dort arbeitender Handwerker vergessen.

»Pst«, sagte Roselski zu Derenthal und deutete auf die Tür. »Hinterher. Also ich. Du bleibst beim Auto, falls der Makler wieder wegfahren möchte.«

»Dafür benötigen wir aber einen Durchsuchungsbefehl«, sagte Derenthal und wies mit einer Kopfbewegung auf die Fenster des Matratzengeschäfts.

Daß sein Kollege immer so umständlich war, fuchste den jüngeren Polizisten. »D2«, sagte er etwas lauter als angebracht, »den brauchen wir nicht; schließlich ist Gefahr im Verzug!«

Reifferscheids Laune hatte sich entschieden verbessert. Anscheinend war der Kokslieferant mit dem musikalischen Namen, den er sich nicht merken konnte, noch da. Jemand rumorte irgendwo im Laden. Der Makler stieß vorsichtig die Stahltür vom Flur her auf und stand unvermittelt in einer großen Ausstellungshalle, die in zahlreiche höchst einladend aussehende Schlafzimmer und -ecken, die ineinander übergingen, aufgeteilt war. Staunend sah er sich um. Es gab normale Betten, Boxspringbetten mit und ohne Bettkasten, wie er einem Schild entnahm, Futons, hohe Betten, niedrige Betten, Schlafsofas, Nachttische mit und ohne Lampen, Schränke und immer wieder Bettdecken und Kissen in eleganten Farben, oft auch nur in grau und weiß. Und Tausende von Matratzen in jeder gewünschten Dicke. Alles sah viel besser als bei ihm zu Hause aus.

Etwas raschelte, das dann zu Boden fiel. Jemand fluchte unterdrückt. *»¡Madre de Dios!«* hörte der Makler. Ihm fiel sein Volkshochschul-Spanisch wieder ein und das auf dem Kopf stehende Anführungszeichen am Anfang eines Ausrufs, damit man beim

Lesen schon wußte, was kommen würde. Vorsichtig schlich er weiter und sah den langen Gang entlang, der parallel zur Front des Geschäfts verlief. An seinem Ende kniete eine untersetzte Gestalt vor einem Bettkasten und packte anscheinend etwas in einen Rucksack um.

Roselski sah sich anerkennend um. Es gab schon feine Sachen in der großen Ausstellungshalle. Besonders die dezenten Farben der Bettwäsche hatten es ihm angetan. Das Bettzeug seines elfjährigen Sohnes – ein schreiend buntes Spiderman-Merchandising-Produkt – kam ihm im Vergleich dazu höchst albern vor; kein Wunder, daß der Sprößling schlecht schlief und Alpträume hatte. Wieviel geruhsamer war es doch hier. Jetzt eine Runde schlafen! Er gähnte. Die neben einem breiten, blankpolierten Spiegel an der Wand hängende große Uhr zeigte auf einem analogen Zifferblatt kurz nach zehn an. Draußen war es jetzt dunkel geworden.

Der Kommissar nahm sich vor, hier auch mal etwas zu kaufen, wenn er das Alter erreicht hatte, in dem man seinen Rücken nur dann nicht mehr spürte, wenn man entweder während eines Parabelflugs schwebte oder eine neue rückenschonende Matratze sein eigen nennen konnte. Aber wahrscheinlich hatte auch das einen Haken: falls man den Rücken nicht mehr spüren wollte, mußte man so viel Matratze kaufen, daß man es doch wieder spürte – im Portemonnaie. Wobei schon seine Großmutter immer gesagt hatte, er müsse teurer kaufen, dann hielten die Dinge »dreimal so lange als wie normal«.

»*Buona sera*«, sagte Reifferscheid. Oder war das jetzt wieder Italienisch? Es war auch unklug von ihm gewesen, an der Volkshochschule im Sommersemester Spanisch und im darauffolgenden Wintersemester Italienisch zu belegen. Das konnte nur zu Verwechslungen führen.

Der Angesprochene sah kurz auf, erschrak und raffte zusammen, was vor ihm auf dem Boden lag.

Der Makler ging auf ihn zu. »*Scusi*, aber ich wollte gerne etwas kaufen. Pascal Waffenschmidt schickt mich.« Eigentlich kam er mit Höflichkeit stets weiter, bisher jedenfalls.

Rodrigo Lleras Huertas stand auf, schlang sich den Rucksack auf den Rücken und ging Reifferscheid entgegen. Als er ihm fast gegenüberstand, holte er aus und versetzte dem Makler einen Faustschlag in den Magen. Bei Fremden hatte Huertas' Großmutter ihm geraten, auf Nummer sicher zu gehen, was er stets zu beherzigen versuchte.

Reifferscheid sackte stöhnend zusammen, und der Kolumbianer rannte in Richtung der Flurtür zum Treppenhaus, das in den Hof hinunterführte.

Roselski trat ihm in den Weg.

Huertas stutzte und machte kehrt. Mit großen Schritten lief er zur gläsernen doppelten Eingangstür zurück, wo er aber auch nicht weiterkam, weil sich der Immobilienhändler inzwischen wieder erhoben hatte und mit verschränkten Armen auf ihn wartete.

»Nur *eine* Tüte, bitte!« sagte Reifferscheid.

»Nix Tüte«, antwortete Huertas und bewegte sich zur Flurtür zurück. Der Weg dorthin schien frei zu sein, weil der andere Mann nirgends zu sehen war.

Reifferscheid folgte ihm. »Ich zahle auch das Doppelte als wie sonst!« rief er.

Der Polizist war in Deckung gegangen; er hatte keine Lust auf eine körperliche Auseinandersetzung. Vorher hatte er einen breiten Tisch vor die Flurtür geschoben, so daß dieser Ausgang nun versperrt war.

Huertas fluchte erneut und lief jetzt einen anderen Gang entlang, der mit rechten und linken Winkeln zwischen den Betten hindurchführte. Reifferscheid rannte ihm hinterher.

Als sie zum dritten Mal bei Roselski vorbeikamen, der sich in einem Schrank mit Schiebetür versteckt hatte, holte der Polizist seine Taschenuhr mit Goldkette hervor, die er immer in der Hosentasche trug, um die Rundenzeiten zu stoppen.

Der Makler schnaufte, und auch auf Huertas' Stirn glänzten Schweißperlen im Licht der Straßenlaternen, das in die Ausstellungshalle fiel.

Zehn nach zehn. Roselski beschloß, etwas zu unternehmen.

Derenthal sah auf die Uhr. Zehn nach zehn. Warum dauerte das so lange? Langenargen würde wieder eine entschiedene Bemerkung zu Überstunden machen. Genau, Überstunden. Sollte doch jemand anderer sich um den Kram kümmern.

Etwas grummelte entfernt. Es klang nach Theaterdonner.

Der Polizist sah nach oben. Der Himmel schien sich zugezogen zu haben, und Wind war aufgekommen. Eine Erkältung war wirklich das Letzte, was er jetzt noch brauchen konnte. Er beschloß, Verstärkung zu rufen, und verließ den Parkplatz, um zum Streifenwagen zurückzugehen, der auf der anderen Seite des Gebäudes vor der Firma stand.

Huertas warf ein Kissen vor Reifferscheids Füße und stürzte davon. Der Makler stolperte zwar, setzte seine Verfolgung aber unbeirrt fort. Obwohl der Kolumbianer kleiner war, legte er eine erstaunliche Kondition an den Tag. Reuevoll dachte Reifferscheid an das seit Wochen vernachlässigte Lauftraining und beschloß, es irgendwann in der kommenden Woche wieder aufzunehmen. Nur nichts überstürzen, war seine Devise.

Ein zweites Kissen folgte.

Dann rannte der Kolumbianer plötzlich schneller, als ob er etwas vergessen hatte. Am Ende der Halle erreichte er das Doppelbett, mit dessen Bettkasten er vorhin beschäftigt gewesen war. »Grand luxe« stand an der Wand darüber. Die Worte waren wahr – Kokain war schon immer ein Luxusgut gewesen. Huertas ergriff ein Kissen, das auf dem Boden lag, machte kehrt, riß eine Nachttischlampe herunter und warf sie zwischen Reifferscheids Beine, der prompt über das Stromkabel mit Stecker stolperte und lang hinschlug.

Mit großen Schritten lief Huertas zur Eingangstür zurück; das Kissen hielt er dabei an die Brust gepreßt, und er merkte augenscheinlich nicht, daß weißes Pulver auf den Boden rieselte. Am Haupteingang hielt er an und legte einen Schalter in Kopfhöhe um, woraufhin die hintereinander liegenden Doppeltüren zur Seite fuhren. Mit einem Sprung war der Kolumbianer draußen, wo er Derenthal in die Arme lief.

Roselski war in Gedanken bei eventuellen Neuanschaffungen stehengeblieben. Ein schönes Kissen tat es ja vielleicht auch.

Apropos Kissen: Weiter vorne hatte Reifferscheid sich niedergekniet, sein Taschenmesser gezückt und stach mit Vehemenz in ein solches, um es gleich darauf an der Einstichstelle aufzureißen. Er sah hinein und schüttelte den Kopf. Nichts. Er ergriff das nächste Kissen und traktierte es mit derselben Vehemenz wie das erste. Gleichzeitig schwitzte er stark und ließ mit einem pfeifenden Geräusch Luft aus der Nase entweichen.

Drogen, dachte der Verkehrspolizist. Ihm fiel die Geschichte von Francis Rossi ein, dem Leadgitarristen von Status Quo, der angeblich Kokain im Wert von 1,2 Millionen Pfund durch seine Nase gejagt hatte, was zu einem Loch in der Nasenscheidewand geführt hatte. Das konnte der Rockmusiker sehr anschaulich im englischen Fernsehen demonstrieren, indem er eine Pfundnote durch das Loch zog …

Reifferscheid war inzwischen beim nächsten Doppelbett angekommen und stach wie wild auf ein Kissen ein, um es dann aufzureißen, zu fluchen, es zur Seite zu werfen und sich anschließend das nächste vorzunehmen. Langsam arbeitete er sich auf diese Weise zum Eingang vor. Die Türen waren offen geblieben, so daß der Wind in die Halle blasen konnte.

Roselski verfolgte Reifferscheids Wüten etwas fassungslos. Er hoffte nur, daß der Makler gut versichert war. Der Laden sah jetzt schon nicht mehr so schön aus wie vorhin. Überall schwebten kleine Federn durch die Luft. Von einem Tresen, an dem Kaffee den Kunden angeboten wurde, war bei der wilden Jagd eine wohl versehentlich stehengebliebene, halb gefüllte Kaffeekanne auf den Boden gestürzt; die braune Brühe hatte sich gleichmäßig verteilt. In ihr trieben weiße Federn und boten einen hübschen Gegensatz zum Braun der Flüssigkeit, dachte der Polizist.

Reifferscheid schnaufte.

Das Pfeifen durch die Nase hörte sich inzwischen bedrohlich an, und Roselski beschloß, dem Treiben ein Ende zu setzen. »Polizei!« sagte er nachdrücklich. »Stehenbleiben. Sie sind verhaftet!«

Reifferscheid sah kurz auf, fuhr dann aber mit seiner Tätigkeit fort und murmelte: »Wo ist mein Koks?« Inzwischen hatten sich so viele Federn verteilt, daß es aussah, als wate der Immobilienmakler auf Watte.

Und immer wieder wirbelte der Wind ein paar weiße Flocken auf.

»Haben Sie nicht gehört?« fragte Roselski. »Sie begleiten mich jetzt zur Wache.« Er bemühte sich, Autorität in seine Stimme zu legen, was ihm auch zu gelingen schien.

Reifferscheid erhob sich nämlich, hielt jedoch ein Kissen noch in der linken und das aufgeklappte Taschenmesser in der rechten Hand.

Vorsichtig ging der Polizist auf ihn zu. »Das Messer, bitte«, sagte er und streckte die Hand aus.

Statt einer Antwort warf Reifferscheid ihm das Kissen ins Gesicht und rannte zur Flurtür. Dort kletterte er über den Tisch, verkeilte ihn in der Tür und verschwand im Flur.

Roselski wischte sich die Federn ab und folgte ihm. Nicht allzu schnell, weil er ja Derenthal unten wähnte.

Derenthal versuchte derweil draußen, den kleinen Kolumbianer festzuhalten, war aber zu langsam. Immerhin hielt er Huertas' Rucksack umklammert und war entschlossen, ihn nicht wieder loszulassen. Die beiden kämpften mehrere Minuten. Schließlich riß sich der Drogendealer los und rannte in die Dunkelheit davon.

Der Polizist hielt den Rucksack noch in der Hand. Es knisterte verheißungsvoll in seinem Innern. Derenthal überlegte, ob er etwas für persönliche Zwecke von seinem Inhalt abzweigen sollte, entschied sich dann aber für seine gewohnte Ehrlichkeit und ging zum Streifenwagen, wo er den Rucksack auf die Rückbank legte. Dann rief er die Zentrale an und bat um Verstärkung.

Im Bettenstudio konnte er die Szene mit seinem Kollegen und dem Makler verfolgen, bis letzterer durch die Fensterscheiben nicht mehr zu sehen war. Derenthal beschloß, um das Gebäude herum zum Ferrari zurückzugehen. Vielleicht wurde er ja unten gebraucht.

Der unabhängige Beobachter würde an dieser Stelle seine Aufmerksamkeit wieder dem kleinen Innenhof zuwenden und vom Folgenden nicht sonderlich überrascht sein.

Auf dem Fenstersims schien der Eimer mit Bitumen den Gesetzen der Schwerkraft zu gehorchen und war weiter nach vorne gerutscht. Jetzt tauchte auch der dicke Polizist wieder auf und stellte sich mit verschränkten Armen vor den gelben Sportwagen. Zu allem Überfluß kam ein zweiter Sportwagen die Rampe »heruntergebrettert«, wie Derenthal es später den Kollegen berichtete. Der taubengraue Maserati kam gerade noch rechtzeitig zum Stehen, ohne den Ferrari zu touchieren, parkte ihn aber zu. Die Fahrertür ging auf, und ein jüngerer Mann stieg aus. Er kam direkt auf den Polizisten zu und fragte: »Haben Sie den Fahrer gesehen?« Er deutete auf das gelbe Fahrzeug.

Derenthal nickte. »Vorhin. Ist da drin.« Er zeigte auf den ersten Stock. Der Fahrer des Maserati hob den Kopf und sah ebenfalls nach oben.

Die nächsten Sekunden brannten sich für alle Ewigkeiten unauslöschlich in die Erinnerung der Beteiligten ein. Jeder, der dabei gewesen war, sprach später von »Zeitlupe« und von »unvergeßlichen Momenten«.

Fast gleichzeitig öffnete sich die Stahltür oberhalb der Wendeltreppe, und Reifferscheid kam heraus. Er sah sich um, ging dann die Treppe hinunter und trat vor seinen Ferrari, der vor der großen Hoftür geparkt war.

Im ersten Stock hatte Roselski das Fenster zum Hof erreicht. Er wollte es öffnen, um seinen Kollegen auf den Makler aufmerksam zu machen. Leider ging das Fenster nach außen auf.

Derenthal und der Maseratifahrer verfolgten fassungslos, wie der Eimer mit Bitumen endgültig das Gleichgewicht verlor und umkippte. Die schwarze, zähe Flüssigkeit ergoß sich auf Reifferscheid. Im Nu verschwanden Kopf, Nacken und Schultern des Immobilienmaklers unter der klebrigen Masse.

Weil jetzt oben die große Eingangstür zum Bettenstudio, die Flurtür und das Hoffenster offen standen, hatte der Wind Gelegenheit, einen großen Haufen Federn auf den Parkplatz zu wirbeln, wo sie sich auf der traurigen Gestalt des Bad Münstereifeler Kokskonsumenten niederließen.

Niemand bewegte sich. Die Szene wirkte wie eingefroren – ein Tableau mit dem Titel »Teeren und Federn«.

Derenthal und der Maseratifahrer standen ungläubig vor Reifferscheid, der wiederum schlecht Luft bekam und an seinem Gesicht herumwischte, was die Federn nur noch gleichmäßiger im Teer verteilte.

Roselski hatte es ebenfalls die Sprache verschlagen. Wie Epauletten trug er zwei große Kissenfedern auf den Schultern, eine auf der rechten, eine auf der linken. Er sah wie ein kleiner General aus, der eine erfolgreiche Schlacht geschlagen hatte und erschöpft in den Sonnenuntergang lächelte. Schließlich holte er tief Luft und sagte leise zu niemand Bestimmtem: »Ihr seid alle verhaftet!« Nach einer kleinen Pause fügte er erschöpft hinzu: »Alle!«

Der unabhängige Beobachter hätte nun endgültig genug von diesem verrückten Abend und beschlösse, die wenigen Reststunden des Tages in einem Lehnstuhl mit Adalbert Stifters entschleunigtem Roman *Der Nachsommer* zu verbringen – auf den mehr als fünfhundert Seiten passierte nämlich nichts Nennenswertes – und ansonsten den Mantel des Schweigens über Drogen, ihre Konsumenten und die Hüter der Ordnung zu decken.

Wetterumschwung

Dienstag, *4. September 1979 – Rheinbach-Neukirchen.* Der Wetterbericht hatte einen schönen Spätsommertag verheißen – etwas Wind, viel Sonne und ein paar weiße Wölkchen am Himmel. Wie so oft, hatte sich das leider als glatte Niete herausgestellt. Schon morgens regnete es; der angekündigte Wind hatte einem mittleren Sturm Platz gemacht, und von den im Radio avisierten »weißen Wölkchen« konnte gar keine Rede sein: Der Himmel war dunkelgrau, und es sah aus wie in Husum am Meer. Der Herbst hatte etwas verfrüht begonnen.

Ähnlich war auch Johannas Stimmung.

Seit über einer Woche war Martin verschwunden; buchstäblich über Nacht hatte er sich in Luft aufgelöst. Auch sein Auto war weg. Vor allem verstand die junge Frau nicht, warum er ihr nichts davon gesagt hatte, daß er plötzlich verreisen mußte. So hatte es nämlich der Bauer ihr gegenüber ausgedrückt, als Martin nicht wie verabredet aufgetaucht war, um sie zu einem Ausflug abzuholen, und sie alleine nach Neukirchen gefahren war, um nach ihm zu sehen.

»Was willst du denn hier?« fragte der Bauer. »Dein Freund ist … weg.«

Täuschte sie sich oder hatte der Bauer einen winzigen Moment vor dem letzten Wort gezögert?

»Hat er überhaupt nicht gesagt, wohin er fahren wollte?«

»Nein«, sagte Bachem. Er bemühte, freundlich zu klingen. »Mädchen, ich weiß es wirklich nicht. Hat er dir nicht seine Adresse in Süddeutschland gegeben?«

Johanna schüttelte nur den Kopf. Dann fragte sie: »Sind denn seine Sachen noch hier?«

»Er hat alles mitgenommen, aber du kannst gerne nachsehen.«

Johanna stieg die ihr inzwischen so vertraute Treppe nach oben und betrat Martins Kammer. Nirgendwo war eine einzige Spur von ihm zu entdecken. Martins persönliche Gegenstände waren ebenso verschwunden wie ihr Foto, das sie ihm geschenkt hatte und das er auf die Nachtkommode gestellt hatte.

Nichts.

Fast fragte sie sich, ob sie sich die Wochen mit Martin nur eingebildet hatte.

Unten wartete der Bauer auf sie. »Und?« fragte er nur.

»Nichts«, sagte Johanna. Dann fiel ihr etwas ein. »Wir haben doch neulich von Ihrer Schwester eine Jeans bekommen, die Ihnen gehört.« Sie nahm ihren ganzen Mut zusammen. »Da waren Blutflecken drauf.«

Bachem ließ sich nichts anmerken. »Du hast eine blühende Phantasie, Mädchen. Blut?«

»Dunkelrote, eingetrocknete Flecken«, verteidigte sich Johanna.

Der Bauer lachte. »Das ist wahrscheinlich meine alte Malerhose. Die hatte ich zuletzt vor einigen Jahren an, als ich das Scheunentor neu gestrichen hatte.« Er deutete auf die große dunkelrote Holzfläche.

Plötzlich wurde Johanna unsicher. Hatten Martin und sie sich alles nur eingebildet? Wortlos drehte sie sich um und fuhr weinend wieder nach Hause.

Bachem wischte sich nach Johannas Besuch in Martins Zimmer den Schweiß von der Stirn. Anscheinend hatte er nichts übersehen. Dieses Mal hatte er jeden persönlichen Besitz des Toten vernichtet beziehungsweise vernichten lassen. Er war mit mehreren Kisten, auf die er Martins Kleidung, Schuhe und Bücher verteilt hatte, zur Mülldeponie nach Hersel gefahren und hatte dort alles abgegeben, dem dortigen Mitarbeiter nur kurz etwas von einer ansteckenden Infektionskrankheit des Onkels, dessen Sachen das seien, erzählt und befriedigt verfolgt, wie der Angestellte mit spitzen Fingern den Krempel entsorgt hatte. Zur Vorsicht hatte der Mann sogar Gummihandschuhe angezogen, was Bachem noch im Nachhinein ein Schmunzeln entlockte.

Und für Martins Leiche und seinen alten Renault hatte er ja eine glänzende Idee gehabt.

Für Johanna schien es, als sei ihr der Boden unter den Füßen weggezogen worden. Wie betäubt war sie die letzten Tage herumgeschlichen und hatte auf entsprechende Fragen ihrem Vater nur einsilbige Antworten gegeben. Immer wieder zermarterte sie sich den Kopf, wo Martin, ihre große Liebe, wohl steckte.

Schließlich hatte der Wirt der »Vier Winde« aufgegeben, weiter nachzubohren, und beschlossen, seine Tochter in Ruhe zu lassen. Jeder hatte mal Liebeskummer; das gehörte leider zum Erwachsenwerden dazu, und mit der Zeit würde Gras über die Sache wachsen und Johanna bestimmt jemand Besseren als diesen langhaarigen Studenten finden.

Ein Besuch bei der Polizeiwache in Rheinbach war genauso ergebnislos geblieben. Die freundlichen Beamten hatten der jungen Frau mitgeteilt, daß nur Angehörige eine Vermißtenanzeige aufgeben konnten (»Da könnte sonst ja jeder kommen!«) und daß Deutschland ein freies Land sei, in dem jeder, der über achtzehn war, sich aufhalten konnte, wo er wollte.

Unverrichteter Dinge war Johanna wieder nach Kurtenberg zurückgefahren.

Sie haderte mit sich selbst. Hatte sie sich so sehr in Martin getäuscht? War sie für ihn nur ein fröhlicher Zeitvertreib gewesen? Bedeutete sie ihm nicht halb so viel wie er ihr?

Eigentlich glaubte sie das nicht.

Wenn sie aber heute genauer über ihre Gespräche mit Martin nachdachte, wurde ihr doch bewußt, daß der Student einige ihrer Fragen ausweichend beantwortet hatte – nämlich die nach einer Familie und die nach seiner Kindheit. Und die nach seinem Wohnort. Und die nach seinen Studienfächern. Fast erschien es ihr nun, als habe er etwas zu verbergen gehabt.

Andererseits hatte sie nicht nachbohren wollen. Damals hatte sie gedacht, daß er bestimmt Gründe hatte, warum er so verschlossen war. Vielleicht hatte er Trauriges hinter sich, von dem er erst nach und nach würde erzählen können. Und immer wieder hatte er ihr versichert, daß er mit ihr und den gemeinsamen Kindern alt werden wollte.

Wenn er nicht wieder auftauchen würde, würde es nichts damit werden, gemeinsam eine Kinderschar aufwachsen zu sehen. Wenn sie allein bliebe, müßte sie auch das erste Kind alleine aufziehen.

Sie war nämlich schwanger.

Pflanzenkunde

D*ienstag, 31. Mai 2016 – Bonn.* Kaul war ausgeschlafen und steckte voller Tatendrang. Er schloß die Tür zu seinem Büro auf – mißtrauisch, wie er war, hielt er seine Computer und einige damit verbundene Geheimnisse unter Verschluß –, fuhr die Rechner hoch und studierte den Eingangskorb mit den über Nacht eingegangenen E-Mails.

Das Übliche, dachte er, und wollte das Fenster schon schließen, als er ganz unten eine Nachricht von Professor Altendorf, dem Bonner Rechtsmediziner, vorfand, deren Betreffzeile ihn elektrisierte.

Krüger hatte die Ruhe weg. Erstens, weil er immer noch nicht wieder nach Wiesbaden fahren mußte – anscheinend hatte der zuständige Kollege dort den Aufwand des Falles, so komplex er zuerst erschienen war, überschätzt –, zweitens, weil Carmen ein ausführliches Frühstück vorbereitet hatte, das er nun nicht schnell herunterwürgen wollte, und drittens, weil er auf einen Anruf von Beaumont oder Kaul wartete, der den neuen Toten betraf. Na ja, so neu war der mit 76 Jahren auch nicht mehr, dachte er. Aber neu in der Reihenfolge der Sterbefälle – falls er die verschwundenen jungen Leute als tot betrachten wollte. 1969 Helmut Klein in Neukirchen, 1979 Manfred Rath in Neukirchen, 2016 Josef Bachem in Neukirchen, und schließlich in Bonn … Er überlegte. Der tote Priester paßte nicht ins Muster. Drei Tote in einem Eifeldorf und jetzt ein Toter in der Stadt. Gab es eine Verbindung? Plötzlich fiel ihm ein Zusammenhang auf, und er griff zum Hörer.

Kaul griff zum Telefon und wählte Krügers Nummer. Besetzt. Mist. Alles mußte man selber machen. Moment – vielleicht konnte er auch Beaumont fragen, der ein helles Köpfchen besaß. Er suchte die Nummer heraus und wählte erneut.

Besetzt. Krüger steckte den Hörer in die Halterung zurück. Was Kaul wohl gerade trieb, wenn er um die Zeit schon telefonierte? Na ja, er konnte auch direkt seinen Patenjungen fragen, der immer über alles bestens informiert war.

Der Kommissar wählte erneut.

Beaumont hielt sein Mobiltelefon ans Ohr gepreßt und rannte zum Auto. »Sagen Sie das bitte noch einmal.«

Sein Gesprächspartner schien etwas mit Nachdruck zu sagen, denn Beaumont nickte entschieden. »Okay, dann komm' ich eben 'rüber. Eine knappe Viertelstunde. Warten Sie dann auf mich?«

»Kannst du nicht wenigstens während des Essens das Telefon zur Seite legen?« sagte sie etwas schroffer als beabsichtigt. Carmens schöne Stimmung war verflogen. Nicht mal an einem freien Tag war Krüger willens und in der Lage, den Dienst beiseite zu lassen.

»Wir stecken doch mitten in einer Mordermittlung, weißt du«, sagte er freundlich.

»Das ist die Regel und nicht die Ausnahme. Aber meinetwegen.« Sie ruderte etwas zurück. »Was gibt es denn jetzt wieder?«

»Beaumont sagt, ich müsse zum Stiftsplatz kommen und zwar unverzüglich.«

Carmen begriff sofort. »Zu einer Obduktion? Zu der du freiwillig gehst? Das ist ja mal ganz was Neues.«

Der Kommissar tupfte sich die Mundwinkel mit seiner Serviette ab, um auch eventuelle letzte Spuren des Spiegeleis zu entfernen, und stand auf. »Bis später. Ich ruf' dich an.«

Carmen pfiff die ersten Takte von Max Raabes *Kein Schwein ruft mich an*, woraufhin Krüger ihr die Zunge herausstreckte und die Wohnungstür hinter sich zuzog.

Am Eingang zur Rechtsmedizin wartete schon Beaumont. Kurz darauf kam Kaul in seinem alten Ro 80 angefahren, den er von seinem Vater geerbt hatte und wie seinen Augapfel hütete. Krüger hatte sogar eine neue Farbe gelernt, als er Kauls in den NSU Motorenwerken gefertigtes Fahrzeug das erste Mal gesehen hatte – Saguntoblau. Und sagenhaft leise war das Auto … Krüger verlor sich in Oldtimerträumen, als er unvermittelt durch Professor Altenburgs sonore Stimme in die Wirklichkeit zurückgerissen wurde.

»Pünktlich die Herren, oder?«

Wieder einer von Altenburgs Sätzen, die nur durch das nachgestellte *oder* zur Frage wurden. Krüger beschloß, irgendwann einmal den Professor zu einem kleinen Rhetorikseminar einzuladen.

»Wenn Sie mir bitte folgen wollen, oder?«

Da Altenburg die Tür aufhielt, gab es keine echte Alternative dazu. Die drei Kommissare marschierten hinter ihm her, bis sie der Rechtsmediziner in ein übervolles kleines Büro bat, in dem trotzdem noch drei freie Stühle standen.

Krüger sah sich um. Im Allerheiligsten des Professors war er noch nie gewesen. Der Schreibtisch bog sich unter hohen Aktenstapeln, die gerade noch Platz für einen Bildschirm und die davor stehende Tastatur ließen. An der Wand waren mehrere Bücherbretter angedübelt worden, auf denen die üblichen hellblau-weißen medizinischen Standardwerke aus dem Thieme-Verlag standen. An der einzigen freien Wand hing eine vielleicht 50 × 70 Zentimeter große Zeichnung von Leonardo da Vinci, die eine anatomische Studie der inneren Organe eines Menschen zum Thema hatte. Die Zeichnung war aufwendig gerahmt und sah echt aus.

Altendorf war Krügers Blick gefolgt. »Hat mir meine Frau geschenkt. Manchmal lohnen sich runde Geburtstage, oder?«

Krüger beschloß, in seinem Leben keine einzige Frage mehr, die mit *oder* endete, zu beantworten. Statt dessen fragte er: »Was gibt es denn so Dringendes? Und warum sind wir hier?«

Der Professor zog seinen Schreibtischstuhl neben den Tisch, so daß er näher bei den drei Kripobeamten sitzen konnte, und machte ein ernstes Gesicht. »Außergewöhnliche Umstände verlangen außergewöhnliche Maßnahmen.« Er verstummte wieder und griff nach einem Blatt Papier, das oben auf einem der Aktenstapel lag. »Ich wollte Ihnen etwas zum Tod von Josef Bachem sagen.«

Beaumont sah ihn überrascht an. »Ich dachte, das sei geklärt. Tod durch stumpfe Gewalteinwirkung auf den Kopf oder so ähnlich.«

»Die Axt war nicht stumpf«, sagte Kaul mißbilligend.

»Steckte die noch?« fragte Krüger. »Ich habe das nicht ganz mitbekommen.«

Jetzt sah ihn Altendorf tadelnd an. »*Respect.*« Er sprach es englisch aus. »Wenn die Rapper das schon von den Lebenden verlangen, wie steht es dann erst mit den Toten?«

Die drei Herren von der Behörde auf der anderen Rheinseite schwiegen betreten.

»Sie haben ganz recht«, sagte der grauhaarige Professor zu Beaumont. »Der Schlag mit der Axt ist *eine* Todesursache, die alleine schon ausgereicht hätte, Bachems Leben ein Ende zu setzen. Aber es gibt noch etwas anderes.«

»Eine Vergiftung«, sagte Krüger. »Oder?« fügte er noch leicht gehässig hinzu.

Altendorf hatte die Spitze überhört und nickte. »Genau. Sie erinnern sich, was der Zeuge ... Moment, wie hieß er doch gleich?«

»Krawczyk«, sagte Kaul.

»Richtig. Sie erinnern sich doch, was Krawczyk über seine Begegnung mit Bachem auf dem Hof ausgesagt hat?«

»Erbrechen. Blut. Schleim.«

»Genau«, fuhr Altendorf aus. »Das klang für mich nach einer massiven Vergiftung.«

»Rizin«, sagte Küger, der auch Zeitung las.

»Nein«, sagte Kaul. »Das wäre ja ein bißchen billig, wo es doch fast jeder kennt.«

»Also, was ist es dann?« Krüger sah den Professor gespannt an.

»Ich habe das Erbrochene analysieren lassen«, sagte Altendorf und sah auf das Blatt. »Der Bericht kam heute nacht. Haben Sie schon einmal etwas vom Blauen Eisenhut gehört?« fragte er.

Die Herren verneinten; alle drei hatten in der Schule einen großen Bogen um die Zusammenhänge von Flora und Fauna gemacht.

»Den finden Sie als Zierpflanze in vielen Gärten. *Aconitum* ist die Gattungsbezeichnung. Die Pflanze enthält das Alkaloid Aconitin, von dem das alte *Meyers Konversations-Lexikon* von 1874 sagt, schon ein Fünfzigstel Gran würde einen Sperling in wenigen Minuten töten.«

»Klingt nach ziemlich wenig«, sagte Kaul.

»Aber so dünn war der Bauer nun auch nicht«, sagte Beaumont. »Da brauchte es wahrscheinlich schon ein paar Gramm mehr.«

»Das erklärt vielleicht, warum Bachem nur kotzübel war, als er wegfuhr und es immerhin noch bis in den Wald schaffen konnte«, sagte Krüger.

Altendorf nickte. »Das ist schon ein Teufelszeug. Bei innerer Einnahme kommt es zu Schweißausbrüchen, Übelkeit, Kältegefühl, Krämpfen, Herzrhythmusstörungen, Kreislaufproblemen, Lähmungen und Atemstillstand.«

»Davon würde mir schon eine Sache reichen«, sagte Krüger.

Kaul grinste.

Der Professor ließ sich nicht beirren und fuhr fort: »Genaueres wissen wir jedenfalls erst nach der Obduktion.«

Krüger wurde blaß.

Der Rechtsmediziner grinste. »Soll ich Ihnen die angesetzte Uhrzeit sagen?«

Krügers Blässe vertiefte sich.

»Morgen um zehn. Dann haben Sie Zeit genug, bevor die Obduktion beginnt, Ihren Freund um einen Anruf zu bitten, damit Sie plötzlich wieder weggerufen werden können, weil – und ich zitiere – ›der aktuelle Fall eine neue Entwicklung genommen hat‹. Anschließend folgt doch immer ›Man braucht mich sofort‹, oder?« Altendorf grinste.

Manchmal konnte der Rechtsmediziner auch gemein sein, dachte Kaul. Dabei war Krüger so ein netter Kollege, für den er alles tun würde.

Sein netter Kollege wurde rot.

Altenburg setzte wieder eine ernste Miene auf. »Da ist noch etwas, was mich beschäftigt. Um es mit den Worten des Rappers Eminem zu sagen: ›Look, if you had one shot, one opportunity / To seize everything you ever wanted / One moment / Would you capture it or just let it slip?‹«

Der Professor erstaunte Krüger immer mehr. Seit wann hörte der Rechtsmediziner denn Rapmusik? Und dann noch von der ehemaligen Haßfigur des Establishments? Er begriff aber sofort, was Altenburg sagen wollte.

»Sie meinen, warum nutzt der Täter nicht die *eine* Gelegenheit – wie in den Liedzeilen nämlich –, sein Ziel zu erreichen, also Bachem umzubringen, sondern warum konstruiert er eine zweite? Erst das Gift, dann die Axt?«

Kaul war wieder ins Präsidium gefahren und hatte sich von Krüger und Beaumont mit dem etwas kryptischen Satz »Dann denkt mal schön nach!« verabschiedet.

Beim Bistro Miebach neben dem alten Bonner Rathaus, an dem die Farbe der letzten Renovierung von 2010/2011 an einigen Stellen schon wieder abblätterte, wurden gerade die Stühle nach draußen gestellt.

»Nichts bleibt für die Ewigkeit«, sagte Krüger und zeigte auf die barocke Fassade. Beaumont, der Krügers Unverständnis gegenüber Behörden und ihren Mitarbeitern und der Qualität der Arbeit der öffentlichen Hand kannte, nickte nur.

Als die Kellnerin einen doppelten Espresso für Krüger und einen Cappuchino für Beaumont gebracht hatte, fragte letzterer: »Sag mal, was glaubst du, wer der Mörder von Bachem ist?«

»Du vernachlässigst den deutschen Genitiv!« erhielt er zur Antwort. »Aber ich könnte ja so tun, als habest du korrekt formuliert, und einfach antworten. *No idea.*«

Beaumont grinste. »Okay. Nehmen wir den nächsten Toten. Helmut Klein.«

»Ob der tot ist, weiß doch keiner. Vor allem, wo er doch weg ist. Aber auch da kenne ich einen eventuellen Mörder nicht. Habt ihr eigentlich etwas über die Eltern herausgefunden?«

»Haben wir, wie auch bei Manfred Rath, dem zweiten abhandengekommenen jungen Mann. Beide Väter sind relativ früh gestorben, der eine vor, der andere nach dem siebzigsten Geburtstag. Beide Mütter leben noch, aber haben es längst aufgegeben, auf Aufklärung zu hoffen. In den damaligen Freundeskreisen hat sich auch niemand gefunden, der vom Tode oder wenigstens vom Verschwinden profitiert hätte. Es waren durchschnittliche, liebenswerte Kerle«, sagte Beaumont mit der Abgeklärtheit, die einem Ende Zwanzigjährigen zustand. »Und profitiert von ihrem Tod hat auch niemand; keiner der beiden besaß eine Lebensversicherung. Das war in den siebziger Jahren noch nicht üblich.«

»Gut«, sagte Krüger. »Bleibt der Pfarrer. Weißt du dort etwas Neues?«

Als ob es der passende Augenblick war, klingelte sein Telefon. »Krüger«, sagte Krüger, weil er die im Display angezeigte Nummer nicht kannte. Dann lauschte er eine Zeitlang konzentriert, während sein Mienenspiel von Höflichkeit über Interesse zu Verblüffung wechselte. »Und Sie sind sich ganz sicher? – Dann vielen Dank, obwohl ich jetzt noch ratloser bin als vorher.« Er steckte das Handy wieder ein.

»Wer war das?« fragte Beaumont, der sich als Patenjunge eine gewisse Neugier erlauben konnte.

»Professor Altenburg. Möchtest du wissen, was er gesagt hat?«

»Aber immer.«

»Er sagte«, sagte Krüger, »aus einer Eingebung heraus habe er der Obduktion des Geistlichen vorgegriffen und schon mal den Mageninhalt analysieren lassen. Rate mal, was bei der Untersuchung herausgekommen ist.«

»Gift?« fragte Beaumont aus einer Eingebung heraus.

Sein Patenonkel nickte. »Der gleiche Stoff wie beim Bauern aus Neukirchen. Aconitum.«

Zurück auf Anfang

D*ienstag, 31. Mai 2016 – Bonn.* Krawczyk stieß vorsichtig die Tür zum Labor im Physikalischen Institut auf. Dort hatte er ja mit Susanne die große Versuchsanlage zur *Teilchenbeschleunigung* aufgebaut, wie seine Freundin es mal scherzhaft genannt hatte. »Wir beschleunigen die so schnell«, hatte sie gesagt, »daß die Teile schon am Ziel sind, bevor wir sie abgeschickt haben.« Der Physiker hatte aber nur gelacht und jeden Kommentar dazu verweigert.

Nach seiner Rückkehr aus dem Präsidium am gestrigen Abend hatte er sich nicht zu Susanne getraut und war stattdessen in seine alte Studentenbude gefahren. Er hatte sehr wohl gesehen, daß die Kommissarin sein Wasserglas beiseite genommen hatte, unauffällig, wie sie wohl angenommen hatte, aber von ihm keineswegs unbemerkt. Wahrscheinlich ruhte jetzt seine DNA in irgendeinem behördlichen Aktenordner neben seinen auf dem Glas gefundenen Fingerabdrücken, und er konnte sich den Rest seines Lebens in Gangsterkreisen nicht mehr sehen lassen, keinen Banküberfall begehen und keine Juwelen rauben, ohne daß der allererste Verdacht sofort auf ihn fiele.

»Ach, bequemen sich der Herr auch einmal wieder zur Arbeit?« Susanne zeigte anklagend auf die Ikea-Uhr an der Wand. »Es ist schon halb elf am Vormittag. Wo warst du so lange?«

Sie klang wie seine Mutter, wenn er etwas ausgefressen hatte, von dem er nichts wußte, wovon sie aber schon längst erfahren hatte. »In Kessenich.« Seit Studienbeginn war dort sein Zimmer.

»Bist du wieder im Rincon versackt?« Susanne kannte ihren Konrad sehr gut, der normalerweise um Tapas keinen Bogen machen konnte und selten ein Glas Bier oder Wein ausließ.

»Tut mir leid, falls ich deine Erwartungen enttäusche, aber seit es in Bad Godesberg die Taperia de Dos gibt, war ich nicht mehr in Kessenich beim dortigen Spanier. Und vielleicht läßt du mich einfach erzählen.«

Krawczyk berichtete von dem Verhör, von der – vermuteten – DNA-Probe und von dem gelben Ferrari.

»In welchen Kreisen du dich bewegst«, sagte Susanne süffisant. »Da können wir arme Assistentinnen gar nicht mithalten.«

Am offenen Fenster maunzte etwas. Krawczyk sah irritiert hin und erblickte einen steil aufragenden pechschwarzen Katzenschwanz. »Wie, die Katze ist wieder da?« fragte er überrascht. »Falls es dieselbe ist, die neulich unten auf der Mülltonne gesessen hat.«

»Ist sie«, bestätigte Susanne. »Siehst du hier?« Sie nahm das Tier vorsichtig hoch und zeigte ihrem Freund einen weißen Fleck hinter dem linken Ohr. »Der gleiche Fleck wie immer.« Die Katze fauchte, als Susanne das Ohr wieder losließ, und sprang mit Vehemenz aus dem Fenster.

»Das arme Tier«, sagte Krawczyk. »Hier ist doch der vierte Stock.«

»Katzen können fliegen«, sagte Susanne.

Er lachte. »Dann war es also nicht unser Versuch, der sie hat verschwinden lassen?«

»Wenn ich ehrlich sein soll: Ich glaube nicht.«

Der Physiker seufzte erleichtert. »Einerseits bin ich ja froh, daß dem Tier nichts passiert ist. Andererseits … Dann funktioniert unser Versuch ja gar nicht.« Resigniert ließ er den Kopf sinken. Plötzlich gab er sich aber einen Ruck und fuhr fort: »Das bedeutet aber auch, daß wir nicht für Jans Verschwinden verantwortlich sind, oder?«

Susanne schüttelte den Kopf. »Sind wir nicht. Keine Sorge. Wenn wir das wirklich verursacht hätten, dann säßen hier schon längst der militärische Abschirmdienst und sämtliche Geheimdienste, um uns unsere Erfindung zu stehlen.«

Krawczyk lachte. Dann aber verdüsterte sich seine Miene, und er sagte: »Wir müssen also wieder von vorne anfangen?«

»Nicht ganz«, sagte seine Freundin. »Ausschlußverfahren – dies funktioniert nicht, und das funktioniert nicht – sind doch klassisch für jede Art von Laborversuchen. Also war und ist unsere Arbeit notwendig. Und außerdem habe ich mir erlaubt, den Professor in Italien anzurufen, den mit der Lichtteleportation, du weißt schon, und ihm eine kleine gemeinsame Versuchsreihe vorgeschlagen. Damit wir Brettens Geld nicht allein zum Fenster 'rauswerfen.«

»Wunderbar«, sagte Krawczyk. »Wenn ich dich nicht hätte ...«

Susanne betrachtete ihn aufmerksam. Seine Fröhlichkeit schien aufgesetzt zu sein; er war irgendwie anders als sonst. »Bedrückt dich etwas?« fragte sie freundlich.

»Nicht direkt«, druckste Krawczyk herum. »Aber irgendwie finde ich Jans Verschwinden schon merkwürdig. Wenn ihm nur nichts passiert ist!«

Susanne sagte lieber nichts, sondern nahm ihn wortlos in den Arm. Sie verstand die Gefühle ihres Freundes sehr gut. Vor siebenunddreißig Jahren, das hatte er ihr irgendwann einmal nachts erzählt, als die Zeit die richtige für Geheimnisse war, war schon einmal ein Mann aus Konrad Krawczyks Leben verschwunden, das heißt, etwas davor: Seinen Vater hatte er nie kennengelernt; seine Mutter, die Tochter eines Wirts aus der Eifel, hatte ihn die ersten Jahre alleine großgezogen.

»Was macht eigentlich Mesmer?« fragte Langenargen.

Krüger und er hatten sich zum Mittagessen in der Kantine des Polizeipräsidiums getroffen, was dem Gourmet Krüger – als *Gourmand* bezeichnete ihn Carmen nur ab und zu, wenn es irgendwo mehr als vier Gänge zu essen gegeben hatte – gar nicht zusagte, ihn andererseits aber auch nichts kostete. »Sie klingen wie die Überschriften in der Regenbogenpresse«, sagte er, »wenn nach verblaßten Stars und ihrem Schicksal gefragt wird.«

Sein Chef lachte. »Na ja, eigentlich ist es auch egal, was er macht; wenn ich nichts höre, klappt es vielleicht ausnahmsweise mal mit ihm als Ihrer Vertretung.«

Krüger balancierte vorsichtig einen Bissen völlig zerkochter Brokkoli auf seiner Gabel zum Mund, vorsichtig deshalb, damit das ehemals stolze Pflänzchen nicht vorher gänzlich auseinanderfiel, und spülte die »Grünbeilage« mit einem Schluck alkoholfreien Radlers hinunter. »Was war eigentlich gestern in der Nordstadt los?« fragte er schließlich.

Langenargen verbiß sich ein Grinsen. »Es hat sich also herumgesprochen? Flurfunk oder Buschtrommel?«

Krüger lachte. »Beaumont. Der hatte es von Kaul, der wiederum von Farnschläger, der es direkt von R2D2 erfahren hatte, als er endlich aus Bad Münstereifel zurückgekehrt war. Den Ferrari hatte er ja längst aus den Augen verloren.«

»Also kennen Sie die Geschichte schon.«

»Nur die inoffizielle Version, wie gesagt.«

Langenargen trank einen Schluck Pfefferminztee, den er mittags immer zu sich nahm, und faßte die Ereignisse im Bettenstudio »Sleeping Art« in der ihm eigenen, präzisen Art zusammen, die er aus Roselskis noch in der Nacht angefertigtem Bericht kannte. Schließlich sagte er: »Die Kollegen haben also zwei Beteiligte verhaftet, den Immobilienmakler Reifferscheid und den Outlet-Center-Angestellten Waffenschmidt, beide wegen erheblichen Drogenbesitzes und Drogenverkaufs. Die dritte Verhaftung erfolgte heute morgen auf dem Köln-Bonner Flughafen, als der Mexikaner unser schönes Land verlassen wollte.«

»Kolumbianer«, sagte Krüger.

»*Whatever*«, sagte Langenargen, der ab und zu etwas aus dem reichen in- und ausländischen Wortschatz seines Lieblingsmitarbeiters übernahm.

»Warum eigentlich ist Roselski nicht früher eingeschritten? Schließlich vertritt er doch das Gesetz.«

»Er hatte Angst, in dem Laden noch mehr kaputtzumachen«, sagte sein Chef und grinste. »Wahrscheinlich fand er alles nur wunderbar unterhaltend und betrachtete ein abruptes Ende als, äh, unpassend.«

»Das heißt, das ganze Unternehmen war für die Katz?« fragte Krüger. »Keine Auswirkungen auf den Fall Bachem? Dabei hatte ich gehofft ...« Er verstummte etwas verstimmt.

»Was gehofft?« fragte Langenargen und setzte seinen »Nun mal raus mit der Sprache«-Blick auf.

»Na ja«, Krüger war sich plötzlich unsicher. »Daß wenigstens einer der beiden ein Motiv gehabt hätte, den alten Bauern ins Jenseits zu befördern. Dann könnten wir uns die weitere Suche nach einem Täter sparen.«

»Wer jetzt?« Langenargen verlor manchmal bei den vielen Namen von Leuten, die er zum großen Teil nicht kannte, den Überblick – was er sich als Chef gut leisten konnte, da er den Fall, wie alle anderen auch, bei seinem pedantischen Kollegen in besten Händen wußte. Pedanterie war durchaus etwas Gutes, wenn sie von den richtigen Leuten kam. Der Kriminaloberrat grübelte über die Nuancen zwischen Kleinkrämerei, Pingeligkeit und Erbsenzählerei, als ihn Krügers Antwort in die Wirklichkeit zurückholte.

»Waffenschmidt«, sagte der Kriminalhauptkommissar. »Pascal Waffenschmidt. Bachem wollte ihm wohl doch nicht das vor siebenunddreißig Jahren in Bad Münstereifel gekaufte Objekt überlassen, sagte Beaumont, das eigentlich dieser Physiker kaufen wollte, wodurch es zu einem massiven Streit zwischen Nicht-Verkäufer – Bachem nämlich –, dem Makler Reifferscheid und Waffenschmidt kam. Langer Rede, kurzer Sinn: Waffenschmidt hat Bachem gedroht, ihn, und ich zitiere, ›auseinanderzunehmen‹. Daß es bei der Drohung geblieben ist, wissen wir, weil zum Zeitpunkt von Bachems Tod am Freitagabend Waffenschmidt bei Reifferscheid war, um Koks zu konsumieren.«

»Geteilte Linie ist doppelte Freude oder so ähnlich.« Langenargen grinste.

Ein etwas bemühter Witz, fand Krüger. »Und Waffenschmidt war mit seinem Maserati nur deswegen auf den Hof in Neukirchen gekommen, weil er aus der Scheune etwas Nachschub an Rauschsubstanzen holen wollte, die Bachem gegen ein beträchtliches Entgelt dort lagerte. Leider war das Versteck leer – Reifferscheid war ihm zuvorgekommen, hatte die beiden Resttüten Koks aber in Panik im Wald aus dem Autofenster geworfen, nachdem er das

Auto des Physikers vor Bachems Hof erblickt hatte und ihm wenig später ein Streifenwagen entgegenkam, der in einer völlig anderen Angelegenheit unterwegs war.«

»Mist«, sagte Langenargen. »Und wir stehen wieder am Anfang, mit leeren Händen. Uns sind jetzt alle Verdächtigen ausgegangen. Wer kann denn Bachem bloß umgebracht haben?«

»Wer hat denn Bachem bloß umgebracht?«

Draußen auf der Straße stellte sich dem Kommissar ein junger Mann in den Weg.

»Wenn man Schmeißfliegen braucht«, sagte Krüger.

»Aber Herr Kommissar!«

»Kriminal*haupt*kommissar. Und wie immer: Kein Kommentar.«

Diese Sätze eröffneten seit einigen Jahren jede Begegnung zwischen Krüger und dem jungen Mann, der ebenfalls immer eine Lederjacke trug. Maik Lopez arbeitete mit mehr oder weniger unsauberen Methoden beim Kölner *Kurier*. Gewöhnlich war er bestens im Bilde über alles in den Kreisen, in denen er verkehrte, wozu Unterwelt wie Polizei gehörten. Krüger fragte sich, wo der Journalist immer seine Informationen herbekam und ob sich einige Kollegen von ihm einladen ließen … Die Grenzen zwischen Einladung und Bestechung waren klar definiert, aber wenn es keinen Richter gab, gab es auch keinen Kläger.

»Hören Sie mir überhaupt zu?« fragte Lopez.

Krüger schüttelte den Kopf. »Ich dachte gerade über Sackgassen nach und wie man sie vermeidet beziehungsweise wieder aus ihnen herausfindet.«

»Indem Sie mal aus Ihrem Echoraum herauskommen. Sie meinen doch Ihren aktuellen Fall?«

»Kein Kommentar«, sagte Krüger stoisch.

»Vielleicht sollten Sie ab und zu der vierten Gewalt im Staat etwas mehr Aufmerksamkeit beimessen.«

»Nach Exekutive, Legislative und Judikative auch noch auf Konjunktive hören? Die Hälfte der Artikel im *Kurier* ist doch glatt erfunden – könnte der Filmstar XY mit der Filmstarin YZ ein Kind haben? Und so weiter. Das ist mir zu billig.« Krüger wandte sich ab und wollte gehen.

Lopez legt ihm die Hand auf den Arm. »Jetzt tun Sie mir unrecht, Herr Kriminal*haupt*kommissar. Im Konjunktiv schreibe *ich* nicht. Meine Informationen stimmen. Und manchmal lasse ich andere daran teilhaben.« Er fixierte sein Gegenüber.

Eigentlich, dachte Krüger, ist das doch ein ganz passabler Mensch, der versucht, einigermaßen unbeschadet über die Runden zu kommen – wie ich auch. Etwas freundlicher sagte er: »Worum geht es denn genau?«

»Ich sage Ihnen etwas, und danach sagen Sie mir etwas. Deal?«

Der Kommissar nickte.

»Bachem besaß doch ein Haus auf dem Brüser Berg, oder?«

»Meines Wissens ja; er wohnte da ja nicht zur Miete.«

»Und er verfügte über Ländereien, Felder und Wälder in der Eifel, oder?«

»Ja«, antwortete Krüger knapp.

»Haben Sie schon herausgefunden, wer das alles erbt?«

»Bisher nicht«, antwortete der Angesprochene und versuchte, sich nichts anmerken zu lassen. *Das* war endlich eine viel versprechende Fährte. »Und was wollen Sie jetzt wissen?«

»Haben Sie jemals herausgefunden, wohin der dritte junge Mann aus Neukirchen verschwunden ist, mit Vornamen Martin? Der Nachname ist mir gerade entfallen.«

Die Schriftsachverständigen

D*ienstag, 31. Mai 2016 – Bonn/Neukirchen/Kurtenberg.* Kaul blickte in verständnislose Gesichter. Er saß den Frauen und Männern des Pfarrgemeinderats von St. Rochus und Augustinus, wie die Kirchengemeinde offiziell hieß, gegenüber und versuchte, etwas über den beliebten Pfarrer zu erfahren, was ihm Hinweise auf jemanden geben würde, der für seinen Tod verantwortlich war.

Die Pfarrsekretärin konnte sich überhaupt nicht wieder beruhigen, dabei war der Tod von Hans-Otto Wienand fast eine Woche her. Sie hielt ein Stofftaschentuch fest in der Hand und schluchzte leise.

Der Pfarrer hatte Urlaub gehabt, den er in seinem Garten verbringen wollte. Daher war auch niemand auf die Idee gekommen, ihn als vermißt zu melden, als er am Freitag der vergangenen Woche nicht zu Hause anzutreffen war. Die Leute hatten ihn einfach auf einem Ausflug vermutet. Daß er tot hinter der Eingangstür lag, entdeckte erst die Haushälterin, als sie am Samstag die Einkäufe vorbeibringen wollte. Und da war er schon vierundzwanzig Stunden tot, wie die Rechtsmedizin später festgestellt hatte.

»Aber wer tut denn so etwas?« fragte sie niemand Bestimmten.

Kaul sagte behutsam: »Dafür bin ich ja bei Ihnen, damit wir den Täter seiner wohlverdienten Strafe zuführen können.« *Zuführen*, so redete doch kein Mensch. Das hatte er bestimmt wieder unbewußt von Krüger übernommen, der auch sprachlich auf seine Umgebung achtete. »Fällt Ihnen denn jemand ein, dem der Pfarrer im Weg stand oder mit dem er sich angelegt hat?«

Kopfschütteln.

Kaul versuchte es andersherum. »Gibt es jemanden, der von seinem Tod profitiert?«

Weiteres Kopfschütteln.

»Vielleicht besaß Pfarrer Wienand Geld, das jetzt an jemanden geht, der es nun nicht mehr verdient hat – an den Mörder nämlich.«

Die Pfarrsekretärin zuckte zusammen. »Daß wir in diesen Räumen, die unser Pfarrer mit seinem Geist erfüllt hat, mal über Mord und Totschlag sprechen müssen!« sagte sie zu ihrer Nachbarin, die ebenfalls ihre Tränen kaum zurückhalten konnte.

Kaul sah unauffällig auf die Uhr. Er saß jetzt seit über einer Stunde hier, und nichts war dabei herausgekommen. Er räusperte sich. »Wenn Ihnen jetzt nichts mehr einfällt, würde ich gerne wieder gehen. Es gibt ja leider weitere Ermittlungen, mit denen ich zur Zeit befaßt bin.« Das klang auch schon wieder nach Krüger, der seine Worte stets so sorgfältig auswählte.

»Stimmt«, sagte ein älterer Mann mit einem harten osteuropäischen Akzent. »In der Nähe gibt es doch noch einen Toten, oder? Einen Herrn Bachem, das stimmt doch?«

Kaul horchte auf. Gab es eine Querverbindung? »Kennen, besser gesagt, kannten Sie ihn?«

»Wenig«, sagte der Mann. »Ich habe ihn zweimal auf einem Herbstbasar unserer Gemeinde gesehen, den er beide Male mit einem größeren Geldbetrag unterstützt hat.«

»Was heißt *größer*?« fragte der Bonner Kommissar.

»Anderthalbtausend Euro«, sagte der Mann.

Alles ist relativ, dachte Kaul, der die Summe eher *klein* genannt hätte.

»Warte mal«, sagte die Pfarrsekretärin. »Da gab es doch diesen Streit hinterher. Herr Bachem mußte sich verteidigen, weil er unserer Gemeinde Geld gegeben hatte, dazu noch in bar. Das liefe dann durch keine Bücher, hat ihm doch diese Dame vorgeworfen.«

»Welche Dame?« fragte der Mann mit dem Akzent.

»Na, die war doch neu bei uns. Die hatte ich vorher noch nie gesehen. Irgendwann wurden beide laut, Bachem und sie; die Ausdrücke möchte ich jetzt nicht wiederholen.« Sie wurde rot.

»Das war keine Dame«, sagte der Mann mit Akzent.

»Nee, *Dame* würde ich auch nicht sagen«, sagte eine jüngere Frau mit einer Brille, deren dicke Gläser deutlich über die Ränder der Fassung hinausgingen. »Das war ein Herr.«

»Sei du mal ruhig, Tina, du kannst sowieso nichts mehr sehen«, sagte die Pfarrsekretärin.

Jetzt redeten mehrere der Anwesenden durcheinander, und Kaul hatte bald genug von der Kakophonie und von unbrauchbaren Zeugenaussagen. Vielstimmigkeit gerne, aber sie sollte melodiös sein, dachte er. Er stand auf und verabschiedete sich.

Katharina lief unruhig in ihrer Buchhandlung auf und ab. Es war inzwischen Mittag, und bis auf den Verkauf zweier Taschenbücher hatte sie keinen Umsatz gemacht. Jedes Jahr gingen dem deutschen Buchmarkt zahlreiche Leser verloren. Dabei erschienen immer mehr Bücher in immer neuen Verlagen, und die halbe Republik schrieb Krimis, von denen die wenigsten das Tageslicht erblickten und noch weniger zu Ruhm und Ehre gelangten. Ein tiefer Seufzer stahl sich aus ihrer Brust.

Und Jan war immer noch weg. Sie wischte sich eine Träne aus dem Auge und überlegte, was sie machen sollte, wenn er plötzlich doch wieder vor ihr stünde.

Nichts.

Nichts?

So tun, als sei nichts gewesen, als ob Jan nur eine kleine Ferienreise allein unternommen hätte, und dann wieder zum Alltag übergehen?

Wollte sie denn überhaupt, daß er zurückkam?

Inzwischen war Jan schon seit über achtundvierzig Stunden verschwunden, aber irgendwie hatte sie nicht das Gefühl, daß ihm etwas zugestoßen war. Oder mußte sie nach Verstreichen dieser Frist alleine deshalb zur Polizei gehen und ihn als vermißt melden, damit die sie nicht verdächtigte, etwas mit seinem Abhandenkommen zu tun zu haben? *Vermißt*, das klang immer nach Krieg und anderen Ländern, aber nicht nach Ereignissen vom Brüser Berg in Bonn.

Sie ging zur Kaffeemaschine in ihrem kleinen Büro und goß sich die fünfte Tasse am Vormittag ein. Die Milch ließ sie schon lange weg, und seit heute morgen fehlte auch der Zucker. Schwarz, pechschwarz, das hielt sie wach und von ihrer Trauer und Angst fern.

Sie mußte an einige Zeilen von Erich Fried denken, die ihren Gemütszustand ganz gut beschrieben: »Vor dem leeren Baugrund / mit geschlossenen Augen warten / bis das alte Haus / wieder dasteht und offen ist.«

Sie seufzte erleichtert, als sie merkte, was die Sätze implizierten. Das war nämlich gleichzeitig die Antwort auf ihre Frage, was sie tun würde, wenn Jan plötzlich wiederkäme. Natürlich würde sie ihn mit offenen Armen aufnehmen; ein Leben ohne diese leisen, etwas versponnenen Schallplattensammler konnte sie sich nicht mehr vorstellen.

Aber wo er wohl steckte?

Krüger steckte im Stau. Beaumont saß neben ihm und versuchte, seinen Patenonkel mit Anekdoten aus seiner Ausbildungszeit zu unterhalten, was ihm aber nur halb gelang, da der Kriminalhauptkommissar mit seinen Gedanken ganz woanders war.

Die beiden waren auf dem Weg von Bonn nach Neukirchen, weil Krüger etwas überprüfen wollte, wozu er eine offizielle Begleitung brauchte, jemanden, der mit dem Fall Bachem beauftragt war.

»Du hörst nicht zu, oder?« fragte Beaumont.

»Nicht wirklich«, sagte Krüger und fluchte, weil sich vor ihm jemand in den straßenverkehrsordnungstechnisch korrekten Abstand zum Vordermann hineindrängelte.

»Aber ganz unzufrieden siehst du nicht aus, jedenfalls nicht von der Seite.«

Krüger lachte. »Nee, ganz nicht. Mir ist ja auch etwas wieder eingefallen. Der Beweis, daß Alzheimer mich noch nicht in seinen Klauen hat.«

Er berichtete von der Begegnung mit dem »eher der Gattung der Calliphoridae zuzurechnenden« Journalisten—

»Bitte was?«

»Schmeißfliegen«, sagte Krüger und fuhr fort: »Er hat mich auf einen alten Fall hingewiesen, der bis heute ungelöst ist, der in meinem Hinterkopf diffus herumspukte und an den ich schon neulich denken mußte, als du von den beiden verschwundenen jungen Männern berichtet hast. Das war doch 1968 und 1978, oder?«

»Stimmt«, sagte Beaumont. »Aber wie geht ›diffus herumspuken‹?«

»1979«, fuhr Krüger unbeirrt fort, »also ein Jahr nach dem letzten jungen Mann, der vom Erdboden verschluckt wurde, hat sich ein Student in Luft aufgelöst, was seiner Lebensgefährtin in Bonn, einer gewissen Ursula Brockhoff, erst auffiel, als das gemeinsame Kind auf die Welt kam und der Vater sich schon seit acht Monaten aus ihrem Leben entfernt hatte.«

»Interessant«, sagte Beaumont. »Laß mich raten. Dieser Student ist ebenfalls in Neukirchen abhanden gekommen, oder?«

Krüger nickte.

»Ist er.«

»Auf dem Hof von Bachem?«

»Auf dem Hof von Bachem.«

»Und ihr habt nichts gemacht?« Er sah seinen Patenonkel und Kollegen empört an.

»Ich war damals noch gar nicht in Bonn. So alt bin ich nun wieder auch nicht.« Er schwieg etwas beleidigt.

»*Sorry, Sir*«, sagte Beaumont automatisch, der die Vorliebe seines Patenonkels für Anglizismen kannte.

Der Stau von der Autobahnausfahrt im Kottenforst bis nach Meckenheim hatte sich erst auf Höhe des Bahnhofs aufgelöst, und Krüger konnte wieder Gas geben. Sie durchfuhren Rheinbach und die kurvenreiche Strecke im Stadtwald, als Krüger kurz vor Merzbach sagte: »Ich habe Hunger. Kaul – der anscheinend Ausgehtipps fürs Bonner Umland sammelt – sagte, für einen kleinen Snack zwischendurch sei eine Kneipe namens »Zu den vier Winden« gerade prädestiniert. Und die Verbindung des umgangssprachlichen

Wortes *Kneipe* mit einem Latinismus reizt mich. Also fahren wir bis Kurtenberg zur Kreuzung durch. Das Dorf der toten jungen Männer kann warten.«

»Hier war ich nicht zum letzten Mal«, sagte Krüger, als der freundliche Kellner den Tisch abräumte. »Currywurst und Pommes frites, das gab's im Studium immer mittwochs in der Mensa, aber so lecker habe ich das nicht in Erinnerung.« Er warf einen Blick auf die holzgetäfelte Theke mit zahlreichen Bierhumpen aus Porzellan, in denen Besteck und Servietten steckten, und auf das *blackboard* darüber, das die Getränke für die Motorradfahrer der Wochenenden und für die anderen Gäste annoncierte. Neben dem Ausgang hing ein Plakat von Lemmy Kilmister, der seine Gitarre traktierte.

Beaumont lachte. »Hast du damals noch nicht in Etablissements mit drei oder vier Sternen gespeist?«

Ehe die beiden sich in der Vorstellung kulinarischer Genüsse endgültig verloren, kam der Kellner zurück. »Sie wissen, daß Sie hier auf historischem Gelände speisen?«

Krüger sah ihn überrascht an. Das kleine Restaurant, besser: die »Gaststätte zu den vier Winden«, war gemütlich und »authentisch«, was hieß, daß sie sich ihren Look über Jahrzehnte erworben hatte. Aber historisch?

»Echt jetzt?« Das war Beaumont.

Krüger sah ihn tadelnd an. »Mögen Sie uns das etwas näher erläutern?«

»Vor langer Zeit diente das Vorgängergebäude – das war noch aus Fachwerk – den Bergleuten als, heute würde man sagen, Umkleide, bevor sie in die Stollen gingen. Die Grube Emma Caroline, Sie verstehen?«

Krüger verstand gar nichts. »Rüben?« Für ihn als Hamburger existierte außer dem Elbtunnel unter der Erde nichts.

Der Kellner sah ihn beleidigt an. »Zink. Und Blei. Ein ehrbarer Beruf, dem man zwischen hier und Neukirchen nachgehen konnte. Und—«

»Bei Ihnen kann man also alles über die Geschichte des Ortes erfahren?« unterbrach ihn der Bonner Kommissar und versuchte vorsichtig, den guten Mann, der auch noch Heimatforscher war, wieder in die gewünschte Richtung zu schieben. »Und die seiner Bewohner?«

Der Kellner nickte zurückhaltend.

Krüger beschloß, mit der Tür ins Haus zu fallen. »Können Sie uns denn etwas über einen Bauern namens Bachem aus Neukirchen berichten?«

»Eigentlich nicht. Ich bin ihm nie über den Weg gelaufen. Aber darf ich denn die Herren auch mal was fragen?«

»Immer«, sagte Krüger. »Auskünfte innerhalb und außerhalb der Dienststunden sind kostenlos.«

»Sie sind doch von der Polizei, oder?«

Beaumont nickte. »Sieht man das?«

»Na ja«, druckste der Kellner herum, der nicht unhöflich sein wollte. »Eigentlich schon. Lederjacken und so. Jeans und so. Akkurate Haarschnitte und so.«

Krüger lachte. »Also, was haben Sie auf dem Herzen?«

»Sie ermitteln doch wegen des Mordes an Bachem aus Neukirchen, oder? Warum fragen Sie sonst nach ihm?«

»Auf dem Dorf bleibt nichts geheim, nicht wahr?« sagte Beaumont freundlich.

»Der war hier Stammgast«, fuhr der Mann fort. »Hat jedenfalls mein Vorgänger erzählt. Bis er nach Bonn gezogen ist. Zeitweise soll er allein für ein Viertel des Bierumsatzes verantwortlich gewesen sein.«

Die beiden Kommissare grinsten.

»Wir hier in der Eifel fragen uns nur, warum Sie ihn nicht längst aus dem Verkehr gezogen haben?«

»Ohne Beweise? Sie meinen, wegen der verschwundenen jungen Männer?« fragte Beaumont.

»Helmut Klein und Manfred Rath«, fügte Krüger zur Erläuterung hinzu.

»Und Martin«, sagte der Kellner. »Den Nachnamen weiß ich nicht mehr.«

Krüger setzte sich auf. Das war heute schon der zweite, der ihn auf diesen Martin ansprach. »Was wissen Sie denn von dem?«

»Das war ein Student, angeblich aus Süddeutschland, der mit Johanna Sühl, der Tochter des damaligen Besitzers der »Vier Winde«, befreundet war. Die beiden sollen sich fast täglich im Sommer 1979 getroffen haben. Bis Martin eines Tages verschwunden war, von heut' auf morgen. Das Mädchen hat das abrupte Ende ihrer Freundschaft nicht überwunden und ist, ebenfalls von heut' auf morgen, nach Amerika gegangen.« Er schwieg und überlegte anscheinend, ob er etwas vergessen hatte.

»Übers Wasser?« fragte Beaumont. »Gegangen, meine ich.« Er fing sich einen strafenden Blick seines Patenonkels für diesen bösen Kalauer ein und zog vorsichtshalber den Kopf ein.

»Mir fällt noch etwas ein«, sagte der Kellner. »Angeblich hat sie dort acht Monate später ein Kind bekommen, einen Sohn.«

»Würde mich nicht wundern«, sagte Krüger etwas später, als Beaumont und er aus Krügers Privatwagen stiegen und sich auf Bachems Hof umsahen, »wenn dieser Martin der Vater des Kindes ist.«

»Und wie willst du das feststellen?«

»Darüber sollen sich andere den Kopf zerbrechen. Beispielsweise die Abteilung zur Feststellung von *deoxyribonucleic acid*, DNA also, auf Deutsch Desoxyribonukleinsäure, DNS.«

»Weiß ich doch«, sagte Beaumont, der den Chemieunterricht in der Regel schlafend verbracht und sowieso Schwierigkeiten mit dem *Abküfi* der Polizei hatte, wie diese den Abkürzungsfimmel auf ihrer eigenen Webseite bezeichnete.

»Was willst du hier eigentlich?«

»Dir etwas zeigen«, sagte Krüger und marschierte zügig auf die Scheune zu. Die Tür war jedoch verschlossen, so daß er ein kleines Werkzeug aus der Jackentasche nahm und damit das Sicherheitsschloß so lange manipulierte, bis es sich öffnen ließ.

»Gut«, sagte Beaumont, der auf die Uhr gesehen hatte, »knapp unter zwei Minuten.«

»Schlecht«, sagte Krüger. »Als ich das gelernt hatte, bin ich zweimal knapp unter siebzig Sekunden geblieben. Man wird alt.« Er öffnete die Tür und bedeutete dem jungen Kommissar, ihm zu folgen. Drinnen stieg er die Leiter ins »Zwischengeschoß« hoch und leuchtete mit der Taschenlampen-App, bis er fand, wonach er gesucht hatte.

»Ich kann's mir denken«, maulte Beaumont. »Das hast du mir neulich schon gezeigt; da hat sich Bachem mit seiner unerreichbaren Sehnsuchtsfrau verewigt. Jedenfalls mit ihren Initialen.«

»Guck trotzdem mal.«

Gehorsam trat Beaumont näher und ließ sich ebenfalls nieder, um die Initialen JO und MA mit dem Kaufmanns-Und dazwischen erneut zu betrachten.

»Und jetzt sieh dir mal das hier an«, sagte Krüger und schlug die mitgebrachte Akte auf. Sie war vergilbt und trug den Namen »Reichenberger« auf dem Deckel, gefolgt von dem Zusatz »Vermißtenfall«. Drinnen lagen einige handschriftliche Briefe in einer unsauberen Jungenschrift, unterschrieben mit »Martin«.

»Von dem verschwundenen Studenten, oder?« fragte Beaumont.

Krüger nickte. »An seine damalige Freundin Ursula Seemann, verheiratete Brockhoff.«

»Und was soll ich jetzt damit?«

»Streng dich doch mal ein bißchen an.« Er deutete auf die Wand. »Fällt dir nichts auf?«

Beaumont nahm seinem Patenonkel das Handy aus der Hand und beleuchtete abwechselnd die Wand und den Brief. Schließlich sagte er: »Doch natürlich. Die Auf- und Abschwünge beim M sind identisch, beim O zumindest ähnlich. Das heißt …«

»Daß JO & MA nicht für *Josef und Maria*, sondern für *Johanna und Martin* steht«, vollendete Krüger den Satz.

»Das bedeutet«, sagte Beaumont langsam, »daß der Bauer wohl auch für das Verschwinden des zweiten Studenten, Martin Reichenberger nämlich, verantwortlich ist. Aber wie wollen wir ihm das nachweisen? Fragen können wir ihn ja nicht mehr.«

»Weiß ich noch nicht«, sagte sein Patenonkel. »Darüber muß ich nachdenken.« Er schaltete das Licht aus, legte das fest verbundene Gummiband wieder um die Akte und stieg die Leiter herunter. Draußen sagte er: »Ich möchte übrigens, wo wir schon einmal hier sind, gerne den Bauern mit Visitenkarten kennenlernen.«

Quick man, I got to run – down Highway 61

D*ienstag, 31. Mai 2016 – Bonn/Köln.* Paulsen kaute an seinem Bleistift und überlegte. Der stille Norddeutsche saß vor seinem Tablet und überflog die Lokalnachrichten aus seiner Heimatstadt. Eigentlich sollte er sich mit der Akte Wienand befassen, aber irgendwo war etwas nicht ganz richtig: ein Muster verschoben, ein Foto spiegelverkehrt, ein Komma falsch gesetzt.

Der Bleistift brach durch.

Paulsen zuckte zusammen und legte das doppelte Schreibgerät zur Seite.

Außerdem war die Angelegenheit Bachem ja auch noch nicht zum Abschluß gekommen.

Irgendwie drehte sich alles im Kreis. Immer.

Und abgearbeitet war noch längst nicht alles. Paulsen zog die Unterlagen zu Bachems Tod heran und überflog die Schriftstücke. Wer erbte eigentlich den Besitz des Bauern? Dazu war nichts zu finden.

Wem gehörte eigentlich das Haus auf dem Brüser Berg?

Er blätterte. Soso, Bachem selbst.

Und das der Buchhändlerin nebenan?

Paulsen blätterte weiter. Die junge Frau wohnte wohl zur Miete. Er rief das Katasteramt an, wies sich aus und fragte nach dem Eigentümer des Hauses in der Fahrenheitsstraße. Zehn Minuten später bekam er die gewünschten Auskünfte. Vier Reihenhäuser gehörten Bachem, eines einer gewissen Elke Tersteegen in Köln. Der Name sagte ihm nichts. Er rief das Einwohnermeldeamt in Köln an und hatte auch hier Glück. Er schrieb sich ihre Adresse auf. Die Gesuchte hieß mit Mädchennamen Bachem.

»Was machst du da eigentlich?« Kaul trat neben seinen Kollegen und sah ihm über die Schulter. »Ich dachte, du würdest in der Mordsache Wienand ermitteln.«

»Tue ich auch.« Paulsen drehte sich vom Bildschirm weg und betrachtete seinen Kollegen. Kaul sah müde aus, wie er selbst wahrscheinlich auch. Dauernd war etwas zu tun. Glücklicherweise war im Bonner Umfeld die Zahl der Morde gegenüber der der anderen schweren Straftaten gering, was die Polizei der Öffentlichkeit über das seit 2014 nur noch im Internet erscheinende *Jahrbuch zur Polizeilichen Kriminalstatistik* mitteilte. Aber wie in allen Bereichen des Öffentlichen Dienstes hatte auch bei der Polizei die Verwaltungsarbeit massiv zugenommen; für alles und jedes mußten Statistiken, Auswertungen und Berichte angefertigt werden, die nach Erstellung in irgendwelchen Schubladen verschwanden und die niemand las. Er seufzte.

»Kommst du nicht weiter?« Kaul studierte den Bildschirm, auf dem verschiedene Fotos der gleichen Frau zu sehen waren. »Wer ist das denn?«

»Das ist«, sagte Paulsen stolz, »die Querverbindung zwischen Wienand und Bachem.«

»Nun sag bloß, daß du das herausgefunden hast.« Er klopfte seinem Kollegen auf die Schulter und überlegte, ob der schüchterne Norddeutsche jetzt rot werden würde. »Wer is'n das?«

»Elke Tersteegen, geborene Bachem. Die Schwester des Bauern.« Paulsen erklärte, wie er sich die Informationen beschafft hatte.

Kaul trat näher an den Bildschirm, weil er mit seiner Gleitsichtbrille nicht klarkam. Dann stutzte er. »Moment, die Frau kommt mir bekannt vor. Warte mal.« Er überlegte. »Irgend jemand hat sie mir beschrieben.«

Paulsen wartete.

»Ich war doch vorhin in Pfarrer Wienands Gemeinde. Und die Pfarrsekretärin hat über eine Frau gesprochen, mit der Bachem aneinandergeraten ist. Kannst du mir das neueste der Bilder ausdrukken? Dann fahre ich noch mal 'rüber.«

Roselski kratzte sich am Kopf und verfolgte, wie sein Kollege Derenthal vor dem Einfamilienhaus das Klingelschild studierte, sich ebenfalls am Kopf kratzte und wieder kehrtmachte. Das Haus sah schick aus; es stammte aus den dreißiger Jahren und lag natürlich in der Parkstraße. Das klang fast wie *Schloßallee*, dachte Roselski. Wenn man von *Monopoly* auf das wirkliche Leben schloß, dann waren hier im Kölner Stadtteil Marienburg die Häuserpreise wahrscheinlich genauso hoch.

»Die wohnt da nicht«, sagte Derenthal. »An der Klingel steht ein anderer Name.«

»Dann drück doch da mal drauf und frag, ob die wissen, wohin Elke Tersteegen verzogen ist.«

Gehorsam maschierte Derenthal zurück und klingelte. Roselski verfolgte, wie sich die Tür öffnete, eine ältere Frau mit weißer Schürze mit seinem Kollegen sprach, den Kopf schüttelte und die Haustür wieder schloß.

Derenthal kam zurück.

»Und?«

»Die Frau weiß nichts Genaues, sagte aber, die Vorbesitzerin habe das Haus verkaufen müssen und wohne inzwischen in Meschenich. Das hörte sich so an, als sei es eine ansteckende Krankheit.«

Roselski lachte. »Nee, das ist bloß ein sozialer Brennpunkt im Kölner Süden, gar nicht weit von hier, aber Welten entfernt.«

Er klingt fast wie Krüger, dachte Derenthal; der redete auch immer so geschraubt.

»In den dortigen Hochhäusern am Kölnberg leben viertausend Menschen aus sechzig Nationen«, sagte Roselski zur Erläuterung. »Nur die Aussicht aus dem sechsundzwanzigsten Stock eines der Hochhäuser soll gut sein.«

»Wahrscheinlich reden die alle Kölsch«, sagte Derenthal abwertend, der aus dem Ruhrgebiet stammte und die warme Intonation seines Vaters, der Bergmann in Gelsenkirchen gewesen war, nie abgelegt hatte.

Roselski lachte.

»Nach Meschenich also?« fragte sein Kollege.

Eine knappe Viertelstunde später stand der Bonner Streifenwagen vor dem Hochhaus-Ensemble und wurde von mehreren Jugendlichen in Bomberjacken, Trainingsanzügen und den modisch gewordenen Jeans mit Löchern höhnisch begrüßt.

»Hätt ihr nix ze donn?« versuchte Roselski sich auf Kölsch.

Zwei arabische Sätze folgten, dann löste sich der Anführer aus der Gruppe und kam auf die beiden Polizisten zu. In akzentfreiem Deutsch sagte der Schwarzafrikaner – der bestimmt hier geboren war, dachte Derenthal –, während er sich drohend vor dem deutlich kleineren Roselski aufbaute: »Gibt es ein Problem?«

»Noch nicht«, sagte der Angesprochene. »Wir suchen nur eine Frau.« Er holte das von Paulsen ausgedruckte Foto hervor und zeigte es dem Mann.

»Nie gesehen. Dennis, komm mal her.«

Ein schmächtiger Jugendlicher gehorchte sofort und trat neben seinen Chef.

»Kennst du die?«

»Sollte ich sie kennen?«

»Nun sag schon.«

Der Jugendliche studierte das Bild, dann nickte er und sagte: »Die wohnt bei uns gegenüber.« Er deutete auf eines der Hochhäuser und nannte die Hausnummer.

Die Polizisten dankten höflich und gingen zum Eingang.

Natürlich war der Fahrtstuhl defekt, so daß die Verkehrspolizisten bis in den elften Stock laufen mußten, was besonders Derenthals Physis abträglich war. Er schnaufte dermaßen, daß Roselski schon Angst um seinen Kollegen bekam.

»Nicht so laut«, sagte der jüngere Polizist zweimal. »Es muß ja nicht jeder hören, daß die Polizei im Hause ist.«

Neben einer schäbigen Wohnungstür, von der mehrere Aufkleber abgerissen worden waren, klebte ein Zettel. »Klingel defekt. Bitte dreimal klopfen«, las Roselski vor. Er setzte die Anweisung um und wartete.

Drinnen schloß sich eine Tür, dann waren Schritte zu hören, schließlich öffnete eine Frau die Tür. »Ich habe nichts gehört!« sagte sie zur Begrüßung.

Sie war wahrscheinlich Anfang bis Mitte sechzig, dachte der Polizist, und sah erstaunlich gut für ihr Alter aus. Seine Eltern waren früh gestorben, und mit dieser Altersgruppe Frauen kannte er sich daher nicht besonders aus. Ihre Kleidung entstammte der aktuellen Mode; sie war dezent geschminkt und vor kurzem beim Friseur gewesen.

»Entschuldigung«, sagte Roselski. »Was meinen Sie? Wir kommen von der Bonner Kripo und—«

»Ich dachte, Sie seien wegen der Sache zwei Stock höher hier«, unterbrach ihn die Frau und wies mit einer Kopfbewegung auf die Decke. »Häusliche Gewalt und so.«

Derenthal schüttelte den Kopf. »Nein, wir ermitteln in der Mordsache Ba—«

Dieses Mal unterbrach sein Kollege einen Satz. »Mein Kollege meint einen verstorbenen Bonner Geistlichen. Aber vielleicht zuerst die Formalitäten, die wir besser drinnen besprechen sollten.« Er ging einen Schritt auf die Frau zu, die aber nur die Arme verschränkte und in der Tür stehenblieb.

»Darf ich mal Ihre Ausweise sehen?«

Die beiden Polizisten taten, wie ihnen geheißen worden war. Dann fragte Derenthal: »Und Sie sind …«

»Frau Tersteegen?« ergänze Roselski.

»Warum sind Sie hier?« fragte die Frau, ohne die Frage zu beantworten. »Wie heißt der katholische Priester?«

Die Konfession haben wir gar nicht erwähnt, dachte Roselski. Interessant.

»Wienand«, sagte Derenthal diensteifrig und fügte hinzu, ehe sein Kollege ihn daran hindern konnte: »Und der zweite Tote heißt Bachem.«

»Einen Augenblick«, sagte die Frau höflich und drehte sich um. Sie ergriff einen Autoschlüssel, der auf einem kleinen Tischchen im Flur ruhte, und nahm gleichzeitig zwei Brillenetuis an sich. Dann wandte sie sich wieder den beiden Polizisten zu. »Sie erlauben?« fragte sie, ging in aller Seelenruhe auf Roselski zu – den sie richtig als den schnelleren der beiden eingeschätzt hatte – und stieß ihn unvermittelt zu Boden. Dann rannte sie auf die Treppe zu und verschwand nach unten. Die Wohnungstür hatte sie vorher noch zugezogen.

Roselski rappelte sich wieder auf und sah seinen Kollegen sprachlos an.

»Das habe ich nicht kommen sehen«, sagte Derenthal.

»Nee, du bestimmt nicht; du kriegst sowieso nie etwas mit«, sagte Roselski.

»Sie ist ihnen entwischt«, sagte Paulsen empört.

»Das habe ich kommen sehen«, sagte Kaul. »So etwas passiert immer, wenn man R2D2 alleine nach draußen läßt.«

Mesmer lachte.

Die Kriminalbeamten standen in der Einsatzzentrale des Polizeipräsidiums und verfolgten den Funkverkehr zwischen den beiden kleinlauten Polizisten und der Leitzentrale.

»Und wo ist sie jetzt?« fragte die diensthabende Kripobeamtin.

»Weg«, sagte Derenthal, wurde aber sogleich von seinem Kollegen korrigiert.

»Fast weg«, sagte Roselski. »Wir haben aber die Verfolgung aufgenommen. Frau Tersteegen fährt einen älteren dezent-grünen Renault Twingo Liberty mit dem amtlichen Kennzeichen BN – ET 1959.«

Paulsen blätterte in seinen Unterlagen. Als er das Gesuchte gefunden hatte, sagte er: »Jaja. Kennzeichen und die Jahrgänge der Halter. Elke Tersteegen ist aber Jahrgang 1949.«

»Frauen machen sich immer jünger als sie aussehen«, sagte Kaul, was ihm einen erbosten Blick seitens Mesmers eintrug.

»Herr Kollege«, sagte sein momentaner Chef. »Die Gleichstellungsbeauftragte, Sie wissen schon!«

»Wir fahren gerade auf die A555 auf«, sagte Derenthal über Lautsprecher.

»Kölner Verteilerkreis«, sagte Roselski. »Wir müßten in etwa einer Viertelstunde am Bonner Verteiler sein.«

»Gegen 16:24 Uhr«, sagte Kaul nach einem Blick auf die große Uhr an der Wand. »Uhrenvergleich.«

»Es ist jetzt 16:09 Uhr«, sagte Derenthal. »Die Jagd beginnt.«

Das Mikrophon klickte, und jemand stellte Musik an. Im Streifenwagen. Während eines Einsatzes.

Kaul und Paulsen sahen sich an und grinsten.

Entgeistert betrachtete Mesmer die großen Lautsprecher neben den Bildschirmen, aus denen *On the road again* von Canned Heat dröhnte.

»Mach das sofort leiser, D2!« übertönte Roselskis Stimme den Lärm, und fast sofort verstummte der Blues. Nur Derenthals leises Pfeifen des Refrains war noch zu hören.

16:11 Uhr.

»Wo seid ihr jetzt?« fragte Mesmer.

»Ikea«, antwortete Derenthal.

»Wo bitte?« fragte Mesmer konsterniert zurück. »Ich denke, ihr verfolgt die Frau?«

»Tun wir auch, Chef«, sagte Derenthal.

»*Auf der Höhe von* Ikea«, präzisierte Roselski, und Mesmer wischte sich den Schweiß von der Stirn.

Bei den beiden Polizisten mußte man auf alles gefaßt sein.

16:14 Uhr.

»Und jetzt?« fragte Mesmer etwas drängend.

»Immer noch auf der Autobahn«, sagte Derenthal und drehte die Musik wieder etwas lauter. Steppenwolfs *Born to be wild* hatte das erste Lied abgelöst.

»D2!« sagte Roselski, wobei man die »2« sogar als zweisilbig gelten lassen konnte. »Wir fahren schließlich nicht Motorrad.«

John Kays Stimme samt Begleitung wurden langsam ausgeblendet. An Derenthal war ein begnadeter Diskjockey verlorengegangen.

16:17 Uhr.

»Well Abe says, ›Where do you want this killin' done?‹ / God says, ›Out on Highway 61.‹« Bob Dylans Fernstraßensong kam über die ersten Takte nicht hinaus; Roselskis Finger drückte den Ausschaltknopf, ehe Derenthal reagieren konnte.

16:21 Uhr

Mesmer hatte tatsächlich mehrere Minuten geschwiegen, ohne sich nach dem Stand der Dinge zu erkundigen. Er war aber nicht untätig geblieben, sondern hatte im Hintergrund knappe Kommandos erteilt.

Wie im Schützengraben, dachte Paulsen, der den Wehrdienst verweigert hatte. Einer befiehlt immer irgend etwas und sei es nur, um weißes Rauschen zu vermeiden.

16:23 Uhr

Die Musik setzte wieder ein und wurde lauter. Mesmer gelang es aber nicht, das Lied zu identifizieren. Derenthal hatte wieder ins Schwarze getroffen. Es war *I'm Going Home* von Ten Years After.

Aus dem Lautsprecher war Roselskis Stimme zu vernehmen. »Wir sind gleich da«, sagte er. »Steht das Empfangskomitee bereit?«

Mesmer nickte, was sinnlos war. Roselskis Nachfrage beantwortete er mit einem unwirschen Ja.

16:28 Uhr

»Wo bleiben sie denn?« fragte der Fahrer eines der Streifenwagen, die ihre Position auf dem Zubringer der A555 zum Bonner Verteilerkreis bezogen hatten.

»Das heißt: ›Wo laufen sie denn?‹«, präzisierte sein Kollege.

Mesmer verdrehte die Augen.

»Es gibt ein kleines Problem«, sagte Roselski, der den Funkverkehr verfolgte. »Frau Tersteegen hat ihr Auto jetzt unter der Brücke abgestellt; das Benzin scheint alle zu sein. Wir stehen jetzt hinter ihr; ich steige mal aus.«

Derenthal hatte *It's all over now, Baby Blue* etwas lauter gedreht. Van Morrisons Stimme klang geradezu triumphierend.

Der Gebrauchtwagen

Dienstag, *31. Mai 2016 – Bonn / Bad Münstereifel.* Krügers Handy klingelte. Gerade wollte er Bachems Hof mit Beaumont zusammen verlassen, um sich zum Nachbarn gegenüber zu begeben, dem Bauern mit den Visitenkarten. »Ja, ich bin's«, sagte er und blickte anklagend zum Himmel.

Beaumont sah ihm amüsiert zu. Wahrscheinlich war entweder Farnschläger oder – was unwahrscheinlicher war – Markus Schneider am anderen Ende dran. Beide Kollegen leiteten nämlich zuverlässig ihre Telefonate mit »Bist du's, Krüger?« ein, was seinen Patenonkel inzwischen zur Weißglut trieb.

»Nein!« sagte Krüger plötzlich und hörte konzentriert weiter zu. »Echt jetzt? Das wirft ja meine ganzen Überlegungen über den Haufen.«

Weitere Sätze seines Gesprächspartners folgten.

»Das schaffen wir«, sagte Krüger und sah auf die Uhr. »Eine knappe halbe Stunde, vermute ich. Bis später.« Er steckte das Telefon wieder ein und betrachtete Beaumont, der ihn gespannt ansah. »Möchtest du etwas erfahren?«

»Gewiß doch, Onkel«, sagte Beaumont und unterließ jeden Hinweis auf Krügers Vornamen.

»Das war Farnschläger. Er sagte, der Mitarbeiter des Outlet Centers Bad Münstereifel habe ein Geständnis abgelegt.«

Die beiden befuhren schweigend die Strecke durch den Wald von Scheuren zur Kurstadt und hingen ihren Gedanken nach. Schließlich maulte Beaumont: »Das ist mir jetzt zu billig. Wir ermitteln in alle Richtungen, und dieser Mensch gesteht einfach, ohne daß wir ihm überhaupt etwas vorgeworfen haben. Der hatte es doch noch nicht einmal auf die Liste unserer Verdächtigten geschafft.«

Krüger lachte. »Doch, wir haben ihm etwas vorgeworfen. Den Besitz illegaler Betäubungsmittel nämlich. Die Kollegen haben nach dem Geschehen im Bettenstudio am Bonner Verteilerkreis in seinem schicken Maserati mehrere Päckchen Koks gefunden, zusammen fast zwanzig Gramm. Wahrscheinlich hat der Mitarbeiter ebenfalls ein kleines Nebeneinkommen als Dealer gehabt. Jedenfalls ist das keine *persönliche* Menge mehr. Wußtest du, daß schon der Besitz von fünf Gramm für ein Jahr hinter schwedischen Gardinen reicht?«

»Wußt'ich«, sagte Beaumont. »Meine Ausbildung liegt noch nicht so lange zurück.«

»Außerdem«, fuhr sein Patenonkel fort, »kann er jetzt seinen Lappen abgeben und muß zum Idiotentest, wenn er wieder draußen ist. Rennfahren ist vorbei.«

»Das ist aber nicht deine normale Sprachebene, oder?«

Krüger grinste. Kleine Witzeleien waren immer erfrischend.

Knappe zwanzig Minuten später – er hatte ordentlich Gas gegeben – hielt der Erste Kriminalhauptkommissar mit quietschenden Reifen vor Bachems ehemaligem Haus in der Delle. Die kleine Gasse neben der Jesuitenkirche in Bad Münstereifel war mit mehreren Streifenwagen fast zugeparkt. Außerdem hatte die Spurensicherung einen ihrer Sprinter ins Halteverbot gestellt, und zwei Zivilfahrzeuge blockierten die Stufen zur Kirche. Alles sah nach Dreharbeiten für einen Fernsehkrimi aus.

Krüger und Beaumont stiegen aus und begrüßten Farnschläger, der ihnen entgegenkam. Hinter dem Bonner Kollegen führten zwei Streifenbeamte einen blaß aussehenden jungen Mann in Handschellen zur Toreinfahrt neben dem Haus, das nun dem Outlet Center gehörte.

»Und der soll Bachem umgebracht haben? Warum denn das?« fragte Beaumont.

»Wer sagt das?« fragte Farnschläger.

»Na, mein Patenonkel sagte, er habe ein Geständnis abgelegt.«

Farnschläger lachte. »Wie leicht man auf abwegige Gedanken kommt. Waffenschmidt, so heißt der junge Mann, hat sich zwar durchaus mit dem Gedanken getragen, Bachem ins Jenseits zu befördern, weil der ihm und damit seinem Arbeitgeber das Haus da drüben vor der Nase wegzuschnappen drohte – dann hätte er, Waffenschmidt, nämlich seinen Job beim Outlet Center nach zwei vorherigen Abmahnungen endgültig verloren –, aber das Geständnis bezog sich auf die Drogengeschichte und auf eine Sache hier, die ich euch nicht vorenthalten wollte.« Farnschläger ging zielstrebig los und nahm wahrscheinlich an, daß seine beiden Kollegen ihm aus reiner Neugier folgen würden.

Krüger flüsterte mit Beaumont, während sie Farnschläger und den anderen Kripoleuten nachgingen: »Überraschungen sind doch immer kleine Finten wert, oder?«

Beaumont sah ihn mit unbeteiligtem Gesichtsausdruck an. »Kommt denn noch etwas?« fragte er, bevor er grinste und seinen Onkel freundlich in die Seite knuffte.

Ein Streifenpolizist hielt die ins große Hoftor eingelassene Tür auf, und die drei Kriminalbeamten betraten das aktuelle Immobilien-Schmuckstück (»Liebhaber-Objekt: Historische Hofanlage, zentrale Ortslage, geringer Renovierungsbedarf, 120 qm Wohnhaus, Kopfsteinhof, Garage, kleine Scheune, Tel. …«) und sahen sich um.

Die Spurensicherung stand Gewehr bei Fuß und wartete auf den Einsatzbefehl.

Krüger suchte den diensthabenden Kollegen. »Wer hat denn hier etwas zu sagen?« fragte er freundlich.

Die anwesenden Herren rührten sich nicht. Da die Kriminalpolizei seit langen Jahren nur noch zivil tragen mußte, war der Dienstgrad nicht mehr an der Kleidung ablesbar. Nur noch die Angehörigen des »Polizeivollzugsdienstes« hatten eine Uniform an. Wer also besaß heute die Macht, hier Anweisungen zu geben?

Krüger räusperte sich. »Hat jemand einen höheren Dienstgrad als *Erster Kriminalhauptkommissar*?« Er kam sich vor wie beim Fähnlein Fieselschweif, bei dem immer derjenige mit den meisten Abzeichen und Orden das Kommando gab.

Niemand meldete sich.

Krüger seufzte. »Dann bin ich das wohl. Und EKHKs sind ja immer im Dienst. Aber wir dürfen natürlich auch Arbeit delegieren.« Er sah sich um.

Farnschläger versuchte, nicht vorhanden zu sein, und betrachtete intensiv die unterschiedlichen Pflastersteine im Hof.

»Farnschläger«, sagte Krüger. »Wo Sie schon mal hier sind …« Den Rest des Satzes ließ er an diesem von einer tiefstehenden und tiefroten Sonne begleiteten Frühsommerabend einfach tonlos ausklingen.

»Was soll ich denn tun?« flüsterte Farnschläger, dessen Bemühungen, unauffällig im Erdboden zu versinken, vergebens gewesen waren.

»Herrn Waffenschmidt bitten, seine Aussage *coram publico* zu wiederholen.«

Farnschläger hatte zwar die lateinische Passage nicht verstanden, den Inhalt aber durchaus korrekt aufgenommen. Er räusperte sich. »Wenn Herr Waffenschmidt vielleicht so freundlich sein und alle Anwesenden von seiner Entdeckung in Kenntnis setzen würde?«

Dann, dachte Krüger, Mann, mit *dann* ging ein mit *wenn* begonnener Satz weiter. *Dann* können wir endlich weitermachen.

»Ja, also«, flüsterte Waffenschmidt. Und schwieg wieder.

»Mann Gottes!« Manchmal hatte selbst Farnschläger genug. »Lauter.«

Gehorsam begann Waffenschmidt noch einmal von vorne.

Der Kollege von der Spurensicherung hatte an die Anwesenden die üblichen weißen Tatort-Schutzanzüge verteilt, außerdem einfache Atemschutzmasken. Nachdem alle das Anlegen der vorgeschriebenen Schutzkleidung erledigt hatten, betrachtete Krüger verstohlen die Szenerie.

Es sah aus, als wären gerade die Akteure eines absurden Stückes von Dario Fo auf die Bühne marschiert, um Aufstellung zu nehmen – alle gleich gekleidet, alle bewegungslos vor ihrem Einsatz, alle ohne Gesichter. Wie eine Armee weißer Geister standen die Beamten vor der Scheune.

Krüger überlegte, ob er sich mit Carmen dieses Stück angesehen hatte. Das hätte er sicher getan, wenn es eine Aufführung innerhalb eines Abonnements gewesen wäre, man also hätte hingehen müssen. Aber alles wäre besser gewesen als damals in Bad Godesberg die unsägliche Aufführung des *Faust* in der Inszenierung von Alice Buddeberg im Kleinen Theater, die Carmen und er in der Pause wieder verlassen hatten.

Der bemerkenswerteste Satz an jenem furchtbaren Abend kam von einem Schüler in der Reihe hinter ihnen, nachdem sämtliche Akteure nackt waren: »Warum vertrauen die nicht auf Goethes Sprache?«

Hier waren wenigstens alle bekleidet.

Farnschläger räusperte sich. »Tür öffnen!«

Der Mitarbeiter des Outlet Center hatte die Kripobeamten zumindest verbal auf das vorbereitet, was sie erwartete, aber wie immer schlug die Wirklichkeit die Phantasie.

In der Mitte der kleinen Scheune stand ein abgedecktes Auto, dessen Plane halb zurückgeschlagen war.

Waffenschmidt genügte von draußen ein Blick auf das Fahrzeug, und er mußte sich übergeben.

»Die Realität ist nichts für ihn«, sagte Krüger leise zu Beaumont. »Er hält sich lieber an die Träume des Kokains.«

Der Polizeifotograf nahm das Fahrzeug aus allen Winkeln auf, dann bedeutete er den Beamten, daß sie nun die Plane entfernen konnten. Ein Beamter legte sie sorgfältig zusammen, um sie später im Labor auf Spuren zu untersuchen.

Ein ehemals hellblauer R4 kam zum Vorschein, dessen Lack völlig blind geworden war. Teilweise war die Karosserie angerostet. Das hintere Nummernschild war jedoch gut zu lesen: »BN-DC 924« stand darauf.

»Ein schönes Auto«, sagte Krüger versonnen. »Aus Bonn. Mit dem würde ich auch noch gerne umherfahren. 1982 habe ich in dem Oldtimer fahren gelernt.«

»In dem bestimmt nicht«, sagte Beaumont. »Außerdem war das damals noch kein Oldtimer.«

»Nee, nicht wirklich. Hast du mal die lustige Gangschaltung gesehen, dieser Hebel rechts vom Steuerrad?«

Beaumont schüttelte den Kopf. »Ich habe mit einem Automatikwagen fahren gelernt.«

»Das erklärt natürlich einiges.« Krüger bückte sich, um die orangefarbene TÜV-Plakette zu betrachten. Die nächste Hauptuntersuchung des Renault wäre im Dezember 1979 fällig gewesen. »Weißt du, was ich glaube?« fragte er Beaumont.

»Ich glaube es zu ahnen«, entgegnete der junge Kommissar.

»Genau. Das Auto dürfte dem verschwundenen Studenten Martin Reichenberger gehört haben. Bachem hat den Toten hier entsorgt und aus dem Auto einen Leichenwagen gemacht.«

Beaumont nickte. »Dann fehlt uns nur noch die Leiche.«

Einer der Beamten der Spurensicherung hatte den letzten Satz gehört und winkte. Er stand vor der Beifahrerseite und deutete auf die Fensterscheibe, die über die Jahrzehnte matt und fast undurchsichtig geworden war. »Leiche, Na ja. Skelett trifft es eher.«

Krüger trat neben ihn. Beaumont sah ihm über die Schulter, was leicht war, weil sein Patenonkel etwas kleiner war. Farnschläger hielt sich im Hintergrund, versuchte aber trotzdem, dem Geschehen zu folgen.

Auf dem Beifahrersitz des R4 war undeutlich eine amorphe Masse zu sehen. Es sah aus, als sei eine Schaufensterpuppe fast vollständig in einem gelblich-braunen Sandhaufen begraben. Nur der Kopf ragte noch heraus. Und der war skelettiert. Ein Totenschädel mit langen Haaren schien stur geradeaus durch die Frontscheibe zu starren.

»Ein Abgleich mit seinem Paßfoto dürfte schwerfallen«, sagte der Kollege von der Spurensicherung.

In seiner Haut möchte ich nicht stecken, dachte Krüger. Da kam man wahrscheinlich nur mit schwarzem Humor über die Runden.

»Soll ich raten?« fragte der Kommissar und zeigte auf den Sand. »Löschkalk?«

»Vermutlich. Dann hat es nicht so gestunken, wie es normalerweise der Fall ist, wenn ein Toter zu lange an der frischen Luft liegt.«

Jetzt schüttelte Beaumont sich doch. In seinem kurzen Berufsleben hatte er zwar schon viel gesehen und gehört, aber den lockeren Umgang mit an die Grenzen der Belastbarkeit gehenden Todesfällen noch nicht verinnerlicht.

»Die Leiche wird sich ganz gut gehalten haben«, sagte der Kollege von der Spurensicherung gerade. »Erstens der Kalk. Zweitens die geschlossenen Fensterscheiben und Türen. Drittens die ziemlich intakte Karosserie des Renault. Da hatten es die kleinen Maden und anderen Fliegen bestimmt schwer, ins Wageninnere zu gelangen.«

»Danke, das reicht«, sagte Beaumont, aber so leise, daß es nur Krüger hören konnte. Er wollte sich schließlich vor den Kollegen nicht blamieren. Wenn er sich jetzt noch krabbelnde Käfer in Weichteilen vorstellte …

»Vielleicht hat er ja seinen Ausweis dabei«, sagte Farnschläger aus der dritten Reihe, was Beaumont glücklicherweise auf andere Gedanken brachte.

»Das reicht aber nicht«, sagte der Kollege von der Spurensicherung. »Den kann ja auch jemand anderer eingesteckt haben. Nee, nee, wir müssen schon die DNA bestimmen. Das geht ratzfatz aus den Knochen.«

»Wie definieren Sie *ratzfatz*?« fragte Krüger etwas pikiert ob der lockeren Sprechweise sein Gegenübers.

»Etwa neunzig Minuten«, sagte der Angesprochene. »Falls es Sie interessiert: Die Methode wurde 2015 an einem amerikanischen Kinderkrankenhaus in Ohio entwickelt und perfektioniert. Die Software heißt Churchill und sequenziert—«

»Vielen Dank«, sagte Krüger freundlich. »Aber das wird mir jetzt doch etwas zu detailliert. Das heißt also, wir wissen heute abend, wie der Tote heißt?«

»Oder die Tote«, warf Beaumont ein.

»Nicht ganz«, sagte der Kollege von der Spurensicherung. »Den Namen kennen wir nur, wenn die DNA bei uns gespeichert ist. Und das halte ich bei einer Leiche aus dem Jahr 1979 für unwahrscheinlich.«

Über Temperamente

Dienstag, 31. Mai 2016 – Bonn/Neukirchen. Roselski führte eine aufgebrachte Frau die Treppe im Polizeipräsidium hoch, begleitet von seinem Kollegen Derenthal. Etwas unsanft bugsierte er Elke Tersteegen in eines der Büros des KK II und wies sie an, Platz zu nehmen. »Kollegen kommen gleich«, erklärte er noch, bevor Derenthal und er den Raum wieder verließen. Kurz darauf kamen Paulsen und Kaul herein, bewaffnet mit einer Akte und einem Stapel Papier.

Elke Tersteegen starrte die Kripobeamten wütend an. »Ohne meinen Anwalt sage ich überhaupt nichts.« Sie verschränkte die Arme, schlug die Beine übereinander und sah zum Fenster hinaus.

»Ich erkläre es Ihnen gerne«, sagte Kaul und setzte sich ihr gegenüber. »Wir haben Herrn Dr. Tegula angerufen, nachdem Sie ihn uns als den Anwalt Ihres Vertrauens benannt haben, und auf seinem Anrufbeantworter eine Nachricht hinterlassen. Bisher hat er nicht zurückgerufen.«

Dr. Jürgen Tegula genoß einen exzellenten Ruf bei seinen Klienten, die er regelmäßig aus selbstverschuldeten Zwangslagen herauslavierte. Bei den Gerichten und bei der Polizei war sein Ruf nicht ganz so gut; dort fürchtete man ihn, weil er seine Klienten regelmäßig aus selbstverschuldeten Zwangslagen herauslavierte.

Insgeheim war Kaul froh, daß der Anwalt abwesend war, hatten sein Kollege und er doch so Gelegenheit, der anwesenden Dame vielleicht die eine oder andere Information zu entlocken, die sie nicht unbedingt preiszugeben gedachte.

»Er kann auch nicht zurückrufen, wenn Sie die Telefonnummer seiner Kanzlei benutzt haben«, fauchte Frau Tersteegen. »Es ist nach fünf, und dann schaltet sich der Anrufbeantworter ein. Sie sollten die Handynummer nehmen, hatte ich doch gesagt.«

»Die ist nicht mehr vergeben«, sagte Kaul. Innerlich triumphierte er. Mußte die blöde Ziege eben warten, bis jemand den AB abhörte.

Elke Tersteegen zuckte zusammen und versuchte, sich nichts anmerken zu lassen, was Kaul aber sehr wohl registrierte.

Paulsen hatte sich ebenfalls gesetzt und raschelte drohend mit seinen Unterlagen, was Kaul als Hinweis auffaßte, etwas mehr als ein leichtes Florett aufzufahren. »Vielleicht mögen Sie uns etwas über Ihren bloßen Namen hinaus sagen«, sagte er freundlich. »Und eventuell auch, was Sie bewogen hat, Ihr Domizil in der Parkstraße aufzugeben und auf den Kölnberg umzuziehen.«

»Kein Kommentar«, sagte Elke Tersteegen.

Paulsen zog ein Foto aus der Akte. »Sagt Ihnen das Foto etwas? Es zeigt Sie am Steuer eines grünen Renault Twingo mit dem amtlichen Kennzei—«

»Grün kann man gar nicht sehen«, sagte die Frau. »Das Foto ist schwarzweiß.«

Kaul grinste.

»Sie sind am Donnerstag, den 26. Mai 2016, wegen zu schnellen Fahrens geblitzt worden, als Sie den Konrad-Adenauer-Damm auf dem Brüser Berg entlangrasten, etwa eine Stunde, nachdem Pfarrer Wienand das Gift verabreicht worden ist.«

»Na und?« Frau Tersteegen fixierte Paulsen. »Schließlich gehört mir dort ein Haus.«

Kaul blätterte in dem vor ihm liegenden Stapel bedruckten Papiers, der hauptsächlich Dekorationszwecken diente und nur ein einziges, für den aktuellen Fall relevantes Blatt enthielt. Dieses Schriftstück zog er jetzt heraus und überflog die Aufstellung der aktuellen Vermögenslage einer gewissen Elke Tersteegen, geborene Bachem. Unterm Strich stand eine größere, mehrstellige Zahl in Rot. Die Zahl begann mit einem Minuszeichen.

»Die Auskünfte, die ich von Schufa, Creditreform und Ihrer Hausbank erhalten habe, sagen etwas anderes«, sagte der Computerspezialist der Bonner Kripo.

Frau Tersteegen betrachtet ihre wohlmanikürten Fingernägel.

»Ihr Haus in Marienburg ist zwangsversteigert worden«, sagte Paulsen, »ebenso wie das Haus in Bonn.«

»Das stimmt nicht!« Frau Tersteegen verlor allmählich ihre Ruhe. »Das kommt erst noch. Außerdem waren es nicht meine Häuser.« Sie biß sich auf die Lippen. Ruhig bleiben, ruhig, sonst ritt sie sich noch in Teufels Küche.

»Eine Hälfte gehörte jeweils Ihrem verstorbenen Mann, der—«

»Der war sowieso ein Totalausfall.« Frau Tersteegen geriet ihren Vorsätzen zum Trotz jetzt doch in Rage. »Baumärkte, daß ich nicht lache. Das große Geld wollte er machen …«

»Hat er ja auch«, sagte Kaul. »Zumindest Ende der siebziger, Anfang der achtziger Jahre.«

»Ja, und dann hat er den Kanal nicht voll genug gekriegt, und meinte, er müsse mit seiner Firma expandieren. Neue Bundesländer und so. Aber das hat auch schon einigen Buchhändlern den Hals gebrochen. Gonski hieß eine der Firmen, glaube ich.«

Dranbleiben, dachte Paulsen, dranbleiben. Gleich haben wir sie da, wo wir sie haben wollen.

»Mir reicht es jetzt«, sagte Krüger zu Beaumont. »Oder möchtest du noch zusehen, wie sie die Leiche freilegen?«

»Danke, nein«, sagte der junge Kommissar. »Mir hat schon die letzte Trashfilm-Empfehlung meiner Schwester gereicht, *Die Nacht der reitenden Leichen*. Und jetzt noch autofahrende Skelette? Nein, danke.«

Sein Patenonkel lachte.

Die beiden streiften ihre Schutzkleidung ab und gingen zum Auto zurück. Als Krüger hinter dem Steuer Platz genommen hatte, sagte er: »Meinst du, wir können noch bei dem Visitenkartenbauern vorbeifahren?«

Beaumont sah auf die Uhr. »Erst halb sieben. Ich finde, da kann man noch klingeln.«

Die Rückfahrt dauerte etwas länger, weil sie bis zur Abzweigung nach Scheuerheck einen Traktor nicht überholen konnten, der in aller Seelenruhe einen Haufen Mist durch die Gegend karrte.

»Was mich daran erinnert«, sagte Krüger, »was für einen Haufen Mist Mesmer neulich wieder erzählt hat. Er hat doch allen Ernstes behauptet, man könne aus einer einzigen menschlichen Zelle ein Phantombild erstellen. Was für ein Unsinn.« Der Kommissar bildete sich zwar weiter, machte aber um Naturwissenschaften seit seiner Schulzeit einen großen Bogen. Er war der Meinung, daß simple Deduktion mit dem eigenen Gehirn immer noch besser war als jedes Computerprogramm und jedes Analysegerät.

»Das geht aber doch«, sagte Beaumont vorsichtig. Er kannte Krügers diesbezügliche Ansichten und teilte in Teilen seine Meinung über Mesmer. »Stand vor ein paar Jahren schon alles im *New Scientist*. Damals hieß es, man sei in zehn Jahren so weit, daß man das Verfahren im Alltag anwenden könne. Das ist dann«, der junge Mann rechnete kurz, »etwa Mitte des nächsten Jahrzehnts. Du wirst das noch erleben, Onkel.«

Krüger grummelte etwas in seinen nicht vorhandenen Bart und beschloß gleichzeitig, Mesmer etwas freundlicher zu behandeln. Der Kollege war zwar beschränkt, aber offensichtlich nicht auf allen Gebieten.

»Ich dagegen«, fuhr Frau Tersteegen fort, »war vorsichtig, was geschäftliche Unternehmungen anging, und bin immer auf Nummer sicher gegangen. Das habe ich schon im ersten Semester gelernt.«

»Pharmazie. Das stimmt doch?« fragte Kaul und sah auf seinen handschriftlichen Stichwortzettel.

»Jaja«, sagte Frau Tersteegen und blickte auf ihre Uhr. »Wollen Sie nicht noch einmal versuchen, meinen Anwalt zu erreichen?«

»Gleich«, sagte Paulsen. Dranbleiben, dachte er erneut. »Nur noch eine Sache.« Ihm war beim Stichwort *Nummer sicher* etwas eingefallen, und er sah die Akte durch. Nein, da war es nicht zu finden, was er suchte. Oder hatte ihm das jemand gesagt? *Mündlich* gesagt, würde Mesmer wahrscheinlich sagen, der immer übergenau war. Genau, *übergenau* war das Stichwort. Roselski hatte ihm mitgeteilt, Frau Tersteegen habe *zwei* Brillenetuis beim überstürzten Verlassen ihrer Wohnung ergriffen. Er betrachtete sie solange, bis sie es merkte und ihn aufsässig ansah.

»Ist etwas?«

»Sie besitzen doch zwei Brillen, oder?«

Frau Tersteegen sah ihn überrascht an. »Ja, wieso …?«

»Darf ich die mal sehen?«

Die Frau förderte aus ihrer Handtasche zwei identische Etuis zutage und reichte sie Paulsen. Der nahm die beiden Brillen heraus. Die Fassungen waren ebenfalls identisch. Er hielt sie gegen das Licht und sagte: »Die Gläserstärken sind auch gleich, oder?«

Frau Tersteegen nickte.

»Sie gehen gerne auf Nummer sicher, nicht wahr?«

»Das habe ich doch gerade gesagt.«

»Ich meine, bei *allem*, oder?«

Frau Tersteegen nickte erneut. Sie wußte nicht, worauf der Kommissar mit dem ausgeprägt norddeutschen Akzent hinauswollte.

»Wissen Sie, was ich glaube?« fragte Paulsen.

Sein Kollege sah ihn gespannt an.

Krüger parkte seinen Qashqai wieder an derselben Stelle auf Bachems Hof, auf der er das Auto schon die beiden letzten Male abgestellt hatte. Kurz darauf standen die beiden Kommissare vor der Haustür von Hubert Schmitz. Beaumont klingelte.

Als ob jemand dahinter gestanden hatte, öffnete sich die Tür sofort. Der untersetzte, dicke Mann betrachtete Beaumont freundlich und sagte: »Oh, mit Verstärkung heute? Ihr aktueller Begleiter strahlt ja entschieden mehr Autorität aus als Ihr letzter.«

Beaumont tat Schumacher leid, mit dem er vor gerade mal drei Tagen in Neukirchen gewesen war. Sein grundsolider Kollege war eben nur ein angenehmer Mitläufer, keine Leitungspersönlichkeit oder wie das hieß. »Herr Krüger ist mein Vorgesetzter«, sagte er knapp.

»Wollen Sie nicht hereinkommen?« fragte Schmitz und trat zur Seite, um die beiden Herren vorbeizulassen. Er folgte ihnen ins Wohnzimmer. »Wollen Sie nicht Platz nehmen?«

Jetzt muß noch »Wollen Sie nicht etwas trinken?« kommen, dachte Krüger, worauf er dann laut »Doch!« sagen würde, aber Schmitz bot nichts an, sondern setzte sich nur kerzengerade auf einen Stuhl. Dadurch saß er etwas höher als die Kommissare, was Krüger ziemlich irritierte. »Okay«, begann Krüger. »*In medias res.*«

»Ohne Einleitung?« fragte Schmitz. »Das ist immer unklug. Zuerst müssen Sie sich Ihr Ihnen bisher unbekanntes Gegenüber gewogen machen und anschließend überrumpeln.«

Krüger grinste. Das versprach, ganz lustig zu werden.

»Hat jedenfalls Columbo so ähnlich immer gemacht.«

»Ich weiß«, sagte Beaumont. »Mein Vater hat alle Folgen gesehen. Die entscheidende Frage kam immer erst, wenn Columbo schon fast zur Tür hinaus war.«

»Ich weiß«, sagte Schmitz. »Die Serie steht dahinten.« Er zeigte auf das große Regal mit den vielen DVDs und Blu-rays.

»Also«, sagte Krüger. »Ich würde gerne einige Fragen stellen und hoffe auf hilfreiche Antworten.«

»Schießen Sie los«, sagte Schmitz.

In rascher Folge holte der erfahrene Erste Kriminalhauptkommissar die benötigten Informationen ein. Ja, der Maserati-Fahrer war häufiger auf Bachems Hof gewesen, oft spätabends erst, wie auch der Ferrarifahrer. Manchmal war der Bauer ihnen mit einer kleinen Plastiktüte entgegengekommen, mit der die Sportwagenfahrer rasch wieder das Weite gesucht hatten. Bachem hatte also auch an Lagerkosten verdient.

Beaumont machte sich Notizen. Zur Sicherheit hatte er sein Handy eingeschaltet und schnitt die Unterhaltung mit, nachdem Schmitz mit einem Kopfnicken seine diesbezüglich hochgezogenen Augenbrauen beantwortet hatte.

Nein, Frauen – bis auf die Schwester in früheren Jahren – hatte Schmitz nicht auf dem Hof gesehen.

»Können Sie denn etwas zu den Studenten sagen, die hier gearbeitet haben?« fragte Krüger. »Den beiden in den siebziger Jahren.«

»Kann ich«, sagte Schmitz und schwieg wieder.

Beaumont verbiß sich ein Grinsen, und Krüger lachte.

»Soll ich es auch?« fragte der Bauer mit den Visitenkarten.

»Bitte!« sagte Krüger.

»Das ist allerdings wirklich lange her, und einiges weiß ich nur von meinem Eltern. Sie sagten, es seien beides nette Jungs gewesen, der eine aus Aachen, der andere aus Süddeutschland.«

»Aus Bonn«, sagte Krüger. »Das vermute ich jedenfalls und werde es wahrscheinlich auch in Kürze beweisen können. Haben Sie sich denn nie gewundert, warum die beiden von einem Tag auf den anderen plötzlich verschwunden waren?«

»Nicht wirklich. Da herrschte schon eine gewisse Fluktuation, was die wenigen Angestellten, Knechte und Hilfsarbeiter anging. Keiner hat es lange bei Bachem ausgehalten. Dafür hatte der einfach ein zu aufbrausendes Wesen; *cholerisch* wäre noch ein schmeichelhaftes Wort.«

»Und das hat keiner sofort bemerkt, der dort angefangen hat zu arbeiten?«

Schmitz schüttelte den Kopf. »Anfangs war der immer freundlich, hat mir mal einer der Knechte erzählt. Nur in Konfliktsituationen ist er regelmäßig ausgerastet und konnte sogar handgreiflich werden.«

»Mehr wissen Sie also nicht über die beiden Studenten? Was können Sie denn zu dem jungen Mann sagen, der sich nach dem Feuerwehrfest in Luft aufgelöst hat?«

»Helmut Klein? Bedauerlicherweise ebenfalls nichts«, sagte Schmitz. »Dabei hat das halbe Dorf vermutet, daß Bachem seine Hände dabei im Spiel gehabt hat. Aber man konnte es ihm nicht nachweisen. Die Kleins waren nach dem Verschwinden des Sohnes verwandelt; der Vater hat sich aus dem Dorfleben fast völlig zurückgezogen und ist relativ früh an Gram gestorben. Die Mutter lebt noch.« Er schwieg nachdenklich.

Beaumont sah unauffällig auf die Uhr. Mehr würde hier nicht herauskommen. Er gähnte und entschuldigte sich fast gleichzeitig dafür.

»Wir sind« sagte Krüger, »glaube ich, auch fertig. Vielen Dank für Ihre Zeit.« Er stand auf.

»Mögen Sie noch einen Augenblick warten?« fragte Schmitz. »Ich habe nämlich noch etwas für Sie. Ich bin gleich wieder da.«

Vom Hasenfuß zum Hahnenfuß

D*ienstag, 31. Mai 2016 – Bonn.* »Ich glaube«, fuhr Paulsen langsam fort, »daß Sie aus Ängstlichkeit, etwas nicht zu schaffen, etwas nicht zur Hand zu haben, irgendwo zu versagen, alles doppelt gemacht haben. Oder irre ich mich da?«

»Woher wissen Sie das?« flüsterte Elke Terstegen.

Jetzt hat er sie, dachte Kaul.

Paulsen, dieser stille Norddeutsche, war ein einfühlsamer Psychologe, obwohl er das nie gelernt hatte; er interessierte sich für die Menschen, auch wenn man ihm das nicht auf den ersten Blick ansah. Er konnte selbst dem verstocktesten Verbrecher ein Geständnis entlocken, wenn er ihm nur lange genug gegenübersaß.

»Die beiden Brillenetuis«, sagte Paulsen.

»Damit habe ich mich verraten, oder?«

Paulsen nickte.

Kaul hütete sich, etwas zu sagen, um die Magie des Moments nicht zu stören, in dem eine Straftat durch ein freiwilliges Geständnis aufgeklärt wurde.

»Sie besitzen auch zwei Autos, nicht wahr?«

Frau Tersteegen nickte.

»Falls mal eines seinen Dienst einstellt?«

Ein weiteres Nicken.

»Das zweite Auto ist auch ein Renault Twingo, oder?«

»Auch grün.« Ihre Stimme war fast nicht zu verstehen. Sie setzte sich auf und sah Paulsen direkt in die Augen. »Ich habe immer zwei Autos gehabt.«

»Und auch zwei Berufe gelernt, nehme ich an.«

»Genau, erst eine Ausbildung zur pharmazeutisch-kaufmännischen Angestellten, dann ein Studium, um Apothekerin zu werden.«

»Apotheker kennen doch keinen Wettbewerb – wo arbeiten Sie denn zur Zeit?« Paulsen machte sich Notizen, während sein Gegenüber bereitwillig Auskunft gab. Wahrscheinlich wußte sie schon, wohin der Kommissar die Vernehmung steuerte.

»Ich bin tatsächlich arbeitslos geworden, als die kleine Stadtteilapotheke in Marienburg aufgab. Die Konkurrenz durch DocMorris und das Internet war zu groß geworden. Gleichzeitig wurden die Firmen meines Mannes insolvent, und er starb plötzlich. Wir hatten keine Gütertrennung, so daß ich für seine Schulden aufkommen mußte. Alle Häuser – einfach weg. Dieser verdammte Kerl!«

»Sie haben also immer Angst gehabt, dem Leben und seinen plötzlichen Wendungen unvorbereitet gegenüberzustehen?« fragte Paulsen.

»So könnte man es formulieren.« Plötzlich hieb sie mit der Faust auf den Tisch.

Kaul zuckte zusammen.

Paulsen aber blieb ruhig und fragte: »Und die ganze Zeit über wurde Ihr Bruder immer reicher, nicht wahr?«

»Dieses verdammte Schwein.« Jetzt verlor Frau Tersteegen völlig ihre Contenance. »Er hat vorgegeben, mir mein Erbteil ausgezahlt zu haben, und es dann verstanden, in den Graubereichen der Gesetze zu lavieren, um alles andere behalten zu können, die Grundstücke in der Eifel, den kleinen Wald, an dem er hing, oben in Merzbach, die Häuser auf dem Brüser Berg in Bonn ...« Sie wischte sich tatsächlich eine Träne aus dem Auge.

Selbstmitleid und Gier – eine tödliche Kombination, dachte Paulsen.

Frau Tersteegen holte ein Taschentuch aus ihrer Handtasche und schneuzte sich geräuschvoll.

»Was wollten Sie eigentlich in Bonn? So zielstrebig, wie Sie auf die Autobahn gefahren sind, war das nicht nur eine Flucht vor meinen Kollegen.«

»Diesen beiden Komikern? Pat und Patachon?«

»So dünn ist Roselski nun auch wieder nicht«, verteidigte Paulsen seinen Kollegen, wozu er sich verpflichtet sah.

»Ich wollte im Hause meines Bruders nachsehen, ob er irgendwo ein Vermögensverzeichnis besaß, aus dem hervorgeht, was mir alles gehört.«

»Wie wären Sie denn ins Haus gekommen?«

»In einem Anfall brüderlicher Liebe«, sagte Frau Tersteegen verächtlich, »hat er mir mal einen Hausschlüssel gegeben, als er nach Bonn gezogen ist. ›Für Notfälle‹, sagte er. Und das ist doch jetzt ein Notfall, wo es mir so dreckig geht.«

War das jetzt Ironie? Paulsen war sich nicht sicher.

»Aber fragen Sie ruhig weiter; Sie wissen ja ohnehin alles.«

Um reinen Tisch zu machen, ist es nie zu spät, dachte Kaul; ihren Anwalt hat sie wohl vergessen, glücklicherweise. Dann können wir das Ganze nämlich schneller abschließen.

»Und wann haben Sie beschlossen, Ihren Bruder umzubringen?« Paulsens blaue Augen fixierten Elke Tersteegen, die ihre Arme erneut verschränkte. Unvermittelt war sie wieder die *grande dame*, der irgendwelche Behördenangestellte etwas wollten.

»Das müssen Sie mir erst einmal beweisen«, sagte sie.

Paulsen aber setzte seine Taktik von Freundlichkeit und Abfrage einzelner, fallrelevanter Informationen fort. »Sie sind also Apothekerin.«

Frau Tersteegen nickte.

»Damit haben Sie auch Zugang zu Giftstoffen, oder?«

»Schon, aber jede Entnahme, jeder Verkauf, jede Beimischung muß akribisch festgehalten werden.«

»Und in Marienburg hatten Sie einen wunderschönen Garten, den ich mir gestern nachmittag angesehen habe. Mir war da nämlich eine Idee gekommen.« Jetzt verstummte Paulsen und wartete auf eine Reaktion.

Aber Elke Tersteegen war hartgesotten und schwieg.

Paulsen ebenfalls.

Schließlich gab sie auf und fragte: »Welche denn?«

Paulsen hatte in seinem Leben in viele Berufsbereiche hineingeschnuppert und verstand auch ein wenig von Blumen und Gartenanlagen. »Hahnenfuß oder Wolfswurz. Was Sie möchten. Sie wissen doch, wie die Pflanze entstanden ist?«

Die Apothekerin sah ihn überrascht an. »Nein, wie denn?«

»Ich habe es nachgeschlagen«, sagte der Husumer. »Irgendwann hat Herakles den Höllenhund Zerberus aus seinem Reich auf die Erde geschleppt. Sonnenlicht war gar nichts für den Köter, woraufhin er giftigen Speichel sabberte. Überall dort, wo der auf die Erde fiel, wuchs der Blaue Eisenhut, die giftigste Pflanze in Europa.«

Frau Tersteegen lachte. »Kindergeschichten.«

»Mit einigen Vorkenntnissen kann man das Gift aus der Pflanze extrahieren, um es dann bei Bedarf einzusetzen.«

Paulsen redete und redete. So kannte Kaul seinen Kollegen gar nicht; allerdings war er auch das erste Mal bei einer Vernehmung des sonst so stillen Norddeutschen dabei.

»Jedenfalls haben wir bei Ihrem Bruder Aconitum nachgewiesen, eine der beiden Todesursachen. Um sicherzugehen, daß er auch starb, haben Sie dann noch eine Axt zu Hilfe genommen.«

»Das müssen Sie erst einmal beweisen.«

»Können wir«, sagte Kaul. Jetzt war es wahrscheinlich ungefährlich, auch etwas zu sagen, wo die Vernehmung sich ihrem Ziel näherte. »Die Kollegen haben sie im Kofferraum Ihres zweiten Wagens gefunden. Mit Fingerabdrücken.«

»Na und? Äxte spazierenzufahren ist doch nicht verboten. Außerdem klebte kein Blut dran, oder?« Elke Tersteegen war sich sicher, alles abgewischt zu haben.

»Auf den ersten Blick nicht«, sagte Kaul. »Aber heutzutage können wir auch Spuren im Mikrobereich nachweisen. Darüber hinaus paßt die Spurbreite Ihres Autos zu den gefundenen Reifenspuren im Rheinbacher Wald. Und am rechten Kotflügel ist der grüne Lack beschädigt. Grünen Lack haben wir an einigen Bäumen entdeckt. Die Schlinge zieht sich zu, um es mal so zu formulieren.«

Paulsen setzte nach. »Und jetzt sage ich Ihnen auch noch was. Um sicherzugehen, haben Sie das Gift getestet. Sie haben ja alles doppelt gemacht. Pfarrer Wienand ist ebenfalls an Aconitum gestorben. Das ist schon ein fieses Gift. Sie wissen das sicher: Schweißausbrüche, Krämpfe, danach Herzrhythmusstörungen und Lähmungen, gefolgt vom Atemstillstand. Schließlich Exitus. Was hatten Sie eigentlich gegen den Pater?«

»Ach, der steckte doch mit meinem Bruder unter einer Decke und zog ihm das Geld für seinen karitativen Quatsch aus der Tasche, Geld, das mir gehört! Und alles, während ich daneben gestanden habe.«

Paulsen und Kaul wechselten einen Blick.

»Also, was ist jetzt?« fragte Paulsen freundlich. »Motiv, Werkzeug, Gelegenheit – alles trifft auf Sie zu.«

Plötzlich fing Elke Tersteegen an zu weinen. Sie schluchzte und schluchzte und konnte sich überhaupt nicht wieder beruhigen.

Die beiden Kommissare warteten.

Schließlich faßte sich die Mörderin wieder und sagte: »Es hat ja doch keinen Zweck mehr, alles abzustreiten, Sie haben völlig recht. Ich bin es gewesen. Bei beiden. Wollen Sie es schriftlich haben?«

Es klopfte, und ohne eine Antwort abzuwarten, stürzte ein Herr mit Aktentasche und hochrotem Gesicht in den Raum. »Tut mir leid, Frau Tersteegen. Ich hab's gerade erst abgehört. Meine neue Handynummer hatte ich Ihnen noch nicht gegeben, oder? Bin ich zu spät?«

Totgeglaubte leben länger

D*ienstag, 31. Mai 2016 – Bonn / Düsseldorf.* Katharina betrachtete zweifelnd den vollen Eingangskorb mit Rechnungen. Einige kamen von den Barsortimenten, von denen sie viele ihrer Bücher bezog; die Beträge wurden von ihrem Konto abgebucht. Mal sehen, wie lange das noch gut ging. Kleinere Verlage belieferten sie wenigstens auf Rechnung; die mußten auf ihr Geld jetzt eben warten – manche Verleger waren genauso arm dran wie sie als Buchhändlerin und konnten sich auch kein eigenes Mahnwesen leisten. Übel sah es in der Buchbranche finanziell aus, richtig übel.

Aber, verdammt noch mal, von irgendwo mußte Geld her.

Und zwar sofort.

Keinen Seufzer, bitte. Allein schon gar nicht. Trübsal blasen ging zu zweit auch besser, falls man nicht dasselbe Horn benutzen wollte.

Nach vorne sehen, das half. Manchmal.

Wie hieß noch mal dieser Zen-Satz, der sie ab und zu tröstete? Genau.

Wenn du es eilig hast, mache einen Umweg.

Also abwarten. Oder den Beruf wechseln und irgendwann später wieder eine »Papierhandlung« eröffnen.

Buddha müßte man sein, dann könnte man von den Kalendersprüchen allein leben.

Jetzt seufzte sie doch aus tiefstem Herzen.

Halb sieben. Seit vier Uhr kein Kunde mehr. Sie würde jetzt den Laden abschließen, nach Hause fahren und sich einen Strick nehmen.

Katharina sah auf die Uhr. Zehn nach sieben. Genau die richtige Zeit, um Jans schottischen Geburtstagswhisky mit dem komischen Namen zu öffnen, den sie sich nicht merken konnte und den man sich bestimmt auf einer Webseite der richtigen Aussprache wegen vorlesen lassen konnte. Sie warf Handtasche und Autoschlüssel auf das kleine Tischchen im Flur, zog ihre Schuhe aus und ging barfuß ins Wohnzimmer. Die Fliesen waren zwar etwas kalt, aber solange es gleich Whisky gab, war das egal.

Auchentoshan.

Die Flasche mit dem zwölf Jahre alten Getränk samt einer handschriftlichen Geburtstagskarte stand noch auf dem kleinen Beistelltischchen neben dem Kamin. Sie studierte das Etikett. »Every single drop triple distilled« las sie. Das erklärte natürlich auch, warum das Zeug nicht ganz preiswert war, weil man ja jeden Tropfen einzeln destillieren mußte, damit es so schmeckte, wie es schmeckte …

Plötzlich hörte sie ein Geräusch.

Rumorte da jemand im ersten Stock?

Gleich drauf miaute eine Katze vor der Terrassentür. Das freundliche Tier setzte sich erwartungsvoll hin, als es Katharina entdeckte. Kurz dachte sie darüber nach, was das Tier draußen im ersten Stock gemacht hatte. Gab es da überhaupt einen Fenstersims?

»Gleich«, sagte sie durch die geschlossene Scheibe, »gleich komme ich raus und kraule deinen Nacken. Aber zuerst ein Beruhigungsmittel.«

Das Glas neben der Flasche war noch unberührt. Beides stammte aus dem Brühler Whiskyhaus, in dem sie mal einen langen Abend beim Testen diverser Sorten schottischen und anderen Feuerwassers verbracht hatte, an dessen Verlauf sie sich nur noch dunkel erinnerte und dessen Ende gar nicht mehr präsent war, auch am nächsten Tag nicht.

Katharina griff zur Flasche.

»Halt!« ertönte eine Stimme vom Flur her.

Sie erstarrte.

Vier Tage vorher starrte Jan entgeistert in die Zeitung. Er saß in seinem Liegestuhl im Garten und las den Artikel in der Wochenendausgabe des Bonner *General-Anzeigers* schon zum dritten Mal. Noch immer verstand er nichts. Warum war das Bild seiner Mutter in der Rubrik »Ungeklärte Fälle« zu finden? Und warum hatte sie ihm nie etwas davon erzählt? Und wer war der nur mit einem unscharfen Paßfoto abgebildete junge Mann?

Fragen über Fragen.

Nach seiner Geburt in Amerika, wo sie sich nicht wohlgefühlt hatte – das Land war für sie einfach zu riesig –, war seine Mutter wenige Jahre später mit ihm nach Deutschland zurückgegangen, ausgerechnet nach Bonn, was er schon immer als leicht provinziell empfunden hatte. Für eine junge Frau mit einem unehelichen Kind war es auch 1983 noch schwer gewesen, eine Ausbildung zu machen. Aber sie hatte rasch einen ihr zugetanen Mann gefunden, der sie über alles liebte (»Und wenn du zehn Kinder in die Ehe mit eingebracht hättest!«) und der sich rührend um den kleinen Jungen kümmerte, den seine Frau bisher alleine großzog. Zu keiner Zeit jedoch hatte sie mit ihm über seinen wirklichen Vater gesprochen.

Als er zwölf Jahre alt wurde, hatten ihn seine Eltern darüber informiert, daß Vater nicht sein leiblicher Vater war. Er war zutiefst erschüttert und warf seiner Mutter ein Lügengebäude vor, das sein Stiefvater mit leicht erhöhter, jedoch wohldosierter Zuwendung rasch wieder beseitigte. Als er achtzehn wurde, forschte er selber nach seinem »richtigen« Vater, aber auch sein Großvater in dem Eifeldorf verweigerte jede Auskunft. »Eine Mauer des Schweigens«, das war der richtige Ausdruck für die Sprachlosigkeit, die ihm entgegenschlug, wenn er nach seinem Erzeuger fragte. Über Töchter mit unehelichen Kindern wurde nicht geredet. Irgendwann gab er seine Bemühungen auf.

Daß seine Eltern richtig reich waren, erfuhr Jan erst mit achtundzwanzig Jahren, als der Notar nach ihrem Tod das Testament erläuterte und auf vorsichtigen Umgang mit dem Vermögen hinwies. Er war aber vom Unfalltod seiner Eltern noch viel zu erschüttert, um alles richtig aufzunehmen.

Und jetzt das! Nach Jahrzehnten endlich ein Hinweis. Vielleicht konnte er mit dem Journalisten, der den Bericht verfaßt hatte, Kontakt aufnehmen?

Er sah wieder auf den Artikel. Aber noch immer stand dasselbe drin.

Hinter der Terrassentür war Katharina zugange und räumte das Wohnzimmer auf. Sie hatte sich den Vormittag freigenommen und ihren Dienst in der Buchhandlung getauscht. Katharina! Das war auch so ein Thema. Eigentlich ein wunderschönes, denn er liebte seine Freundin sehr.

Genauso liebte er aber auch seine Unabhängigkeit. Er konnte kommen und gehen, wann er wollte – na ja, ganz stimmte das nicht, denn seit er bei Katharina eingezogen war, gab es schon gewisse Regeln, die er auch einhielt. Was ihn störte, war nur ihr nonchalanter Umgang mit geschäftlichen Dingen. Er war sich nicht sicher, wieviel sie wirklich von der wirtschaftlichen Seite ihrer kleinen Buchhandlung verstand. Und sein Geld wollte sie nicht! Dabei war davon genug vorhanden, mehr als er – Katharina eingerechnet – jemals in seinem Leben würde ausgeben können.

Plötzlich wurde ihm alles zuviel, und er stand auf. Er brauchte Abstand, Abstand von seiner Freundin und Abstand von diesem Leben.

Eine Auszeit.

Genau, das war es. Ein paar Tage für sich allein, ohne daß er sich vorher rechtfertigen mußte. Tatsächlich dachte er schon seit einigen Tagen darüber nach, so daß der Zeitungsartikel nur der Auslöser war, um den Zeitpunkt für seine Abwesenheit zu bestimmen.

Er schlich leise nach oben, legte den vorbereiteten Zettel aus seiner Nachttischschublade auf das Kopfkissen seiner Freundin, aber so, daß sie ihn erst am Abend entdecken mußte, ging ebenso leise wieder nach unten und verschwand mit Papieren, Lederjacke und Autoschlüssel aus der Haustür, ohne daß Katharina etwas mitbekam, die inzwischen ihr Tätigkeitsfeld in den Keller verlagert hatte.

»Das ist mein Whisky!«

Katharinas Knie fingen an zu zittern, und sie mußte sich setzen.

Zwei Abende nach seiner »Abreise« saß Jan mit seiner alten Clique in Düsseldorf am Rhein. Sie waren mit der U-Bahn-Linie 83 bis zur Haltestelle Schloß Benrath gefahren, durch den Schloßpark gelaufen und dann zum Rhein hinuntergegangen. Es war ein lauer Frühsommerabend, und Jan war glücklich. Ein bißchen war es wie früher, als sie manchmal mitten im Semester nach Belgien ans Meer gefahren waren, dort am Strand übernachtet und morgens Kroketten zum Frühstück gegessen hatten. Nur das Feuer am Strand fehlte heute.

Aber sogar die Gesichter waren die gleichen wie damals. Sein Freund Achim, ein schlanker, nachdenklicher Mann, war nach seinem Mathematikstudium in ein noch immer gut besuchtes Reisebüro gegangen und beriet dort die Kunden über alle touristischen Unternehmungen im Fernen Osten. Frank aus Essen hatte ebenfalls studiert und besaß inzwischen eine mittelgroße Malerfirma, obwohl er viel lieber Musiker geworden wäre. Er spielte hervorragend Gitarre und half über manches Wochenende in diversen Bands aus; eine große Karriere war ihm dennoch versagt geblieben.

Auch das Mädchen aus dem Studium war noch da. Katrin hatte nie geheiratet; sie schien sich selbst zu genügen. Dabei war sie witzig, eloquent, belesen – wenn es Katharina nicht gäbe, hätte Jan sicher sie gefragt, ob—

»Was machst du denn für ein Gesicht?« Frank zündete sich eine Zigarette an und inhalierte tief.

»Ja, also …«, begann Jan, wurde aber sogleich erneut unterbrochen.

»Der Sinn des Lebens, oder?« fragte Katrin freundlich.

»42«, sagte Achim und hustete, weil er gleichzeitig etwas Altbier hatte hinunterschlucken wollen. Er stellte die Flasche Uerige zur Seite.

»Ich überlege seit längerem«, nahm Jan einen neuen Anlauf, »ob ich mit Katharina alt werden möchte.«

»Im deinem Alter denkst du schon ans Alter?« Katrin stupste ihn freundlich in die Seite. »Mich kannst du ja leider nicht nehmen; ich bin nicht zu vergeben. Ich gehöre mir selbst.«

Frank murmelte etwas von Emanzen, beließ es aber dabei, als er von Achim einen warnenden Blick auffing.

»Weiß Katharina denn, wo du bist?« fragte Katrin. Sie war immer auf der Seite der Frauen.

»Nicht direkt«, druckste Jan herum. »Ich hab' ihr aber einen Zettel hingelegt.«

»›Bin nicht da‹«, sagte Achim. »›Warte nicht mit dem Essen auf mich.‹ So ungefähr?«

Katrin lachte. »Würde zu dir passen.«

Jan nickte.

»Das ist aber nicht sehr nett«, sagte Katrin. »Dann kann sie ja auch annehmen, du kämest nie wieder oder seiest sogar tot. Jedenfalls ziemlich verschwunden.«

»Aber wenn ich doch nicht weiß, was ich möchte?« Das klang selbst für Jans Ohren etwas weinerlich.

»Dann laß uns doch einmal das Für und Wider einer solchen Grundsatzentscheidung abwägen«, sagte Katrin. »Wir machen das demokratisch. Wer ist für die Ehe?«

Achim war verheiratet und hob langsam den Finger. »Ich. Meistens jedenfalls.«

Frank lachte. Er lebte seit zehn Jahren mit seiner dritten *Teilzeitgefährtin*, wie er es nannte, zusammen, ohne daß sie geheiratet hatten, und war eigentlich zufrieden. »Ich auch«, sagte er. »Jedenfalls für meine Form.«

»Ich nicht«, sagte Katrin. »Dann muß man den gesamten Tag bügeln, kochen, Wäsche waschen, einkaufen … Nee, nicht mit mir. Und du?« Sie sah Jan aufmerksam an. »Was meinst du?«

»Keine Ahnung«, sagte er. »Ich muß noch etwas darüber nachdenken.«

Jan trat behutsam ins Wohnzimmer und setzte sich neben Katharina. Er wollte den Arm um sie legen, aber sie schob ihn weg.

»Mach das nie wieder!« sagte sie und fing an zu weinen. »Nie wieder! Wenn du wüßtest, was du mit deinem Verschwinden ausgelöst hast. Na ja, beinahe.« Sie berichtete von dem Mord, den polizeilichen Ermittlungen, ihrem Verhör …

Jan sah schuldbewußt zu Boden. »Weißt du«, begann er zögerlich, »manchmal muß man Umwege machen, wenn man es eilig hat oder wenn man das Ziel aus den Augen verloren hat.«

Katharina drehte sich schließlich zu ihm. »Einen Umweg über Düsseldorf?«

Jan nickte. Sein Herz klopfte, und er überlegte, wann der richtige Zeitpunkt war, um etwas sehr Wichtiges zu sagen.

»Was haben denn Achim, Frank und Katrin gesagt?« Sie wußte um Jans alte Clique, die sie als festen Bestandteil seines Lebens längst akzeptiert hatte. Eigentlich hätte ich da auch anrufen und nach Jan fragen können, dachte sie. Aber bestimmt hätte das wie Hinterherschnüffeln ausgesehen, so daß sie es lieber unterlassen hatte.

»Wir haben abgestimmt.«

»Über Umwege?« Sie betrachtete ihren Freund, als sähe sie ihn zum ersten Mal.

»Nein, über die Ehe. Zwei waren dafür, eine dagegen, einer war unentschieden.«

Katharina begann zu lachen. »Das heißt, ich gebe den Ausschlag?«

»Tust du sowieso immer. Außerdem weiß ich jetzt, was ich will. Ausschließlich und immer dich.«

Jetzt nahm ihn Katharina endlich in den Arm und gab ihm einen ziemlich langen Kuß. Etwas außer Atem löste sie sich dann wieder von ihm und sagte: »Und wie ist das jetzt mit deinem Geburtstagswhisky?«

Asiatische Küche

M*ittwoch, 1. Juni 2016 – Bonn.* Krüger befand sich in seiner alten Wohnung über der Bäckerei in der Adolfstraße und lief unruhig auf und ab. Carmen hatte ihn mehr oder minder vor die Tür gesetzt, na ja, nicht ganz. Er war freiwillig gegangen, weil seine Freundin einen Frauenvormittag organisiert hatte, der dieses Mal bei ihnen zu Hause stattfinden würde. Brunch und so. Frauen waren immer nett, aber wenn sie in Scharen auftraten, wurden die Männer unwichtig. Und ein klein wenig kratzte das schon an seinem Ego. Es war halb zwölf, das ausgedehnte Frühstück im Wohnzimmer am Venusbergweg sicher schon in vollem Gange, und er hatte nichts zu tun. Was nicht ganz stimmte, wenn er den kleinen Aktenhaufen betrachtete, den er von seinem BKA-Fall zwecks Durcharbeitens mitgebracht hatte. Aber irgendwie hatte er dazu keine Lust. Der Fall Bachem war zwar weitgehend geklärt, wie ihm gestern abend noch Beaumont erzählt hatte, aber im Falle der verschwundenen jungen Leute gab es noch Ungereimtheiten.

Sein Mobiltelefon fiepte. Krüger ging zum Küchentisch und hob es hoch. Das Display zeigte eine weitere Threema-Nachricht an. Immerhin war er à jour und auch über einen Messenger zu erreichen, wobei er jeden Boten vorzog, der nicht nur aus Einsen und Nullen bestand, sondern reden konnte. Er hatte sich geweigert, WhatsApp auf seinem Handy zu installieren, und tatsächlich alle Kollegen davon überzeugt, zu der sichereren eidgenössischen Alternative zu wechseln: Mit den Slogans »Server in der Schweiz! Doppelte Verschlüsselung! Keine Werbung!« hatte er sie gelockt und war sich wie einer dieser Handyverkäufer in den Fußgängerzonen des Landes vorgekommen.

Der Kommissar las die Nachricht und nickte. »DNA. Soso. Habe ich mir eigentlich gedacht.« Er legte das Handy beiseite und ging ins Wohnzimmer zurück, um die vor einigen Tagen unterbrochene Lektüre der *Zeit* wieder aufzunehmen.

Nach einer halben Stunde bekam er Hunger, kaufte in der Metzgerei nebenan etwas Aufschnitt und in der Bäckerei im Erdgeschoß ein paar Brötchen aus weißem Mehl. Carmen war ja nicht da, da konnte er auf Vollkornerzeugnisse gerne verzichten.

Als er den Küchentisch für das kleine improvisierte Mittagessen deckte, klingelte sein Handy – Miss Marple.

»Ja, ich bin's«, sagte Krüger und seufzte. »Ihr lernt das nicht mehr. Ihr müßt das nicht jedes Mal fragen. Wenn ihr mich anruft, dann bin ich dran, niemand anderer. – Nein, Carmen auch nicht. Die faßt mein Diensthandy nicht an. – Ja, ich weiß, daß das auch mein Privathandy ist, weil ich nur eines habe. Gibt es denn etwas Wichtiges?« Er lauschte, verabschiedete sich von seinem Gesprächspartner und biß nachdenklich in eine Brötchenhälfte mit ausnahmsweise mal trockenem *luftgetrockneten* Parmaschinken. Vielleicht hatte der Fleischer eine neue Bezugsquelle.

Eine weitere halbe Stunde später klingelte es an der Wohnungstür. Krüger schlurfte zum Eingang und sah durch den kleinen Spion, bevor er öffnete.

»Die Haustür war offen, wie immer«, sagte Beaumont und folgte seinem Patenonkel in die Küche. Interessiert betrachtete er den akkurat gedeckten kleinen Tisch. »Aha, das Essen der Einsiedler? Eigentlich macht man das anders: Man kauft ein Brötchen mit einem Wiener Schnitzel dazwischen, außerdem eine Flasche Bier und den *Kurier*. Ein halbes Glas Wein, ein Brötchen mit italienischem Schinken und die Hamburger Intellektuellengazette *Die Zeit* zu erwerben, ist definitiv falsch.«

Krüger lachte.

»Weißt du, warum ich gekommen bin?«

»Nee, aber gleich.«

»Jan ist wieder da«, sagte Beaumont triumphierend.

»Habt ihr ihn wieder ausgegraben und seine Freundin verhaftet?« fragte Krüger und setzte ein vollkommen unbeteiligte Miene auf.

»*Nä, wat bess du fies!*« Der junge Kommissar grinste aber bei seinen Worten. »Alles ganz harmlos; *dä Jung* hat sich eine Auszeit genommen, ohne vorher sein uneheliches Gespons zu informieren, und die Nächte in Düsseldorf durchgefeiert.«

»Altstadt?«

»Nee, Rheinufer. Drei Männer und …«

»Ein Baby«, vervollständigte Krüger den Filmtitel.

»Eine Frau«, sagte sein Patenjunge. »Alles legal, alles normal.«

»Alles egal. Jetzt jedenfalls, wo wir ein Geständnis im Fall Bachem haben.«

»Dann können die Beteiligten ja ein neues Kapitel aufschlagen.«

»Nicht ganz«, sagte Krüger. »Ich wollte alle zum Essen einladen.«

»Alle aus dem aktuellen Fall?« fragte Beaumont etwas entgeistert. »Auch die, die du noch nicht kennst, wie die Buchhändlerin zum Beispiel?«

»Alle. Ich bin schließlich der Patenonkel und per definitionem großzügig.«

Das Rossi ai fiume lag im Bad Godesberger Stadtteil Rüngsdorf über dem Bootshaus des Bonner Ruder-Vereins 1882, direkt am Rhein, und genoß einen exquisiten Ruf.

Punkt neunzehn Uhr betrat Krüger das Restaurant im ersten Stock und ließ seinen Blick durch den Raum schweifen. Als er Carmen entdeckte, winkte sie ihm zu. Am Fenster waren zwei Tische zusammengerückt worden, damit alle Beteiligten Platz fanden. Bis auf ein Paar waren sie bereits eingetroffen.

Der Kommissar setzte sich ans Kopfende und griff nach der Speisekarte. Er liebte italienisches Essen; man mußte sich allein die Namen der Gerichte auf der Zunge zergehen lassen und bekam sofort Appetit. *Agnello agli odori* klang fast wie der Titel einer Oper von Verdi, wobei Lammfilet eher etwas für Carmen war.

Nachdem die freundliche Kellnerin die Bestellungen entgegengenommen hatte und die Getränke verteilt waren, sagte Katharina

Markenbeck: »Mögen Sie uns jetzt vielleicht verraten, warum wir heute abend alle kommen sollten, wenn Sie es schon am Telefon nicht getan haben?«

Krüger betrachtete die Buchhändlerin und versuchte sich vorzustellen, was sie wohl durchgemacht hatte. Aber Katharina hatte ein Pokerface aufgesetzt, dem er nichts entnehmen konnte. Also trank er in Seelenruhe einen Schluck Weißwein und legte sich einen ersten Satz zurecht. Zur Feier des Tages hatte er nicht seinen üblichen Pinot grigio bestellt, sondern sich für einen Sauvignon aus dem Friaul entschieden. Schließlich sagte er: »Ich wollte etwas zur allgemeinen Aufklärung beitragen, um Sie alle – und mich schließe ich dabei keineswegs aus, weil mir bei diesem Fall erst relativ spät etwas eingefallen ist – aus der selbst verschuldeten Unmündigkeit zu befreien.«

»Selbstverschuldet ist diese Unmündigkeit«, sagte Katharina, »wenn ich das mal erklären darf, wenn nämlich die Ursache derselben nicht am Mangel des Verstandes, sondern der Entschließung und des Mutes liegt, sich seiner ohne Leitung eines anderen zu bedienen.«

Derenthal stupste Roselski an. »Hast du das verstanden?«

Sein Kollege antwortete aber nicht, weil er mit seinen Gedanken ganz woanders war. Vielleicht, hatte Farnschläger drohend gemurmelt, kämen noch Kostenforderungen seitens der Bettenstudio-Inhaberin auf ihn zu, weil er nicht rechtzeitig genug eingeschritten war, um dem Treiben ein Ende zu setzen. Mal sehen, es war ja immerhin möglich, daß sich heute abend alles klärte.

»Nun laßt mal Kant aus dem Spiel«, sagte Carmen. »Krüger, bitte – warum sind wir hier?«

Ehe ihr Freund antworten konnte, kam die Kellnerin und brachte dieselbe Vorspeise für alle.

Der Kommissar hatte Hunger und machte sich sofort über die hauchfeinen Scheiben vom Lachs und vom Seeteufel her. »Gleich«, sagte er schließlich mit vollem Mund, was ihm einen bösen Blick von Carmen eintrug.

Die Gesellschaft aß schweigend. Spannung lag in der Luft. Würde man etwas über die verschwundenen jungen Leute aus Neukirchen erfahren? Wußte jemand Näheres über Bachems Tod? Gab es Beweise für Theorien, die ein jeder für sich aufgestellt hatte? *Fast* ein jeder, denn Jan, der neben Katharina saß und ziemlich nervös war, kamen alle Ereignisse unwirklich vor, als seien sie nur ausgedacht gewesen, um ihm ein schlechtes Gewissen zu machen. (»Du kannst doch deine Freundin nicht einfach so im Ungewissen lassen!« hatte sein Freund Achim schließlich am Dienstag gesagt, woraufhin er wieder nach Hause gefahren war.)

Schließlich sagte Krüger: »Vor dem Hauptgang machen wir eine längere Pause, und mein Kollege Beaumont und ich erzählen schon mal etwas.«

Erneut wurde Krüger unterbrochen. Zwei junge Leute standen an der Theke und warteten darauf, einen Tisch zugewiesen zu bekommen.

Katharina stand auf. »Hier sind wir. Kommt ihr rüber?«

Krawczyk und Susanne setzten sich neben Katharina und ihren Freund.

Susanne betrachtete die beiden. Irgend etwas war passiert, seit Jan wieder aufgetaucht war. Die Buchhändlerin und der Plattensammler wirkten wie zwei frisch Verliebte, die den ersten Abend miteinander verbrachten.

»Also, kann ich jetzt anfangen?« fragte Krüger.

»Wir«, sagte Beaumont. »Ich bin auch noch da. Es hat sich vielleicht herumgesprochen, daß wir die Mörderin des Bauern Josef Bachem verhaftet haben.«

»Wir«, sagte Roselski, der inzwischen wieder aufpaßte. »D2 und ich waren das.«

»Völlig richtig«, sagte Beaumont. »Mit *wir* meinte ich die Polizei.«

»Was aber noch nicht allgemein bekannt ist«, sagte Krüger, »ist die Tatsache, daß es neben dem Geständnis der Apothekerin mindestens einen Beweis gibt.«

»Und der ist Carmen zu verdanken«, sagte sein Patenjunge. »Es war nämlich so.« Er holte ein postkartengroßes Foto aus der Innentasche seines Jacketts und ließ es herumgehen.

»Möchtest du etwas trinken?« fragte Krüger in seiner Küche.

»Nein, danke.« Beaumont legte ein Foto auf den Eßtisch. »Hast du etwas herausgefunden?«

»Nein, aber Carmen.«

Der Gegenstand auf dem Foto sah nach einem Schmückstück aus. Es handelte sich um einem etwa acht Zentimeter langen Knochen, dessen eines Ende dicker zulief, unten abgeflacht war und wohl aus Gold war, so sehr glänzte er. Das andere Ende besaß ein kleines Loch für eine Kette.

»Und? Was ist das?«

»Ein Stößel«, sagte Krüger und wartete.

»Warte mal«, sagte Beaumont. »Ist das nicht ein Teil, um Sachen zu zerkleinern, Gewürze, Cocktailzutaten und so?«

»Ungefähr präzise. Wird auch in Apotheken eingesetzt, wenn die Medizin noch von Hand zusammengerührt wird.«

Beaumont begriff schnell. »Dann braucht ihr jetzt nur noch ein Foto, auf dem die Apothekerin damit zu sehen ist.«

»Haben wir. Stand im Schlafzimmer ihrer Wohnung.«

»Besser wären natürlich noch Fingerabdrücke.«

»Haben wir ebenfalls. Und die zum Stößel gehörige Goldkette, mit der sie an einem Ast hängengeblieben war, woraufhin ein Kettenglied seine Aufgabe, die Kette nämlich zusammenzuhalten, äh, aufgegeben hat. Die Kette lag auch am Tatort im Merzbacher Wald.«

»Wenn ich an der Stelle etwas fragen darf«, sagte Roselski. »Ich habe das Ganze ja nur am Rande mitbekommen, dieses Giftzeug, an dem der Priester und der Bauer eingegangen sind – aber wie hat die Frau das den Opfern denn beigebracht?«

»Ich bin jetzt mal böse«, sagte Beaumont, »und sage, daß die Küche unserer asiatischen Freunde ihr das erleichtert hat. Pfarrer

Wienand wie auch ihr Bruder, Josef Bachem, mochten scharfes Essen gerne.«

»Laß *mich* das doch erzählen«, sagte Paulsen und stellte sein Weinglas wieder ab. »Du hast das doch von mir; du warst ja gar nicht dabei.«

»Schuljung«, sagte Beaumont entschuldigend.

Derenthal, der den Uraltkalauer noch nicht kannte, grinste.

»Frau Tersteegen«, sagte Paulsen, »hat für Pfarrer Wienand – an dem sie das Aconitum testen wollte – etwas vom Chinesen geholt und an der Haustür geklingelt. Sie gab das Essen als kostenloses Lockangebot aus, da das neueröffnete Restaurant Kunden gewinnen wollte.«

»Game over«, fügte Kaul erklärend hinzu.

»Und Bachem?« fragte Krüger. »Wie ging das da? Mir sagt ja keiner etwas. Ich werde nie informiert. Ich erfahre immer alles als letzter.«

Carmen lachte und strich ihm begütigend über die Haare.

»Auch dazu kann ich etwas sagen«, sagte Paulsen.

»Du redest ja viel«, sagte Kaul.

»Ruhe auf den billigen Plätzen!« Das war Roselski. »Laß den Kollegen doch mal ausreden.«

Paulsen warf R2 einen undefinierbaren Blick zu.

Unterstützung von der uniformierten Polizei benötige ich nicht, hieß das wohl, dachte Krüger.

»Jedenfalls«, begann Paulsen, und Krüger zuckte zusammen, obwohl er über diese Art, einen Satz zu beginnen, schon viel zu oft nachgedacht hatte. »Jedenfalls hat Frau Tersteegen es bei Bachem ähnlich angestellt. Scharf gewürztes Essen, ein noch vorhandener Hausschlüssel in ihrem Besitz, ein Angebot, das Bachem nicht abschlagen konnte—«

»Und, schwups, war er tot«, sagte Susanne Achter.

»Genau«, sagte Paulsen anerkennend. »Das Angebot beinhaltete einen vollständigen Verzicht von Frau Tersteegen gegenüber ihrem Bruder auf allen ihr zustehenden Besitz.«

»Und war natürlich glatt gelogen«, sagte Kaul.

»Perfide, wie die Apothekerin nun einmal war«, fuhr Paulsen fort, »wollte sie das an dem Ort unterschreiben, der ihrem Bruder der wichtigste war, weil er ihn zur Kommunion von seinen Eltern geschenkt bekommen hat – die Schonung im Merzbacher Wald. Also fuhr Bachem dorthin.«

»Das war sein Todesurteil«, sagte Kaul melodramatisch.

»Was es für Leute gibt!« sagte Katharina und schüttelte sich.

»Die Welt ist schlecht«, sagte Susanne. »Aber man muß sie ja nicht angucken. Man könnte zum Beispiel dich betrachten.« Sie warf Krawczyk einen verliebten Blick zu, der das aber wieder nicht mitbekam, weil er gerade mit Kaul tuschelte.

»Und jetzt ist die Schwester Alleinerbin und bekommt alles«, sagte Jan, der wirklich ein bißchen weltfremd war.

»Nee, nee, keineswegs«, widersprach Krüger. »Für Frau Tersteegen geborene Bachem war das alles vergeblich. Steht in § 2339 BGB. Erbunwürdig ist nämlich, wer den Erblasser vorsätzlich und widerrechtlich getötet hat oder zu töten versucht et cetera pp. Gier führt nie zu etwas.«

»Wie geht denn *widerrechtlich töten*?« sagte Carmen leise zu Katharina, um keine Reaktion Krügers zu provozieren. Sobald der Kommissar die deutsche Grammatik und den deutschen Stil betreffende Fragen auch nur ahnte, begann er nämlich zu dozieren.

»Gier oder Neid – alles Todsünden«, sagte Katharina.

Carmen überlegte. »Wobei das bei Protestanten ja noch schlimmer ist«, sagte sie dann. »Die können das nämlich nicht einmal beichten.«

Krawcyk kicherte, woraufhin ihn Susanne warnend ansah,

»Auf Paulsen«, sagte Krüger zur Ablenkung. Das Publikum heute abend war wieder so albern wie eine Schulklasse. Oder es war einfach nur angespannt, und das wiederum war völlig in Ordnung. In der Rechten balancierte er ein bis zum Rand gefülltes Weinglas; die Kellnerin hatte es sehr gut mit ihm gemeint.

Paulsen sah überrascht auf.

»Und auf seine Fähigkeit, auch noch dem verstocktesten Gegenüber ein glasklares Geständnis zu entlocken.«

Paulsen sah bescheiden wieder auf die Tischplatte und fühlte sich sichtlich unwohl in seiner Haut. Zuviel Lob führte seiner Erfahrung nach nur dazu, daß man in Zukunft für kompliziertere Dinge herangezogen wurde.

Die Anwesenden stießen an.

»Das ist aber bloß die eine Hälfte«, sagte Jan mehr zu sich.

»Genau.« Susanne sprang ihm bei. »Was ist mit den verschwundenen jungen Männern in Neukirchen, über die heute ein kleiner Artikel im *General-Anzeiger* steht?«

Der kleine Überseekoffer

M*ittwoch, 1. Juni 2016 – Bonn/Neukirchen.* Hubert Schmitz hielt einen alten Lederkoffer in der Hand, als er ins Wohnzimmer zurückkam. »Da bin ich wieder«, sagte er freundlich. »Und hier ist etwas für Sie. Das ist mir erst heute nacht wieder eingefallen. Immerhin liegt das alles über fünfunddreißig Jahre zurück.«

Krüger betrachtete irritiert die alten Gummihandschuhe, die der Landwirt übergezogen hatte.

Schmitz fing Krügers Blick auf und sagte: »Wegen der Fingerabdrücke. Dann verwische ich hoffentlich keine. Jedenfalls wird das in den Krimiserien immer so gemacht.«

Beaumont lachte.

Der Koffer wäre heute vermutlich als übergroßes Bordcase durchgegangen, dachte Krüger. Außer bei Ryanair natürlich. Dort kostete ja schon ein zweites Paar Schuhe etwas. Das Leder des Koffers war abgestoßen und an einer Ecke eingerissen. Eines der beiden Schnappschlösser stand offen, und den Deckel zierten verschiedene Aufkleber. *Hotel Victoria Cannes* las er und *Vierwaldstättersee* und *Tirol – nur mit Hut.* »Von Ihren Eltern?«

Schmitz nickte. »Irgendwann wurde er aussortiert, und dann bekam ich ihn. Wollen Sie ihn öffnen? Möglicherweise werden Sie überrascht sein.« Er blinzelte verschwörerisch.

Wahrscheinlich war der Bauer jetzt endgültig durchgedreht, dachte Beaumont.

Krüger trug bereits ein Paar Einmalhandschuhe, die er immer dabei hatte. Vorsichtig hob er den Deckel an.

»So, jetzt wißt ihr, wie Beaumont und ich an den Koffer gekommen sind.«

»Wie die Jungfrau zum Kinde«, sagte Krawczyk leise.

»Pst«, sagte Susanne. »Jetzt wird's spannend.«

»Was wohl Mesmer dazu sagt?« sagte Kaul, mehr zu sich selber.

»Gar nichts«, flüsterte Roselski ihm zu. »Der ist doch nur froh, wenn er zu gar nichts etwas sagen muß.«

»Wo sind eigentlich Mesmer und Farnschläger?« fragte Derenthal und sah sich um.

»Im Dienst«, antwortete Beaumont. »Jemand muß doch die Stellung halten. Dann stören sie wenigstens nicht hier.«

»Kevin!« sagte Krüger.

»*Sorry, Sir.*« Beaumont zog vorsichtshalber den Kopf etwas ein. Dann sah er seinen Patenonkel an. »Du oder ich?«

»Ich«, sagte Krüger. »Nächstes Mal du. Wenn du heute zuhörst, weißt du, wie man es macht.« Er zwinkerte Beaumont zu. Bevor er aber fortfahren konnte, kam die Kellnerin, unterstützt von ihrem Kollegen, aus der Küche und servierte die bestellten Hauptgerichte.

»Ein etwas billiges Mittel, um Spannung zu erzeugen«, sagte Katharina zu Carmen. »Das hatten wir eben schon mal.«

Die Sekretärin pflichtete ihr bei. »Wenn gar nichts mehr geht, geht essen – immer.«

Krügers Augen versanken in den vor ihm stehenden feinen Tagliarini. Die Nudeln mit gegrillten Rindfleisch-Streifen dufteten verheißungsvoll nach Thymian und italienischen Kräutern. »Tut mir leid«, sagte er. »Gleich. Nach dem Essen. Und dann sofort.«

»Interessant«, sagte der Kommissar und schloß den Deckel wieder. »Wo haben Sie das ganze Zeug denn her?«

»Etwas haben meine Eltern wohl erhalten, als ich unterwegs war. Jedenfalls lag das plötzlich im Koffer. Und das andere habe ich persönlich, wie sagt man? Genau. *Entgegengenommen*. Ich solle es nur aufbewahren, hieß es. Für alle Fälle. Man könne ja nie wissen und so weiter.«

Krüger linste noch einmal vorsichtig in den Koffer. »Um es richtig zu verstehen: Ihre Eltern haben einmal etwas erhalten und Sie auch? Ich würde sagen: Sie selbst haben zweimal etwas bekommen.«

»Und an der Stelle«, sagte Beaumont, »wußte ich, daß ich noch ein paar Jahre unter Krüger arbeiten müßte, um so gut wie er zu werden.« Er klopfte seinem Patenonkel freundlich auf die Schulter.

Die Anwesenden hatten in aller Ruhe gegessen, weil Krüger selbst auf drängende Nachfragen hin nur wortlos entweder auf seinen Teller oder sein Weinglas gezeigt hatte. Schließlich ließ man ihn in Ruhe und aß.

Jetzt war aber alles abgeräumt, noch einmal ordentlich Wein nachgeschenkt worden, und alle sahen Krüger gespannt an.

Der Kommissar nahm einen weiteren großen Schluck mit dem »Nektar der Götter« – wie er es manchmal nannte – und erbarmte sich endlich seines Publikums. »Ihr wollt doch sicher wissen, was in dem alten Reisekoffer war, oder?«

Carmen mochte keine rhetorischen Fragen und verdrehte die Augen.

»Sehr gerne«, sagte Katharina und setzte das Lächeln auf, mit dem sie ihre Buchhandlungskunden zu weiteren Buchkäufen nötigte. Es funktionierte.

Krüger lächelte freundlich zurück. »Ich hätte die Sachen gerne mitgebracht, um es anschaulicher zu machen, aber da waren die Spurensicherung und sogar Langenargen vor.« Er räusperte sich. »Der Erkennungsdienst hat dankenswerterweise einige Fotos gemacht und sie ausgedruckt. Voilà.« Er griff in seine Jackettasche und legte einen kleinen Stapel vor sich, natürlich mit der Unterseite nach oben. »Keine Spoiler«, sagte er.

Carmen grinste.

Selbst Beaumont, der wußte, was kam, sah gespannt zu.

Bei den folgenden Erläuterungen ergriff der Kommissar jedes Mal ein Foto, hielt es hoch und gab es dann an Carmen weiter, die es betrachtete und ebenfalls weiterreichte.

»Das hier ist eine handschriftliche Liste von Manfred Rath, dem 1978 in Neukirchen spurlos verschwundenen Aachener Physikstudenten. *Helmut Klein*, *Gürtel*, *Schwarzweißfoto* und *zerrissene Jeans* steht darauf, außerdem noch das Wort *Schweinestall.* Und das hier sind die erwähnten Gegenstände.«

Ein Raunen lief um den Tisch, und die Fotos wurde eifrig herumgereicht.

»Wir können also einigermaßen sicher annehmen, daß die Sachen von Bachems Hof stammen und also er für das Verschwinden in Frage kommt. Welchen Grund hätte Hubert Schmitz auch haben sollen, einen der Hilfsarbeiter vom Nachbarhof umzubringen? Schließlich war er selber fast noch ein Junge. Wahrscheinlich hat Bachem den Bauernsohn erstochen, mit dem er auf dem Feuerwehrfest Streit gehabt hat; darauf deutet die zerrissene Jeans hin, die ihm dann irgendwie abhanden gekommen ist. Und unsere Kollegen waren schnell: Sie haben die DNA aus den Blutspuren der Jeans bestimmt und sie eindeutig Helmut Kleins Mutter zuordnen können.«

»Fall gelöst«, sagte Beaumont und hob sein Glas. »Prost.«

»Ich verstehe ja noch immer nicht, was wir hier sollen«, sagte Krawczyk leise zu Susanne.

»Pscht«, sagte seine Freundin. »Hör doch mal zu!«

»Was ist mit dem zweiten jungen Mann?« fragte Paulsen, der die Geschehnisse in Neukirchen nur am Rand verfolgt hatte.

»Auch das ist imho geklärt«, sagte Krüger und nahm sein Weinglas in die Hand.

»*In my humble opinion*«, sagte Beaumont erklärend zu R2D2. »Krüger kann inzwischen auch Internet. Es heißt ›meiner demütigen Meinung nach‹.«

»Wessen jetzt?« fragte Derenthal, wurde aber allgemein überhört.

»Das hier ist die grüne Kladde«, erklärte Krüger, »die Manfred Rath gehört hat. Dort fehlt genau die Seite, auf der er die eben erwähnte Aufstellung notiert hat und die ja auch im Koffer lag.«

»Was stand denn sonst drin?« fragte Carmen.

»Lauter Landwirtschaftskram«, sagte ihr Freund. »Begriffserklärungen wie ›Massey-Harris No. 21‹. Das war Bachems Mähdrescher. Aufstellungen zum Saatgut – Rüben, Weizen, Hafer, Futterklee, Roggen. Stichworte zur Milchproduktion. Und anderes.«

»Uah«, sagte Kaul. »Kein Beruf für mich. Zu wenig Computer.«

»Bachem war wohl der Meinung«, fügte Beaumont hinzu, »daß der Student ihm auf die Spur gekommen war, und hat ihn daher ebenfalls beseitigt.«

»Das Wort *Schweinestall* kann ich übrigens auch erklären«, sagte Krüger. »Das wird jetzt etwas unappetitlich, aber wir sind ja alle mit dem Essen fertig.«

»Fast«, sagte Carmen, die an die Dessertkarte dachte.

»In dem Koffer befanden sich in einer Papiertüte kleine Knöchelchen, die die Kollegen rasch analysiert haben.« Krüger machte eine Pause, um sein drittes Glas Wein auszutrinken.

»Schweinestall«, sagte Krawczyk, der aufmerksam zuhörte.

»Genau«, sagte Krüger. »Menschenknochen.«

Susanne verschluckte sich an ihrem Wein. »Entschuldigung«, sagte sie und stand auf. »Ich bin gleich wieder da.«

»Du bist ja gar nicht zartfühlend, Krüger!« sagte Carmen. »Es sind doch Frauen unter uns.«

Die anderen lachten.

Der steigende Alkoholpegel führt doch zu einer gewissen Enthemmung, dachte Katharina und sah Jan verstohlen an, der immer noch an seinem Wasserglas hing. Schon merkwürdig. Vielleicht hatte er aber nur zuviel in Düsseldorf getrunken.

Susanne kam wieder, etwas blaß um die Nase, und setzte sich. »Bitte, fahren Sie doch fort.«

»Die Kollegen haben zweierlei DNA-Spuren ermittelt, nämlich—«

Beaumont unterbrach ihn. »Ich übernehme mal eben, Onkel A …« Gerade noch rechtzeitig fing er sich. »Beide DNA-Sequenzierungen sind eindeutig. Zum einen gehören sie zu Helmut Klein und zum anderen zu Manfred Rath.«

»Schweine sind schon praktische Tiere«, sagte Kaul. »Sie arbeiten fast spurenlos.«

»Sie heißen ja auch *Nutztiere*«, warf Krawczyk ein.

Jan lachte.

»Das hat Bachem wohl auch angenommen und auf die Art und Weise die beiden Toten beseitigt«, sagte Krüger.

»Fall 2 gelöst«, sagte Carmen. »Den nächsten bitte. Aber weniger blutrünstig, wenn's geht.«

Der Bauer mit den Visitenkarten betrachtete Krüger forschend. »Das kann schon sein«, sagte er gedehnt. »Aber äußern Sie mal zuerst Ihre Vermutung.«

Krüger sah ihn scharf an. Dann hob er den Kofferdeckel ein weiteres Mal hoch. »Das da hinten, das hat Ihnen doch ein weiterer Student übergeben, oder?«

»Wenn Sie das Foto meinen – ja.«

Der Bonner Kommissar hielt, wie aus dem Nichts herbeigezaubert, eine kleine Pinzette in der Hand und ergriff mit ihr vorsichtig das Foto. Auf ihm war eine junge Frau zu sehen, mit Locken und einem – er suchte in Gedanken nach dem richtigen Wort – fast *schelmischen* Lächeln. So hätte es zumindest Ende der siebziger Jahre geheißen.

»Zeig mal«, sagte Beaumont. Er konnte seine Aufregung nicht ganz verbergen und hätte fast nach dem Foto gegriffen.

Krüger drehte es um.

»Für Martin, die Liebe meines Lebens« lautete die erste Zeile. In der zweiten Stand nur ein Wort: *Johanna*.

»Darf ich mal sehen?« fragte Jan fast tonlos. Sein Herz raste wie wild, und irgendwie ahnte er, daß jetzt die wilde Geschichte mit dem Bericht über den ungelösten Fall von 1979 und dem Bild seiner Mutter im Bonner *General-Anzeiger*, die Suche nach seinem Vater und seine Angst, eine Bindung mit Katharina einzugehen, ein Ende finden würden. Gleich würde er wissen, ob seine Ahnung richtig war.

Krüger reichte ihm das Foto.

Jan drehte das Bild zum Licht. Langsam rollte eine Träne seine Wange hinunter. »Das ist meine Mutter«, flüsterte er. »Dann muß der junge Mann ja mein Vater sein. Wissen Sie denn, was aus ihm geworden ist?«

Während Beaumont mit schonenden Worten die Auffindung von Martins Leiche in Bad Münstereifel schilderte, hielt Jan ununterbrochen Katharinas Hand umklammert. »Vielen Dank«, sagte er schließlich fast unhörbar, als Beaumont fertig war.

»Bachems alten Mercedes haben wir übrigens auch entdeckt«, sagte Krüger. »Der stand ebenfalls abgedeckt in der Scheune, weiter hinten. Im Kofferraum hat die Spurensicherung eingetrocknetes Blut gefunden, das sie Helmut Klein beziehungsweise seiner noch lebenden Mutter zuordnen konnte. Ein weiterer Beweis, daß der Bauer den jungen Mann umgebracht hat.«

»Warum haben Sie damals eigentlich der Polizei nichts gesagt?« fragte Beaumont.

»Ganz einfach«, sagte Schmitz. »Ich war nicht da. Ich hatte mich für zwei Jahre zur Bundeswehr verpflichtet, Marine, Sie verstehen, und war auf der *Gorch Fock* in der Welt unterwegs. Als ich wiederkam, hatte ich die ganze Geschichte längst vergessen.«

»Ich weiß noch immer nicht, warum wir hier sind«, maulte Krawczyk.

Susanne hatte keine Lust, ihn ein weiteres Mal zu ermahnen.

»Und jetzt zu Ihnen, junger Mann«, sagte Krüger.

Krawczyk zuckte zusammen. Er setzte sich gerade hin und legte die gefalteten Hände auf den Tisch. In dem Bemühen, die Situation etwas aufzulockern, sagte er: »Ich habe nichts angestellt. Das haben Ihre Kollegen schon festgestellt.«

Beaumont grinste. »Wissen wir doch. Und wir wissen, daß wir etwas wissen, was Sie nicht wissen.«

Der Satz hätte glatt von ihm stammen könnte. Krüger nickte beifällig. Der Junge lernte.

»Wo sind Sie eigentlich geboren?« fragte er.

Krawczyk sah ihn überrascht an. »Wieso, in Amerika. Williamsburg, Virginia.«

»Und Ihre Mutter hat Sie allein erzogen?«

»Ja, bis sie geheiratet hat.« Krawczyk wußte nicht, was der Kommissar mit seinen Fragen bezweckte.

Krüger trank aus seinem inzwischen wieder gefüllten Glas, was der Physiker zu einer geflüsterten Frage nutzte. »Weißt du vielleicht, was er will?«

Susanne schüttelte den Kopf.

Krüger sah die beiden aufmerksam an und fuhr dann fort. »Es lag nämlich noch ein Foto im Koffer. Ich vermute, Martin Reichenberger, so hieß ja der dritte, angeblich verschwundene junge Mann, hat aus einem unbestimmten Gefühl heraus – Todesahnung, würde man wohl im Nachhinein sagen – die beiden Fotos nach nebenan gegeben. Wäre nichts passiert, hätte er sie wahrscheinlich irgendwann wieder abgeholt.«

Keine Kunstpause, bitte, dachte Beaumont.

Krüger aber setzte gehorsam das Glas an die Lippen und trank in tiefen Schlucken. Allerdings diesmal aus dem Glas Wasser, das er auch vor sich stehen hatte. Schließlich holte er tief Luft und sagte: »Puh, das geht auch mir an die Nieren. Zum Schluß bitte ich jetzt die Anwesenden um erhöhte Aufmerksamkeit. Das Stichwort heißt *Familienaufstellung*. Oder so ähnlich.« Er reichte das Foto dem Physiker. »Kennen Sie die Frau?«

Krawczyk nahm es entgegen, drehte es um und starrte fassungslos auf das Foto, auf dem ein junges Paar zu sehen war. Endlich riß er sich zusammen und sagte: »Das junge Mädchen ist meine Mutter. Den jungen Mann kenne ich aber nicht.«

»Ganz einfach«, sagte Krüger. »Das erkläre ich gleich. Zuvor muß ich kurz etwas zu DNA und Übereinstimmungen sagen. Bei der in Bad Münstereifel entdeckten Leiche ließ sich die DNA gut—«

»Extrahieren oder wie das heißt«, sagte Carmen.

Krüger überging den billigen Einwurf des Publikums und fuhr fort: »Und in unserer Datenbank gab es einen Treffer. *Sie* nämlich.«

Der Physiker verstand nichts. »Sie meinen, meine DNA … Woher haben Sie die denn? Ach so. Dann hat Ihre Kollegin mit der Perlenkette …?«

»Genau«, sagte Krüger. »Man kann ja nie wissen, hat Frau Dr. Winterthur wahrscheinlich gedacht.«

»Aber eine Übereinstimmung? Wieso ich? Das ist doch Jahrzehnte her …«

»Na ja, die komplette bei der Lei—, Entschuldigung, bei dem verstorbenen Studenten in Bad Münstereifel gefundene DNA ist natürlich nicht die Ihre. Sie ist die Ihres Vaters. Martin Reichenberger.«

»Die Gemüter sind doch unterschiedlich«, sagte Carmen fast zwei Stunden später, als die von Krüger Eingeladenen nach einem Nachtisch und diversen Kaffees, Espressi oder Limoncelli schon längst gegangen waren. »Hast du eigentlich gemerkt, wie anders der Physiker auf deine Enthüllungen reagiert hat? Der war doch kaum betroffen.«

»Glaube ich nicht. Außerdem, wie jemand bewegt ist, ist doch von seinem Temperament abhängig«, sagte Krüger. »Wir Hamburger beispielsweise sehen das ganze Leben eher leidenschaftslos.«

Carmen kicherte. Zum einen, weil sie Krügers Bonmots schätzte, zum anderen, weil sie ein klein wenig zuviel getrunken hatte. »Das muß ja ein lustiges Studentenleben gewesen sein, früher. Na ja, der Geist von Woodstock und so.«

Nachdenklich betrachtete der Kommissar sein leeres Weinglas und schwieg.

Seine Freundin war dem Blick gefolgt. »Das reicht doch für heute, oder?«

»Entschieden«, murmelte er. Mit seinen Gedanken war er ganz woanders. »Das war schon wieder so ein komischer Fall«, sagte er dann.

»Wieso komisch?« fragte Carmen.

»Na ja, *ein* simpler Mord war ja nicht genug. Dazu kamen versuchte Erpressung, der zweite Giftmord, die Drogengeschichte – alles etwas viel. Das ist mir zu aufregend – ich werde wohl alt. Wie wir alle. Vielleicht lasse ich mich besser zum KK 13 versetzen.« Er schwieg und griff zu seinem Glas, stellte es aber wieder zur Seite, als er merkte, daß es immer noch leer war.

Carmen betrachtete ihn sorgenvoll. So kannte sie ihn gar nicht. Oder hatte er einfach nur wieder schlecht geschlafen und die halbe Nacht auf heute maßlos geschwitzt? Wahrscheinlich kam er in die Wechseljahre, die Jahre, in denen die Übergänge zwischen Wachen und Schlafen wechselnd waren, unabhängig davon, ob es gerade Tag oder Nacht war. Außerdem hatte er bestimmt wieder Kopfschmerzen, die wohl auf das *eine* Glas Chardonnay zuviel gestern abend zurückzuführen waren – vom heutigen Wein ganz zu schweigen. Chardonnay war schon ein gefährliches Zeug; dieser Wein aus der großen Burgunderfamilie war wohl nur deswegen nicht im letzten Drogenbericht der Bundesregierung aufgetaucht, weil die Verfasser den Bericht überhaupt nur unter heftiger Zuführung von Chardonnay hatten anfertigen können.

»KK 13?« fragte sie.

»Erkennungsdienst. Da kann ich dann den ganzen Tag fotografieren und muß das Haus nicht verlassen.«

Carmen lachte. Das war wieder der alte Krüger, den sie liebte. Als ob er jemals seine Spürnase an der Garderobe abgeben würde, wie er das wohl ausdrücken würde, wenn man ihn ließe. »Was mich wundert«, sagte sie dann, »ist aber folgendes: sobald bei den *cold cases* der Täter gefunden ist, hat doch oft die Ungewißheit der Angehörigen über den Tod eines Familienmitgliedes ein Ende und ihr Hoffen, daß ein Verschwundener wieder zurückkehrt. Nur der Schmerz bleibt. Aber bei den jungen Männern in Neukirchen? Fehlanzeige. Ein Angehöriger hat sich nicht einmal blicken lassen. Du hast jedenfalls niemanden erwähnt.« Carmen stellte mit Schwung ihr Glas auf den Tisch zurück.

Krüger nickte. »Stimmt. Jedenfalls ist bis jetzt niemand gekommen. Das liegt aber daran, daß die Kollegen die Eltern von Manfred Rath in Aachen und die Mutter von Helmut Klein in Neukirchen erst heute nachmittag informieren konnten. Von daher ist die Lösung der alten Fälle bislang nur für uns Kripoleute interessant. Und um natürlich ein genaueres Bild des ermordeten Bauern zu gewinnen.«

»Ein bißchen wenig, oder?«

»Genau. *Ich* würde immer wissen wollen, was aus dir geworden ist, wenn du mir plötzlich abhanden gekommen bist«, sagte Krüger leise.

Carmen beugte sich zu ihm und gab ihm einen ebenso leisen Kuß auf die Wange.

Die Kellnerin kam und goß ungefragt Wein in Krügers Glas nach. Carmen hielt die Hand über das ihre und schüttelte den Kopf.

»Vielen Dank«, sagte Krüger zu niemand Bestimmtem. »Weißt du, was mich eigentlich beschäftigt?« fragte er dann.

»Nein, noch nicht«, sagte sie freundlich.

»Ich wüßte gerne, warum ich es nicht ertrage, daß man mich bei meinem Vornamen nennt.« Geistesabwesend griff er zum Zuckerstreuer und führte ihn zum Weinglas.

»Krüger, nicht!« sagte Carmen gerade noch rechtzeitig, bevor ein Unglück passieren konnte.

»Dabei ist es eigentlich ein hübscher Name«, fuhr er unbeirrt fort, »den meine Mutter ausgesucht hat. Mein Vater konnte ja nicht mitreden; der war schon längst aus ihrem Leben verschwunden. Und wenig später meine Mutter aus dem meinem.« Wie zum Trost nahm er einen tiefen Schluck seines Lieblingsgetränks heute abend.

Carmen war sprachlos. So viel hatte der Kommissar bisher noch nicht von sich preisgegeben. Sie sah auf die Uhr.

»Geht doch«, sagte Krüger, der ihren Blick bemerkt hatte, und stand auf. »Du hast nicht immer das letzte Wort.«

Nachbemerkungen

Bei meinen Recherchen zu diesem Buch habe ich überall nur freundliche Gespräche führen dürfen, so auch mit Angehörigen von Kripo und Polizei. Daß ich die Freiheit des Autors dann dazu mißbraucht habe, im vorliegenden Roman die uniformierte Polizei in Form von R2D2 zu verunglimpfen, ist dem Plot geschuldet, nicht der Wirklichkeit.

Manchmal mußte übrigens auch die tatsächliche Topographie der der Phantasie weichen, so beispielsweise mit dem Haus an der Delle in Bad Münstereifel; dort gab es zum benötigten Zeitpunkt kein Fachwerkhaus mit Tordurchfahrt und keinen Innenhof mit kleiner Scheune.

Jörg D. Ziegler, Rechtsanwalt in Rheinbach, hat mich auch bei diesem Buch beraten, was Recht und Unrecht angeht, und mir die Nuancen beim Erben und vor allem beim Nichterben erklärt.

Hermann Reuter, Landwirtschaftsmeister in Rheinbach-Merzbach, hat mich an einem Sommernachmittag über den hart verdienten Broterwerb des Bauern unterrichtet und mir viele Einzelheiten über die Landwirtschaft in den siebziger Jahren erzählt.

Prof. Dr. Burkhard Madea, Rechtsmediziner am Stiftsplatz in Bonn, beschrieb mir detailliert den Zustand, den Leichen dreißig Jahre nach ihrem Ableben aufweisen (können), und wies darauf hin, daß sich bekanntermaßen heute aus winzigsten Hautschuppen und ohnehin aus Knochen die DNA eines Toten feststellen läßt – wodurch auch immer mehr sogenannte *cold cases*, Jahrzehnte zurückliegende Mordfälle, aufgeklärt werden können.

Oberkommissar Heiko Dietz von der Polizeiwache Rheinbach (temporär, sonst arbeitet er in Meckenheim) klärte mich auf über die Unterschiede und Gemeinsamkeiten von uniformierter (Polizeikommissare) und zivil gekleideter Polizei (Kriminalkommissare, um bei einem Rang zu bleiben).

Anekdoten zur Rheinbacher Beatband The Troop habe ich Wolfgang Niedeckens Autobiographie *Für 'ne Moment* (2011) entnommen, die auch einen wunderbaren Eindruck vom Rheinbacher Schülerleben in den sechziger Jahren vermittelt.

Günter Mahlberg und Marita Floßdorf aus der Apotheke im Ärztehaus in Rheinbach haben mich über die fast immer tödlichen Gifte Rizin und Aconitum aufgeklärt und mir die Vergiftungssymptome erläutert.

In der Gaststube von »Zu den vier Winden. Café – Bar – Restaurant« in Rheinbach-Kurtenberg unterhielt mich Bernd Dziejack bei einem Radler mit farbigen Informationen aus der jahrzehntelangen Tradition des Hauses.

Dietmar Pertz schließlich, der Rheinbacher Stadtarchivar, hat Namen von Rheinbacher Bürgern, die mir aus meiner Jugend in Erinnerung geblieben waren, mit einer damaligen Adresse und in vielen Fällen mit einer Geschichte versehen können.

Hinter den Kulissen waren Beate Kohmann, Andrea Sommerfeld und Clemens Wojaczek wie immer eine unschätzbare Hilfe.

Allen an diesem Buch Beteiligten möchte ich an dieser Stelle herzlich danken. Sämtliche Fehler und Ungereimtheiten gehen wie immer zu meinen Lasten.

Rheinbach, im heißen Spätsommer 2018